Wolfgang Kaes
Bitter Lemon

Wolfgang Kaes

Bitter Lemon

Thriller

C. Bertelsmann

Für Lutz.
Er weiß, warum.

FSC
Mix
Produktgruppe aus vorbildlich
bewirtschafteten Wäldern und
anderen kontrollierten Herkünften
Zert.-Nr. SGS-COC-001940
www.fsc.org
© 1996 Forest Stewardship Council

Verlagsgruppe Random House FSC-DEU-0100
Das für dieses Buch verwendete
FSC-zertifizierte Papier *Munken Premium Cream*
liefert Arctic Paper Munkedals AB, Schweden.

1. Auflage
Copyright © 2010 by C. Bertelsmann Verlag, München,
in der Verlagsgruppe Random House GmbH
Umschlaggestaltung: R·M·E Roland Eschlbeck
und Rosemarie Kreuzer
Satz: Uhl + Massopust, Aalen
Druck und Bindung: GGP Media GmbH, Pößneck
Printed in Germany
ISBN 978-3-570-01120-1

www.cbertelsmann.de

Wenn die Gerechtigkeit untergeht,
so hat es keinen Wert mehr,
dass Menschen leben auf Erden.

IMMANUEL KANT,
Die Metaphysik der Sitten

Als sich das Außentor der Justizvollzugsanstalt Rheinbach hinter ihnen schloss und Zoran Jerkov die ersten Atemzüge in Freiheit genoss, da wusste Kristina Gleisberg schlagartig, dass sie einen großen Fehler begangen hatte. Sie hätte zu diesem Zeitpunkt noch gar nicht in Worte zu fassen und zu erklären vermocht, was um Himmels willen sie falsch gemacht haben sollte. Denn während der Mann neben ihr die ersten, unbeholfenen Schritte über den Vorplatz unternahm, strebte sie doch im Gleichschritt ihrem größten beruflichen Triumph entgegen. Davon war sie zumindest bis zu dieser Minute felsenfest überzeugt gewesen. Es war lediglich ihr Instinkt, der in diesem Augenblick ihren immer noch arglosen Verstand alarmierte und ihm über Blutdruck und Puls deutlich zu verstehen gab, dass sie einen Riesenfehler begangen hatte, als sie Zoran Jerkovs Bitte gefolgt war und die Meute alarmiert hatte.

Die Meute lag bereits auf der Lauer. Hungrig. Auf dem Bürgersteig jenseits der Aachener Straße.

Fernsehen, Hörfunk, Print, Online. Mikrofone, Kameras, Stative. Kristina Gleisberg zählte sechs Ü-Wagen.

Zoran Jerkov blieb mitten auf der Straße stehen, nahm den prallen Seesack von der Schulter, stellte ihn behutsam auf dem Asphalt ab, sah hinauf in den wolkenlosen Himmel, lächelte und blinzelte der Sonne zu. Wie einer Komplizin.

Warum stürmten sie nicht los? So wie immer? Nein, sie warteten jenseits der Straße, weil es die Gefängnisleitung zur Auflage gemacht hatte. Sie lauerten, reglos wie erfahrene Jäger. Jemand flüsterte eine Sprechprobe. Kristina Gleisberg berührte Jerkovs Arm, ganz sanft, als fürchtete sie, die Berührung könnte ihn erschrecken:

»Zoran, vielleicht sollten wir jetzt…«

»Natürlich, Kristina. Natürlich.« Jerkov schulterte den Seesack, überquerte den Rest der Straße, setzte den Seesack auf dem Bürgersteig ab, fixierte zunächst stumm die Gesichter, bevor er sich umständlich räusperte.

»Guten Tag. Ich bin…«

Erneutes Räuspern.

»Ich bin… ich freue mich sehr, dass Sie… dass Sie so zahlreich hier erschienen sind… und… bitte… bitte entschuldigen Sie, aber ich… also, ich hatte die letzten zwölf Jahre nicht so oft Gelegenheit, die Sonne zu sehen… und ich hatte auch nicht so oft Gelegenheit, mich im Reden zu üben, und deshalb…«

Jerkov hielt in seinem Gestammel inne.

Die Meute wartete und starrte und schwieg. Nicht aus Mitleid, nein. Man war vielmehr peinlich berührt und inzwischen auch schon etwas gelangweilt und genervt.

Wegen der verplemperten Zeit.

Jerkov sah sich hilflos um.

»Kristina, könntest du vielleicht…«

»Natürlich, Zoran.«

Kristina Gleisberg trat einen Schritt vor, neben Jerkov, und nickte ihm beruhigend zu. Soeben war die erste Gelegenheit verstrichen, ihn ungestört und ungestraft beobachten zu können, ohne ihm durch unablässigen Augenkontakt im Besuchszimmer der Justizvollzugsanstalt Rheinbach beweisen zu müssen, dass sie es ehrlich mit ihm meinte. Und so war sie dummerweise erst jetzt, in den wenigen Sekunden der stillen Beobachtung, zu der niederschmetternden Erkenntnis gelangt, dass dieser kleine, untersetzte, für 40 Jahre viel zu alt wirkende Mann mit den schwarz gefärbten, altbacken streng gescheitelten Haaren und der ungesund grauen Haut, dem übertrainierten Stiernacken und dem speckigen Anzug, der um die breiten Schultern spannte, dass dieser Mann alles Mögliche war – nur nicht das, was sich die Meute für diesen Tag erhofft und erwünscht und herbeigeredet hatte: eine vermarktbare Medienfigur. Nein, Zoran Jerkov sah weder wie ein bedauernswertes Opfer noch wie ein strahlender Held aus. Dieser Mann sah vielmehr wie ein Niemand aus.

Sie hob frech das Kinn und entwaffnete die Reporter mit einem Lächeln, bevor sie loslegte:

»Guten Tag. Schön, dass Sie gekommen sind. Mein Name ist Kristina Gleisberg. Und dies ist Zoran Jerkov … der Mann, auf den Sie so lange gewartet haben … und auf den Sie jetzt, hier draußen vor dem Tor, überflüssigerweise noch einmal eine halbe Stunde warten mussten. Nach zwölf Jahren hat man sich wohl aneinander gewöhnt, da drinnen, und so mochte sich die Gefängnisbürokratie zum guten Schluss offenbar gar nicht mehr von Zoran trennen. Wir mussten erst noch eine Menge Papiere ausfüllen. Aber jetzt ist Zoran Jerkov endlich draußen … und die Gefängnisbürokratie muss weiterhin drinnen bleiben.«

Die ersten Lacher. Gut so. Der richtige Zeitpunkt, das Lächeln auszuschalten und Schärfe in die Stimme zu legen:

»Meine Damen und Herren, Zoran Jerkov konnte sich allerdings nie an das Warten gewöhnen. Denn dieser Mann hat zwölf Jahre seines Lebens unschuldig hinter Gittern verbracht. Für einen Mord, den er nachweislich nicht begangen hat, verurteilte man ihn zu lebenslanger Haft. Zwölf Jahre lang hat er auf den Moment gewartet, auf dieser Seite des stählernen Tores zu stehen, in Freiheit, und der Sonne einen guten Tag zu wünschen.«

War das jetzt zu dick aufgetragen? Sie ließ den Blick schweifen. Die Meute klebte an ihren Lippen. Deine Show, Kristina. Die Meute verlangte nach Futter. Wirf es ihnen vor die Füße. In die hungrigen Mäuler. Jetzt!

»Bedauerlicherweise habe ich diesen Mann erst vor einem Jahr kennengelernt. Ich bin kein professioneller Ermittler mit all den technischen und rechtlichen Möglichkeiten des Staates im Rücken. Ich bin nur eine Journalistin, eine Amateurin auf dem Feld der Kriminalistik. Eine einzelne Amateurin benötigte nicht länger als ein paar Monate, um zu beweisen, dass Zoran Jerkov unmöglich der Mörder der tschechischen Prostituierten gewesen sein kann, die man am frühen Morgen des 17. Januar 1998 tot in ihrer Wohnung in Köln-Bayenthal fand.«

Eine winzige Atempause, nur ein Hauch, damit alle kapierten, dass es nun ernst wurde, zum Mitschreiben, zum Mitschneiden, zum Drucken, zum Senden:

»Ein unglaublicher Skandal. Ich fragte mich … und ich frage nun Sie: Wie nur kann es in einem modernen Rechtsstaat zu einer solchen Panne kommen?«

Pause. Atme und zähle bis drei, Kristina. Und weiter.

»Ganz einfach. Sie benötigen lediglich die richtigen Darsteller für eine solche Farce: einen selbstverliebten, selbstgerechten Strafkammervorsitzenden, zwei opportunistische Beisitzer, die bereit sind, auf jegliches Nachdenken zu verzichten, um sich ihre weitere Karriere im Justizapparat nicht zu vermasseln, ferner zwei ahnungslose Schöffen, ferner einen zum geregelten Feierabend neigenden Beamten auf dem Posten des Staatsanwalts, und außerdem einen … ja bitte?«

Kristina deutete auf einen der Journalisten im Pulk, den sie nicht kannte, der aber schon geraume Zeit mit seinem Kugelschreiber in der Luft herumfuchtelte, um auf sich aufmerksam zu machen. Der Kerl hatte sie aus dem Konzept gebracht. Kristina erlaubte ihm mit einem knappen Nicken, seine Frage zu stellen.

»Herr Jerkov, wenn Ihr Fall doch so eindeutig liegt, wie wir gerade von Ihrer … Sprecherin hörten, dann frage ich mich nur: Warum gab es denn kein ordentliches Wiederaufnahmeverfahren und keinen nachträglichen Freispruch erster Klasse, sondern lediglich eine vorzeitige Entlassung auf dem Gnadenweg durch den Bundespräsidenten?«

»Erstens stünde Zoran Jerkov jetzt nicht als freier Mann vor Ihnen, sondern würde noch immer auf die Eröffnung eines neuen Verfahrens warten. Zweitens: Der Fall Jerkov liegt juristisch etwas komplizierter, als wir das hier in wenigen Worten …«

»So? Was war denn so kompliziert? Herr Jerkov, können Sie nicht selbst auf meine Fragen antworten?«

Kristina sah Zoran tief in die Augen, um ihm ohne Worte zu signalisieren: Lass mich das besser machen! Zoran warf einen flüchtigen Blick auf die Uhr an seinem Handgelenk. Er lächelte zufrieden und zog Kristina an sich, nahm die Frau, die ihn um einen halben Kopf überragte, vor den Kameras in die Arme und flüsterte ihr zärtlich ins Ohr:»Ich werde dich sehr vermissen, Kristina. Danke für alles. Pass gut auf dich auf. Und bitte: Pass noch eine Weile auf meinen Seesack auf, ja?«

Dann wandte sich Zoran der Meute zu:

»Was wollen Sie denn noch wissen, Sie Grünschnabel? Oder wollen Sie mich jetzt hier nur ein bisschen provozieren? Sie wollen mich ein bisschen ärgern, stimmt's? Aber Sie können mich gar nicht ärgern. Und darüber sollten Sie sehr froh sein. Und für alle, die es noch nicht kapiert haben: Ich habe Marie nicht umgebracht. Ich habe Marie geliebt. Aber ich habe da drinnen, im Knast, einen Mann getötet, keine zwei Wochen, nachdem sie mich eingebuchtet hatten, vor zwölf Jahren. Ein Häftling. Ich habe ihm das Genick gebrochen. Kein Mord, sondern Totschlag. Fünfzehn Jahre kostet so etwas. Die sind noch nicht ganz verbüßt. Deshalb nur der Gnadenerlass. Alles klar soweit?«

Eine junge Frau, Mitte zwanzig vielleicht, erholte sich als Erste:

»Und warum haben Sie diesen Mann umgebracht?«

»Warum?« Mit dieser Frage hatte Zoran Jerkov offenbar nicht gerechnet. Er schüttelte den Kopf, als erschiene ihm die Frage absurd. »Sie fragen mich: Warum? Ganz einfach: Der Kerl hatte keinen Respekt. Er war außerdem Serbe. Aber der entscheidende Grund war: Er hatte keinen Respekt. Es passierte im Duschraum. Sie waren zu viert, und er war ihr Anführer. Ich war allein. Ich musste mir Respekt verschaffen.«

Die junge Fragestellerin schwieg. Die Kameras blinkten. Und Jerkov sah erneut auf die Uhr.

»Wenn Sie jetzt keine Fragen mehr haben, meine Damen und Herren, hätte ich noch eine Kleinigkeit mitzuteilen. Hören Sie mir jetzt gut zu. Denn das könnte Ihre Zuschauer und Hörer und Leser wirklich interessieren. Ich, Zoran Jerkov, werde jetzt für eine Weile abtauchen. Weil jene, die mir zwölf Jahre meines

Lebens geraubt haben, nun ihres Lebens nicht mehr froh werden sollen. Das verspreche ich. Vielleicht komme ich tagsüber vorbei, vielleicht nachts. Vielleicht morgen, vielleicht übermorgen, vielleicht auch erst in drei Wochen oder in drei Monaten. Nur eines ist gewiss: Meine Rache wird grausam sein.«

In diesem Augenblick jagte ein Motorrad auf die Menschentraube zu. Eine schwarz lackierte, geländegängige Enduro. Der Fahrer trug eine schwarze Ledermontur und einen schwarzen Vollvisierhelm. Als das große, schwere Motorrad exakt neben ihm stoppte, schwang sich Jerkov hinter den Fahrer und krallte sich in dessen Montur fest. Der Fahrer drehte den Gasgriff auf und ließ die Kupplung fliegen. Die Maschine heulte auf wie eine wütende Hornisse, das Hinterrad qualmte und hinterließ eine hässliche Spur verbrannten Gummis auf dem heißen Asphalt. Binnen Sekunden war das Motorrad aus dem Blickfeld der Kameras verschwunden.

Willi Heuser verschloss eigenhändig die frisch gefüllte Thermoskanne, nickte der deswegen beleidigten Kantinenfrau freundlich zu und fuhr mit dem Aufzug ins Untergeschoss. Warum sie ausgerechnet den abgelegenen, winzigen Konferenzraum im Keller benutzten, war ihm ein Rätsel. Willi Heuser verließ den Aufzug und zog sein Bein hinter sich her, während er sich auf den Weg durch den endlos langen, schwach beleuchteten Flur aus Sichtbeton machte. Seit der Schussverletzung war sein linkes Bein hinüber. Seit acht Jahren. Aber immerhin war es noch dran. Selbst das war damals gar nicht so selbstverständlich gewesen, hatte ihm der Oberarzt nach der vierstündigen Operation versichert. Seither schob er Innendienst. Mädchen für alles, sozusagen. Kaffeeholer vom Dienst. Früher war er gern Polizist gewesen. Jetzt nicht mehr. Nächstes Jahr würde er endlich pensioniert. In neun Monaten, um genau zu sein. Vor dem

Durchgang zum Schießkino bog er nach rechts ab, strich sich im Gehen eine Fluse vom Revers der Uniformjacke und richtete mechanisch den Krawattenknoten.

Die dritte Tür von links. Er klopfte an.

Nichts.

Er klopfte ein zweites Mal.

Wieder nichts.

Willi Heuser spielte einen Augenblick mit dem Gedanken, die Kanne einfach vor die Tür zu stellen und zu gehen.

Dann entschied er sich anders.

Er drückte die Klinke nach unten und öffnete.

Drinnen knallte der Präsident den Hörer auf die Gabel.

»Er ist weg.«

Der Präsident saß am Kopf des ovalen Konferenztisches, der fast den gesamten Raum einnahm, obwohl er nur sechs Personen Platz bot, und blickte verlegen zu den drei Männern empor, die um ihn herum standen statt saßen. Einer von ihnen war etwa so alt wie der Präsident, also Mitte fünfzig, nur dicker, und trug eine rote Fliege zum cognacfarbenen Breitcordanzug. Der zweite war erheblich jünger als alle anderen im Raum, Anfang dreißig vielleicht, sportlich, drahtig, modisches Sakko, dazu Jeans, schwarzes Poloshirt und braune Schuhe. Der dritte war schätzungsweise Mitte sechzig, schlank, er trug das graue Haar millimeterkurz geschoren. Der Nadelstreifen-Dreiteiler saß perfekt.

Der Präsident trug seinen verknitterten Lieblingsanzug und dazu eine furchtbare Krawatte, giftgrün mit schwarzen Punkten. Die Luft roch verbraucht. Willi Heuser stellte die Kanne mitten auf der Tischplatte ab und sagte: »Kann ich sonst noch was für Sie tun?«

»Was soll das heißen?«

Willi Heuser blickte irritiert zu dem ältesten der drei fremden Männer und begriff erst mit Verzögerung, dass der gar nicht ihn, sondern den Polizeipräsidenten angesprochen hatte. Der Präsident zuckte hilflos mit den Schultern, bevor er antwortete:

»Jerkov ist verschwunden.«

»Wie bitte?«

»Er ist weg. Wir haben ihn verloren.«

»Falsch! Nicht wir, sondern Sie haben ihn verloren. Ihre Leute, Ihr cleveren MEK-Leute, das Sie uns aufgeschwatzt haben, nur weil Sie keine Lust hatten, sich von einem BKA-Team die Butter vom Brot nehmen zu lassen.«

Interessant. Außerdem Balsam für die Seele, zu erleben, wie der Präsident zur Minna gemacht wurde. Willi Heuser hinkte zum Sideboard und entnahm ihm Kaffeetassen, Unterteller, Löffel, Zucker und Süßstoff. Niemand beachtete ihn. Er hatte im Fernsehen mal einen Film über den französischen Sonnenkönig Ludwig XIV. gesehen und daraus gelernt, dass mächtige Leute sich gern wichtig nahmen, indem sie unwichtige Leute wie Luft behandelten. Jerkov? Redeten die etwa von …

»Zoran Jerkov ist eine tickende Zeitbombe«, sagte der Dicke im Cordanzug. »Ist Ihnen das klar?«

Tatsächlich. Sie redeten über Zoran.

»Wir finden ihn«, sagte der Präsident. »Ich wette, er wird Köln nicht verlassen. Also ein Heimspiel für meine Leute.«

Ein Heimspiel. Für wen? Eine Million Menschen lebten in der Stadt. Davon stammten laut amtlicher Statistik mehr als 15 000 Einwohner aus dem ehemaligen Jugoslawien, hatte Willi Heuser erst letzte Woche in der Zeitung gelesen. Eine Reportage über Kölner Bürger mit Migrationshintergrund. Schönes Wort. Noch schöner fand Willi Heuser die bei Sozialpädagogen beliebte Alliteration: Mitbürger mit Migrationshintergrund. 15 000 Jugos lebten also in der Stadt. Mal abgesehen von den Serben waren das alles potenzielle Fluchthelfer. Außerdem wusste Zoran Jerkov, wie man sich unsichtbar machte. Kein Heimspiel für die Polizei, sondern ein Heimspiel für Zoran. Der Präsident redete also nichts als Müll. Das dachte Willi Heuser in diesem Augenblick, und er spürte deutlich, dass die drei fremden Männer in diesem Augenblick das Gleiche dachten.

Vor dem im rechten Drittel des Sideboards eingelassenen Miniaturkühlschrank stand mit vor der Brust verschränkten Armen der junge Drahtige, wippte nervös auf den Fußballen und starrte auf den Kunstdruck hinter dem gläsernen Wechselrahmen an der Wand. William Turner. Drachenfels mit Rheinpanorama. Aquarell, frühes 19. Jahrhundert. Mit Kunst kannte sich Willi Heuser aus. Sein Hobby, über das sich die Kollegen gern lustig machten. Über sein Hobby und über sein Hinkebein.

»Tschuldigung …«

Der Drahtige trat einen Schritt zur Seite, ohne Willi Heuser eines Blickes zu würdigen, und sagte zu dem Kunstdruck:

»Ich erinnere noch einmal an meinen Vorschlag.«

»Sie meinen, dieser …«

Der Ältere mit den Nadelstreifen ließ den unvollendeten Satz in der Luft hängen und rang mit seinem Gedächtnis. Der Dicke mit der Fliege half ihm auf die Sprünge: »Manthey …«

»David Manthey«, ergänzte der Drahtige.

»Oh Gott«, stöhnte der Präsident. »Dieser …«

Der Drahtige löste sich von Turners Rheinpanorama und brachte den Präsidenten mit einem einzigen Blick zum Schweigen. Willi Heuser nahm derweil die Milch aus dem Kühlschrank und stellte sie neben den Zucker auf den Konferenztisch.

»Einverstanden«, sagte der Grauhaarige mit den Nadelstreifen. Er hatte offenbar das Sagen in dieser Runde. »Es ist einen Versuch wert. Schaffen Sie ihn also her. Auf der Stelle.«

»Es wird einen Moment dauern.«

»Was heißt das?«

»Das heißt, wir wissen zwar, wo er steckt, aber es wird einen Moment dauern, bis wir ihn hierhaben. Er lebt schon lange nicht mehr in Köln, sondern auf Formentera. Das ist die kleinste der Baleareninseln. Es gibt dort keinen Flughafen. Nicht einmal eine Landepiste. Ist alles Naturschutzge…«

»Ersparen Sie mir den Volkshochschulvortrag.«

»Sollen wir die Guardia Civil um Amts…«

»Auf keinen Fall. Ich will kein Aufsehen. Er kommt freiwillig mit oder er bleibt, wo er ist. Unfreiwillig nützt er uns hier gar nichts. Schicken sie zwei Leute in Zivil. Unbewaffnet. Ich will keine Scherereien mit den spanischen Behörden. Und tun Sie mir einen Gefallen: Vermasseln Sie die Sache nicht!«

David Manthey. Donnerwetter. Was für ein interessanter Tag. Ausgerechnet David, der Nestbeschmutzer. Willi Heuser verteilte Servietten auf dem Tisch. Der Drahtige verließ eilig den Raum. Willi Heuser riss eine Tüte mit Knabberzeug auf. Das Geräusch ließ den Präsidenten aufblicken.

»Heuser?«

»Ja, Herr Präsident?«

»Was machen Sie eigentlich noch hier?«

Frank Koch sah nur kurz auf, als Kristina Gleisberg ihm gegenüber in einem der Ledersessel Platz nahm, dann vertiefte er sich wieder in seine Zeitung. Falls es ihn überrascht haben sollte, ausgerechnet hier, in der Senator Lounge der Lufthansa, einem seiner Reporter zu begegnen, so ließ er es sich nicht anmerken. Frank Koch ließ sich nie etwas anmerken. Das war einer seiner vielfältigen Wesenszüge, die in der Summe wettmachten, dass Frank Koch so gar nicht in die Schablone moderner Manager passte: zu klein, zu dick, zu unsportlich, zu ungehobelt, zu schlecht gekleidet. Heute trug er zu enge Jeans, verschrammte, ehemals weiße Joggingschuhe, ein zwar strahlend weißes, aber schlecht gebügeltes Hemd, ein ausgebeultes Sakko aus weinrotem Samtstoff und dazu eine Krawatte, deren wildes Muster erst bei genauerem Hinsehen eine Herde kopulierender Zebras offenbarte. Frank Koch konnte es sich leisten, keinen Wert auf Konventionen zu legen. Vergangenen Monat hatte ihn eines dieser Fachmagazine zum deutschen Medienmanager des Jahres gewählt.

»Guten Morgen, Herr Koch.«

»Morgen«, antwortete er, ohne aufzusehen. »Augenblick noch. Bin gleich fertig.«

»Kein Problem, Herr Koch.«

Kein Problem. Wer Frank Koch Probleme bereitete, war

schnell weg vom Fenster. Er las die Süddeutsche. Vor ihm, auf dem Couchtisch, lagen die bereits zerfledderten Exemplare der Bild und der Financial Times. Als hätte er sie ausgeweidet, wie ein Raubtier die Beute. Das waren die drei Zeitungen, die er jeden Morgen las, wusste Kristina, seit sie zum kleinen Kreis jener Mitarbeiter gehörte, denen gelegentlich eine Audienz in seinem Penthouse-Büro im Kölner Mediapark zuteil wurde. Viel mehr wusste sie nicht über ihn, außer den wenigen Dingen, die nun wirklich jeder in der Branche wusste: dass Frank Koch 42 Jahre alt, geschieden, kinderlos und Geschäftsführer von InfoEvent war, einer profitablen TV-Produktionsfirma, die vergangenes Jahr fast 1000 Programmstunden für deutschsprachige Fernsehsender geliefert hatte. Und dass eine Menge Leute seine Launen fürchteten. Politiker zum Beispiel. Und Kristina Gleisberg.

Koch runzelte die Stirn, schließlich schüttelte er belustigt den Kopf und kicherte in sich hinein. Die Sonnenbrille hüpfte fröhlich auf seinem Bauch herum. Kein Mensch trug noch Brillen an Schnüren um den Hals. Außer Frank Koch.

»Haben Sie das gelesen?«

Kristina Gleisberg hatte keine Ahnung, was er meinte. Frank Koch schien zum Glück auch keine Antwort zu erwarten, denn er war schon wieder mit der Zeitung beschäftigt. Er kratzte sich nachdenklich die Schläfe und verzog das Gesicht zu einer Grimasse. Der Dreitagebart sollte vermutlich die babyhaft weichen Gesichtszüge konturieren und das fehlende Kinn vertuschen. War der Mann also doch eitel?

Oder nur zu faul zum Rasieren?

Waren nicht alle Männer in Wahrheit furchtbar eitel, gleich, wie alt oder fett oder hässlich sie waren?

Was ging ihr da nur für ein Mist durch den Kopf? Ausgerechnet jetzt. Die nächsten fünf Minuten würden über ihre berufliche Zukunft entscheiden – und sie dachte über Bartstoppeln nach. Die klugen Sätze, die sie sich auf der kurzen Fahrt zum Flughafen sorgsam zurechtgelegt hatte, schienen mit einem Mal allesamt aus ihrem Gedächtnis gelöscht.

Koch klappte die Zeitung zu. Er knüllte sie mehr, als dass er sie faltete, und warf sie mit angewiderter Miene zu dem Papierberg auf dem Couchtisch. Dann stemmte er sich mit seinen kurzen, kräftigen Beinen im Sessel zurück und rückte ungeniert den Hosenbund zurecht.

»Diese Feingeister in München sind mächtig stolz auf ihre Medienseite. Balsam für Bessergebildete. Werfen uns vor, wir machten Unterschichtenfernsehen. Um die Massen einzulullen. So ein Quatsch. Wir sind doch keine Politiker. Wir sind auch keine Sozialpädagogen oder Weltverbesserer. Wir produzieren Fernsehen, um Geld zu machen. Ist das etwa neuerdings ein Verbrechen? Und deshalb produzieren wir, was die Leute mögen. Wir machen Wohlfühlfernsehen. Das ist unser Job. Die Menschen wollen sich abends ums elektronische Lagerfeuer scharen, sie wollen sich geborgen und behaglich fühlen, nach des Tages Müh' ein paar Stunden die Seele baumeln zu lassen. Was soll denn daran so schlimm sein?«

Kristina suchte nach einer Antwort, die klug und charmant genug klang, um Frank Kochs Aufmerksamkeit für ein paar Sekunden zu fesseln. In den vier Jahren, die sie für ihn arbeitete, war seine Aufmerksamkeit vornehmlich von ihren Beinen und ihrem Arsch gefesselt worden. Doch da war heute der Couchtisch im Weg. Frank Koch war kein Grabscher, zum Glück. Nur ein schamloser Voyeur. Seit wenigen Monaten war seine Aufmerksamkeit sogar von ihrer journalistischen Arbeit gefesselt, seit der ersten Zoran-Jerkov-Story zur Prime Time, *Schätzchen, die Story hat viel mehr Potenzial, als du dir vorstellen kannst, das wittere ich.* Seit sechs Wochen konnte er sich sogar ihren Namen merken, auch wenn er sie weiter Schätzchen nannte und duzte, wie sämtliche seiner weiblichen Sklaven, und vor vier Wochen hatte er ihr sogar unaufgefordert die Honorarpauschale erhöht.

»Schätzchen, merk dir gut, was ich dir jetzt sage. Es gibt eine goldene Regel in unserer Branche: Wenn ein neues Format in der Süddeutschen gelobt wird, dann muss dir schon angst und bange werden, denn dann fällt es erfahrungsgemäß beim

Publikum durch, spätestens nach der zweiten Folge, und die Quote kannst du dir … Moment mal … ach du Scheiße …«

Er griff nach dem BlackBerry neben dem Zeitungsberg, riss das Gerät an sich, als hinge sein Leben davon ab, starrte auf das Display, drückte schließlich eine Kurzwahltaste, presste das Ding ans Ohr. »Koch hier. Schätzchen, lauf doch mal rasch rüber in den Blumenladen und schick meiner Ex-Frau einen dicken Strauß Nelken. Was? Einfach nur: Alles Gute zum fünften Scheidungstag. Okay. Noch was? Wer? Der kann warten. Sag ihm, ich rufe ihn von Berlin aus zurück. Oder noch besser: Sag ihm, ich bin nicht zu erreichen. Wir lassen ihn noch eine Weile zappeln. Nein, im Kempinski. Nein, das war alles. Tschüssi.«

Frank Koch warf das BlackBerry auf den Zeitungsberg und grinste: »Ich schicke ihr jedes Jahr zum Scheidungstag Blumen. Sie hasst Nelken. Kleiner Spaß von mir. Was machst du eigentlich hier? Müsstest du nicht bei der Pressekonferenz sein … mit diesem … wie heißt er noch gleich?«

»Zoran Jerkov. Die Pressekonferenz ist vorbei. Deshalb bin ich hier, weil es da ein Problem …«

Problem. Genau dieses Wort wollte sie eigentlich vermeiden. Koch hasste das Wort. *Kommen Sie mir nie mit Problemen, ohne mindestens drei Lösungsvorschläge parat zu haben. Ich will nicht wissen, was nicht geht, sondern was geht.* Plötzlich grinste er breit, aber an ihr vorbei, in Richtung Tür. Kristina Gleisberg blickte über die Sessellehne zurück. Sie kannte den Mann: Politiker, Landesminister in Düsseldorf, aber sie kam nicht auf den Namen. Er hatte eine junge Frau im Kostüm und zwei Personenschützer im Schlepp. Die Personenschützer bauten sich neben der Tür auf, die Frau folgte dem Minister, hielt aber exakt zwei Schritte Abstand. Also nicht seine Ehefrau, sondern seine persönliche Referentin. Der Minister breitete die Arme aus, als er auf Koch zusteuerte. Die Referentin nahm derweil neben Kristina Aufstellung, schaute ungeniert von oben herab und taxierte Kristinas Marktwert. Koch grinste weiter, lehnte sich bequem im Sessel zurück und hielt es keineswegs für unhöflich, sitzen zu bleiben. Der Minister beugte sich zu ihm hinab, tätschelte Kochs Schulter und flüsterte ihm ins Ohr. Koch nickte und grinste. Der Minister richtete sich aus der unbequemen Haltung auf, was zur Folge hatte, dass er nun nicht mehr flüstern konnte, sondern lauter reden musste:

»Darf ich Sie nach dem Flug mit meinem Wagen von Tegel mit in die Stadt nehmen? So könnten wir die Zeit nutzen und schon mal über die Sache reden.«

»Aber gerne«, antwortete Koch und grinste gefällig, bis der Minister sich wieder in Bewegung setzte, um das Frühstücksbufett zu besichtigen. Die Referentin folgte ihm. Koch stellte das Grinsen ab und wandte sich wieder Kristina zu.

»Was für ein aufgeblasenes Arschloch. Aber was soll's. Er kann uns helfen. Also: Was ist mit dem ... Problem?«

»Er ist weg.«

»Wer?«

»Zoran Jerkov.«

»Was soll das denn heißen? Er geht heute Abend um 20.15 Uhr auf Sendung. Er hat einen Vertrag unterschrieben, er hat das Live-Interview exklusiv an uns verkauft, er hat uns bisher schon eine Menge Geld gekostet ...«

»Herr Koch?«

»Was?«

»Es tut mir leid. Zoran Jerkov hat sich vor der JVA mitten in der Pressekonferenz auf ein Motorrad geschwungen und ist auf und davon. Ich habe keine Ahnung, wo er jetzt ...«

»Halt mal die Klappe. Ich muss nachdenken.«

Frank Koch kratzte sich am Bauch.

Kristina Gleisberg hielt die Klappe.

Frank Koch griff erneut nach dem BlackBerry.

»Piet? Ich bin's. Ja, ich bin auf dem Weg nach Berlin. Piet, wir müssen ein Problem lösen. Dieser Jerkov ist abgetaucht. Ja, dieser Knacki. Langweile mich jetzt bitte nicht mit Nachfragen, sondern sieh's dir nachher selber an ... N24, YouTube, was weiß ich, es wird vermutlich überall zu sehen sein. Herrgott noch mal, ich weiß selbst, wie viele Werbeminuten der Sender

schon verkauft hat. Piet, du musst mir jetzt helfen, damit aus
der Scheiße kein Desaster für die Firma wird. Nein, wir sagen
nichts ab, im Gegenteil, wir machen die Sendung. Kauf alles an
bewegten Bildern zusammen, was du kriegen kannst. Misch es
mit den alten Einspielern aus dem Archiv, ja, all das Zeug, das
die Gleisberg schon auf Sendung hatte. Aber dann gibst du der
Geschichte einen neuen Dreh. Hör mir jetzt genau zu: Dieser
Jerkov ist für uns ab sofort kein unschuldiges Opfer mehr, sondern ein Krimineller, der mit seinen Lügen sogar den Bundespräsidenten linkt, ein Kokain-Dealer, der Kinder zum Rausch-
gift verführt, und so weiter und so weiter ... was? Woher ich
das weiß? Piet, die Wahrheit ist mir jetzt scheißegal. Ich versuche gerade, unseren Arsch zu retten. Und noch was: Der Kerl
hat damals im Knast einen unschuldigen Mithäftling getötet.
Dieser Aspekt kam bisher viel zu kurz in unserer Berichterstat-
tung. Und unsere Justiz lässt so einen vorzeitig laufen. Besorg
dir ein paar Experten, die vor der Kamera über unsere lasche
Strafjustiz schwadronieren, heute Abend live vor der Kamera.
Was? Natürlich sind die so schnell aufzutreiben. Alles nur eine
Frage des Preises. Ist mir scheißegal, was das kostet. Und dann
müsste im Lauf der Sendung ein paar Male beiläufig erwähnt
werden, dass er aus Jugo-Land stammt, damit alle beim Zugucken kapieren: er ist Ausländer, ein A-U-S-L-Ä-N-D-E-R ...
was hast du gesagt? Das ist mir scheißegal, dass er einen deutschen Pass hat, kapiert? Es geht nicht darum, was wahr ist, sondern darum, was die Leute glauben wollen. Ich sagte, ihr sollt es
beiläufig erwähnen. Elegant, verstehst du? Und jetzt kommt's,
zum Mitschreiben, Piet, für die Moderation, aber nicht gleich
zu Beginn der Sendung, sondern erst mittendrin, sonst zappen
ja alle in den ersten zwei Minuten weg: Nach diesen jüngsten und erschütternden Recherche-Ergebnissen haben wir aus
ethisch-moralischen Erwägungen entschieden, auf ein Interview
mit dem Dreckskerl zu verzichten, um diesem Kriminellen keine
Bühne, bla, bla, bla, verstehst du, alle anderen Deppen laufen
noch brav und munter in die Richtung, die wir vorgegeben haben, aber wir drehen den Spieß jetzt um, neuer Kurs und Voll-

dampf voraus, exklusiv bei … was? Die Gleisberg? Nein, die kannst du nicht haben, Piet. Warum? Die Gleisberg ist draußen. Piet? Ich verlass' mich auf dich! Klar? Leg' los. Tschüssi.«
Der Lufthansa-Flug nach Berlin wurde aufgerufen.
»Das ist nicht fair, Herr Koch.«
Frank Koch ignorierte sie und stopfte das BlackBerry in die Außentasche seines Sakkos.
»Herr Koch, das hat Jerkov nicht verdient. Er ist unschuldig. Er hat keinen Mord begangen, das wissen Sie doch ganz genau. Und die andere Sache, im Knast, das war pure Notwehr. Dafür hat er zwölf Jahre abgesessen. Bitte!«
»Schätzchen, dein Job war es, den Kerl ins Studio zu bugsieren. Jetzt ist er weg. Du hast also kläglich versagt.«
Frank Koch erhob sich aus seinem Sessel und folgte dem Minister in Richtung Ausgang. Auf halbem Weg blieb er abrupt stehen und drehte sich um.
»Ach, Schätzchen, bevor ich es vergesse …«
Er redete laut genug, dass alle in der Lounge die Köpfe hoben, aber leise genug, dass jeder auf der Stelle ahnte, dass hier, jetzt, quer durch den Raum, etwas sehr Persönliches, sehr Intimes und damit ungeheuer Interessantes besprochen wurde:
»Du bist gefeuert.«

Formentera ist nur knapp 83 Quadratkilometer groß und somit die mit Abstand kleinste der vier bewohnten Balearen-Inseln. Dem ersten Anschein nach fast schon eine Beleidigung für zwei erfahrene Personenfahnder.
Doch mit Ausnahme der 19 Kilometer langen, asphaltierten West-Ost-Achse vom Hafen in La Sabina bis zur Hochebene La Mola sind die Landstraßen auf der Insel bucklige Staubpisten, die keine Namen tragen, ebenso wie die armseligen, zwischen Olivenhainen geduckten Bauernhöfe keine Hausnummern be-

sitzen. Auch Wegweiser sucht man vergebens – abgesehen von
einigen windschiefen Hinweisen auf die Inselhauptstadt San
Francisco mit ihren knapp 1500 Einwohnern und auf die noch
kleinere Nachbarstadt San Fernando.

Das hatten die beiden Männer, die am Nachmittag im Hafen
die Fähre aus Ibiza über die wacklige Gangway verließen, nicht
bedacht. Daraus war ihnen kein Vorwurf zu machen, denn sie
hatten erst wenige Stunden zuvor ihr Reiseziel erfahren, und so
war ihnen kaum Zeit geblieben, sich vorzubereiten.

Sie hatten sich in der Buchhandlung am Frankfurter Flughafen zwei illustrierte Reiseführer besorgt und während des Fluges
studiert. Nach der Landung auf Ibiza setzten sie ihre Sonnenbrillen auf, nahmen ein Taxi hinunter zum Hafen und tranken
dort schwarzen Kaffee, während sie auf die nächste Fähre nach
Formentera warteten. Der Katamaran benötigte etwas mehr
als zwanzig Minuten zur Nachbarinsel. Es ging kein Wind, das
Wasser war spiegelglatt, selbst im Hafen von La Sabina konnte
man bis auf den Grund sehen, während die Sonne unbarmherzig vom wolkenlosen Himmel brannte.

Nein, die Geländewagen seien leider alle ausgebucht, versicherte die junge Frau am Mietwagenschalter. Nur der Seat
Ibiza da draußen vor der Tür sei momentan frei. Nein, leider nur
in dieser Farbe. Die beiden Männer bezahlten für zwei Tage, in
bar, verstauten ihre beiden handlichen Sporttaschen, mit denen
man auch unmöglich einen zweiwöchigen Urlaub hätte bestrei-
ten können, im Kofferraum des zitronengelben Kleinwagens und
machten sich auf den Weg nach San Francisco.

Der Wirt in der Bar Central gegenüber der mächtigen Wehr-
kirche unterbrach sie gleich im ersten Satz und korrigierte sie:
Sant Francesc heiße der Ort, nicht San Francisco wie noch zu
Francos Zeiten, als Katalanisch verboten war und Kastilisch
die einzig erlaubte Sprache in Spanien. Außerdem habe er keine
Zeit für ihre Fragen, er müsse sich um die Gäste kümmern.

Die Alte hinter dem Tresen des Tabakladens ein paar Meter
die Gasse hinunter schaute nur kurz auf das Foto und schüttelte sofort energisch den Kopf: Nein, diesen Mann habe sie

noch nie gesehen und den Namen David Manthey noch nie gehört. Sie achte nämlich grundsätzlich nicht auf die Gesichter der Kunden, und sie könne sich ganz schlecht Namen merken. Sie spürte, dass die beiden Deutschen ihr kein Wort glaubten. Sie war eine schlechte Lügnerin, sie würde die Lüge morgen in der Kirche beichten müssen, und als die beiden Männer den Laden verließen, sank sie erschöpft auf ihren Hocker. Nachdem sie wieder zu Atem gekommen war, griff sie zum Telefon.

Sant Ferran statt San Fernando. Die beiden Männer aus Deutschland lernten schnell. Die Fonda Pepe war während der Hippie-Zeit Treffpunkt und Informationszentrale all jener Aussteiger gewesen, die es nicht bis nach Indien geschafft hatten. Der Wirt, ein junger Katalane mit Pferdeschwanz, forderte sie auf, gefälligst ihre Sonnenbrillen abzunehmen, bevor er auch nur ein einziges weiteres Wort mit ihnen wechsle. Dann musterte er sie über die Theke hinweg von Kopf bis Fuß:

Beide waren etwa Mitte dreißig. Groß, sehr groß, und schlank. Muskulös. Sie bewegten sich wie Sportler. Kampfsportler. Jeans, Sneakers, kurzärmelige Hemden. Sie sahen aus wie Zwillinge. Und wie verkleidet. Das spürte der junge Mann sofort: Sie waren nicht entspannt, wo doch jeder auf Formentera entspannt war. Und sie waren viel zu sehr darauf bedacht, unauffällig zu wirken.

Der Wirt hätte gar nicht mehr auf das Foto, das sie nun über die Theke schoben, schauen müssen, um zu wissen, wen die beiden Deutschen suchten. Aber er tat ihnen den Gefallen, amüsierte sich insgeheim, wie David Manthey vor vielen Jahren ausgesehen hatte, als er für seinen Dienstausweis als Polizeibeamter fotografiert worden war, und schüttelte schließlich bedauernd den Kopf:»Nie gesehen.«

Kaum hatten die beiden Besucher die Fonda Pepe verlassen, zog der junge Mann ein Handy aus der Hosentasche.

»Juan hier. Kein Zweifel. Pass nur ja auf dich auf. Die sehen nämlich so aus, als bräuchten sie keine Waffen.«

Mitten im Ort, an der einzigen Straßenkreuzung, die den Namen Straßenkreuzung tatsächlich verdiente, befand sich neben einem Zeitschriftenladen die Poststation für die gesamte Insel. Die meisten der 8442 über Formentera verstreuten Bewohner hatten keine Briefkästen an den Häusern, sondern ein Postfach in Sant Ferran. Da schaute man gelegentlich nach, wenn man ohnehin etwas in der Stadt zu erledigen hatte. Die beiden als Urlauber verkleideten Männer starrten durch die Glasscheibe ins Innere der Poststation. Eines der stählernen Fächer musste David Manthey gehören, und die Frau hinter dem Schalter musste wissen, welches. Die ältere Dame starrte unentwegt zurück und versprühte aus ihren schmalen Augenschlitzen pures Gift, so dass die beiden Männer lieber auf einen Besuch der Poststation verzichteten und stattdessen nebenan im Zeitschriftenladen eine Karte der Insel im Maßstab 1:25 000 kauften.

Die nächsten Stunden verbrachten sie damit, mit ihrem zitronengelben Seat Ibiza kreuz und quer über die Insel zu irren, auf den staubigen Pisten Schlaglöchern auszuweichen, die ihre Rundfahrt vorzeitig beendet hätten, mürrischen Ziegenhirten und wortkargen Fischern, die ihre Netze reparierten, das Foto aus David Mantheys Dienstausweis zu zeigen.

»Formentera!«, riefen Graf Timascheff und
Kapitän Servadac fast gleichzeitig aus.

Vor dem Leuchtturm am Rand der schwindelerregenden Klippe erinnerte das Zitat auf dem Denkmal mit der Büste aus Bronze an den Schriftsteller Jules Verne, der in seinem erstmals 1877 veröffentlichten Roman »Reise durch das Sonnensystem« die Insel zum Schauplatz einer galaktischen Katastrophe werden und die komplette Hochebene La Mola im Meer versinken ließ. Nur dieses eine Mal war die Insel Formentera zum Schauplatz der Weltliteratur avanciert – und gleich dem Untergang geweiht.

In dem gläsernen Schaukasten neben dem Denkmal klebte ein handgeschriebener Zettel mit einem Text, der zweifellos nicht von Jules Verne stammte:

Kehren Sie um, durchqueren Sie das Dorf El Pilar, fol-
gen Sie den Serpentinen hinunter zum Meer, verlassen sie
unmittelbar nach dem Kilometerstein 10 die asphaltierte
Hauptstraße, indem sie nach links auf den unbefestigten
Weg abbiegen. Nach 500 Metern biegen Sie nach rechts
ab, bei der nächsten Möglichkeit nach links, dann immer
geradeaus bis zur Bucht.

David Manthey

Sie brauchten knapp eine halbe Stunde. Die staubige Piste
schlängelte sich zuletzt durch einen Pinienhain, der jedes Tages-
licht schluckte. Der Fahrer schaltete die Scheinwerfer ein, der
Beifahrer blickte sich nervös um. Der Wald machte schließlich
den Dünen Platz, und eine Bucht breitete sich vor ihnen aus.
Am Horizont versank die blutrote Sonne im Meer. Das atem-
beraubend schöne Schauspiel ließ die beiden Männer für einen
Moment unachtsam werden. Außerdem überzog ein im Gegenlicht spiegelnder Schmierfilm aus angefeuchtetem und wieder
eingetrocknetem Staub die Windschutzscheibe, von den abge-
nutzten Wischblättern sorgsam verteilt, seit die trübe Flüssig-
keit der Scheibenwaschanlage aufgebraucht war.

Unter günstigeren Umständen wäre ihnen wohl aufgefallen,
wie ungewöhnlich eben und sauber und glatt die Buckelpiste an
dieser Stelle des Weges war. Wie frisch gekehrt.

Jetzt aber war es zu spät.

Der Seat Ibiza machte einen Satz, die Vorderräder durch-
brachen die mit einer feinen Sandschicht bedeckte Plane und
rutschten in den frisch ausgehobenen Graben, das Bodenblech
knirschte, die Räder der Hinterachse drehten sich eifrig in der
Luft angesichts der unerwarteten Bewegungsfreiheit.

Die beiden Männer kletterten aus dem Wagen.

Am Ende des knapp 20 Meter breiten Strandes, unmittelbar
an der Wasserlinie, stand ein Mann. Im Gegenlicht der unter-
gehenden Sonne war er lediglich als schwarze Kontur erkennbar. Zumindest die Körpergröße passte. Die kannten sie aus der
Akte. 1,93 Meter.

»David Manthey?«

»Ja, das bin ich. Und wer sind Sie?«

»Wir bitten Sie, mit uns nach Deutschland zu kommen.« Die beiden Männer stapften durch den Sand auf ihr Ziel zu. Sie konnten das Gesicht immer noch nicht erkennen.

»Bleiben Sie stehen! Wer sind Sie?«

»Kommen Sie bitte mit. Dann geschieht Ihnen nichts. Machen Sie sich das Leben nicht unnötig schwer. Glauben Sie uns: Wir haben notfalls andere Mittel, Sie zu überzeugen.«

»Das glaube ich gern. Wer sind Sie?«

Die beiden Männer verzichteten auf eine Antwort und setzten sich stattdessen wieder in Bewegung, auf die Wasserlinie zu, um die Unterhaltung nicht brüllend fortsetzen zu müssen. Sie waren noch knapp zehn Meter von David Manthey entfernt, als ein Geräusch in ihrem Rücken, ein kräftiges, kehliges Husten, sie innehalten und umschauen ließ. Oben auf der Anhöhe, vor dem Mietwagen, hatten sich sechs, sieben, acht Männer versammelt. Sie trugen Mistgabeln und Knüppel. Sie schienen auf ein Zeichen zu warten. Von links und von rechts näherten sich über den Strand ebenfalls Männer. Ein Dutzend vielleicht. Schwer zu erkennen.

»Was soll das, Herr Manthey?«

»Haben Sie gewusst, dass diese Insel über die Jahrhunderte immer wieder von Piraten überfallen wurde? Nicht so wie die Piraten im Kino. Die echten Piraten haben hier eine breite Blutspur hinterlassen. Die haben die Ernte geraubt, die Frauen und Mädchen vergewaltigt, die Männer gefoltert und abgeschlachtet, die Überlebenden dem Verhungern preisgegeben. Das hat die nachfolgenden Generationen auf dieser Insel geprägt. Und deshalb werfen die Menschen hier jeden, der sich in feindseliger Absicht nähert, zurück ins Meer.«

»Herr Manthey, wir sind nur gekommen, um Sie zu …«

»David?«

Das war einer der Männer vom Hügel. Eine tiefe, dunkle, vom Salz, vom Brandy, von Filterlosen gegerbte Stimme.

»Qué hay, Javier?«

»Sind das diese Drogengangster?«
»No sé, Javier. Ich weiß es noch nicht. Sie haben immer noch nicht gesagt, wer sie sind.«
»Sollen wir mal runterkommen und sie fragen?«
»Herr Manthey, bitte machen Sie jetzt keinen Fehler, den Sie später sicher bereuen würden...«
»Wer sind Sie?«
»Bundeskriminalamt.«
»Warum sollte ich das glauben?«
»Unsere Dienstausweise befinden sich im Kofferraum des Wagens. In den Sporttaschen...«
»Javier?«
»Qué hay, David?«
»Seht doch mal im Kofferraum nach, im Gepäck. Die Herrschaften haben dort ihre Ausweise vergessen.«
»Herr Manthey, wir möchten Sie nun bitten...«
»Wenn Sie mir etwas vorzuwerfen hätten, dann wären Sie doch mit der Guardia Civil aus Ibiza angerückt.«
»Ihnen wird aber nichts vorgeworfen, Herr Manthey. Unsere Vorgesetzten wollen lediglich ein Zeugengespräch mit Ihnen führen. Das ist alles.«
»Was soll ich bezeugen können? Ich lebe jetzt schon seit zwei Jahren nicht mehr in Deutschland.«
»Was Sie bezeugen sollen, Herr Manthey, liegt wesentlich länger zurück. Es geht um einen Menschen, den Sie vor mehr als zwanzig Jahren kannten. Gut kannten.«
»Und wer soll das sein?«
Wind kam auf, kräuselte das Meer in der Bucht und trieb das salzige Wasser in winzigen Wellen auf den Strand zu. Oben auf dem Hügel streckte Javier triumphierend die Hand in den Abendhimmel. Offensichtlich hatte er die Ausweise gefunden. Und David Manthey wusste schlagartig, von wem die beiden BKA-Beamten sprachen. Die Erinnerung an den Mann, den er vor mehr als 20 Jahren zum letzten Mal gesehen hatte, trieb ihm trotz der kühlen Brise die Schweißperlen auf die Stirn.
»Herr Manthey, es geht um Zoran Jerkov.«

Sie starrten ihn an, als käme er vom Mars. Eben noch hatten sie verbissen drei gegen drei auf einen Korb gespielt und sich dabei unentwegt angebrüllt:

»Ey, du Penner!«

»Selber Penner!«

»Warum schneidest du nicht in die Zone, wenn der Polacke den Block stellt und der Passweg frei ist, du Penner?«

»Halt's Maul und spiel endlich weiter.«

»Was glaubst du wohl, warum du auf der Weak Side rumstehen sollst, du Penner? Der Passweg war so offen und so breit wie dein fetter Türken-Arsch.«

»Halt's Maul, Kroaten-Zwerg!«

»Ich geb' dir gleich was auf dein dreckiges Maul!«

Kaum hatte er im Schlepptau seines Onkels die Halle betreten, hielten die Spieler in der Bewegung inne und verstummten. Sie nickten sich schweigend und vielsagend zu und stemmten abwartend die Fäuste in die Hüften.

Felix Manthey legte seine große, schwielige Hand auf Davids Schulter und schob ihn vor sich her. Als sie die Mittellinie überquerten, löste sich der Kleinste aus der Gruppe, der wortgewaltige Kroaten-Zwerg, und schlenderte ihnen entgegen. Bei jedem Schritt dribbelte er den Ball mit traumwandlerischer Sicherheit zwischen seinen Beinen hindurch, ohne auch nur ein einziges Mal hinzusehen, linke Hand, rechte Hand, *Tack, Tack, Tack, Tack,* die Augen starr auf David gerichtet, Misstrauen als Langeweile getarnt, während der Kaugummi durch seinen halb geöffneten Mund wanderte, von links nach rechts und von rechts nach links, so wie der Ball durch seine Beine, *Tack, Tack, Tack, Tack,* die Kieferknochen zermalmten den Kaugummi, so wie ich dich zermalmen werde, wart's nur ab, auch wenn du mindestens einen Kopf größer bist als ich, auch wenn du der Neffe von Coach Manthey bist, auch wenn du neuerdings beim Coach wohnst, das hat längst die Runde gemacht im Viertel, auch wenn ich mich jetzt natürlich doof stelle, als wüsste ich von nichts.

Tack Tack Tack Tack

»Coach? Ey, Coach!«

Tack Tack Tack Tack

»Hallo, Zoran. Was gibt's?«

»Coach ... Wer ist denn der da?«

Tack Tack Tack Tack

»Das ist David. Mein Neffe, David Manthey. Er gehört von heute an zum Team. Er ist unser neuer Power Forward.«

»Wir brauchen keinen!«

Tack Tack Tack Tack

»Was brauchen wir nicht, Zoran?«

»Keinen Power Forward. Wir brauchen keinen.«

Tack Tack Tack Tack

»Zoran, auf welcher Position spielst du?«

»Was soll die Frage, Coach?«

Tack Tack Tack Tack

»Zoran, ich will von dir nichts weiter als eine kurze, präzise Antwort auf meine Frage. Auf welcher Position spielst du?«

»Point Guard natürlich. Aber was soll die ...«

Tack Tack Tack Tack

»Richtig. Du bist unser Point Guard. Du bist sogar ein begnadet guter Point Guard. Du hast nämlich ein Kämpferherz, Zoran, ein echtes Kämpferherz. Du hast außerdem ein gutes Auge, du kannst das Spiel lesen, du hast die beste Assist-Quote und die mit Abstand beste Steal-Quote aller C-Jugend-Spieler zwischen Euskirchen und Leverkusen. Du kannst links wie rechts dribbeln. Du kannst sogar hinter deinem Rücken und zwischen deinen Beinen dribbeln, dass einem schon vom Zusehen ganz schwindlig wird. Letzteres erhöht zwar erheblich deine Chancen bei all den Mädels, die hier bei jedem Heimspiel ganz aufgeregt rumhüpfen und vor Freude quietschen, sobald der kleine, süße Zoran Jerkov mit den großen Zauberhänden den Ball hat, nicht wahr? Aber das allein bringt uns leider der Meisterschaft kein Stück näher.«

Die Jungs in Zorans Rücken grölten.

Sie lachten auf seine Kosten.

Zoran wirbelte herum und erdolchte sie mit seinen Blicken.

Einen nach dem anderen.

Die Jungs verstummten.

Einer nach dem anderen.

Zoran wandte ich wieder dem Coach zu.

»Na und? Was gibt's denn für den Meistertitel? Eine schöne Urkunde? Einen Pokal aus versilbertem Blech?«

Lieber hätte Zoran gesagt: Hättest du wohl auch mal gerne, dass jemand für dich am Spielfeldrand rumhüpft und quietscht, Coach, was? Pech gehabt. Denn die Mädels stehen nun mal nicht auf Schwuchteln. Bläst dein schwuler Freund, dieser Musiker, den ganzen Tag nur Trompete? Aber das traute sich Zoran nicht. Noch nicht. Denn noch wollte er um alles in der Welt, dass Coach Manthey ihn liebte. Wie ein Vater seinen Sohn.

Tack Tack Tack Tack

»Zoran, jetzt ist aber zufällig kein Heimspiel, und es sind auch keine Mädels da, also hör auf mit der Dribbelei und halt gefälligst den Ball fest, solange wir miteinander reden. Das Geräusch geht mir schwer auf die Nerven, wenn ich mich mit dir unterhalten will.«

Tack

»Vielen Dank. Sag mal, Zoran, ganz ehrlich: Hätten wir eine Chance, ohne dich auch nur ein einziges Spiel zu gewinnen?«

Zoran setzte ein selbstgefälliges Grinsen auf. Er hatte noch nicht kapiert, dass er soeben in die Falle tappte.

»Ohne mich? Natürlich, Coach, kein Problem: Nämlich wenn Sie einen besseren Point Guard finden als mich.«

Zoran drehte sich triumphierend zum Rest der Mannschaft um. Die Jungs feixten. Gib's ihm, Zoran. Einer für alle.

»Nein, ich meine nicht dich persönlich, Zoran. Ich meine: Kann ein Basketball-Team ohne Point Guard gewinnen?«

»Keine Chance, Coach.«

»Richtig. Basketball ist nämlich ein Rollenspiel. Jeder der fünf Spieler erfüllt eine Rolle im Dienst des Teams. Wir brauchen also auf dem Feld einen Point Guard, einen Shooting Guard, einen Small Forward, einen Power Forward und einen Center für die Low-Post-Position. Und außerdem, dann wären

31

wir am Ziel meiner Träume, benötigten wir eigentlich die gleiche, im besten Fall nahezu gleichwertige Besetzung als Backup auf der Bank. Zehn gleichwertige Spieler, jeweils zwei pro Position…«

»Wir haben doch den Polacken.«

»Zoran: Er heißt Artur. Ich will, dass du ihn Artur nennst. Ich sage ja auch nicht Kroate zu dir.«

Der mit Abstand Größte in der Gruppe, der Rothaarige mit den Sommersprossen, hob interessiert den Kopf, als sein Name fiel. Er war nicht nur groß, sondern auch ziemlich breit.

»Okay, Coach: Wir haben Artur.« *Tack.* »Tschuldigung.«

»Zoran: Artur ist unser Center!«

Zoran schwieg. Er hätte jetzt sagen können: Klar, Coach, damit ist wohl alles gesagt, spar dir den Atem für weitere Erklärungen: Artur kann tatsächlich nichts weiter, als groß und breit unter dem Brett zu stehen und auf den Pass zu warten. Wenn er den Ball ausnahmsweise mal fängt, dann macht er ihn rein. Oder auch nicht. Denn meistens pfeift ihm der Schiri vorher die drei Sekunden, weil sich der Polacke nicht rechtzeitig bewegt. Der Weg von seinem Polacken-Hirn zu seinen Quadratlatschen ist einfach zu weit. Artur auf Low Post, das geht gerade noch an. Artur auf High Post: eine Katastrophe. Was soll man machen? Wir haben nur sechs Spieler im Team. Bis jetzt jedenfalls.

»Und was kann er… dein Neffe?« Dein Wunderkind, dein Ersatzsohn, seine Mutter hat sich aufgehängt, erzählen sie auf der Straße. In Felix Mantheys Küche, während der Coach in Spanien war, um seinen Neffen zu holen, aus einer Sekte, erzählen sie sich, keine Ahnung, was das für eine Sekte…

»Was er kann, hat er in Spanien gelernt, eine der besten Basketball-Nationen Europas… nach Jugoslawien natürlich.«

»Kroatien!«

»Sorry. Nach Serbien und Kroatien natürlich. David kann sich mit dem Ball bewegen, auch auf engem Raum in der Zone, er kann mit dem Rücken zum Brett spielen, er hat einen guten Schuss aus der Halbdistanz… was ein Power Forward eben so können muss. Aber wem erzähle ich das, Zoran.«

David hatte noch kein einziges Wort gesagt. Und er würde heute, in dieser kleinen, schäbigen, nach getrocknetem Schweiß stinkenden Halle, auch nicht mehr dazu kommen, auch nur ein einziges Wort zu sagen. Der kleine, drahtige Kroate würdigte David keines Blickes, hatte nur Augen für den Coach. Deshalb sah David den Ball nicht kommen, schnell und hart wie eine Kanonenkugel, abgefeuert aus Zorans Zauberhänden, während Zoran noch mit dem Coach plauderte. Die aus drei Metern Entfernung abgefeuerte Kanonenkugel grub sich in Davids Magen, nahm ihm die Luft zum Atmen, zwang ihn auf die Knie und trieb ihm unweigerlich die Tränen in die Augen.

Die Jungs jubelten.

»Was soll das, Zoran, verdammt noch mal?«

Felix Manthey war wütend. David konnte zwar nicht sehen, aber deutlich hören, wie wütend sein Onkel war, während er auf dem Boden kniete und sich still vor Schmerzen krümmte und auf das spinatgrüne Linoleum starrte und gegen den Drang ankämpfte, sich zu übergeben.

»Coach, war nur ein Test«, entgegnete Zoran Jerkov völlig ungerührt. »Habe ich mir gleich gedacht: Er kriegt meine Pässe nicht. Ich bin zu schnell für ihn. Wie soll das was werden?«

Kristina Gleisberg schaltete den Fernseher aus. Piet hatte ganze Arbeit geleistet. Keine zwölf Stunden nach seiner Haftentlassung war das arme, bemitleidenswerte Justizopfer Zoran Jerkov zu einem widerlichen Kriminellen mutiert, zu einem gefährlichen Gewalttäter, einem hässlichen Knoblauchfresser, der die Gutmütigkeit seines deutschen Gastlandes schamlos ausnutzte. Wie viele Menschen hatte InfoEvent mit der Sondersendung zur besten Sendezeit erreicht? Sechs Millionen? Acht Millionen? Morgen früh würden die Quoten im Internet abrufbar sein. Morgen früh würde sich Frank Koch erleichtert in seinem Chefsessel zurücklehnen und seinen fetten Bauch kratzen. Morgen früh würde sich Kristina Gleisberg gleich nach der zweiten Tasse Kaffee an den Schreibtisch setzen, tief durchatmen und die erste Nummer auf der Liste wählen: *Hallo, Kristina hier... Kristina Gleisberg... nein, nicht... ja, genau die. Ganz gut, danke. Und dir? Oh. Interessant. Klar. Verstehe. Deshalb will ich auch gar nicht lange stören, sondern nur mal fragen, also, letzten Monat in Berlin, da sagtest du... ja, genau, im Einstein, nach dieser unsäglichen Pressekonferenz... jedenfalls, da sagtest du, wenn ich mal Lust auf eine berufliche Veränderung... wie bitte? Verstehe, du bist in Eile. Natürlich. Nein, überhaupt kein Problem. Gute Reise und viel Erfolg. Ich melde mich dann einfach noch mal, so in zwei Wochen, wenn's dir recht ist. Tschüss dann.«*

Die Liste, die sie zusammengestellt hatte, war übersichtlich. Neun Namen. Zwei Frauen, sieben Männer. Neun von 42 000 Medienschaffenden in dieser Stadt. Drei alte Bekannte aus der Studienzeit, die im Gegensatz zu ihr stets alles richtig gemacht hatten, ferner zwei Bekannte von Bekannten, von denen sie hoffte, dass sie sich überhaupt noch an ihren Namen erinnern konnten, ferner vier leitende TV-Redakteure, die sie im Lauf der Jahre zufällig kennengelernt hatte, auf langweiligen Partys, auf Dienstreisen. Neun Menschen in einflussreichen Positionen. Neun Menschen, von denen sie hoffte, dass sie die freiberufliche Fernsehjournalistin Kristina Gleisberg nicht wie eine Aussätzige behandelten, nur weil der mächtige Frank Koch sie gefeuert hatte. Neun Menschen, die über ihre Zukunft entschieden.

Ihre Gegenwart lag auf dem Esstisch, gleich neben der Liste mit den Namen und den Telefonnummern: Auf dem Sparbuch waren noch 286 Euro und 14 Cent, seit sie vor drei Monaten den neuen Wagen gekauft hatte. Und vor zwei Wochen das Sofa.

Der aktuelle Ausdruck ihres Girokontos vermerkte ein Plus von 73 Euro und 48 Cent. Das war's.

Zoran, du mieses Schwein.

Ich habe dir vertraut.

Warum nur habe ich dir vertraut?

Kristina Gleisberg konnte sich nicht erinnern, wann sie jemals zuvor einem Menschen restlos vertraut hatte.

Nicht mal Marc hatte sie vertraut.

Marc.

Sie trat ans Fenster, öffnete es und sah hinunter in die Große Witschgasse. Wenn sie sich weit genug hinauslehnte, konnte sie sogar den Rhein sehen. Die Wohnung war viel zu groß und viel zu teuer für sie allein. Seit Marc vergangenen Monat ausgezogen war. Korrespondent in Peking. *Komm doch mit.* Hatte er gesagt. Aber nicht so gemeint. Das hatte sie deutlich gespürt. Sie hatte nichts erwidert an jenem Tag, und er hatte seine Aufforderung nie mehr wiederholt. Er hatte fast alle Möbel zurückgelassen, die sie im Lauf der Jahre angeschafft hatten. Aber er hatte ihre gemeinsamen Träume mitgenommen.

Sie schloss das Fenster, als der Verkehrslärm, der von der nahen vierspurigen Rheinuferstraße in die Gasse drang, unerträglich wurde. Sie sah sich einen Moment lang unschlüssig um, kramte schließlich in den auf dem Fußboden verstreuten Sachen, bis sie Patricia Barber fand. *If I Were Blue.* Sie schob die CD in den Schacht, ließ sich auf das nagelneue Sofa fallen, schloss die Augen und kämpfte gegen die Tränen.

Sind Sie Journalistin?

Eine Frage, die sich mit einem einzigen Wort beantworten ließ. Sie schwieg zwar eisern, so wie man es ihr eingetrichtert hatte, blieb aber unwillkürlich stehen. Diese Stimme. Stark und schüchtern zugleich. Der Gefängnisdirektor drängte sie, endlich weiterzugehen. Eine junge Frau im Trakt für Lebenslange war ein enormes Sicherheitsrisiko. Während der Direktor sie vorwärtsschob, wanderte ihr Blick durch die Werkstatt. Dann sah sie diese traurigen Augen in dem Gesicht jenseits der Hobelbank.

Mein Name ist Zoran Jerkov.

Sie schenkte ihm ein höfliches Lächeln.

Wollen Sie meine Geschichte hören?

Sie nahm kurz Blickkontakt zu ihrem Kameramann auf. Der

schüttelte den Kopf. Sie wusste genau, was das Kopfschütteln zu bedeuten hatte: zu alt, zu klein, zu farblos. Ein TV-Reportage für Frank Kochs InfoEvent über den Alltag im Gefängnis verlangte nach starken Figuren. Zum Lieben oder zum Hassen. Der Anblick des Langzeithäftlings Zoran Jerkov durch das Auge der Kamera erzeugte lediglich Gleichgültigkeit. Der Gefängnisdirektor schob sie weiter und bereute bereits, die Abkürzung durch die Schreinerei genommen zu haben. Sie war schon halb durch die Tür der Werkstatt, als sie erneut seine Stimme hörte:

Der Kölner Prostituiertenmörder. 1998. Glauben Sie mir: Was ich Ihnen zu erzählen habe, wird Ihr Leben verändern.

Fünf Tage später saß sie Zoran Jerkov im Besuchszimmer gegenüber. Nur so. Er nickte stumm, als sie mit fragendem Blick das Aufnahmegerät auf den Tisch legte.

If I Were Blue. Als der letzte Ton verhallte, fasste Kristina Gleisberg einen Entschluss: Er war ihr ein letztes Interview schuldig. Eine einzige Antwort auf eine einzige Frage. Mehr nicht. Sie würde Zoran Jerkov finden. Und sie würde gleich am nächsten Morgen damit beginnen, ihn zu suchen.

Am nächsten Morgen landete der zehnsitzige Learjet aus Ibiza um 11.58 Uhr in der Wahner Heide und nahm im militärischen Sicherheitsbereich des Konrad-Adenauer-Airports seine Parkposition ein. Vor dem Hangar der Flugbereitschaft wartete ein Mittelklasse-Mercedes mit Wiesbadener Kennzeichen auf die drei Passagiere, die den Learjet zwei Minuten nach der Landung über die kurze Gangway verließen.

Für den Mercedes öffneten sich Schranken und Tore wie von Zauberhand. Der Fahrer nickte, schwieg, nahm die Autobahn und trat aufs Gaspedal. Eine halbe Stunde später waren sie am Ziel. Sie nahmen den Aufzug hinab ins Untergeschoss des

Kölner Polizeipräsidiums und folgten dem endlos langen, nur schwach beleuchteten Flur aus Sichtbeton. Vor dem Durchgang zum Schießkino bogen sie nach rechts ab. Die dritte Tür von links stand offen. David Manthey trat ein, seine beiden Begleiter blieben draußen und schlossen die Tür hinter ihm.

Ein ovaler Konferenztisch, mausgrau. Drei Männer.

»Herr Manthey! Schön, dass Sie kooperieren. Nehmen Sie doch bitte Platz. Kaffee?«

David Manthey schüttelte den Kopf, nahm die Reisetasche von der Schulter und setzte sich auf den nächstbesten der sechs Stühle. Der Mann, der ihm Kaffee angeboten hatte, nahm am gegenüberliegenden Kopfende Platz. Das Alpha-Tier also. Mitte sechzig vielleicht, schlank, sportlich, das graue Haar millimeterkurz geschoren. Der Nadelstreifen-Dreiteiler saß perfekt. Das Alpha-Tier lächelte freundlich, also mühte sich auch der übergewichtige Mittfünfziger mit der Fliege und dem Breitcordanzug ein Lächeln ab, während er sich schwerfällig auf einen der beiden Stühle an der linken Tischseite fallen ließ. Nur der Jüngere auf der rechten Seite lächelte nicht, sondern musterte David Manthey misstrauisch über sein aufgeklapptes Notebook hinweg. Er war vielleicht Anfang dreißig, drahtig und durchtrainiert, trug schwarze Jeans und ein schwarzes Poloshirt. Ein sandfarbenes Sakko hing über der Stuhllehne. David hielt dem Blick des Drahtigen stand, bis das Alpha-Tier ihn ablenkte:

»Herr Manthey, es geht um Zoran Jerkov.«

»Das sagten Ihre Leute bereits.«

»Sie waren mit ihm befreundet. Eng befreundet, nicht wahr?«

»Ja. Vor einer Ewigkeit.«

»Vor einer Ewigkeit. Wie lange ist das genau her?«

»Wir waren noch Kinder. Gleich alt. Wir wohnten im selben Viertel. Und wir spielten im selben Basketball-Team. Später haben wir uns aus den Augen verloren.«

»Aus den Augen verloren. Interessant. Verlieren sich denn gute Freunde jemals aus den Augen?«

»Da waren wir keine guten Freunde mehr.«

»Aha! Was war denn passiert?«

»Wie bitte?«

»Was hat zum Bruch Ihrer Freundschaft geführt?«

»Ist das ein Verhör?«

Das Alpha-Tier lächelte wieder, rückte die beiden blassgrünen Schnellhefter vor sich auf der Tischplatte zurecht und faltete darüber die Hände. Kein Ehering. Entweder war er nicht verheiratet, oder er war nicht bereit, in seinem Job auch nur das geringste private Detail preiszugeben.

»Herr Manthey, Sie waren lange genug Polizist, um zu wissen, wie die Sache läuft. Dies ist kein Verhör. Dies ist nicht einmal eine Zeugenvernehmung. Dies ist ein informelles Gespräch, zu dem Sie sich freundlicherweise bereit erklärt haben.«

»Schön. Dann fangen wir doch einfach an: Wer sind Sie, und was wollen Sie von mir?«

Das Alpha-Tier ignorierte den ersten Teil der Frage und klappte den linken Schnellhefter auf. »Herr Manthey, wir möchten, dass Sie uns helfen, Zoran Jerkov zu finden.«

»Was hat er verbrochen?«

»Er hat zwei Menschen getötet.«

»Wen?«

»Eine tschechische Prostituierte … und nach seiner Verurteilung zu lebenslanger Haft einen serbischen Mithäftling.«

»Davon habe ich gehört. Ist ziemlich lange her.«

»Ja. Eine halbe Ewigkeit, um Ihre Diktion zu gebrauchen. Etwas genauer ausgedrückt: zwölf Jahre.«

»Da kann ich Ihnen in der Tat einen Tipp geben: Rufen Sie das Landesjustizministerium in Düsseldorf an und fragen Sie dort nach, in welcher Haftanstalt er einsitzt.«

»Zoran Jerkov ist seit gestern raus, Herr Manthey.«

Wie auf ein stilles Kommando nahm der Durchtrainierte die Fernbedienung vom Tisch und schaltete den Videobeamer über ihren Köpfen ein. Während der Beamer nervös aufflackerte und seinen kalten, blauen Strahl auf die weiß getünchte Betonwand über dem Sideboard richtete, widmete sich der Durchtrainierte seinem Notebook. Sekunden später stapfte Zoran Jerkov durch das geöffnete Stahltor der Justizvollzugsanstalt Rheinbach hinaus auf den Vorplatz. In Schwarz-Weiß. Die Kamera schien hoch über Zorans Kopf zu schweben. David konnte zwar Zorans Gesicht nicht sehen, aber das breite Kreuz, die hochgezogenen Schultern und der gedrungene Körperbau waren unverkennbar. Zoran war nicht allein. Eine Frau begleitete ihn. Schlank. Groß. Größer als Zoran. Pumps, strenges Kostüm, modische Bob-Frisur. Mehr war auch von ihr nicht zu erkennen. Die Kamera zoomte sich heran, das Bild zitterte nervös. Mitten auf der Straße blieb Zoran stehen, setzte den Seesack auf dem Asphalt ab und starrte in den Himmel. Er suchte die Sonne. Langzeithäftlinge suchen bei jeder sich bietenden Gelegenheit die Sonne.

Die Frau berührte ihn sanft am Arm und flüsterte ihm etwas ins Ohr. Zoran nickte, griff nach dem Seesack und überquerte den Rest der Straße, schritt unsicher seinem Ziel entgegen, das die Überwachungskamera erst jetzt erfasste: die Meute.

Zoran sah sich hilflos um, sein Blick suchte die Frau im Kostüm. Ein kleiner, ängstlicher, alter Mann von gerade einmal 40 Jahren. Gebrochen von zwölf Jahren Knast. Nein, das war nicht jener Zoran, den David Manthey in Erinnerung hatte. Zoran Jerkov, der geborene Anführer und Verführer. Zoran, der Vollstrecker. Zoran, der ewig grinsende Held.

Das Rascheln von Papier lenkte David Manthey ab: Das Alpha-Tier schaute sich nicht das Video an, sondern blätterte gelangweilt in dem zweiten Schnellhefter auf dem Tisch. Auch wenn die eingescannten Fotos aus seiner Perspektive auf dem Kopf standen, hatte David Manthey keine Mühe, sie selbst auf diese Entfernung zu identifizieren. Schließlich dokumentierten sie lückenlos die bizarren Stationen seiner Kindheit. Berlin-Moabit. Amsterdam. Carmona. Köln-Eigelstein. David spürte, wie die Kälte in sein Herz kroch. Längst verdrängte Bilder. Seine Mutter, auf dem Arm das Baby, das ständig ihrem Glück im Weg war, mitten in der überfüllten WG-Wohnküche, ernste Gesichter angesichts der unmittelbar bevorstehenden Weltrevolution. Das Kinderheim der Sannyasins, Klein-David mit der Mala um den Hals, der Holzkette mit dem Porträt des Mannes, der aussah wie der Nikolaus, mit dem langen, fast weißen Vollbart und den blitzenden Augen. Der gute, der heilige Nikolaus, den es für David nicht geben durfte, ebenso wenig wie das Christkind. Das Alpha-Tier blätterte weiter. Seine Mutter. Ihre Füße schwebten über dem Küchenfußboden. Das Foto musste aus den Polizeiakten stammen. Suizid durch Erhängen. David und Zoran und Artur und die anderen in der Turnhalle, grinsend und siegesgewiss. Onkel Felix vor seiner Finca auf Formentera, stolz, nachdem er das Dach neu gedeckt hatte. David Manthey, Deutschlands jüngster Kriminalhauptkommissar, bei einer Einsatzbesprechung in Bangkok, umgeben von uniformierten Thais, die ihre Augen hinter verspiegelten Sonnenbrillen verbargen. David Manthey im FBI-Ausbildungszentrum in Quantico, in Washington, vor einem der Jazz-Clubs in Georgetown, mit seinem Kumpel Steve vom NYPD. Und Astrid, mein Gott, Astrid, in einer Blutlache auf dem kalten Asphalt eines Frankfurter Hinterhofs…

Das Alpha-Tier hob scheinbar überrascht den Kopf:»Jetzt kommt's, Herr Manthey. Sehen Sie nur hin!«

David wandte sich gerade rechtzeitig der tonlosen Videosequenz zu, um noch zu erleben, wie sich Zoran Jerkov auf eine schwere Enduro-Maschine schwang, unverkennbar eine Triumph Tiger, sich in der Ledermontur des Fahrers festkrallte, ein Dutzend fassungsloser Journalisten zurückließ. Das Alpha-Tier nickte, der Durchtrainierte drückte den Knopf der Fernbedienung, aber der Beamer reagierte erst mit Verzögerung, und so registrierte David Manthey im Bruchteil einer Sekunde, bevor das Bild verschwand, wie sich außerhalb der Sichtweite der Journalisten ein BMW und zwei Audis aus ihren Parklücken zwischen den Bäumen der Allee lösten. Zivile Kölner Kennzeichen. Obere Mittelklasse. Anthrazitfarben. Robust, schnell und unauffällig.

»Und? Haben Sie ihn gekriegt?«

»Ich verstehe nicht, Herr Manthey.«

»Der BMW und die beiden Audis. Das war doch das Kölner MEK. Zoran hat Sie also abgehängt. Die Enduro. Lassen Sie

40

mich raten: Die engen Gassen von Rheinbach? Die verschlungenen Waldwege im Kottenforst? Die Obstplantagen der Ville? Oder erst die Freitreppe an der Kölner Philharmonie?«

Schweigen.

»Wo war denn der Hubschrauber?«

Eisernes Schweigen.

»Sagen Sie jetzt bitte nicht, Sie waren sich Ihrer Sache so sicher, dass Sie auf Luftüberwachung verzichtet hatten.«

»Wir hatten uns leider auf den Präsidenten verlassen.«

Rasche Schuldzuweisung an Außenstehende. Ein probates Mittel im Dschungel der Bürokratie. So viel zumindest war jetzt klar: Keiner der drei Männer gehörte dem Kölner Polizeipräsidium an. Aber zu welcher Truppe gehörten sie?

»Meine Herren, bitte helfen Sie mir doch mal auf die Sprünge: Das MEK ist dazu da, verdächtige Personen und Objekte zu observieren, etwa um den günstigsten Zeitpunkt für einen Zugriff des SEK zu ermitteln. Zoran steht aber unter keinem Tatverdacht. Warum also sollte er observiert werden?«

Schweigen.

»Außerdem frage ich mich gerade, in wessen Auftrag Sie wohl handeln mögen, wenn Sie sogar befugt sind, Recht und Gesetz außer Kraft zu setzen. Nun?«

Schweigen.

»Woher stammt dieses Dossier über mich? Und woher haben Sie die ganzen Fotos?«

Der Dicke und der Drahtige starrten auf die Tischplatte, das Alpha-Tier lächelte schweigend. Eis im Blick.

»Sie ermüden mich, Sie langweilen mich. Nach der nächsten Frage, die unbeantwortet bleibt, stehe ich auf und sage Adieu. Also: Wieso ist Zoran überhaupt durch das geöffnete Stahltor rausmarschiert? Das ist doch die Zufahrt für Anlieferer und Gefangenentransporte. Für Fußgänger gibt es doch gleich nebenan eine kleine, diskrete Tür aus Panzerglas.«

»Nach unseren bisherigen Erkenntnissen hatte er darauf bestanden, durchs Haupttor ...«

»Wie bitte? Habe ich mich gerade verhört?«

»Offenbar konnte es Zoran Jerkov gut mit dem Wachpersonal. Sie haben ihm den Gefallen getan. Offenbar gehörte das zu seiner medienträchtigen Inszenierung …«

»Diese Kamera auf dem Gefängnisdach … Weshalb haben Sie ihn überhaupt überwachen lassen? Schließlich ist er nicht aus der Haft getürmt, sondern entlassen worden, ein freier Mann in einem freien Land … obwohl ich auch das noch nicht ganz begreife: Bei einer Verurteilung wegen Mordes wird doch erst nach fünfzehn Jahren erstmals geprüft, ob …«

»Herr Manthey, Sie stellen eine Menge Fragen …«

»Geben Sie mir Antworten, und sagen Sie mir endlich, was Sie von mir wollen. Wer war die Frau?«

»Die Frau?«

»Die Frau an seiner Seite.«

»Eine Fernsehjournalistin.«

»Hat sie auch einen Namen?«

»Kristina Gleisberg.«

»Für wen arbeitet sie?«

»Für InfoEvent.«

»Was hat sie mit der Sache zu tun?«

»Sie hat Jerkovs Unschuld bewiesen.«

»Sie hat was?«

»Nicht für den Totschlag an dem Mithäftling. Sondern für den Mord an dieser Prostituierten. Ob er mit ihrem Tod tatsächlich nichts zu tun hatte, wissen wir allerdings immer noch nicht. Die Sache wurde nachträglich fallen gelassen, weil es diese Journalistin schaffte, die damalige Beweiskette zu kippen.«

»Er hat also zwölf Jahre unschuldig in der Zelle gesessen?«

»Vergessen Sie den Mithäftling nicht.«

»Sie wissen doch sicher, wie es im Knast zugeht. Außerdem: Wenn ich Sie eben richtig verstanden habe, dann wäre es zu dem Totschlag erst gar nicht gekommen, wenn er nicht zuvor fälschlicherweise wegen Mordes verurteilt und inhaftiert worden wäre.«

»Hätte, könnte, wäre.«

Eine hilflose Retourkutsche. Das Alpha-Tier war offensichtlich aus dem Tritt geraten. Und der schweigsame Durchtrainierte starrte David Manthey wohl deshalb nun hasserfüllt an. Eine verführerische Gelegenheit, weiter Öl aufs Feuer zu gießen.

»Wer trägt die Schuld an der Verurteilung?«

»Niemand. Eine Verkettung unglücklicher Umstände«, sagte der Dicke mit der Fliege, als sei damit das endgültig letzte Wort in der Sache gesprochen. Jurist, kein Zweifel. Peinlich bemüht um die rasche Wiederherstellung staatlicher Unfehlbarkeit.

»Verstehe.«

»Nun, Herr Manthey, Sie fragen sich vermutlich …«

»Haben Sie vielleicht ein Bitter Lemon?«

»Bitte was?«

»Haben Sie vielleicht ein Bitter Lemon für mich?«

»Bedaure, aber wir haben hier nur …«

»In der Kantine gibt es das. Mit Eis. Wenn's geht.«

Das Alpha-Tier drückte den linken Knopf der in die Tischplatte eingelassenen Sprechanlage. Ein kurzes, kaum wahrnehmbares Pfeifen. Deutliches Zeichen einer Rückkopplung. Sie zeichneten also auf, was an diesem Tisch gesprochen wurde.

»Könnten Sie uns vielleicht ein Bitter Lemon mit Eis bringen? Nein, sonst nichts. Danke.«

Das Alpha-Tier ließ den Knopf los. Der Dicke tupfte sich mit einem Taschentuch die Schweißperlen aus dem Haarkranz. Dabei verrutschten die blonden Strähnen, die entgegen der natürlichen Fallrichtung über den rosigen Schädel drapiert waren, um die Kahlköpfigkeit zu kaschieren. Der Durchtrainierte tat gar nichts. Als warte er in stiller Meditation auf seinen nächsten Einsatz.

»Können wir inzwischen weitermachen?«

»Natürlich, Herr Manthey. Wie gesagt: Wir benötigen Ihre Hilfe bei der Suche nach Zoran Jerkov.«

»Und warum wollen Sie ihn finden?«

»Um weitere Morde zu verhindern.«

»Morde an wem?«

»Er hat bei der improvisierten Pressekonferenz damit gedroht, all jene zu töten, die ihn hinter Gitter brachten.«

»Das hat er so gesagt?«

»Wenn Sie uns nicht glauben, zeigen wir Ihnen gern noch eine Videosequenz mit...«

»...mit Ton? Keine unscharfen, verwackelten Bilder, heimlich und illegal aufgenommen vom Gefängnisdach? Sondern ein Video von echten Fernsehprofis? Sie haben doch sicher den O-Ton protokolliert. Lesen Sie ihn mir einfach vor.«

Der Durchtrainierte starrte angestrengt in den Monitor seines Notebooks, während er vorlas:

»Wenn Sie jetzt keine Fragen mehr haben, meine Damen und Herren, hätte ich noch eine Kleinigkeit mitzuteilen. Hören Sie mir jetzt gut zu. Denn das könnte Ihre Zuschauer und Hörer und Leser vielleicht interessieren. Ich, Zoran Jerkov, werde jetzt für eine Weile abtauchen. Weil jene, die mir zwölf Jahre meines Lebens geraubt haben, nun ihres Lebens nicht mehr froh werden sollen. Das verspreche ich. Vielleicht komme ich tagsüber vorbei, vielleicht nachts. Vielleicht morgen, vielleicht übermorgen, vielleicht auch erst in drei Wochen oder in drei Monaten. Nur eines ist gewiss: Meine Rache wird grausam sein.«

Der Durchtrainierte klappte das Notebook zu, kaum dass er den letzten Satz vorgelesen hatte.

David Manthey biss sich auf die Unterlippe.

Zoran.

Zoran Jerkov, was hast du vor?

Hast du sie bei der Pressekonferenz alle getäuscht, als du den kleinen, hilflosen, ängstlichen, alten Mann gabst? Du warst schon immer ein Meister der Körpertäuschung. Wen wolltest du diesmal täuschen? Die Medien? Oder die Polizei? Mich kannst du nicht täuschen, Zoran. Denn ich habe soeben mit eigenen Augen gesehen, wie du dich auf das Motorrad geschwungen hast. Voller Kraft und Eleganz. Siegesgewiss. Wie damals. Als hättest du nicht nur die letzten zwölf Jahre im Knast,

sondern die letzten zwanzig Jahre deines Lebens einfach so ab-
geschüttelt ...

»Ich denke, Sie sollten ernst nehmen, was er sagt. Zoran hält
gewöhnlich, was er verspricht.«

Ein zaghaftes Klopfen. Niemand reagierte. Schließlich wurde
die Tür in David Mantheys Rücken ohne Aufforderung geöffnet. Willi Heuser stellte ein Tablett vor David ab. Bitter Lemon.
Flaschenöffner. Ein Wasserglas, halb vollgefüllt mit Eis. Heuser
würdigte ihn keines Blickes. Siehst gut aus, Willi. Nicht mehr so
mager wie früher. Was macht dein Bein? David Manthey sagte
nichts, nickte nur stumm und öffnete die Flasche. Willi Heuser
verschwand und schloss lautlos die Tür.

»Eben weil wir diese Drohung sehr ernst nehmen, haben wir
Sie kommen lassen, Herr Manthey.«

Aus dem ledernen Pilotenkoffer neben seinem Stuhl zog
das Alpha-Tier einen braunen DIN-A-4-Umschlag hervor und
schob ihn über den Tisch auf David zu.

»Was ist das?«

»Ein paar Fotos von Zoran Jerkov, wenn auch jüngeren Da-
tums, ferner ein Dossier darüber, was er die vergangenen 22 Jahre
so getrieben hat. Seit Ihre Freundschaft in die Brüche gegangen
war. Die Biografie ist allerdings nicht ganz lückenlos, muss ich
gestehen. Außerdem finden Sie in dem Umschlag eine Liste mit
den Namen der unserer Ansicht nach aktuell gefährdeten Personen. Für all diese auf der Liste vermerkten Personen ist bereits
Personenschutz und Objektschutz rund um die Uhr organisiert.
Sicherheitsstufe eins. Wir wollen absolut kein Risiko eingehen.
Ferner finden Sie in dem Umschlag einige Kopien von Zeitungs-
berichten über den Prostituiertenmord vor zwölf Jahren sowie
über die aktuelle Entwicklung der jüngsten Zeit ...«

»Ich stehe nicht zur Verfügung.«

»... ferner eine Kreditkarte auf Ihren Namen, mit der Sie Ihre
sämtlichen Spesen begleichen können, und eine SIM-Karte. Die
legen Sie einfach in Ihr Handy ein, und wir sind rund um die
Uhr für Sie erreichbar. So können wir Sie auch orten und he-
rausholen, wenn Sie in Schwierigkeiten geraten ...«

»Ich sagte doch: Ich stehe nicht zur Verfügung.«

»...vernichten Sie einfach Kreditkarte und SIM-Karte, falls Sie ablehnen. Und bitte auch die Dokumente. Ich verlasse mich darauf. Sie finden in dem Umschlag ferner ein Rückflugticket auf Ihren Namen nach Ibiza, etwas Bargeld für ihre Unkosten während der Rückreise ... das Taxi vom Airport hinunter zum Hafen, die Fähre nach Formentera ...«

David griff nach dem Umschlag.

»...ferner ein rechtswissenschaftliches Gutachten, das wir in Auftrag gegeben haben und das Sie zweifellos interessieren wird. Es geht dabei nämlich um Ihr Buch.«

»Mein Buch?«

»Das Buch, das Ihnen seit zwei Jahren ein materiell sorgenfreies Leben beschert und Ihnen neben der von Ihrem Onkel vererbten Finca auf Formentera seinerzeit sicherlich die Entscheidung erheblich erleichtert hatte, die Polizei zu verlassen und ihren gesicherten Status als Kriminalhauptkommissar aufzugeben.«

»Als mein Buch erschien, hatte ich den Polizeidienst bereits verlassen. Aber das steht sicher alles in Ihrem Dossier.«

»Selbstverständlich. Das Disziplinarverfahren endete damals wie das Hornberger Schießen. Man hatte sich wohl durch den gewaltsamen Tod Ihrer ... Kollegin beeindrucken lassen. Aber das von uns in Auftrag gegebene Gutachten findet einen völlig neuen Ansatz, Sie sogar strafrechtlich zu belangen, Herr Manthey. Und passen Sie auf sich auf: Sie sind mit Ihrem Buch nicht nur dem Staat, sondern auch der Drogen-Mafia auf die Füße getreten. Hier können wir Sie schützen. Auf Formentera nicht.«

»Ich kann ganz gut auf mich selbst aufpassen. Außerdem habe ich gute Freunde auf der Insel, wie Ihre beiden Mitarbeiter, die Sie losgeschickt hatten, bereits feststellen durften.«

Das Alpha-Tier lächelte.

David Manthey nahm den Umschlag, stopfte ihn in seine Reisetasche, erhob sich vom Tisch, schulterte die Tasche und verließ wortlos den Raum.

Erst als die Tür des Konferenzraums ins Schloss gefallen war, stellte das Alpha-Tier das Lächeln ein.

Der einzige Einzelhändler weit und breit sei ein vereinsamter Zigarettenautomat, spottete man im restlichen Köln über den Stadtteil Hahnwald. Eingekeilt zwischen der Autobahn nach Bonn, den Godorfer Ölraffinerien im Süden und dem Forstbotanischen Garten im Norden, war der 1949 gegründete Stadtteil einer der jüngsten und mit knapp 2000 Einwohnern auch einer der kleinsten Kölns. Mehr Menschen konnte der Hahnwald auch deshalb nicht beherbergen, weil die Bungalows auf Grundstücken von durchschnittlich 2000 Quadratmetern standen.

Während jenseits des Forstbotanischen Gartens, im Stadtteil Marienburg, seit Mitte des 19. Jahrhunderts der alteingesessene Kölner Geldadel um die Familien Gerling, Pferdmenges und Oppenheim im geschlossenen, denkmalgeschützten Ensemble schmucker Gründerzeitvillen residierte, hatte man zeitgleich mit der Gründung der Bundesrepublik den Hahnwald zum Bauplatz für die Gewinner des Wirtschaftswunders erklärt.

Im Hahnwald wohnten RTL-Boss Hans Mahr, TV-Moderator Stefan Raab oder Fußball-Coach Christoph Daum, bis er den 1. FC verließ. Als Bonn noch Hauptstadt war, schätzten prominente Bundespolitiker wie die Ex-Minister Gerhart Baum und Hans-Jürgen Wischnewski den Hahnwald als Domizil, weil das Regierungsviertel nur 20 Autominuten entfernt lag.

Seit dem Umzug der Regierung von Bonn nach Berlin hatte die Polizeipräsenz im Hahnwald arg nachgelassen. So dauerte es nicht lange, bis straff organisierte osteuropäische Einbrecherbanden das abgeschiedene Viertel mit der eigenen Autobahnanbindung als lukrative und risikoarme Einnahmequelle entdeckten; zeitweise wurden pro Woche im Schnitt sechs bis acht

Bungalows ausgeräumt. Als schließlich bei einem Einbruch die 22-jährige Tochter eines Hauseigentümers vor den Augen ihres gefesselten Freundes vergewaltigt wurde, nahmen knapp 300 Hahnwalder Familien ihre Sicherheit selbst in die Hand und engagierten für monatlich 16 000 Euro eine private Schutztruppe, die seither durchs Viertel patrouillierte.

Heinz Waldorf gehörte nicht zu diesen 300 Familien. Der Rechtsanwalt verweigerte standhaft die Zahlung und vertraute lieber dem speziellen Ruf und der schützenden Hand der Klientel seiner Kanzlei. Und auf seine hypermoderne Alarmanlage. So wurden beispielsweise zu Beginn der Dämmerung wie von Geisterhand die Rollläden im gesamten Haus per elektronischer Steuerung in Minutenabständen herabgelassen und verriegelt, und zwischen 6.15 Uhr und 7.15 Uhr am Morgen schwebten sie zeitversetzt wieder nach oben.

Außer an diesem Morgen.

Als Heinz Waldorf aus dem Schlaf schreckte, wusste er daher auf der Stelle, dass etwas nicht stimmte.

Es war stockdunkel im Raum.

Nicht einmal das Display des Radioweckers auf seinem Nachttisch leuchtete.

Die Nacht war längst vorbei, das sagte ihm seine innere Uhr.

Heinz Waldorf tastete das Laken ab.

Er war alleine im Bett.

Er war am Vorabend nicht alleine zu Bett gegangen.

Sie waren zu dritt gewesen.

Das gehörte mitunter zur Entlohnung seiner Tätigkeit. Eine kleine, steuerfreie Zusatzvergütung in Naturalien. Harmloser Zeitvertreib. Die Frauen, die seine Klienten ihm schickten, waren für jeden Spaß zu haben. Er auch. Manchmal hasste er sich dafür. Nicht für die Nutten. Sondern dafür, dass er käuflich war. Wie eine Nutte.

Die beiden Nutten waren verschwunden.

Verfluchte Weiber.

Er hatte viel getrunken gestern Abend. Wie viele Flaschen Taittinger hatte er geöffnet? Vier Flaschen? Fünf?

Er konnte sich nicht erinnern.

Er konnte sich an so gut wie nichts mehr erinnern.

Nur, dass es spät geworden war.

Wie spät mochte es jetzt sein?

Warum hatte die Putzfrau nicht längst die kaputte Glühbirne in der Leselampe ausgewechselt?

Vielleicht sollte er sie einfach feuern. Personal, das zu lange mit derselben Aufgabe betraut war, arbeitete irgendwann nicht mehr engagiert und gewissenhaft. Das lehrte ihn seine Erfahrung.

Wo war das Telefon?

Das Telefon lag wie immer auf dem Nachttisch. Heinz Waldorf griff danach und versuchte vergeblich, das Display zum Leuchten zu bringen. Aber das Telefon war tot.

Nur keine Panik.

Heinz Waldorf schwang seine Beine über die Bettkante, stellte die Füße auf den kühlen Terracotta-Fußboden und erhob sich mit einem leisen Ächzen. Ein leichter Schwindel erfasste ihn. Der Kreislauf. Sein Kopf schmerzte. Wildes Pochen unter der Schädeldecke. Er war nicht mehr der Jüngste, und zu viel Alkohol in Kombination mit zu wenig Schlaf ruinierte zunehmend seine Gesundheit. Er schwankte leicht, aber das lag auch daran, dass die absolute Finsternis seinen Augen keine Orientierung bot. Er machte kleine, vorsichtige Schritte, streckte dabei die Arme vor, um sich nicht zu stoßen. Er ahnte, wo sich der Lichtschalter befinden musste. Er tastete die Wand neben der Schlafzimmertür ab. Er drückte den Schalter.

Nichts.

Es blieb stockdunkel.

Heinz Waldorf atmete einmal tief durch und öffnete die Tür. Einen Moment, nur für den Bruchteil einer Sekunde, hatte er sich der trügerischen Hoffnung hingegeben, jenseits des Schlafzimmers erwarte ihn die gleißende Sonne des Sommermorgens. 28 Grad und einen wolkenlosen Himmel hatten die Meteorologen gestern für den heutigen Tag prognostiziert.

Er starrte unschlüssig in den stockdunklen Flur, der am Ende des Schlaftrakts in die Diele mündete. Noch bedrückender als die Finsternis war die absolute Stille im Haus. Er hörte nichts außer seinem Atem. Erst jetzt wurde ihm bewusst, dass er nackt war. Nackt und schutzlos. Schutz? Er benötigte keinen Schutz.

Wo war sein Handy?

Vermutlich noch in der Anzugjacke.

Wo war sein Anzug?

Er brauchte dringend ein Aspirin.

Das Licht funktionierte weder im Flur noch im Bad.

Die Haustür.

Natürlich. Die Haustür.

Er würde einfach die Haustür öffnen, dann hätte er genügend Licht in der Diele, um das Aspirin zu finden, um sein Handy zu suchen und diesen verfluchten Elektriker anzurufen.

In der Diele trat er gegen die chinesische Skulptur aus poliertem Granit. Er fluchte und versuchte, den beißenden Schmerz im kleinen Zeh des linken Fußes zu vergessen. Weiter.

Er drückte die Klinke.

Vergebens.

Er rüttelte und zog an der Klinke, weil er es nicht wahrhaben wollte: Die Haustür, ein Meisterstück moderner Sicherheitstechnik, Buche mit Stahlkern, war verschlossen.

Wie waren die Nutten aus dem Haus gekommen?

Heinz Waldorf tastete nach dem Steuerungskasten der Alarmanlage rechts neben der Haustür. Die Alarmanlage besaß einen eigenen Stromkreis. Und ein Notstromaggregat.

Er fasste in einen Haufen loser Drähte.

Erstmals, seit er aus dem Schlaf geschreckt war, kroch Panik durch seine Eingeweide. Das hier war keine technische Panne.

Sein Herz schlug ihm bis zum Hals.

Eine Waffe.

Er brauchte dringend eine Waffe.

Ein Messer.

Aus der Küche.

Er stieß sich erneut die Zehen, dieses Mal am Tischbein. Das Adrenalin betäubte den Schmerz. Er humpelte weiter, stützte

50

sich schwer atmend auf die Arbeitsplatte, tastete vergeblich nach dem Messerblock – und spürte instinktiv, dass er nicht allein war.

Er wirbelte herum, in einer Geschwindigkeit, die weder sein Alter noch sein Übergewicht vermuten ließen, als eine Taschenlampe aufflammte und ihn blendete. Heinz Waldorf schloss unwillkürlich die Augen und hob die Hände schützend vors Gesicht.

»Wer ist da? Was wollen Sie?«

Der Mann mit der Taschenlampe antwortete nicht. Stattdessen rammte er Heinz Waldorf das Tranchiermesser aus Edelstahl bis zum Schaft in den Bauch.

Dr. Wilhelm Gründel arbeitete als Facharzt für forensische Psychiatrie und Psychotherapie seit fast 23 Jahren nebenamtlich für die Justizvollzugsanstalt Rheinbach. Seine Doktorarbeit hatte er über den 1975 verurteilten und anschließend in Rheinbach inhaftierten NVA-Offizier, Stasi-Agenten und Kanzlerspion Günter Guillaume verfasst. Seither hatte er Vergewaltiger und Kinderschänder kennengelernt, notorische Zechpreller, raffinierte Betrüger, brutale Schläger, sadistische Serienmörder. Inzwischen konnte ihn keine Begegnung mit den Abgründen der menschlichen Seele mehr sonderlich überraschen. Aber ein Häftling wie dieser Zoran Jerkov war Dr. Wilhelm Gründel in seiner langjährigen Berufspraxis noch nicht begegnet.

»Einer wie Jerkov ist mir noch nicht untergekommen.«

»Wie meinen Sie das?«

»Frau Gleisberg, Sie haben Glück, dass sich Jerkov während seiner zwölfjährigen Haftzeit jeglicher Therapie verweigerte. Sonst wäre ich nämlich nun an meine ärztliche Schweigepflicht gebunden.«

»Woher kennen Sie ihn, wenn Sie ihn nicht …«

»Wir haben regelmäßig Schach gespielt.«

»Schach?«

»Einmal pro Woche, sofern es meine Zeit erlaubte. Er hat meistens gewonnen. Eigentlich immer. Gelegentlich bot er mir ein Remis an ... wohl um mich bei Laune zu halten.«

»Er war also gut darin.«

»Jerkov spielte völlig unkonventionell. Es gab kein erkennbares Muster. In all den Jahren habe ich es nicht vermocht, auch nur bei einer einzigen Partie seine Strategie zu durchschauen. Heute denke ich: Es existierte keine Strategie. Er spielte rein intuitiv. Er vertraute völlig seinen Instinkten. Wie ein wildes Tier. Er studierte unentwegt mein Gesicht. Er schaute nie aufs Brett, während er nachdachte. Dachte er überhaupt nach? Er studierte aufmerksam mein Gesicht, er las in meinen Augen wie in einem Buch, dann machte er seinen nächsten Zug.«

»Herr Doktor, heißt das etwa, er spielte stets nur Schach mit Ihnen, statt mit Ihnen zu reden?«

»O nein. Wir redeten ständig. Vorher, meist nachher, aber auch währenddessen. Im Gegensatz zu mir schien das Plaudern seine Konzentration auf das Spiel nicht im Geringsten zu schmälern.«

»Worüber sprachen Sie?«

»Über Gott und die Welt. Er bestimmte die Themen. Er las regelmäßig Zeitung. Ich brachte ihm zu unseren Treffen meine privaten Exemplare der Süddeutschen und der FAZ der Vorwoche mit, und er las sie bis zu unserem nächsten Treffen, Zeile für Zeile, von der ersten bis zur letzten Seite. Und er hörte Radio. Nicht diese Dudelsender. Sondern Deutschlandfunk.«

»Jerkov hat die Schule selten von innen gesehen ...«

»Ich weiß. Ich kenne seine Geschichte. Wir redeten allerdings nicht nur über politische Themen. Er hat mir viel über sich erzählt. Über seine Kindheit. Seine Familie. Seine Geburtsstadt Vukovar, die ihm so viel bedeutete, obwohl er sie schon als Kind verlassen musste, als seine Eltern sich entschieden, ihr Glück als Gastarbeiter in Deutschland zu versuchen. Wir redeten auch über den Bürgerkrieg. Oft sogar. Und was der Krieg mit den Überlebenden macht. Wussten Sie, dass er sich als junger Mann von Köln aus freiwillig zur kroatischen Armee meldete, obwohl er doch längst einen deutschen Pass besaß?«

»Ja.«

»Man stelle sich das mal vor: Er ging zurück, um seine Heimatstadt zu retten ... die nicht zu retten war, wie wir heute wissen. Aber sobald meine Fragen nur eine Spur von beruflichem Interesse erkennen ließen, lehnte er sich zurück, schwieg eine Weile, lächelte dann und sagte: Doktor, wir haben doch eine Vereinbarung getroffen. Er spürte sofort, ob ihm gerade der Schachpartner gegenübersaß oder der Psychiater.«

»Die Verweigerung einer Therapie hat seine Haft nicht gerade erleichtert, nehme ich an.«

»Natürlich nicht.« Dr. Wilhelm Gründel beugte sich vor und senkte seine Stimme, als sei das, was er Kristina Gleisberg über den gewaltigen Schreibtisch hinweg mitzuteilen hatte, nur für ihre Ohren bestimmt: »Bedauerlicherweise verstehen deutsche Richter nicht allzu viel von der Konstellation der menschlichen Psyche. Das machen sich clevere Anwälte gerne zunutze. Sobald im Prozess aufgrund der erdrückenden Last der Beweise ein Freispruch in weite Ferne rückt, trimmen Verteidiger, die ihr Geld wert sind, ihre Mandanten auf geständig und reumütig und therapiewillig. Das mögen Richter und honorieren es gnädig. Das senkt das Strafmaß und führt später im Knast zu angenehmen Hafterleichterungen. Dabei sind die beiden wichtigsten Grundvoraussetzungen jeder erfolgreichen Psychotherapie der Wille zur Veränderung sowie die Freiwilligkeit.«

»Ich nehme an, auf Zoran Jerkov traf nichts davon zu.«

»Exakt, Frau Gleisberg. Die Gerichtsakten kennen Sie natürlich viel besser als ich. Mir ist bekannt, dass er zwar bei seiner Festnahme kurz mal seine Unschuld beteuerte, aber schon am nächsten Tag sowie während des gesamten Prozesses kein einziges Wort mehr sagte. Sehenden Auges in den Untergang. Nichts trug er während des Prozesses zu seiner Entlastung bei. Sein Anwalt war vermutlich ohne Chance.«

»Sein Anwalt war eine Pfeife.«

»Dabei heißt es gemeinhin, Heinz Waldorf sei ausgesprochen

erfolgreich in seinem Job… zumindest, wenn es um die Verteidigung von Mafia-Bossen oder deren Fußvolk geht.«

»Mag sein. Aber in diesem Prozess war er eine Pfeife.«

Dr. Wilhelm Gründel lehnte sich in seinem Stuhl zurück und starrte eine Weile an die Decke, bevor er antwortete:

»Im Nachhinein betrachtet mögen Sie mit Ihrer Beurteilung durchaus richtig liegen, Frau Gleisberg. Aber bei einem Mandanten wie Zoran Jerkov hätte sich jeder erstklassige Strafverteidiger die Zähne ausgebissen.«

»Und warum ist es mir dann gelungen, seine…«

»…Unschuld zu beweisen? Nehmen Sie mir bitte nicht übel, was ich nun sagen werde, Frau Gleisberg. Sie sind zweifellos eine hervorragende Journalistin. Aber Sie hatten nur deshalb eine Chance, weil Zoran Jerkov es so wollte.«

Kristina starrte den Psychiater ungläubig an: »Sie meinen doch nicht allen Ernstes, dass Zoran mir zuliebe…«

»Frau Gleisberg, so wenig wie Ihre journalistische Kompetenz ziehe ich Ihre zweifellos außerordentliche Anziehungskraft auf Männer in Zweifel. Sie sind eine ausgesprochen attraktive Frau. Nicht wenige Langzeithäftlinge würden glatt vier weitere Morde gestehen, nur um so wie Jerkov regelmäßig mit Ihnen im Besuchszimmer plaudern zu dürfen…«

Gründel hielt mitten im Satz inne, senkte den Blick und starrte auf seine schmalen Hände, die reglos auf der polierten Schreibtischplatte lagen, als hätte er sie dort vor langer Zeit vergessen.

»…aber in diesem speziellen Fall bin ich davon überzeugt, dass Zoran Jerkov Sie als sein Werkzeug benutzte. Er hat Sie ausgesucht. Nicht umgekehrt. Vor zwölf Jahren hatte er sich entschieden, lieber den Rest seines Lebens ins Gefängnis zu gehen, als sein Schweigen zu brechen und zum Beweis seiner Unschuld beizutragen. Offenbar aber änderte sich im Lauf der Jahre, zu einem Zeitpunkt, den ich nicht zu benennen vermag, die Grundlage für diese Entscheidung. Also beschloss Zoran Jerkov, das Gefängnis wieder zu verlassen. Und Sie, Frau Gleisberg, waren sein Türöffner. Ein Werkzeug, nichts weiter.«

»Er ist unschuldig. Er hat den Mord an dieser tschechischen Prostituierten nicht begangen, so viel steht fest.«

»Ja. Das sagte mir übrigens mein Gefühl von Anfang an. Zoran Jerkov ist zwar ein jähzorniger und zur Gewalt als probates Mittel der Problemlösung neigender Mensch ... ein Mann eben, der weiß, wie man sich in einer Männergesellschaft behauptet, ob auf der Straße, im Krieg oder im Knast. Deshalb musste wohl auch dieser Serbe sterben, nachdem er Jerkov vor den Augen und Ohren der Mithäftlinge unter der Dusche beleidigt hatte. Aber Zoran Jerkov, so wie ich ihn kannte, hätte sich niemals als Zuhälter betätigt, wie ihm im Prozess vorgeworfen wurde ... und schon gar nicht eine Frau vergewaltigt oder ermordet.«

»Ist er zu echter Liebe fähig?«

»Die Liebe ist wie das Leben. Und das Leben ist nichts weiter als ein Gärungsprozess von der Geburt bis zum Tod.«

»Wie bitte?

»Das ist nicht von mir. Das ist vielmehr einer von Jerkovs Lieblingssprüchen. Er stammt nicht von ihm selbst, sondern aus einem der Abenteuerromane des Schriftstellers Jack London. Die hat er als Kind regelrecht verschlungen ... das Einzige übrigens, was Zoran Jerkov als Kind freiwillig gelesen hat.«

»Und was wollen Sie mir damit sagen?«

»Die frühe Entwurzelung, die ihm zugewiesene Außenseiterrolle als Gastarbeiterkind in einem fremden Land, die Schulprobleme durch die Sprachschwierigkeiten, der frühe Tod der geliebten Mutter, dieser extrem autoritäre Vater: Das Leben hat aus Zoran Jerkov nicht gerade einen Gutmenschen geformt. Das Leben ist nichts weiter als ein Gärungsprozess von der Geburt bis zum Tod: Für Jerkov besteht der einzige Sinn des Lebens im Kampf ums Überleben. Wer auf seiner Seite steht, ist gut, wer sich gegen ihn stellt, ist böse. So einfach kann das Leben sein.«

»Meine Frage war ...«

»Ja, ich denke, er ist zu Liebe fähig ... in begrenztem Rahmen, und wenn man die Messlatte nicht zu hoch hängt. Er hat zum Beispiel seine Mutter abgöttisch geliebt... so sehr wie er seinen Vater hasste. Seinen älteren Bruder scheint er zu verachten, während er seine jüngere Schwester liebt wie eine Tochter. Das ist übrigens interessant: Die drei Geschwister spiegeln geradezu symbolhaft die Bandbreite der Entwicklungsmöglichkeiten in Migrantenfamilien der zweiten Generation.«

»Wie meinen Sie das?«

»Branko, der Erstgeborene, trat brav in die Fußstapfen des Vaters: äußerlich völlig angepasst an die neue Welt, um nur ja nicht aufzufallen oder anzuecken, innerlich aber fest im katholisch-erzkonservativen Wertekanon der alten kroatischen Heimat verhaftet. Maja hingegen fand schon früh Gefallen am freien Leben im liberalen Westeuropa und setzte ihr Ziel, als moderne Frau beruflich wie privat ihren Weg zu gehen und gesellschaftlich aufzusteigen, energisch in die Tat um... sehr zum Ärger des Vaters und des ältesten Bruders übrigens. Sie ist wohl Kamerafrau oder Regisseurin oder so etwas beim Fernsehen, erzählte Jerkov immer wieder stolz.«

»Und welche Facette der Migrantenkinder spiegelt Zoran?«

»Zoran...«

Gründel blickte gedankenverloren aus dem vergitterten Fenster seines Büros, als könnte er die Antwort auf die Frage nur jenseits der hohen Gefängnismauern finden.

»Tja. Unser Zoran. Das mittlere der drei Jerkov-Kinder. Eine Figur wie aus einer klassischen antiken Tragödie. Geboren 1970 in Vukovar, aufgewachsen im Eigelstein-Viertel, gleich hinter dem Kölner Hauptbahnhof. Auf der falschen Seite der Gleise, wie die Amerikaner in solchen Situationen zu sagen pflegen. Ein Wanderer zwischen den Welten, und in keiner Welt wurde er je richtig heimisch. Vorzeitig abgebrochene Schulausbildung, vorzeitig abgebrochene Lehre. Drogen und Kleinkriminalität. Mit 14 gründete er seine eigene Bande, mit 16 befehligte er bereits eine kleine Armee aus Migrantenkindern. Türken, Marokkaner, jeder war willkommen. Sofern er sich bedingungslos Zorans Befehlen und seinem Führungsanspruch unterordnete. Einbrüche, Autodiebstähle, Raubüberfälle. Die

Eigelstein-Gang war damals berüchtigt in Köln. Ich erinnere mich gut. Die Kölner Eigelstein-Gang machte bald bundesweit Schlagzeilen, und die Polizei startete schließlich eine Großoffensive. Nur zwei Jahre später war die Eigelstein-Gang Geschichte. Die Mitglieder, fast alle noch minderjährig, landeten entweder vor Gericht oder waren von ihren Familien gerade noch rechtzeitig zurück in ihre Heimatländer bugsiert worden. Nur Zoran Jerkov konnte man nie etwas nachweisen. Mit 21 ging er dann zurück nach Kroatien, als dort der Bürgerkrieg ausbrach. Er blieb wohl auch nach Ende des Bürgerkriegs noch eine Weile dort und kehrte erst mit 27 zurück nach Köln... als sein Vater im Sterben lag. Ich habe allerdings keine Ahnung, was er anschließend in Köln trieb... also in den Monaten bis zu seiner Verhaftung.«

»Er vermittelte talentierte kroatische Nachwuchsspieler an westeuropäische Basketball-Clubs. Gleich nach Kriegsende fing er damit an, zunächst noch von Kroatien aus.«

»Stimmt. Wo Sie es sagen. Das erwähnte er.«

Dr. Wilhelm Gründel studierte aufmerksam ihr Gesicht, als hoffte er, dort frische Erkenntnisse über seinen einstigen Schachpartner entdecken zu können. Kristina Gleisberg schwieg. Weil sie sehr genau wusste, was Zoran Jerkov sonst noch getrieben hatte in jener Zeit. Sie wusste, dass er unter dem Deckmantel seiner Agentur gute Umsätze mit dem Vertrieb von Kokain an die Reichen, Schönen und Prominenten der Stadt erzielt hatte. Aber sie war nicht gewillt, dies ausgerechnet einem psychiatrischen Gutachter auf die Nase zu binden.

»Haben Sie noch weitere Fragen an mich, Frau Gleisberg? Die Arbeit ruft. War übrigens nett, mit Ihnen zu plaudern.«

»Ja. Ich meine, nein, ich habe keine weiteren Fragen mehr. Oder vielleicht doch... eine letzte Frage: Was, glauben Sie, Herr Doktor, wird Zoran Jerkov jetzt tun?«

»Ich zitiere noch einmal Jerkovs Lieblingsautor Jack London: Das Leben ist nichts weiter als ein Gärungsprozess von der Geburt bis zum Tod. Frau Gleisberg, er hat Ihnen und den anderen Journalisten bei seinem großen Auftritt doch bereits verraten, was er zu tun gedenkt: Er wird Rache üben. Da bin ich ganz sicher.«

David Manthey verließ das Präsidium, ging zu Fuß bis zum Deutzer Bahnhof, stieg dort in ein Taxi und ließ sich zum Flughafen fahren. Als der Wagen vor dem Terminal 2 stoppte, öffnete David die Reisetasche, kramte in dem braunen Umschlag, bezahlte den Taxifahrer, gab ihm außerdem ein sattes Trinkgeld, das der so schnell nicht vergessen würde, und stopfte die restlichen Banknoten in die Hosentasche. Air Berlin hatte einen freien Platz in der nächsten Maschine nach Ibiza. Der Flug ging in knapp zwei Stunden. David Manthey kaufte sich den Kölner Stadt-Anzeiger und die Süddeutsche. Er suchte sich ein Café vor der Sicherheitsschleuse und öffnete den Umschlag erneut. Er schaute sich nicht um, denn er wusste auch so, dass er unter Beobachtung stand. Er überflog kurz das rechtswissenschaftliche Gutachten über sein Buch und warf es demonstrativ in den Müllbehälter des Putzmanns, der in diesem Augenblick seinen Tisch passierte.

Dann nahm sich David Manthey das Dossier über Zoran Jerkov vor. Als er damit fertig war, las er es ein zweites Mal und machte sich Notizen. Schließlich stopfte er es zurück in den Umschlag, sah auf die Uhr und traf eine Entscheidung.

Der Drahtige wartete geduldig, bis die Verbindung endlich stand und der Monitor den Kopf eines Mannes mit schütterem Haar und blasser Haut zeigte, der seine Tränensäcke hinter einer gewaltigen Sonnenbrille versteckte.

Adler: Beschreiben Sie die Lage.
Falke: Die Taube ist nach Süden geflogen.
Adler: Sind Sie sicher?
Falke: Kein Zweifel. Buchung Air Berlin. Sein Ausweis,
unser Ticket. Außerdem: Peilung der Funkzelle positiv.
Das System arbeitet einwandfrei. Die Taube befindet
sich auf der Fähre von Ibiza nach Formentera. Dauer
der Überfahrt zwanzig Minuten ...
Adler: Haben Ihre Leute auf der Fähre Sichtkontakt?
Falke: Sichtkontakt leider abgebrochen.
Adler: Wann und wo?
Falke: Was?
Adler: Wann und wo ist der Sichtkontakt abgebrochen?
Falke: Auf dem Flughafen.
Adler: Ibiza? Wie konnte das passieren? Ich erwarte ...
Falke: Nein.
Adler: Was heißt nein, verdammt noch mal?
Falke: Das heißt: Wir haben ihn nicht in Ibiza, sondern
am Adenauer-Airport aus den Augen verloren. Er war
plötzlich wie vom Erdboden verschluckt. Dabei hat-
ten wir sämtliche Ausgänge unter Kontrolle. Aber jetzt
haben wir ihn ja wieder auf dem Schirm. Unsere Leute
am Hafen werden ihn ...
Adler: Zugriff! Haben Sie verstanden? Orten Sie die
Funkzelle, sobald die Fähre den Hafen von La Sabina
erreicht. Im Hafen dann sofortiger Zugriff und Mel-
dung an Adler!
Falke: Aber ohne Amtshilfeersuchen der spanischen Be-
hörden können wir doch nicht einfach ...
Adler: Improvisieren Sie! Over und Ende.

Der Drahtige schloss sein Notebook und sah das Alpha-Tier
fragend an. Sie waren allein. Der Dicke im Cordanzug war bereits zurück nach Berlin geflogen. Das Alpha-Tier lächelte.
»Sie haben ihn verloren, nicht wahr?«
»Ja und nein. Der Chip ...«

»Sparen Sie sich die Rechtfertigungen. Natürlich ist er nicht zurück nach Formentera. Er ist hier in Köln. Jede Wette. Er will jetzt auf eigene Faust nach Jerkov suchen. Er kann Gängelbänder nicht ausstehen. Schon gar nicht, wenn er damit an der Nase herumgeführt werden soll.«
»Aber wir hatten sämtliche Ausgänge …«
»David Manthey ist ein Profi. Vergessen Sie das nie. Auch wenn er die letzten Jahre wie ein Eremit auf dieser Hippie-Insel gehaust hat. Er war verdeckter Ermittler bei der Drogenfahndung. Er hat im Goldenen Dreieck thailändische Polizeibeamte trainiert und in der FBI-Akademie in Quantico als Ausbilder gearbeitet. Wenn Sie das nur einen Augenblick vergessen, haben Sie verloren. Er löst sich in Luft auf und lauert auf seine Chance.«
»Aber …«
»Kein aber. Natürlich weiß Manthey, wie man einen Flughafen unbemerkt verlässt. Und er hat sofort gewittert, wozu wir ihm die SIM-Card und die Kreditkarte zugeschoben haben. Ich wette, Ihre Leute werden beides nachher im Rucksack eines dieser Öko-Touristen finden. Ich habe übrigens den Eindruck, dass Sie ihn nicht besonders sympathisch finden … korrigieren Sie mich … obwohl Sie ihn doch überhaupt nicht kennen. Dabei war es doch Ihre Idee, ihn nach Köln zu holen.«
»Dieses Buch. Er ist ein Nestbeschmutzer. Ein Verräter. Aber ich dachte, er könnte uns mit Informationen über Jerkov weiterhelfen. Tut mir leid. Ich habe mich getäuscht.«
»Wir können uns in diesem Job keine Emotionen leisten. Wenn Sie nicht Ihre Emotionen in den Griff kriegen, kommen Sie unter die Räder.«
»Aber …«
»Ruhig Blut. Es läuft doch alles ganz wundervoll: Für Manthey ist das nun eine Frage der Ehre. Schuld und Freundschaft und all dieser sentimentale Blödsinn. Manthey wird uns zu Jerkov führen, und Jerkov wird uns zum Ziel führen. Perfekt. Sie müssen jetzt nur noch ein kleines Problem lösen.«
»Was meinen Sie damit?«
»Pfeifen Sie Ihre lahmarschige Beamtenschar zurück. Erklä-

ren Sie die amtlichen Ermittlungen für beendet. Ich besorge uns
stattdessen Profis. Echte Profis. Leute, die nicht ständig auf die
gesetzlichen Vorschriften schielen.«

»Ja, aber…«

»Was, aber? Gehören Sie etwa auch zu diesen weltfremden
Bedenkenträgern? Um Berlin kümmere ich mich schon.«

Plastikfassaden in grellen Neon-Farben verkleisterten den
schmutziggrauen Stuck der wenigen Häuser, die den Krieg und
das Wirtschaftswunder überlebt hatten. Handy-Shops, Import-
Export-Shops, Elektronik-Shops, Internet-Shops. Reisebüros
lockten mit Billigflügen nach Ankara. Juweliere, immer wieder
Juweliere, An- und Verkauf, die Schaufenster vollgestopft mit
glitzerndem Strass, goldglänzendem Blech und strahlend weißen
Plastikperlen. In den Türen der Friseurläden und Fingernagel-
studios warben Plakate für ein nächtliches Kick-Box-Spektakel
am kommenden Wochenende in der Festhalle Köln-Longerich.
Die abgebildeten Kämpfer, ein Dutzend mindestens, hatten seltsam blutunterlaufene Augen und fixierten stieren Blickes den
imaginären Gegner. Ihre erhobenen Fäuste waren bandagiert,
ihre ölglänzenden Körper tätowiert. Die Scheren eines Skor-
pions umklammerten die linke Brustwarze eines muskulösen
Mannes namens Mahmut, den die Plakate als den Star des
Abends ankündigten.

Nur der Buchmacher für Pferdewetten, die Stempel-Manu-
faktur und die Gaffel-Brauerei erinnerten ihn vage an das Viertel seiner Kindheit. Die Gaffel-Brauerei stand dort immerhin
seit 700 Jahren, die einzige Überlebende der einst 44 Brauereien
im Viertel. Als Manthey das sechste Fachgeschäft für türkische
Brautmoden passierte, stellte er das Zählen ein. Das Glück eines Tages kann man kaufen, das Glück eines Lebens nicht. Ob
die Juweliere auch Eheringe in Zahlung nahmen?

»David, glaub's mir: Das Leben ist nichts weiter als ein
Gärungsprozess von der Geburt bis zum Tod.«
»Zoran, wo hast du denn den Spruch schon wieder her?
Den hast du dir doch nie im Leben selbst ausgedacht.«
»Aus dem Buch, das du mir geliehen hast. Der Seewolf
sagt das. Könnte aber glatt von mir sein.«

In dem von der achtgleisigen Bahntrasse und zwei vierspurigen Schnellstraßen begrenzten Viertel, das einmal David Mantheys Zuhause gewesen war, hatten Glück und Elend stets eng
beieinandergewohnt. Seit der Eigelstein als Teil der römischen
Heerstraße entstanden war, die von Süden durch Köln nach
Xanten führte. Gerber und Schmiede ließen sich entlang der
Straße nieder, Brauer, Töpfer und Glasbläser, Gaukler und Gau-
ner, Bettler und Dirnen. Im Mittelalter fand man am Eigelstein
menschliche Knochen in römischen Massengräbern. Die katholische Kirche identifizierte sie auch ohne DNA-Analyse zweifelsfrei als sterbliche Überreste frühchristlicher Märtyrer, und
so entstand mit der florierenden Reliquienindustrie am Eigelstein die Keimzelle der Kölner Schattenwelt.

»Guter Typ.«
»Wer?«
»Na, dieser Seewolf. Kapitän Wolf Larsen. Der hat be-
griffen, worauf es ankommt im Leben.«
»Zoran, das ist eine Romanfigur. Und am Ende…«
»Das Ende fand ich übrigens ziemlich unglaubwürdig.
Hast du noch mehr Bücher von diesem…«
»Jack London. Klar. Kannst du haben.«

Selbst das Stadtwappen erinnerte bis heute daran, welcher
Wirtschaftszweig die Stadt einst zur größten und wichtigsten
Metropole des europäischen Mittelalters wachsen ließ: Drei
Kronen auf rotem Grund symbolisierten die heiligen drei Kö-
nige aus dem Morgenland, für deren im Jahr 1164 aus Mailand
importierte Gebeine der Dom als angemessene Herberge gebaut

wurde. Unter den drei Kronen befanden sich elf tropfenförmige Tränen auf weißem Grund. Sie erinnerten an die heilige Ursula und ihre Gefährtinnen, die nach der Rückkehr von einer Reise nach Rom im Jahr 451 beim Verlassen des Rheinschiffes von Attilas Hunnen aufgegriffen wurden, die Köln belagerten. Weil sich die elf christlichen Jungfrauen den heidnischen Söldnern verweigerten, starben sie den Märtyrertod. Und weil die Knochen der elf standhaften Jungfrauen bei Weitem nicht ausreichten, um den florierenden Handel mit Reliquien dauerhaft in Schwung zu halten, manipulierten die Kölner Händler die Legende im Lauf der Jahre marktgerecht: Aus elf Jungfrauen wurden elftausend Jungfrauen, die sich nach der Romreise den wilden Hunnen vor den Kölner Stadttoren verweigert haben sollen. So ließen sich dann auch Hühnerknochen gewinnbringend als Glücksbringer an Durchreisende und Pilger verkaufen. Die Kirchenoberen hatten nichts gegen die wundersame Jungfrauenvermehrung einzuwenden, denn an echten, vorbildlichen Jungfrauen mangelte es mitunter im moralisch wenig gefestigten mittelalterlichen Köln. Und damit die Bürger der Stadt niemals den tugendhaften Tod vergessen sollten, baute man eine Basilika zu Ehren der heiligen Ursula, die später die Pfarrkirche des Eigelstein-Viertels wurde.

»Wir werden geboren, um zu sterben, David. Die ganze Suche nach dem Sinn des Lebens ist doch ein großer Blödsinn. Was von uns bleibt, kannst du in der Knochenkammer besichtigen.«

Die Knochenkammer. Ein magischer Ort ihrer Kindheit. Der düstere Raum in der Pfarrkirche hieß offiziell natürlich nicht Knochenkammer, sondern Goldene Kammer. Das Blattgold auf den Schreinen und Vitrinen interessierte David und Zoran allerdings weniger. Ihr Interesse galt vielmehr den Wänden, die meterhoch, bis unter die Schildbögen, aus Tausenden menschlicher Knochen bestanden, kunstvoll zu Ornamenten und lateinischen Sinnsprüchen geschichtet. *S. Ursula pro nobis ora.* Heilige Ursula, bitte für uns. Musste es nicht *ora pro nobis* heißen? Oberschenkel, Rippen, Becken, Wirbelsäulen, Schädeldecken, Fingerglieder. Zoran machte sich einen Spaß daraus, die Knochen mit Hilfe eines aus der Stadtbücherei geklauten Anatomiebuches zu identifizieren. Er schien die morbide Aura der Kammer zu genießen, während sie David nächtliche Albträume bereitete.

»Hier. Das ist ein Schienbein. Siehst du die Bruchstelle? Die ist wahrscheinlich von der Folter. Die haben ja damals alle gefoltert. Fass doch mal an, David. Was ist? Hast du etwa Angst?

Angst. Zoran kannte keine Angst. Oder hatte er seine Angst nur gut genug vor ihnen versteckt, wenn er zum Beispiel auf dem Spitzdach des Eigelsteintors herumturnte, das am Ende der engen Straße emporragte wie eine mächtige Burg?

In der langen Geschichte des Arme-Leute-Viertels war den Chronisten der Neuzeit lediglich der 13. September 1804 wert genug gewesen, vermerkt und niedergeschrieben zu werden: Am Abend waren der französische Revolutionskaiser Napoleon Bonaparte und seine schöne Josephine unter Glockengeläut und Kanonendonner und im Glanz unzähliger Fackeln durch das mittelalterliche Eigelsteintor gezogen, um die Stadt offiziell einzunehmen, gefeiert von tausenden jubelnden Kölnern am Straßenrand, berauscht vom Alkohol, berauscht von der neuen, verheißungsvollen Idee: Freiheit, Gleichheit, Brüderlichkeit.

»So ein Quatsch.«
» Wieso Quatsch?«
»Lernt ihr diesen Blödsinn in deiner Schule? Freiheit, Gleichheit, Brüderlichkeit. Glaubst du etwa, das serviert dir jemand auf dem Silbertablett? Hier, bitte schön, Glück für alle, frei Haus geliefert von Luigis Pizza-Dienst. So ein Blödsinn!«
»Zoran, die Französische Revolution war das Ende der Feudalherrschaft und der Beginn der ...«

»*Ist mir so was von egal, was die Französische Revolution war, David. Ich weiß nur: Freiheit muss man sich
nehmen. Einfach nehmen, verstehst du? Und zwar jeder
für sich alleine. Niemand schenkt sie dir, niemand hilft
dir dabei. Und Gleichheit? Blödsinn. Gleichheit gibt es
nicht. Nicht in diesem Leben, David.*«
»*Aber in einer Demokratie …*«
»*David, ich sag's dir noch mal, zum Mitschreiben:
Gleichheit gibt es nicht. Nirgendwo auf dieser Welt.
Entweder du bist unten, so wie mein Alter zum Beispiel.
Oder du bist oben. Also musst du kämpfen, um ganz
nach oben zu kommen, und man muss kämpfen, damit
man oben bleibt. Jeden Tag aufs Neue. Nur wenn du
oben angekommen bist, dann bist du auch frei.*«
»*Und Brüderlichkeit, Zoran? Gibt es Brüderlichkeit auf
der Welt? Wir beide, wir sind doch wie Brüder, oder?*«

Zoran hatte geschwiegen. Zoran war ihm die Antwort schuldig
geblieben. Sie hatten auf dem vermoosten Dach der verlassenen,
ausgeweideten Fabrik gesessen, die an die Lagerhallen der Spedition seines Onkels Felix im Stavenhof grenzte. Irgendwann
war Zoran aufgestanden, hatte ihn nur kurz an der Schulter berührt, gestreift, versehentlich oder absichtlich, und war wortlos
gegangen. Natürlich hatten sie sich am nächsten Tag wiederge-
sehen. Als hätte die abrupt beendete Unterhaltung hoch oben
auf dem skelettierten Backsteinbau nie stattgefunden. Aber die
Antwort war ihm Zoran schuldig geblieben.
   Bis heute.
   Die alte Fabrik war noch immer verwaist, als wäre nur für sie
die Zeit stehen geblieben, auch wenn sich auf den mannshohen,
blinden Fenstern im Erdgeschoss inzwischen Graffiti-Künstler
verewigt hatten. Und links neben der Fabrik, über der Torein-
fahrt zum Hof, warb noch immer das Emailleschild für Felix
Mantheys Spedition. Umzüge, Haushaltsauflösungen, Entrümpelungen. Die eingebrannte Farbe splitterte, das Schild hatte
Sprünge und an den Rändern Rost angesetzt.

Aus dem offenen Küchenfenster der Wohnung über der Lagerhalle wehte Chet Bakers »Autumn Leaves« über das Pflaster, ohne Bass, ohne Schlagzeug, ohne Piano, nur Günthers alte Ambassador-Trompete mit dem handgefertigten, goldenen Mundstück, das David dem Lebensgefährten seines Onkels aus Washington mitgebracht und zum Geburtstag geschenkt hatte. Die Melodie entzog sich dem pulsierenden Rhythmus des Originals: langsamer, melancholischer und noch sanfter als Chet Bakers wunderbar sanftes Spiel, was Günther Oschatz heftig bestritten hätte, denn Chet Baker war stets sein großes Vorbild gewesen, im Gegensatz zu Miles Davis, dessen Spiel Günther Oschatz, wenn er sich in Rage redete, zwar nicht die meisterliche handwerkliche Perfektion, aber die Seele absprach.

Zu gern wäre David Manthey augenblicklich losgerannt, so wie früher, die steile Treppe hinauf zur Wohnung, um den alten Günther Oschatz in die Arme zu nehmen. Doch ihm lief die Zeit davon. Maximal zwei Stunden Vorsprung hatte er sich durch das Versteckspiel am Flughafen verschafft. Diese zwei Stunden musste er nutzen. Denn anschließend würde er keinen Schritt mehr unbeobachtet unternehmen können.

Zunächst musste er sein Gepäck loswerden. David betrat die verwaiste Halle, in der Onkel Felix früher die ihm anvertrauten Möbel zwischengelagert und seinen Lastwagen repariert hatte, und ließ die Reisetasche in einen Turm gestapelter, ausrangierter Lkw-Reifen gleiten. Dann kletterte er über die brusthohe Mauer, die den Hof der Spedition vom Fabrikgelände abgrenzte und die ihm in seiner Kindheit unendlich höher vorgekommen war. Er kämpfte sich durch das verdorrte Dickicht und erreichte schließlich das eiserne Tor. Ein kräftiger Ruck mit der Schulter, ein ohnmächtiges Ächzen der rostigen Angeln, und das Tor öffnete sich um einen Spalt. Der reichte, um hindurchschlüpfen zu können.

Als sich seine Augen an das Zwielicht gewöhnt hatten, machte er sich auf den Weg hinauf zum Dach. Plötzlich schien ihm jeder Schritt vertraut, als habe er diesen Weg das letzte Mal nicht vor einem Vierteljahrhundert, sondern erst gestern eingeschlagen. Tauben flatterten erschreckt auf. Jeder Tritt auf den gusseisernen Treppen hallte durch den verwaisten Bau.

Auch die Dachluke ließ sich überraschend problemlos öffnen. David stemmte sich hinaus ins Freie. Eine Weile war er ganz benommen. Von der Aussicht. Von der Erinnerung. Und von der Erkenntnis, wie winzig und überschaubar dieses Viertel in Wahrheit doch war, das sich ihm in seiner Kindheit so gigantisch groß und aufregend präsentiert hatte. Wie ein schmaler, vor imaginären Flutkatastrophen schützender Damm zog sich der Eigelstein, jene Straße, die dem Viertel den Namen schenkte, von der Rückseite des Hauptbahnhofs bis zur Torburg. Diesseits und jenseits der ehemaligen römischen Heerstraße stürzten sich ein halbes Dutzend schmaler Querstraßen wie Wasserfälle vom Damm in die Tiefe und verschwanden in den engen Häuserschluchten: Machabäerstraße, Eintrachtstraße, Unter Krahnenbäumen, Weidengasse, Im Stavenhof, Dagobertstraße, Gereonswall, jede einzelne Straße mit einer Flut von Erinnerungen verknüpft und für ewig ins Gedächtnis gebrannt.

Aus dem Dach der Fabrik ragten die Stümpfe der ehemaligen Schornsteine empor. Dort hatten sie immer gesessen, nur sie beide, rücklings an die von der Sonne aufgeheizten Ziegelsteine gelehnt, um über die Welt zu reden. Das Leben. Die Zukunft.

David Manthey ging in die Hocke, um besser lesen zu können. Die Schrift auf dem verwitterten Stein war frisch. Kein Zweifel. Eilig aufgetragen mit einem schwarzen Filzschreiber, einem dicken Edding, in Kniehöhe, drei Worte nur:

MAGIC TITO. FINALE

So kryptisch die drei Worte auf all jene wirken mussten, für die sie nicht gedacht waren – für David Manthey war die Botschaft unmissverständlich: Am kommenden Sonntag um 15 Uhr würde er Kontakt mit Zoran Jerkov aufnehmen können.

Denn am kommenden Sonntag jährte sich zum 25. Mal Davids und Zorans großer gemeinsamer Triumph. Das legendäre

Finale um die NRW-Jugendmeisterschaft. Davids erste Saison für den BC Eigelstein. In einer Schulturnhalle im westfälischen Paderborn waren um 15 Uhr die beiden besten U16-Jugendmannschaften Nordrhein-Westfalens gegeneinander angetreten: Coach Mantheys chaotische Hinterhof-Trümmertruppe gegen das hochgerüstete, hochgezüchtete Team von Bayer Leverkusen, gegen das sie in der Hauptsaison bereits zweimal verloren hatten.

Auch in diesem Finalspiel hatten sie bereits zur Halbzeit haushoch zurückgelegen. Doch dann nutzte Felix Manthey die viertelstündige Pause in der Kabine, um den Glauben in ihren Köpfen zu verankern. Und so kehrte zum Anpfiff des dritten Viertels eine mental völlig veränderte Mannschaft zurück in die tobende Halle. Die Horde Halbwüchsiger trug zwar immer noch dieselben verwaschenen, altmodischen Restpostentrikots aus dem Türkenladen in der Weidengasse, die der Coach zu Beginn der Saison dort gekauft und deren fehlende Rückennummern er in der Küche über den Lagerhallen fein säuberlich mit einem schwarzen Edding aufgemalt hatte. Aber Coach Mantheys bedingungsloser Glaube hatte die beklemmende, hemmende Angst verscheucht. Jetzt kämpften auf dem Spielfeld der Turnhalle Mut, Trotz und Teamgeist auf der eigenen Seite gegen erfolgsgewohnte Sattheit und selbstherrliche Arroganz auf der gegnerischen Seite. Erst gegen Ende des vierten Viertels hatten sich die Leverkusener Nachwuchsstars von der Eigelsteiner Überrumpelung erholt und mit Mühe in die Verlängerung gerettet.

Davids Bilanz bis dahin: 21 Punkte, 8 Rebounds und ein ausgeschlagener Zahn. Zorans Bilanz: 24 Punkte, 9 Assists, 4 Steals und eine geprellte Rippe.

Vier Sekunden vor dem Ende der Verlängerung windet sich der baumlange Leverkusener Center blitzschnell und zugleich elegant wie ein Balletttänzer an dem bleifüßigen Artur vorbei, steigt zum Brett auf und stopft den Ball durch den Ring. Ein kollektiver, hysterischer Aufschrei von der Tribüne, synchron aus den Kehlen der per werkseigenem Bus kostenfrei nach Paderborn gekarrten jugendlichen Bayer-Fans. 86:84 für Leverkusen.

Eigelstein in Ballbesitz. Noch drei Sekunden auf der Uhr. Drei Sekunden, die über Sieg und Niederlage entscheiden. Wie auf dem Kasernenhof brüllt der Bayer-Coach seine Kommandos und verordnet Pressdeckung übers gesamte Feld. David steht mit dem Ball an der Grundlinie, bereit zum Einwurf. Sobald der Ball seine Hände verlassen wird, läuft die Uhr wieder, tickt nur noch dreimal. Maximal fünf Sekunden hat er Zeit für den Einwurf, so will es das Reglement. Doch niemand steht frei, niemand ist anspielbar. Auf dem Parkett kleben fünf an Körpergröße und Kraft überlegene Leverkusener an vier Eigelsteinern wie die Kletten, rauben ihnen die Luft zum Atmen. Zoran, der beste Schütze, wird von zwei Bayer-Spielern gedoppelt, keine drei Meter von David und der Grundlinie entfernt. David sieht in Zorans Augen und weiß genau, was Zoran denkt: Ein Zwei-Punkte-Erfolg aus der Nahdistanz ist in den verbleibenden drei Sekunden bei dieser starken Defense schon schwierig genug. Gleichstand und zweite Verlängerung. Aber eine weitere Verlängerung würden sie rein physisch nicht überstehen. Die einzige Rettung: ein schneller Drei-Punkte-Erfolg von jenseits der 6,25-Meter-Linie.

Riskant. Aberwitzig.

In diesem Augenblick löst sich Zoran per Körpertäuschung aus der Dopplung und sprintet übers Feld in Richtung Mittellinie davon. Sofort sind ihm zwei Leverkusener auf den Fersen. David schleudert den Ball über die Köpfe der Verfolger hinweg. Die sehen den Ball nicht kommen, weil sie keine Augen in ihren Hinterköpfen haben und darauf konzentriert sind, Zoran einzuholen. Auch Zoran sieht den Ball nicht, aber Zoran muss ihn nicht sehen, um zu wissen, dass er kommt. Tausendmal haben sie das geübt. Plötzlich stoppt Zoran mitten in der Bewegung, bleibt wie angewurzelt stehen. Die beiden überraschten Verfolger reagieren zu langsam und rasen links und rechts an ihm vorbei. Zoran wirbelt herum, und der Ball landet passgenau in seinen ausgestreckten Händen.

Der Verfolger mit der kürzesten Reaktionszeit stoppt, macht blitzschnell kehrt und baut sich mit erhobenen Armen vor dem kleinen Zoran auf, um ihm die Sicht auf den Korb zu nehmen. Noch zwei Sekunden. Eine weitere Körpertäuschung, der kleine Zoran lässt den langen Leverkusener ins Leere springen, ein kurzes, schnelles Dribbling, seitlicher Ausfallschritt, Zoran steigt auf, bevor ihn der zweite Verfolger erreicht, Zoran, noch gut acht Meter vom Ziel entfernt, drückt ab, ohne nachzudenken, mit viel Effet. Wie in Zeitlupe rotiert der Ball um die eigene Achse und in hohem Bogen durch die Halle, in perfekter Flugkurve dem Ring entgegen, die Tribüne erstarrt und verstummt, und so ist schließlich nur das schwache, dumpfe Aufbauschen zu hören, als der Ball durch das Netz rauscht, ohne den Ring auch nur berührt zu haben, und eine Zehntelsekunde später bricht das erlösende Dröhnen der Schluss-Sirene die Stille.

Mit 87:86 gewann die männliche U16-Jugend des BC Eigelstein die NRW-Landesmeisterschaft 1985. Und Zoran Jerkov hatte seinen neuen Spitznamen weg: Magic Tito. Coach Manthey hatte ihn so getauft, gleich nach Spielende in der nach Schweiß und Urin stinkenden Umkleidekabine, als sie den Korken der lauwarmen Deinhard-Flasche knallen ließen. *Magic* nach dem amerikanischen NBA-Star Magic Johnson. Und *Tito* nach Zorans kroatischem Landsmann, dem Staatsgründer Jugoslawiens. Magic Tito. Zorans Augen leuchteten, als hätte er statt eines Spitznamens den Nobelpreis erhalten.

Nach Paderborn gewann der BC Eigelstein nie wieder etwas von Belang. Denn schon vor Ende der nächsten Saison existierte Coach Mantheys Team nicht mehr.

Das Rattern der Züge, die sich auf der nahen Bahntrasse ein Kopf-an-Kopf-Rennen lieferten, riss David aus der Erinnerung. Er setzte sich, lehnte den Hinterkopf gegen den Ziegelstein mit der Botschaft und schloss die Augen.

Magic Tito. Finale.

Somit waren Datum und Uhrzeit klar. Am kommenden Sonntag um 15 Uhr. Natürlich würden sie sich nicht persönlich treffen, nicht physisch und schon gar nicht in Köln, solange Zoran

Jerkov nicht wusste, ob David Manthey beschattet wurde. Sie würden auch nicht telefonieren. Profis telefonierten nie. Und Zoran Jerkov war Profi. Die Polizei erwischte bei ihren mitunter monatelangen Abhöraktionen in der Regel immer nur die Deppen und die Eitlen. Helfershelfer aus dem zweiten und dritten Glied. Auch wenn dies in der Öffentlichkeit stets als sensationeller Erfolg gefeiert wurde, um die Lauschangriffe politisch zu sanktionieren. Echte Profis telefonierten nicht einmal, um der Schwiegermutter zum Geburtstag zu gratulieren. Weil sie nicht kontrollieren konnten, ob die Schwiegermutter völlig ahnungslos ein Wort zu viel sagte, das die Ermittler auf eine interessante Spur führen oder ein Alibi platzen lassen konnte.

Jetzt wusste David, wann und wo Zoran mit ihm sprechen wollte. Es gab nur eine einzige sichere Möglichkeit. Und Zorans Spitzname aus den gemeinsamen Kindheitstagen war die Eintrittskarte zu diesem Rendezvous.

Blieb nur noch dieses eine Rätsel: Wie konnte Zoran wissen, dass sein Jugendfreund zurück in Köln war und nichts Besseres zu tun hatte, als auf dieses Dach zu steigen?

David Manthey erhob sich und warf einen letzten Blick auf die Dächer des Eigelstein-Viertels, bevor er die Fabrikruine verließ. Es gab viel zu tun. Zunächst würde er einen hinkenden und völlig unterschätzten Polizisten aufsuchen, der bereits die Tage bis zu seiner Pensionierung zählte.

Die SMS erreichte Kristina Gleisberg auf der Rückfahrt von der Justizvollzugsanstalt Rheinbach nach Köln. Die Textnachricht stammte von Deep Throat. Frank Koch hatte sich den bescheuerten Namen ausgedacht. Seltsam, dass er sie nicht längst aus dem Verteiler gekegelt hatte, nachdem er sie gestern gefeuert hatte. Schließlich kostete ihn der SMS-Newsletter jeden Monat 1000 Euro, zahlbar pünktlich zum Monatsersten auf das

Konto der ebenso hübschen wie kostspieligen Freundin eines hoffnungslos verschuldeten, weil ständig über seine Verhältnisse lebenden Oberkommissars der Kölner Kriminalwache.

Vermutlich war Frank Koch wegen seiner Berlinreise noch nicht dazu gekommen, den kostspieligen SMS-Newsletter auf einen anderen seiner Sklaven umlenken zu lassen.

Deep Throat wurde ursprünglich jener geheimnisvolle und bis kurz vor seinem Tod namenlose Informant genannt, der in einer einsamen Tiefgarage der US-Hauptstadt nächtens zwei Lokalreporter der Washington Post mit brisanten Informationen versorgte, die dabei halfen, den Watergate-Skandal aufzudecken und 1974 den amerikanischen Präsidenten Richard Nixon zu stürzen. FBI-Vizedirektor Mark Felt alias Deep Throat hatte seine Informationen nicht für Geld weitergegeben, sondern allein aus moralischen Motiven.

Soviel zu Frank Kochs Humor. Oder hatte er sich doch eher von dem gleichnamigen Pornofilm inspirieren lassen?

Kochs Deep Throat war jedenfalls ein höchst unmoralischer Mensch, der sein Beamtengehalt als Oberkommissar aufstockte, indem er die TV-Produktionsfirma InfoEvent und deren Starreporterin Kristina Gleisberg exklusiv mit Informationen versorgte und so einen Vorsprung auf dem heiß umkämpften Nachrichtenmarkt verschaffte.

Die SMS-Information bestand aus zwei knappen Sätzen:

Rechtsanwalt Heinz Waldorf soeben
tot in seiner Wohnung aufgefunden.
Flüchtiger Zoran Jerkov unter
dringendem Tatverdacht.

Kristina Gleisberg drückte das Gaspedal bis zum Anschlag durch. Nach Hahnwald waren es nur knapp zwanzig Minuten.

David Manthey starrte Willi Heuser ungläubig an.

»Tot?«

Heuser nickte. Der Wasserkessel pfiff hysterisch.

»Ja. Sie haben ihn heute Morgen in seiner Wohnung gefunden. In seinem Bauch steckte ein Tranchiermesser. Ein Messer aus seiner eigenen Küche. Keine Kampfspuren. Heinz Waldorf wurde ermordet, so viel steht zweifelsfrei fest.«

»Was weiß man noch?«

»Haustür, Terrassentür und sämtliche Fenster waren unversehrt und geschlossen. Aber die ultramoderne Alarmanlage war lahmgelegt und außerdem der Strom fürs ganze Haus abgeschaltet worden. Sie haben Waldorfs Putzfrau geholt und durchs Haus geführt. Ergebnis: Nichts fehlt. Nicht mal das Handy oder die Armbanduhr. Eine sündhaft teure Breitling. Die lag in der Diele auf einer Kommode, griffbereit gleich neben der Haustür. Das war kein Einbrecher, der vom Opfer überrascht wurde und die Nerven verloren hat. Das war auch kein geplanter Raubüberfall. Das war eine Hinrichtung. Rate mal, wen sie verdächtigen.«

»Zoran.«

»Exakt. Bundesweite Fahndung.«

»Und was glaubst du, Willi?«

»Keine Ahnung. Du kennst Zoran besser.«

»Warum stand Heinz Waldorf nicht auf der Liste?«

Willi Heuser stellte die Thermoskanne in die Spüle, nahm den pfeifenden Kessel vom Gasherd und goss kochend heißes Wasser in den Filter. David Manthey mochte keinen Filterkaffee. Er bekam Magenschmerzen vom deutschen Kaffee. Aber es schien ihm unhöflich, Willi dies zu sagen und ihn möglicherweise in Verlegenheit zu bringen, weil er dem unangemeldeten Gast vielleicht nichts anderes hätte anbieten können.

»Welche Liste meinst du, David?«

Manthey zog ein gefaltetes Stück Papier aus der Jacke und schob es über den Tisch, neben die aufgeschlagene Zeitung mit dem zur Hälfte gelösten Kreuzworträtsel. Willi Heuser setzte sich, streckte das kaputte Bein von sich, wischte einen Krümel

vom Tischtuch, griff nach seiner Lesebrille, die auf dem Kreuzworträtsel ruhte, setzte sie umständlich auf, entfaltete und glättete das Papier sorgfältig, bevor er die aufgelisteten Namen studierte.

»Das waren die Prozessbeteiligten damals. Die haben jetzt
übrigens alle Sicherheitsstufe eins, seit Zorans Drohung gestern vor den Fernsehkameras. Personenschutz, Objektschutz,
das volle Programm. Insgesamt sieben Personen, außerdem ihre
engsten Familienangehörigen. Du ahnst, was das bedeutet. Drei
Schichten pro Tag. Die mussten eigens noch zusätzliche Personenschützer aus den Präsidien in Düsseldorf und Bonn abzie-
hen, weil wir hier gar nicht genug Beamte mit Spezialausbil-
dung haben, um so viele Menschen gleichzeitig rund um die
Uhr...«

»Willi, willst du mir damit sagen, der Personalmangel im
Kölner Präsidium war der Grund, Heinz Waldorf nicht auf die
Liste der gefährdeten Personen zu setzen?«

Willi Heuser erhob sich, indem er sich auf der Tischplatte ab-
stützte, und hinkte zurück zur Spüle, um nach dem Kaffee zu
sehen. Er nahm den Kessel vom Herd, goss dampfendes Wasser
nach und drehte das Gas ab.

»So. Gleich ist der Kaffee so weit. Zucker? Milch?«

»Beides, wenn es keine Mühe macht.«

»Ich hab auch noch Streuselkuchen. Nicht vom Supermarkt.
Von Erna. Selbstgebacken. Erna wohnt über mir, unterm Dach.
Sie backt immer für mich mit, die Gute. Nicht, was du jetzt
denkst, David. Erna geht stramm auf die achtzig zu. Sie backt
für mich, und dafür erledige ich ihre Einkäufe.«

Willi Heuser deckte den Tisch. David Manthey verzichtete
darauf, ihm Hilfe anzubieten. Das hätte Willi beleidigt. Um ihn
nicht hinken zu sehen, beugte sich Manthey über die Rückenlehne der Eckbank und schaute aus dem Fenster, hinunter auf
die Straße, auf den Gereonswall.

Aus den Augenwinkeln folgte Heuser seinem Blick.

»David, weißt du noch, als Schäfers Nas da unten residiert
hat? Im Hinterzimmer der Kneipe?«

»Klar. Quasi bei dir vor der Haustür. Schräg gegenüber, auf
der anderen Straßenseite. Mit seinen beiden Doggen als Leib-
garde. Die Hunde waren groß wie Kälber. Wir hatten als Kinder
eine Heidenangst vor den Viechern und wechselten immer blitzschnell die Straßenseite, wenn Hein Schäfer auf dem Gereonswall auftauchte und mit den Kälbern Gassi ging.«
»Das waren andere Zeiten, David. Auch für die Polizei. Da
gab's noch keine Albaner, keine Russen-Mafia, keine Türken-
Gangs. Organisierte Kriminalität war noch ein Fremdwort.
Das war damals noch kölsche Kriminalität. Wenn Schäfers
Nas oder der Gandhi oder Dummse Tünn eine Meinungsver-
schiedenheit hatten, dann traf man sich mit dem Konkurren-
ten und veranstaltete einen ordentlichen Boxkampf, nur ohne
Boxhandschuhe und ohne zahlendes Publikum. Geschlossene
Gesellschaft. Geladene Gäste. Chef gegen Chef. Der Verlierer
zog sich aus dem Revier zurück und die Sache war erledigt. Eh-
rensache.«
»Ist lange her, Willi.«
»Da kam so ein Kleinganove mal auf die irre Idee, aus der
Schatzkammer des Doms ein goldenes Kreuz mitgehen zu lassen. Nicht irgendein Kreuz, nein, sondern das Vortragekreuz
des Erzbischofs. Da hat der Propst dann um eine Audienz bei
Schäfers Nas ersucht und ihn um Hilfe gebeten, weil die Polizei
bei den Ermittlungen trotz der vom Bistum ausgesetzten hohen
Belohnung einfach nicht weiterkam. Hein Schäfer musste nicht
lange ermitteln. Er musste nur an der Theke einmal laut die
Frage stellen: Wer hat den Dom beklaut? Das ging sofort wie
ein Lauffeuer rum. Ein paar Tage später trug die Nas das Kreuz
in einer Plastiktüte zum Propst. Die Belohnung wollte er nicht
haben. Kam gar nicht in Frage. Ehrensache.«
David Manthey kannte die alten Geschichten, die zum Viertel
gehörten wie der Klüttenmann oder der Alträucher. Sie erzähl-
ten von einer Welt, die längst begraben war, unter dem Beton
und dem Asphalt eines Fortschritts, der Generalverkehrsplan
hieß und dem Viertel per Abrissbirne, Bagger, Planierraupe und
Betonmischer die Atemwege gekappt hatte.

75

Vielleicht war er zu jung, vielleicht auch zu lange weg gewesen, immer wieder weg gewesen, um darunter so zu leiden wie Willi Heuser, der im Eigelstein-Viertel geboren war und es nie verlassen hatte.

»Nanu. Wo ist denn die Kuchenschaufel?«

Willi kramte in der untersten Schublade des Schranks, den Rücken gebückt, ein Knie gebeugt, das steife Bein nach hinten gestreckt. David ließ den Blick durch die Küche schweifen. Nichts hatte sich hier verändert in all den Jahren. Selbst die gerahmten, inzwischen arg vergilbten Schwarz-Weiß-Fotos neben dem Kühlschrank hatte keine farbige Ergänzung erfahren. Willi als junger Boxer, Halbschwergewicht und Hoffnungsträger des BC Westen 1924 e.V. Willi als junger Polizist, die Uniform stand ihm gut. Willi und Luise nach der Trauung vor der Kirche, sie ganz in Weiß, er natürlich in Uniform. Willi und Luise bei einem Schiffsausflug auf dem Rhein, an die Reling des Sonnendecks gelehnt, im Hintergrund der Drachenfels. Ihre eintägige Hochzeitsreise. Sie im gepunkteten Kleid, er im sommerlich hellen Zweireiher, Hut mit breiter Krempe. Glücklich sahen sie aus. Und sehr verliebt. Das letzte Foto in der Reihe zeigte ein Baby, das mit fast erwachsenem Ernst in die Kamera blickte. Willis und Luises Sohn. Sie hatten ihn auf den Namen Walter getauft. Das Baby war mit sechs Monaten gestorben. Willi und Luise hatten danach kein Kind mehr bekommen.

Nur die schmale Schlafcouch neben der Eckbank war neu und wirkte in der Küche wie ein Fremdkörper.

»Die Couch ist neu, nicht wahr?«

»Ja. Ich kann nicht mehr in unserem Ehebett schlafen, seit Luise tot ist. Ich hab's ein paar Monate lang versucht. Aber das hat mich nur traurig gemacht. Dann habe ich mir bei Ikea das Ding da gekauft. Seither schlafe ich in der Küche. Denn Platz im Schlafzimmer zu schaffen und das Ehebett in den Keller zu stellen oder auf den Sperrmüll zu werfen ... das käme mir wie Verrat vor. In dem Bett ist sie gestorben. Verstehst du das?«

David nickte. Und dachte an Astrid, die auf dem nassen Asphalt eines Frankfurter Hinterhofs gestorben war.

»Manchmal setze ich mich nach Feierabend, noch vor dem Abendbrot, gleich wenn ich vom Dienst nach Hause komme, im Schlafzimmer auf die Bettkante und erzähle Luise vom Tag. Viel gibt es da zwar nicht mehr zu erzählen, seit ich mein Gnadenbrot als Kaffeeholer friste. Mensch, wer hätte das damals gedacht, als wir auf der Beerdigung deines Onkels waren, dass Luise nur vier Monate später … auf Luises Beerdigung haben wir uns das letzte Mal gesehen, stimmt's, David?«

»Ja.«

»Meine Güte. Wie die Zeit rast.«

Willi Heuser tischte den Kuchen auf. Unwillkürlich warf David einen Blick auf die Uhr über der Küchentür.

»Ich sehe, du bist in Eile, David. Du willst wissen, warum der aufgeschlitzte Heinz Waldorf nicht auf der Liste der gefährdeten Personen stand. Willst du die offizielle Begründung, oder willst du meine private Meinung?«

»Beides, Willi.«

»Dann pass gut auf. Die offizielle Begründung lautet: Rechtsanwalt Heinz Waldorf wurde als einziger ehemaliger Prozessbeteiligter als nicht gefährdet eingestuft, weil er Zorans Verteidiger war. Auf den ersten Blick erscheint das plausibel. Denn gewöhnlich machen Verurteilte nicht ihre Verteidiger, sondern Staatsanwälte und Richter für das Urteil verantwortlich. Meinetwegen auch noch die Ermittlungsbeamten der Kripo. Oder gelegentlich auch die Medien.«

»Aber auf den zweiten Blick, nach einem Blick in die alten Prozessakten, erscheint das gar nicht mehr plausibel. Dann hätte man wissen müssen, dass …«

»So ist es, David. Dann hätte man wissen müssen, welche Rolle Heinz Waldorf damals im Prozess spielte. Und jetzt, wo das Schwein tot ist, haben sie Zoran als dringend Tatverdächtigen bundesweit zur Fahndung ausgeschrieben.«

»Was haben sie gegen ihn in der Hand?«

»Gar nichts, David. Es gibt bisher keine einzige verwertbare Spur, die auf Zoran deutet, es gibt keine Zeugen, die Zoran zur maßgeblichen Zeit im Hahnwald gesehen hätten. Es gibt lediglich einen erschreckenden Mangel an Alternativen, was die Auswahl an möglichen Tatverdächtigen betrifft. Allerdings steht die Analyse der DNA-Spuren noch aus.«

»Gestern noch gingen sie davon aus, dass Zoran keine Gefahr für Waldorf bedeutet, während alle anderen rund um die Uhr beschützt werden, und nur einen Tag später suchen sie Zoran als Mordverdächtigen. Seltsam.«

»Vergiss nicht, dass inzwischen etwas Entscheidendes passiert ist: nämlich ein Mord. Und Zoran hatte ein Motiv.«

»Das Motiv hatte Zoran auch schon gestern.«

»Stimmt, David. Wie dusselig kann man nur sein?«

»Oder wie klug.«

»Wie meinst du das?«

»War nur so ein Gedanke. Eine bewusste Lücke im Netz.«

»Du sprichst in Rätseln, mein Junge.«

»Ich komme nur darauf, weil ich so etwas schon mal erlebt habe. Im Goldenen Dreieck, im Norden Thailands, an der Grenze zu Birma. Die Thais hatten von einer geplanten Lieferung erfahren. Mehr als 30 Tonnen Heroin. Die Militärs machten wochenlang mächtig Radau auf sämtlichen von Lastwagen befahrbaren Dschungelpisten ... bis auf eine Ausnahme. An einer einzigen, abgelegenen Piste gab es keine Kontrollen. Und genau dort schnappte dann die Falle zu.«

»Der Vergleich hinkt allerdings. Schließlich hätten sie Waldorfs Haus heimlich observieren müssen, um Zoran zu schnappen. Das haben sie aber nicht getan.«

»Vielleicht wollten sie ihn gar nicht schnappen. Vielleicht hätten sie ihn gar nicht im Hahnwald schnappen können, weil Zoran gar nicht dort war. Vielleicht benötigen sie nur eine Legitimation, um Zoran weiter jagen zu können ... mit Hilfe des Polizeiapparates, mit Hilfe der Medien.«

»Vielleicht warst du zu lange im Goldenen Dreieck.«

»Vielleicht geht meine Fantasie mit mir durch, Willi. Vielleicht. Nur: Warum lag das MEK vor dem Knast schon auf der Lauer, bevor Zoran seine Drohungen ausstieß? Weshalb sollte er observiert werden? Wer hatte das angeordnet?«

»Soll ich dir was verraten, David? Die Jungs vom MEK wissen es selbst nicht. Das habe ich in der Kantine aufgeschnappt.«

»Seltsame Geschichte. Die Kölner Polizei riskiert doch nicht bewusst das Leben von Heinz Waldorf, nur um Zoran jetzt auch offiziell jagen zu können.«

»Die Kölner Polizei sicher nicht …«

»Was willst du damit sagen, Willi?«

»Dass die Kölner Polizei in dem Fall nichts mehr zu sagen hat. Das Kommando haben längst andere. Nämlich deine Gastgeber im Keller des Präsidiums. Vor allem dieser ältere Grauhaarige. Weißt du, als die Bestellung über die Gegensprechanlage bei mir landete, Bitter Lemon mit Eis, da wusste ich gleich, dass der verlorene Sohn da unten im Keller sitzt. Und ich wusste genau, dass du darauf spekulierst, dass ich die Bestellung bringe. Und mir war außerdem sofort klar, was du von mir wolltest.«

»Willi, du bist ein Engel.«

»Das behauptet Erna auch immer. War übrigens ganz leicht. Die Besucherkartei an der Sicherheitsschleuse der Hauptwache. Die Kollegen lassen sich von allen Besuchern die Personalausweise und Dienstausweise zeigen und tragen die Daten ein, bevor sie die Hausausweise ausstellen. Anschließend habe ich noch ein wenig am Zentralcomputer recherchiert. Seit ich ein Krüppel bin, halten mich alle im Präsidium zusätzlich auch noch für einen kompletten Idioten. Ich lasse sie in dem Glauben. Gegen Vorurteile kann man ohnehin nicht ankämpfen. Verschwendete Energie. Aber es hat auch Vorteile: Man kommt an alles ran, ohne aufzufallen. Wo habe ich bloß den Zettel hingelegt?«

Willi Heuser hob die aufgeschlagene Zeitung hoch. Er setzte sein breites, unnachahmliches Grinsen auf, das in längst vergangenen Zeiten die Gegner im Ring reihenweise an den Rand des Wahnsinns getrieben hatte, und schob den handgeschriebenen Notizzettel über den Küchentisch.

Dr. Karl-Günther Beauvais, Min.Dir. BM Inneres, Berlin
KHK Lars Deckert, BKA, Wiesbaden
Uwe Kern, keine weiteren Angaben

Keinen der drei Namen hatte David Manthey jemals zuvor gehört. Obwohl er die Antwort ahnte, stellte er die Frage:
»Wer ist wer?«
»Beauvais ist der gemütliche Dicke im Cordanzug. Deckert der junge Drahtige mit dem nervösen Blick.«
Und Uwe Kern demnach das grauhaarige Alpha-Tier. Der Einzige ohne Titel, ohne Dienstgrad, ohne Adresse und ohne offiziellen Arbeitgeber.
»Was hast du jetzt vor, mein Junge?«
»Branko besuchen.«
»Den Chauffeur?«
»Chauffeur? Wie meinst du das?«
Willi Heuser kratzte sich am Kopf – was er immer tat, wenn er Zeit gewinnen wollte, um seine Gedanken zu sortieren.
»Du weißt doch sicher, wie eilig es Zoran nach der Entlassung hatte. Machte sich auf dem Rücksitz eines Motorrads aus dem Staub. Zuerst dachte ich, nun ja, es leben eine Menge Kroaten in der Stadt, und außerdem Leute aus Zorans alter Gang. Einer von ihnen wird wohl eine Enduro besitzen. Aber Zoran hat keine Freunde mehr. Längst nicht mehr. Niemand hat ihn im Knast besucht. Als sei ein Bann über ihn verhängt worden. Manche sagen, Zoran hätte sich, als er damals aus Kroatien zurückkehrte, mit den falschen Leuten angelegt. Gerüchte. Du kennst das. Was sich aber eigentlich sagen wollte: Branko hatte doch immer eine Enduro. Solange ich mich erinnern kann.«
»Branko ist zwar Zorans Bruder. Aber solange ich mich erinnere, war er noch nie Zorans Freund gewesen.«
David steckte den Zettel ein, sah auf die Uhr, quetschte sich aus der Eckbank und umarmte Heuser zum Abschied.
»Danke für alles, Willi.«
»Red nicht so einen Quatsch. Mach's gut, Langer. Und pass auf dich auf. Versprichst du mir das?«

David Manthey war schon auf der Treppe, als er Willis Stimme in seinem Rücken hörte.

»Falls du nicht unbedingt die Haustür benutzen willst … lauf runter bis in den Keller, halte dich links und wieder links. Der Schlüssel liegt oben auf dem Rahmen. Die Tür klemmt etwas. Wird kaum noch benutzt, seit jeder einen Trockner hat und niemand mehr die Wäsche draußen im Hof aufhängt. Durch die Treibhäuser der alten Gärtnerei gelangst du dann unbeobachtet bis in die Hinterhöfe der Weidengasse.«

Die Fahrt nach Hahnwald hätte sie sich sparen können. Der Tatort war längst weiträumig abgesperrt. Sie kam nicht einmal in die Nähe des Hauses, in dem Heinz Waldorf ermordet worden war. Uniformierte Polizeibeamte stoppten jedes Auto bereits auf der Zufahrtsstraße, ließen sich die Papiere zeigen, gestatteten lediglich den Bewohnern des Villenviertels die Durchfahrt und verwiesen Kristina Gleisberg in knappen, sorgsam gewählten Worten auf die Pressekonferenz am Abend im Präsidium.

Der Leichenwagen passierte die Absperrung. Sie sah auf die Uhr. In zwei Stunden war sie mit Maja Jerkov verabredet, Zorans Schwester. Kristina Gleisberg wendete, fuhr zurück zur Autobahn und nahm die Auffahrt nach Norden.

Zwei Stunden. Verlorene Zeit. Sie hatte keine Zeit zu verlieren. Vielleicht sollte sie die zwei Stunden nutzen und Zorans Bruder Branko einen Besuch abstatten. Überraschend im Restaurant aufkreuzen? Oder vorher anrufen? Was war klüger? Als sie den Leichenwagen überholte, klingelte ihr Handy.

»Ja?«

»Kristina?«

Auch das noch.

Ihr Vater. Das hatte gerade noch gefehlt.

»Hallo Papa.«

»Kristina, gestern Abend schalteten wir den Fernseher ein und gerieten zufällig in diese Sondersendung über den entlassenen Mörder. Das war doch immer dein Thema, oder? Da haben wir uns natürlich gefragt: Wieso hat die Kristina die Sendung denn nicht selbst moderiert? Die Mutti hat sich natürlich gleich Sorgen gemacht. Du weißt ja, wie sie ist.«

Natürlich. Die Sorgen ihrer Mutter konnte sich Kristina lebhaft vorstellen: Was würden die Nachbarn wohl sagen? Frau Gleisberg, wieso hat denn nicht Ihre Tochter gestern Abend die Sendung über diesen Mörder moderiert?

»Kristina? Hallo?«

Er ist kein Mörder, wollte Kristina schon entgegnen. Dies zu beweisen, war für lange Zeit der alleinige Sinn und Zweck ihres Lebens gewesen. Wieso habt ihr davon nichts mitbekommen? Und außerdem: Ihr schaut doch sonst nie fern. Ihr habt euch doch noch nie für meine Arbeit interessiert. Warum ausgerechnet jetzt, wo sie mich gefeuert haben?

Stattdessen antwortete sie:

»Ich habe die Sendung nicht moderiert, weil ich krank bin.«

»Krank?«

»Ja, krank.«

Kristina wusste aus leidvoller Erfahrung, dass dies für ihren Vater ein Fremdwort war. Dr. Konrad Gleisberg hatte noch keinen einzigen Tag in seiner Firma gefehlt und erwartete von seinen Beschäftigten, dass sie das Kranksein gefälligst fürs Wochenende aufsparten. Früher, als sie noch zur Schule ging, hatte er das auch von seiner Tochter erwartet. Warum sagte sie nicht einfach die Wahrheit? Sie haben mich gefeuert, Papa!

»Aber mittags warst du doch noch zu sehen. Die Sache vor dem Gefängnis, als dieser Mörder die Flucht ergriff. Auf allen Kanälen, den ganzen Tag über. Wir haben es selbst nicht gesehen, aber Frau Braun vom Feinkostladen erzählte es deiner Mutter.«

»Da war ich noch nicht krank.«

Dieser Mörder. War Zoran Jerkov inzwischen doch ein Mörder? Seit heute? Zoran hatte Heinz Waldorf verachtet, das wusste sie besser als die Polizei. Hatte sie Zoran Jerkov aus dem Gefängnis geholfen, damit er einen Mord begehen konnte? Aus dem Nichts tauchte eine große, graue Limousine auf, wuchs in ihrem Rückspiegel, bis sie ihn vollständig ausfüllte, veranstaltete ein hysterisches Lichthupenkonzert. Kristina Gleisberg ließ sich nötigen, noch einmal die Spur zu wechseln, auf die rechte, die falsche Spur, die zu den Autobahnen nach Düsseldorf, Dortmund und Aachen führte. Der Fahrer verlangsamte kurz das Tempo, nur um Blickkontakt aufnehmen zu können, er brüllte und geiferte stumm gegen ihr Seitenfenster, gab Gas und schoss an ihr vorbei.

»Was hast du denn?«

»Was?«

»Deine Krankheit. Mutti will wissen, was du hast.«

»Eine Bronchitis.«

»Um diese Jahreszeit?«

»Um diese Jahreszeit.«

»Ich höre Fahrgeräusche ... sind das Fahrgeräusche? Wo bist du denn? Bist du etwa im Auto unterwegs? Warum liegst du mit einer Bronchitis nicht im Bett und kurierst das schleunigst aus, damit du wieder zur Arbeit gehen kannst?«

»Weil ich auf dem Weg zum Arzt bin.«

»Machen die Ärzte in Köln keine Hausbesuche?«

»Nein.«

»Bei uns ...«

»Ich weiß. Hier ist halt manches anders als im Sauerland. Keine Sorge. Das wird schon wieder.«

Sie spürte deutlich, wie ihrem Vater der Text ausging. Gut so. Sie schwieg, wechselte zurück auf die linke Spur Richtung Innenstadt und konzentrierte sich auf den Verkehr.

»Na dann, mein Kind ...«

Er hatte nie verstanden, warum sie nach Köln gegangen war. Er würde auch niemals verstehen, warum sie diesen Beruf ergriffen hatte.

»Ja. Und schöne Grüße an Mama.«

»Zurück. Sie steht neben mir. Dann kann ich sie ja jetzt zum Glück beruhigen. Was sagst du, Hilde? Mama sagt, du sollst Fencheltee trinken. Überhaupt viel trinken. Und sie sagt, du sollst Marc ganz herzlich grüßen. Von mir übrigens auch. Wäre schön, euch beide bald mal wieder zu sehen.«

»Mach' ich, Papa. Tschüss.«

Sie drückte die rote Taste, warf das Handy auf den Beifahrersitz und verließ die Autobahn am Süd-Verteiler. Dass Marc aus ihrem Leben verschwunden war, hatte sie ebenfalls noch nicht erzählt. Wenn ihre Eltern zudem wüssten, dass sie gefeuert und arbeitslos war, hätten sich all ihre Prophezeiungen erfüllt: Kristina Gleisberg, Unternehmertochter und Totalversagerin.

Marc. Ihre Mutter liebte Marc abgöttisch. Marc war Mutters Traum vom perfekten Schwiegersohn. Fast so perfekt wie Mutters Sohn. Kristinas jüngerer Bruder Konrad junior, der natürlich gleich nach dem Studium ins väterliche Unternehmen eingestiegen war und inzwischen die Vertriebsabteilung von Dr. Gleisberg Thermoplast leitete. Schrumpfschläuche für die Kfz-Industrie. Der natürlich längst verheiratet war. Der ihnen natürlich schon ein Enkelkind geschenkt hatte. Der natürlich gleich um die Ecke wohnte, so dass Kristinas Mutter aktiv an der Aufzucht ihres prachtvollen Enkels mitwirken konnte in dieser hübschen Kleinstadt im Sauerland, die ohne die Schrumpfschläuche des Herrn Dr. Konrad Gleisberg eine Geisterstadt wäre.

Sie musste sich entscheiden: geradeaus über die Bonner Straße in Richtung Chlodwigplatz oder rechts in Richtung Rheinuferstraße? Sie bog auf die Tankstelle am Verteiler ab, stoppte den Wagen auf dem Lkw-Parkplatz, schaltete den Motor aus, atmete tief durch und wählte schließlich Branko Jerkovs Nummer.

»Pizzeria Roma?«

»Guten Tag, Herr Jerkov. Hier ist Kristina Gleisberg. Ich müsste Sie dringend sprechen. Es geht um Zoran.«

Schweigen.

»Herr Jerkov? Sie erinnern sich doch sicher an mich. Kristina Gleisberg. Ich habe Ihren Bruder ...«

»Natürlich erinnere ich mich. Zoran ist nicht hier.«

»Herr Jerkov, ich bin ganz in der Nähe. Darf ich mal eben auf einen Sprung bei Ihnen vorbeikommen? Dauert nicht lange.«

»Nein.«

»Nein? Aber es geht um Zorans ...«

»Nein.«

»Herr Jerkov, Ihr Bruder steckt in Schwierigkeiten.«

»Die Probleme meines Bruders interessieren mich nicht. Ich habe meine eigenen Probleme. Meiner Frau geht es nicht gut. Es gibt nichts mehr zu bereden. Lassen Sie uns in Ruhe.«

Branko Jerkov hatte aufgelegt. Kristina Gleisberg schlug mit der Faust aufs Lenkrad, Tränen der Wut in den Augen.

Wenn David wütend war, überschlug sich seine Stimme. Die Natur hatte sich noch nicht entschieden, ob David noch Kind oder schon Erwachsener sein sollte.

»Zoran, du selbst hast immer wieder gesagt, wir beklauen nur die Reichen. Außerdem wollten wir niemals jemandem wehtun.«

Zoran legte eine Spur Verachtung in sein breites Grinsen. Aber seine Augen signalisierten Verlegenheit. Öcal und Ilgaz klopften sich auf die Schenkel und wieherten vor Vergnügen. Zorans Hofnarren. Nur Artur schaute betreten zu Boden.

»Was ist?« Zoran fächerte die Geldscheine auf wie ein Pokerblatt und wedelte David damit vor der Nase herum. »Wer tausend Mark im Küchenschrank rumliegen hat, der ist doch wohl reich, oder?«

»Blödsinn.«

»Wieso Blödsinn, du Neunmalkluger?«

»Das war doch garantiert sein ganzes Erspartes. Manche alten Leute haben eben Angst, ihr Geld auf die Bank zu tragen.«

»Na und? Dummheit muss bestraft werden.«

»Zoran, die Regel ist, dass wir niemandem wehtun. Das ist unser Gesetz. Du hast ihn einfach …«

»Was denn, was denn, was denn? Kann ich etwa hellsehen? Wenn im Dezember um fünf Uhr nachmittags im ganzen Haus kein Licht brennt, da muss man doch wohl davon ausgehen können, dass auch niemand daheim ist. Oder? Was musste der Alte auch plötzlich aus dem Schlafzimmer auftauchen und den Helden spielen? Außerdem: Eine Ohrfeige hat noch niemandem geschadet. Glaube mir: Ich weiß, wovon ich rede.«

Zoran sah triumphierend in die Runde. Die Hofnarren machten brav ihren Job. Artur sah weg.

»Er hat geblutet.«

»Weil er unglücklich gefallen ist. Der wird schon wieder. Er hat mich angegriffen. Klarer Fall von Notwehr.«

»Zoran, du bist ein Arschloch.«

»Pass gut auf, was du sagst. Und jetzt beruhige dich gefälligst wieder. Tausend durch fünf, das sind für jeden zweihundert. Nicht schlecht für eine Viertelstunde Arbeit. Was ein Glück, dass die anderen keine Zeit hatten. Hier, dein Anteil.«

David schlug ihm das Geld aus der Hand und ging. Zoran sah ihm nach, ernst und stumm, bis David aus seinem Blickfeld verschwunden war. Öcal und Ilgaz sammelten die Scheine vom Boden auf und hielten sie ihrem Chef hin.

»Was guckt ihr so belämmert? Tausend durch vier. Das sind für jeden … zweihundertfuffzich. Umso besser.«

David Manthey brauchte knapp fünfzehn Minuten durch die verlassenen Treibhäuser der alten Gärtnerei bis zum gepflasterten Hof hinter Brankos Restaurant. Eine junge Frau, dem Aussehen nach Filipina, schrubbte die beiden Gästetoiletten im Anbau. Sie trug gelbe Gummihandschuhe. Sie grüßte scheu und wischte sich mit der Außenseite des nackten Unterarms den

Schweiß von der Stirn. Manthey erinnerte sich plötzlich, wie eisig kalt es im Winter auf dem Außenklo des Restaurants gewesen war. Ob Branko dort inzwischen eine Heizung eingebaut hatte?

Der alte Milan Jerkov hatte immer davon geträumt. Eines Tages werde er genug Geld beisammen haben, um seinen Gästen eine Heizung auf dem Klo zu spendieren, hatte er immer wieder beteuert, so oft, dass es niemand mehr hören wollte. Und niemand mehr glaubte. Vermutlich war Milan Jerkov gestorben, bevor sein Traum von der großen unternehmerischen Investition in die Zukunft Wirklichkeit werden konnte.

Der Schuppen stand offen. Alte Obstkisten, leere Weinflaschen, eine ausrangierte Tiefkühltruhe, ein Stuhl mit drei Beinen. Nur was er suchte, fand David nicht.

Es hatte immer dort gestanden: Brankos Motorrad. Seit seinem 18. Lebensjahr hatte Branko immer ein Motorrad besessen. Er kaufte sie gebraucht, und wenn er mit ihnen fertig war, sahen sie aus wie frisch aus dem Laden. Es gab eine Zeit, da waren Zoran und David fast täglich in den Schuppen geschlichen, um die graue Plane zu entfernen und davon zu träumen, endlich alt genug zu sein, um ebenfalls den Führerschein machen und so ein Ding fahren zu dürfen. Das mangelnde Alter und der fehlende Führerschein hatten Zoran allerdings nicht davon abhalten können, eines Tages eine Spritztour mit Brankos Maschine zu unternehmen. Er kehrte mit einem abgebrochenen Rückspiegel und einem verbogenen Blinker zurück. Als Branko mit seinem Bruder fertig war, fehlte Zoran ein Schneidezahn.

Im Treppenhaus roch es nach schalem Bier und altem Fett. In der Küche mit der Durchreiche zum Tresen des Gastraums saß Alenka, Brankos Frau, mit dem Rücken zur Tür. Ihr Haar war ganz grau geworden. Sie faltete Papierservietten zu Pyramiden und starrte unentwegt in den Fernseher auf dem Kühlschrank. Eine dieser Nachmittags-Talkshows. Eine Frau saß auf einem Sofa und schluchzte. Der Weinkrampf schüttelte ihren schmächtigen Körper. Der Moderator setzte sich neben sie, legte ihr den Arm um die schmalen, zitternden Schultern, gab ihr ein Taschentuch und sagte: »Sie müssen jetzt ganz tapfer sein.« Alenka hielt inne, legte die Servietten beiseite, nahm die Fernbedienung vom Tisch und stellte den Ton lauter. David ging weiter, durch die Schwingtür, in den Gastraum.

Nichts hatte sich hier seit seiner Kindheit verändert. Die barocke Theke mit den vier wackligen Barhockern, die sechs winzigen Tische im Raum, die einfachen, unbequemen Stühle, der abgewetzte Holzfußboden. Und die fehlenden Gäste. Nur die Dekoration an den mit dunklem, billigem Holz verschalten Wänden wirkte inzwischen etwas üppiger.

Branko Jerkov saß an einem der sechs verwaisten Tische und schob neue Speisekarten in alte, speckige Klarsichtfolien. David nahm ihm gegenüber Platz.

»Hallo, Branko.«

Zorans Bruder hob kurz den Kopf, nickte stumm und fuhr mit seiner Arbeit fort, ganz so, als habe er David erst gestern zum letzten Mal gesehen. Nichts in seinen Augen deutete an, ob er sich über den unerwarteten Besuch freute. David nahm eine der fertig eingetüteten Speisekarten und studierte sie.

»Pizzeria Roma? Seit wann heißt euer Restaurant denn nicht mehr Dalmatien-Grill?«

»Nicht euer Restaurant, sondern mein Restaurant. Es gehört mir ganz alleine. Pizzeria Roma, ja. Seit einem Jahr heißen wir nicht mehr Dalmatien-Grill. Du warst lange nicht mehr hier, David. Cevapcici, Djuvec-Reis, gefüllte Paprika, das kannst du alles in die Tonne knallen. Die Leute mögen heutzutage keine jugoslawische Küche mehr. Die wollen jetzt mediterrane Kost. Die haben aber in der Schule in Erdkunde nicht besonders gut aufgepasst. Sonst wüssten sie ja, wo Dalmatien liegt. Gut, dass der Alte das nicht mehr erleben musste. Das und das andere. Wieso benutzt du nicht den Vordereingang?«

»An dem wäre ich doch glatt vorbeigelaufen, wenn da jetzt Pizzeria Roma drübersteht. Fährst du noch Motorrad?«

»Du tauchst hier auf, um mich nach meinem Motorrad zu fragen? Nein, die letzte Maschine habe ich verkauft. Ist schon eine Weile her. Die Bandscheiben. Wir werden alle nicht jünger. Seit wann bist du wieder in der Stadt?«

»Seit heute. Wie geht's Alenka?«

»Was willst du, David? Nur ein bisschen plaudern? Über alte Zeiten? Dafür habe ich jetzt keine Zeit. Wenn du aber deinen alten Freund Zoran suchst... ich habe absolut keine Ahnung, wo der steckt. Hier hat er sich noch nicht blicken lassen, jedenfalls nicht, seit er wieder aus dem Knast raus ist. Ich weiß auch den Grund: Hier riecht es nämlich zu sehr nach ehrlicher, harter Arbeit, und den Geruch hat er noch nie vertragen.«

Aus der Küche drang jetzt die salbungsvolle Stimme des TV-Moderators in fast schmerzvoller Lautstärke. Branko schlug mit der flachen Hand auf den Tisch. Doch seine Augen zeigten Resignation statt Wut.

»Jeden Nachmittag guckt sie diese hirnverbrannte Sendung. Sie ist süchtig danach. Von montags bis freitags muss ich mir jeden Nachmittag eine Stunde lang diesen Mist anhören.«

»Wie geht's eurer Tochter? Die müsste doch jetzt schon fast erwachsen sein. Meine Güte, wie die Zeit vergeht.«

»Dalia...«

Der schwere, muskulöse Mann mit dem pechschwarzen Lockenkopf atmete schwer.

»Für den, der weggeht, vergeht die Zeit schneller als für den, der zurückbleibt, David.«

»Was ist passiert, Branko?«

»Was passiert ist?« Branko Jerkov senkte den Blick und sprach zu den Speisekarten. »Was passiert ist? Sie ist tot. Leukämie. Dalia ist vor einem Jahr gestorben. Gott hat sie erlöst. Zwei Wochen nach ihrem 18. Geburtstag. Seitdem ist Alenka...«

Ihm versagte die Stimme. David legte seine Hand auf Brankos Unterarm. Das Telefon auf der Theke klingelte. Branko sprang auf und riss sich aus seinen Erinnerungen.

»Pizzeria Roma?«

David Manthey ging zurück ins Treppenhaus, während Branko telefonierte. Diesmal betrat er die Küche, trat hinter

Alenka, legte seine Hand auf ihre kalte, knochige Schulter. Alenka ließ die Hände auf die noch ungefalteten Servietten sinken. Der Moderator verabschiedete sich von ihr. Alenka wartete, bis er endgültig vom Fernsehschirm verschwunden war. Dann wandte sie den Kopf, sah zu David auf und lächelte.

»David. Wie schön, dass du wieder da bist. Das wird Zoran aber freuen. Bleibst du diesmal länger? Für immer? Zoran braucht dich, David. Du bist nämlich sein einziger Freund.«

Eine Spur von Hoffnung lag in ihrem Blick. David wusste nicht, was er ihr antworten sollte.

»Diese Sendung tut mir so gut, David. Sie gibt mir Trost. Deshalb schaue ich sie jeden Tag. Leider kommt sie nicht am Wochenende. Aber dann freue ich mich schon auf...«

Sie schwieg. David folgte ihrem Blick. Branko stand in der Tür zur Küche. Zorn in den Augen.

»Ärger?«

»Nur diese Journalistin.«

»Welche Journalistin?«

»Diese... verflucht, lasst uns doch alle in Ruhe. Verschwinde endlich, David. Und komm bitte nie wieder.«

Maja Jerkov war einfach nicht zu übersehen. Während Kristina Gleisberg in ihrem Milchkaffee rührte, beobachtete sie amüsiert, wie sich Männer sämtlicher Alterklassen die Köpfe verrenkten, als die schätzungsweise 1,60 Meter kleine Frau mit dem raspelkurz geschnittenen, pechschwarzen Haar quer über den Wallrafplatz dem einzigen freien Stuhl vor dem Café Campi im Erdgeschoss des WDR-Funkhauses zustrebte. Zorans Schwester trug knallrote Pumps mit zehn Zentimeter hohen Absätzen, eine knallenge Blue Jeans, die ihre stämmigen Oberschenkel und ihre breiten Hüften betonte statt kaschierte, und ein in der schmalen Taille geknotetes weißes Herrenoberhemd.

Von ihren großen Rehaugen bis hinab zu dem geflochtenen Ledergürtel mit der wuchtigen Schnalle wirkte Maja Jerkov wie ein junges, zierliches Mädchen, das den ersten BH-Kauf noch vor sich hatte. Natürlich weckte nicht vorrangig ihr ungewöhnlich proportionierter Körper das ungenierte Interesse auch jener Männer, die gewöhnlich nur diesen verdorrten Magerfrettchen nachstarrten. Dies vermochte vielmehr die selbstbewusste Art, mit der Maja ihren Körper akzeptierte: Ihr graziler Gang signalisierte Sinnlichkeit, und ihren diätresistenten, mächtigen Hintern versetzte die Eigentümerin mit jedem Schritt in betörende Schwingungen. Maja Jerkov hatte die Ausstrahlung einer Königin, stellte Kristina Gleisberg jedes Mal aufs Neue fest, wenn sie Zorans 37-jähriger Schwester begegnete.

Maja nickte stumm und ließ sich auf den freien Stuhl vor Kristinas Tisch fallen, kramte eine Weile in ihrer Umhängetasche, die groß genug war, um darin mühelos sämtliche notwendigen Utensilien für einen Urlaubstag am Strand zu verstauen, und zündete sich schließlich eine Zigarette an. Sie lehnte sich entspannt zurück, schloss die Augen und zog den Rauch so genussvoll ein, als sei dies die letzte Zigarette ihres Lebens. Dann erst beugte sie sich vor und konzentrierte sich auf ihre Tischnachbarin.

»Rate mal, wieso ich zu spät komme!«

»Keine Ahnung.«

»Wegen Zoran.«

»Was? Hast du ihn getroffen?«

»Nein. Aber meine Haustür wird belagert von Pressefotografen und Kamerateams, die von mir wissen wollen, wo Zoran steckt. Ich habe ihnen gesagt, dass ich es nicht weiß und dass mich mein Bruder mal kreuzweise kann. Trotzdem habe ich fast zwanzig Minuten von der Haustür bis zu meinem Auto gebraucht. Die durchwühlen sogar die Mülltonnen, vermutlich in der Hoffnung, einen Fetzen Papier zu finden, auf den ich seine Adresse notiert haben könnte. Diese Idioten. Meine Spießernachbarn sind schon völlig mit den Nerven runter und giften mich an. Würde mich nicht wundern, wenn sie eine Resolution an die Hausverwaltung verfassen und meinen sofortigen Auszug fordern.«

»Das tut mir leid.«

»Der Einzige, dem nichts leid tut, weil er immer nur an sich selber denkt, ist Zoran. Stimmt das, was man sich erzählt?«

»Was meinst du?«

»Dass Frank Koch dich rausgeworfen hat wegen Zoran?«

»Ja…«

»Zoran! Wer auf meinen Bruder setzt, geht unter.«

»Hast du wirklich keine Ahnung, wo er stecken könnte?«

»Nein.«

Weder die großen, dunklen Augen noch der schöne Mund ließen erkennen, ob sie die Wahrheit sagte oder log.

»Das heißt…«

»Das heißt, Zoran hat sich weder bei mir gemeldet noch bei Branko. Und bei dir ja offensichtlich auch nicht. Was machst du denn jetzt, ohne den Job? Schon Pläne?«

»Ich weiß noch nicht. Also macht die Nachricht von meinem Rauswurf tatsächlich die Runde?«

»Schlechte Nachrichten, über die man sich genüsslich das Maul zerreißen kann, verbreiten sich in der Branche schneller als ein Lauffeuer. Aber vielleicht habe ich was für dich. Die Redaktion der Talkshow, für die ich hin und wieder als Vertretung die Studioregie übernehme, sucht einen neuen Researcher. Du weißt schon: jemand, der interessante Studiogäste auftreibt und natürlich recherchiert, ob die aufgetischten Lebensgeschichten wasserdicht oder frei erfunden sind. Da melden sich natürlich eine Menge Spinner als Kandidaten. Wenn man sich mit dem geisteskranken Format und dem eitlen Moderator abfinden kann, dann ist das gar kein schlechter Job. Zumindest vorübergehend. Wenn du Interesse hast, bringe ich dich ins Gespräch.«

»Welche Show ist das?«

»Carsten Cornelsen.«

»Dieser Lackaffe? Dieser Frömmler?«

»Genau der. Sensationelle Einschaltquoten. Meine Schwägerin zum Beispiel guckt diesen Schwachsinn jeden Nachmittag. Ich werde einfach mal mit Friedbert reden.«

»Friedbert?«

»Friedbert ist Cornelsens Redaktionsleiter. Hauptsache, du kommst möglichst schnell aus dem Tief raus und verdienst genug Kohle, um dich über Wasser zu halten. Sobald du was Besseres gefunden hast, schmeißt du eben wieder hin. Das machen alle so. Deshalb ist Friedbert ja auch ständig auf der Suche nach neuen Researchern, die er ausbeuten kann. Okay? Zieh einen Schlussstrich, Kristina. Cut. Nächste Szene, neues Glück.«

»Einverstanden. Das ist wirklich sehr nett von dir.«

»Kein Problem. Du hast unseren Bruder aus dem Knast geholt. Auch wenn Zoran ein undankbares, asoziales Arschloch ist, so steht die Familie doch tief in deiner Schuld.«

Der junge Kellner trat aus der Tür des Cafés auf den Platz. Er steuerte ihren Tisch an, nahm ein bis zur Hälfte mit Eiswürfeln gefülltes Glas vom Tablett, stellte es vor Maja ab, öffnete das Fläschchen Bitter Lemon mit geübtem Griff und füllte das Glas. Er spannte die Muskeln unter dem T-Shirt an und ließ Maja keine Sekunde aus den Augen, während er die zweite Frau am Tisch völlig ignorierte. Kristina Gleisberg konnte sich nicht erinnern, dass Maja Jerkov schon etwas bestellt hatte.

»Danke, Gino.«

»Prego.«

Der Kellner riss sich mühsam los und verschwand.

»Ich bin nicht zum ersten Mal hier«, sagte Maja. Es klang fast wie eine Entschuldigung.

»Das dachte ich mir«, entgegnete Kristina und ärgerte sich im selben Augenblick darüber, dass ihre Entgegnung in Majas Ohren wie ein Vorwurf klingen musste.

»Warum suchst du Zoran eigentlich?«

»Er ist in großen Schwierigkeiten.«

»Das ist dein Motiv? Die barmherzige Samariterin, die meinen armen Bruder vor den Schrecknissen dieser bösen Welt bewahren will? Ich habe im Radio gehört, dass Zoran wegen Mordes gesucht wird. Das Dreckschwein Waldorf ist tot.«

»Glaubst du, dass dein Bruder ihn umgebracht hat?«

»Ich glaube gar nichts. Nicht einmal an den lieben Gott. Ich weiß nur, dass Heinz Waldorf ein Schwein war.«

Die drei Frauen am Nachbartisch warfen Maja missbilligende Blicke zu. Kristina entzifferte die Schriftzüge auf dem halben Dutzend Tragetaschen, die unter dem Tisch aufs Auspacken warteten, und gelangte zu dem Schluss, dass sie mit ihren Prosecco-Gläschen auf den erfolgreichen Bummel durch die teuren Modeläden der Mittelstraße anstießen. Und dass sie nicht so aussahen, als hätten sie das ausgegebene Geld selbst verdient. Maja Jerkov starrte so lange ungeniert zurück, bis sich die drei Frauen wieder mit sich selbst beschäftigten.

»Zoran hat im Gefängnis immer sehr nett von dir gesprochen, Maja. Das Wohl seiner Schwester lag ihm am Herzen, hatte ich den Eindruck. Und er war wahnsinnig stolz darauf, wie weit es seine kleine Schwester beruflich…«

»So? War er das? Im Reden war Zoran schon immer gut. Es gab Zeiten, da hätte ich ihn echt gebraucht. Ich war erst sieben, als unsere Mutter starb. Kannst du dir vorstellen, wie das ist, als Mädchen ständig von solchen erzkatholischen, erzreaktionären Machos wie Milan Jerkov und seinem wohlgeratenen Erstgeborenen herumkommandiert zu werden? Die ersten Jahre nach Mutters Tod waren noch gar nicht so schlimm. Aber die Pubertät war die Hölle. Da musst du nicht muslimische Türkin sein und aus Anatolien stammen. Da reicht es völlig, wenn du katholische Kroatin bist und aus Vukovar kommst.«

»Tut mit leid, Maja. Ich wollte dich nicht…«

»Als mein Vater und sein wohlgeratener Erstgeborener mir ständig vorschrieben, wie ich mich zu kleiden hatte und wen ich außerhalb der Schule treffen durfte, da hätte ich Zorans Unterstützung gut gebrauchen können. Aber Zoran war ja vollauf mit seiner kriminellen Karriere beschäftigt, während ich tagtäglich nach den Hausaufgaben in der Küche schuften musste. Als ich mich nach dem Abi entschloss, Kamerafrau zu werden statt billiger Küchensklavin in dieser stinkenden Cevapcici-Bude, da hätte ich Zorans Rückendeckung bitter nötig gehabt. War er da vielleicht noch nicht stolz auf mich? Ich habe mich ganz alleine durchgeboxt, gegen den massiven Widerstand meines Vaters. Ja, damals hätte ich Zorans Hilfe dringend gebraucht. Stattdessen ist er zurück nach Vukovar, in diesen sinnlosen, barbarischen Krieg gezogen. Hat sich einfach verpisst, mein Bruder. Am Tag vor meinem 18. Geburtstag verschwand er ohne ein einziges Wort. Er hat sich nicht einmal von mir verabschiedet…«

Die Stimme versagte. Die Tränen schossen ihr in die Augen. Die drei Frauen am Nebentisch zahlten ihren Prosecco, sammelten ihre Tragetaschen ein und verschwanden in der Menschenmenge. Der junge Kellner bedachte Kristina mit einem zornigen Blick, während er die Sektkelche abräumte.

Kristina legte ihre Hand auf Majas Unterarm. Ihre Haut fühlte sich weich und warm an. Maja entzog sich der Berührung und wischte sich die Tränen aus den Augen.

»Entschuldigung. Es ist zwar lange her, aber es sitzt tief. Das Gefühl der Verlassenheit. Angeblich ein besonderes Problem von Migrantenkindern, sagt mein Therapeut. Er hat mir geraten, meinen Frieden mit Zoran zu schließen. Weil wir Seelenverwandte seien. Das Problem ist nur, dass er sich nach der Haftentlassung gleich wieder verpisst hat, mein Seelenverwandter. Vielleicht würde auch ich besser einen Schlussstrich ziehen. Cut. Die Kamera nach vorne gerichtet. Nächste Szene, neues Glück.«

»Hat er noch Freunde?«

»Hier in Köln? Keine Ahnung. Zwölf Jahre sind eine verdammt lange Zeit. Ich weiß nur, dass er schon damals, als er nach sechs Jahren aus Kroatien zurückkam, hier kaum noch Freunde hatte. 1997 war das. Das Todesjahr meines Vaters. Zoran erschien völlig überraschend zur Beerdigung und blieb dann in Köln. Als sei nichts gewesen. Geschäftspartner hatte er. Zechkumpane. Aber Freunde? Ich kann mich nicht erinnern.«

»Und die Jugendfreunde aus der Eigelstein-Gang?«

»Davon kannte ich nur wenige. Öcal, Ilgaz, Artur… aber das waren keine richtigen Freunde, das waren Erfüllungsgehilfen.

Zoran befahl, sie gehorchten, und solange alle ihren Reibach machten, war die Welt in Ordnung. Zorans einziger richtiger Jugendfreund war David. Aber den hat er ...«

»David?«

»David Manthey. Der wohnte gleich um die Ecke. Felix Manthey besaß eine Spedition im Stavenhof. Felix war auch der Coach des Basketball-Teams. Für ihn war das so eine Art ehrenamtliches Sozialprojekt, um Jugendliche aus dem Viertel auf den rechten Weg zu führen. Aber mit Zoran in der Mannschaft war das Projekt gleich zum Scheitern verurteilt. Zoran begriff das Team als Rekrutierungsbüro für seine Gang. Bis Felix Manthey ihn dann aus der Mannschaft warf. Daraufhin folgte mehr als die Hälfte des Teams Zoran, und das Sozialprojekt war gestorben. Für Zoran war das nichts weiter als ein Machtkampf gewesen. Eine Frage der Ehre. Ein Spiel. Zoran musste immer gewinnen.«

»Seltsam. Bisher dachte ich, Zoran hätte mir bei den vielen Gesprächen im Knast so ziemlich alles über sein Leben erzählt. Aber den Namen David Manthey hat er nie erwähnt.«

»Das wundert mich allerdings überhaupt nicht. Zoran ist ein Meister der Verdrängung. Unangenehme Erinnerungen streicht er einfach aus seinem Gedächtnis.«

»Was ist aus diesem David geworden?«

»Ein Bulle. Kaum zu glauben: David, der Bulle. Aber bei der Polizei ist er inzwischen nicht mehr, habe ich gelesen. Er hat den Dienst quittiert und ein Buch geschrieben. Über das Drogengeschäft. Und wie mit Drogen Politik gemacht wird. Das ging doch vor zwei Jahren durch alle Medien. David hat damit viel Staub aufgewirbelt, und es gab eine Menge Ärger. Aber geändert hat es wohl doch nichts.«

»Hast du ihn seit eurer Kindheit ...«

»Ich habe ihn nie wieder gesehen.«

Kristina Gleisberg war lange genug Journalistin, um Stimmlagen als Stimmungslagen zu deuten. Und in Majas letztem Satz schwang sowohl Verbitterung als auch Wehmut mit.

David Manthey. Jetzt erinnerte sich Kristina Gleisberg wieder an den mächtigen Medienwirbel vor zwei Jahren. Sie hatte sich aus diesem Grund, nach der Lektüre der Titelgeschichte im Spiegel, sogar das Buch gekauft, aber dann doch nicht gelesen. Piet hatte die Geschichte im Auftrag von Frank Koch für InfoEvent hochgejazzt. Dies und ihr berufseigener Skeptizismus, es könne sich womöglich um einen inszenierten Skandal handeln, hatten sie am Ende doch davon abgehalten, das Buch zu lesen. Auch daran erinnerte sie sich nun, ebenso wie an das Foto über der Vita auf der vorletzten Umschlagseite.

David Manthey.

Vielleicht lohnte sich ein Besuch im Stavenhof.

1974 hatte ein anatolischer Gastarbeiter den ersten türkischen Gemüseladen Kölns in der Weidengasse eröffnet. Solange sich David erinnern konnte, wurde die Straße Klein-Istanbul genannt. Dabei war die türkische Gemeinde am Eigelstein wesentlich kleiner als etwa jene östlich des Rheins in Köln-Mülheim, rund um die Keupstraße, dort, wo im Sommer 2004 die ferngezündete Nagelbombe hochgegangen war. 22 Verletzte, Täter und Motiv bis heute unbekannt. Doch die Stadtteile jenseits des Rheins lagen für die Bewohner des Eigelstein-Viertels etwa so weit entfernt wie der Bosporus – und so weit entfernt wie die Vorstellung, so etwas könnte auch hier passieren.

Vielleicht lag es an Klein-Istanbul, vielleicht auch an seinem in 18 Jahren Polizeiarbeit trainierten Instinkt, dass David Manthey, kaum dass er Brankos Restaurant durch die Vordertür verlassen hatte, der blonde Riese auffiel, der angestrengt in das Schaufenster des türkischen Import-Export-Ladens starrte und die preisreduzierten Schnellkochtöpfe begutachtete.

Zu groß, zu blass, zu unauffällig für Klein-Istanbul. Der Mann gehörte nicht in die Weidengasse. Außerdem war der hellgraue Sommeranzug zu teuer und zu schlicht. Die Anzüge, die gewöhnlich in Klein-Istanbul getragen wurden, waren entweder teuer oder schlicht, aber niemals beides zugleich.

David Manthey gesellte sich zu ihm, ließ nur knapp einen halben Meter Abstand, weniger jedenfalls, als Fremde gewöhnlich ertragen, betrachtete zunächst ebenfalls die Auslage und dann ungeniert den Mann, der sich unübersehbar bemühte, dies zu ignorieren. David spürte deutlich, wie Stromschläge auf seiner Haut, die mit Testosteron geladene aggressive Anspannung im Körper des Riesen.

Der Mann war um die zwei Meter groß. Mächtige Schultern, kräftiges, kantiges Kinn, eine Nase, die im Lauf ihres Daseins mindestens einmal gebrochen worden war. Die Haut blass und seltsam teigig, die Augen verborgen hinter einer schwarzen Sonnenbrille. Vermutlich erhielt das dichte, zurückgekämmte Haar erst durch die Errungenschaften der kosmetischen Industrie seinen strohblonden Schimmer. Denn die Augenbrauen, so viel konnte David mit einem Seitenblick erkennen, waren schneeweiß. Vermutlich auch die hinter der Sonnenbrille versteckten Wimpern. Der muskulöse Körper des Mannes, der sich immer noch für Schnellkochtöpfe interessierte, produzierte offenbar keine Farbpigmente. Der Riese litt unter Albinismus. Nicht nur deshalb war der Mann denkbar ungeeignet, einen Menschen unauffällig zu observieren. Aber vielleicht war das gar nicht...

Das Quietschen von Reifen riss David aus seinen Gedanken. Auf der gegenüberliegenden Straßenseite sprangen drei junge Menschen aus einem nagelneuen Audi Avant. Mitte zwanzig, zwei Männer und eine Frau. Sie entluden den Kofferraum des Kombis. David lief zurück zum Restaurant.

»Branko, vielleicht verschließt du besser die Tür. Da ist das erste Fernsehteam im Anmarsch. Wird nicht das letzte sein.«

Als David wenige Sekunden später wieder auf den Bürgersteig trat, war das Kamerateam für den Überfall gerüstet. Und der Riese hatte bereits das Ende der Weidengasse erreicht, bog nach links ab und verschwand aus dem Blickfeld. David legte einen Sprint ein. An der Einmündung spähte er in Richtung Torburg. Doch der Riese war wie vom Erdboden verschluckt.

David bog nach rechts ab, in die entgegengesetzte Richtung, in Richtung Hauptbahnhof, verlangsamte das Tempo, studierte sorgfältig die Menschen, die ihm unterwegs begegneten.

In Höhe der Gaffel-Brauerei registrierte er eine Frau, die ihm auf dem Bürgersteig entgegenkam, schnellen, entschlossenen Schrittes in Richtung Torburg eilte, aber mit ihren Gedanken offensichtlich woanders war. Groß, schlank, attraktiv, um die dreißig. Teure Schuhe, teures Kostüm. Woher kannte er die Frau?

Ihre Blicke begegneten sich erst, als die Frau ihn fast schon passiert hatte. Sie mussten einander Platz machen, ein abgestelltes Fahrrad verengte den Bürgersteig. Ein plötzliches Stirnrunzeln in ihrem schönen Gesicht, eine stumme, unbeantwortete Frage in ihren Augen, dann war sie auch schon vorbei.

Kein Zweifel! David fiel schlagartig wieder ein, wo er diese Frau schon einmal gesehen hatte: in dem Video, das er im Keller des Polizeipräsidiums gezeigt bekommen hatte. Die Frau, die Zoran aus dem Gefängnis in die Freiheit begleitet hatte. Diese Journalistin. Wie hieß sie noch gleich?

Kristina Gleisberg.

Unwillkürlich blieb er stehen und drehte sich um, just in dem Moment, als auch sie sich, ohne ihren Schritt zu verlangsamen, über die Schulter hinweg nach ihm umschaute, sich ertappt fühlte, errötete, gleich wieder nach vorne schaute und in diesem Moment beinahe mit dem Albino-Riesen zusammengeprallt wäre.

Der Riese beachtete sie nicht weiter.

Er sah über sie hinweg, wie über ein lästiges Hindernis. Er hatte nur Augen für David Manthey.

David ging weiter und widerstand dem starken Drang, seinen Schritt zu beschleunigen. Denn mit jedem Schritt wurde David klarer, dass dieser Mann keineswegs die Aufgabe hatte, ihn zu observieren. Dieser Mann hatte etwas anderes mit ihm vor.

Hier? Mitten auf der belebten Straße?

Was nun? Angriff oder Flucht?

David trug schon seit zwei Jahren keine Waffe mehr, seit Frankfurt, seit Astrid …

Wie konnte er überraschend die Distanz verringern, den Mann auf Tuchfühlung kriegen, um ihm den über Sieg oder Niederlage entscheidenden ersten Schlag oder Tritt zu verpassen? David war sich sicher, in der Nahkampfdistanz eine reelle Chance zu besitzen. Aber wenn er die Distanz nicht schnell genug überwinden konnte und der Mann eine Schusswaffe trug, war er erledigt. Natürlich trug der Kerl eine Waffe. Ein Söldner. Ein Killer. Aber warum hatte der Mann ihn dann nicht schon längst abgeknallt, wenn er nichts weiter als seinen Tod wollte?

Kampf oder Flucht?

Der Supermarkt. Sollte er abbiegen, mit einem Satz durch die Tür, zwischen den Regalen abtauchen, die erste günstige Gelegenheit zum schnellen Angriff nutzen …

Durch die Scheibe registrierte David, dass der Supermarkt voller Menschen war. Nein. Kein guter Ort für einen Angriff. Wenn der Riese seine Waffe zücken und rumballern würde …

Weiter.

Vielleicht konnte er im Hauptbahnhof abtauchen.

In weniger als drei Minuten würde er das von der Turiner Straße begrenzte südliche Ende des Eigelstein-Viertels erreichen. Und sich entscheiden müssen zwischen zwei Möglichkeiten: entweder rechts durch den Tunnel, der die elf Bahngleise unterquerte, in Richtung Marzellenstraße und von dort weiter Richtung Dom zum Haupteingang des Bahnhofs. Oder geradeaus, über den schmalen, für Autos gesperrten Fußweg quer durch die Großbaustelle, immer am Fuß der Trasse entlang, bis zum rückwärtigen Eingang gleich neben dem Bus-Terminal.

Was nun?

Der Lastwagenfahrer, der in diesem Augenblick genau vor David mitten auf der Turiner Straße den ächzenden Sattelzug stoppte, den Warnblinker einschaltete und in aller Gemütsruhe den Stadtplan vor sich auf dem Lenkrad ausbreitete, sorgte für die Entscheidung. David umkurvte gemessenen Schrittes den 36-Tonner, bis er in dessen Sichtschatten eintauchte.

Dann rannte er los.

Geradeaus, über die Turiner Straße, auf den abgezäunten Fußweg zwischen Trasse und U-Bahn-Baustelle zu. Gut 200 Meter bis zum Hauptbahnhof. Inständig hoffte er, dass ihm der Sichtschatten des Lastwagens einen kleinen Vorsprung verschafft hatte, dass sein Verfolger erst mit Verzögerung zum Sprint gestartet war.

Es hatte Zeiten gegeben, da war David Manthey die 200 Meter in 23 Sekunden gelaufen. Lange her. Mit Sportschuhen, auf dem Aschenplatz der Polizeischule. Aber das Adrenalin trieb ihn vorwärts. Und das Geräusch in seinem Rücken: der gleichmäßige, unbarmherzige Takt eisenbeschlagener Schuhe auf dem Asphalt. Sein Herz raste, und jeder gierige Atemzug verursachte stechende Schmerzen in seiner Lunge. Noch 50 Meter, er konnte den Breslauer Platz bereits sehen, Dutzende Taxis in der Warteschleife, die Shuttle-Busse nach Polen, die Junkies und Stricher. Noch 30 Meter. In seinem Rücken brüllte der Riese Kommandos in einer Sprache, die David nicht verstand. Der Riese arbeitete also nicht allein. Eine schwarze Mercedes-Limousine mit herabgelassenen Seitenscheiben stoppte vor dem Taxistand, aus dem Wagen sprangen zwei Männer, militärisch kurz geschnittenes Haar, schwarze Lederjacken, noch 20 Meter, einer der Taxifahrer, ein älterer mit Bauch, Schiebermütze und Empörung im Blick, löste sich von seiner Kühlerhaube und schnitt ihnen den Weg ab, baute sich breitbeinig vor ihnen auf und schnauzte sie an, was ihnen einfiel, hier zu parken und die Taxis zu blockieren. Einer der Lederjackenträger schlug dem Taxifahrer die Faust mitten ins Gesicht, der Mann sackte zu Boden, umklammerte im Fallen das Hosenbein des Schlägers, von allen Seiten sprangen Taxifahrer ihrem Kollegen zu Hilfe, rangen die zwei Männer nieder, prügelten auf sie ein, als David den rückwärtigen Eingang des Hauptbahnhofs erreichte, die Schwingtür aufstieß, in die Menschenmenge eintauchte, weiterhastete, Zickzackkurs, bis er auf zwei uniformierte Bundespolizisten stieß.

»Entschuldigen Sie bitte ... können Sie mir vielleicht sagen, ob die Uhr da oben richtig geht?«

David deutete mit ausgestrecktem Arm auf die riesige Uhr über dem Eingang. In diesem Moment schwang die Tür auf, der Albino mit der Sonnenbrille stürzte in die Halle und versuchte sich zu orientieren. Die beiden Polizisten folgten stirnrunzelnd Davids Blick, der Albino erstarrte mitten in der Bewegung.

»Selbstverständlich. Bahnhofsuhren gehen immer richtig, die werden doch von der Atomuhr in Braunschweig ferngesteuert. Jedenfalls habe ich das mal so gelesen.«

Der zweite Beamte schaute misstrauisch auf seine Armbanduhr und schüttelte den Kopf.

»Also ganz genau geht die aber nicht.«

Der Albino löste sich aus seiner Erstarrung, machte auf dem Absatz kehrt und verschwand durch die Tür.

»Danke. Vielen Dank. Sie haben mir sehr geholfen.«

David eilte weiter, sprintete die Treppe zu Gleis 11 hinauf. Als sich nur vier Minuten später die S-Bahn nach Ehrenfeld mit einem sanften Ruck pünktlich in Bewegung setzte, hatte sich sein Herzschlag noch nicht wieder beruhigt.

Dieser Riese hatte ihn weder observieren noch einfach auf der Straße umlegen wollen. David hätte jede Wette gehalten, dass auf der Vorderseite des Hauptbahnhofs ein zweites Lederjackenteam auf ihn lauerte. Kein Zweifel: Der Albino wollte ihn einpacken und mitnehmen. Wohin auch immer, warum auch immer.

Die Trompete verstummte erst, als Kristina Gleisberg zum dritten Mal auf den unbeschrifteten Klingelknopf drückte. Wenig später wurde die Tür von einem hageren älteren Herrn geöffnet, der sie um Haupteslänge überragte. Er betrachtete sie freundlich und neugierig zugleich. Das schlohweiße, dichte Haar war streng nach hinten gekämmt, erst im Nacken kräuselte es sich zu Locken. Der ausgebleichte Stoff der Jeans schlotterte um die dünnen Beine des Mannes und gab lediglich die Zehenspitzen der nackten Füße frei, und in das strahlend weiße T-Shirt, dessen Ärmel bis über die Ellbogen reichten, hätten locker zwei von seiner Statur gepasst.

»Ja bitte?«

»Guten Tag. Mein Name ist Kristina Gleisberg. Eigentlich bin ich gekommen, um Ihren Sohn zu sprechen. Aber ich fürchte, er ist gar nicht zu Hause, weil ich ihn eben, auf dem Weg hierher, zufällig auf der Straße gesehen habe. Alles ging so schnell, und ich war mir unsicher, so dass ...«

»Entschuldigen Sie, wenn ich Sie unterbreche. Aber ich habe keinen Sohn. Sie müssen mich wohl verwechseln.«

Die hellwachen Augen des alten Mannes verloren weder an Freundlichkeit noch an Neugierde.

»Oh. Verzeihen Sie. Ich las das Firmenschild vorne am Tor. Sind Sie also nicht Felix Manthey?«

»Die Firma gehörte meinem verstorbenen Lebensgefährten. Aber auch Felix hatte keinen Sohn. Suchen Sie vielleicht David? Seinen Neffen? Den Sohn seiner Schwester?«

Verflucht, Kristina, du führst dich hier auf wie eine blutige Anfängerin, schoss es ihr durch den Kopf. Was hast du dir nur dabei gedacht, ohne jegliche Vorrecherche hier aufzukreuzen? Wenigstens hättest du nach dem Treffen mit Maja Jerkov kurz daheim einen Zwischenstopp einlegen, dir das Foto in David Mantheys Buch einprägen und dessen Biografie im Internet checken können ...

»Ja, genau. David Manthey. Ich müsste ihn dringend sprechen. Wissen Sie vielleicht, wo ich ihn finden kann?«

»Klar weiß ich das. Auf Formentera.«

»Aber ich habe ihn doch eben erst auf der Straße gesehen. Ich bin mir ziemlich sicher ...«

Der Alte ließ Kristina stehen, hüpfte auf bloßen Füßen die Stiege hinab, überquerte den Hof, betrat die Lagerhalle und beugte sich über einen Stapel Lkw-Reifen. Auf dem Rückweg grinste er breit und schüttelte frohgemut den Kopf.

»Übrigens: Ich heiße Günther Oschatz. Wollen Sie nicht reinkommen? Möchten Sie vielleicht einen Espresso?«

Am Bahnhof Ehrenfeld verließ David Manthey die S-Bahn und nahm die U-Bahn in Richtung Neuehrenfeld. Müde Gesichter, hängende Schultern, gebeugte Rücken. Keine Gefahr.

Zwei Haltestellen später stieg er aus, lehnte sich an einen Pfeiler und wartete. Aber niemand folgte ihm, niemand wartete auf ihn. Schließlich lief er die Treppe hinauf zur Nussbaumerstraße. Inzwischen war es dunkel geworden. Gut so.

Vier Halbwüchsige mit Baseballkappen statt Baseballknüppeln schlenderten auf ihn zu, beanspruchten wortlos die gesamte Breite des Bürgersteigs, musterten den Fremden mit spöttischen Augen. David hielt unbeirrt Kurs, bis sich die menschliche Mauer in der Mitte teilte und hinter ihm wieder schloss wie das Rote Meer in der Bibel. Die Baseballkappen ertränkten ihre Niederlage in halblautem Gelächter.

David wechselte die Straßenseite und bog nach links ab. An einem Laternenpfahl lehnte ein junges Pärchen und vergaß den Rest der Welt. Ihre Körper, ihre Münder verschmolzen zu einer amorphen Masse. Sie knetete hingebungsvoll seinen Hintern. Der grelle Schein der Straßenlaterne erleuchtete ihre winzige Bühne, doch niemand schaute zu.

Das Tor stand offen. Der gepflasterte Weg über den Hof war unbeleuchtet, die Videokamera mit dem Infrarotverstärker hellwach. Nur aus den beiden Dachluken des Hinterhauses drang Licht. Als hätte der Backsteinbau Augen.

Das nächste Tor. David Manthey klopfte. Ein Summen, und das Tor sprang auf. David tauchte ein in die Dunkelheit, die alles verschlang, und wartete schweigend.

Nicht lange. David spürte den kalten Stahl in seinem Nacken. Sie verbanden ihm die Augen. Der grobe Stoff der Augenbinde roch nach dem Angstschweiß früherer Benutzer. Tastende Hände auf seinem Körper. Unter seinem Hemd, zwischen seinen Beinen. Schließlich gaben sich die Hände zufrieden.

»Was also?«

»David Manthey. Ich will mit Ingvar reden.«

Stille. Nur ein Flüstern. Sie hielten per Funk Rücksprache, warteten auf neue Befehle.

»Setzen!«

Hände wie Schraubstöcke packten seine Oberarme und dirigierten ihn zu einer Bank.

»Wir müssen wissen, ob du alleine bist.«

»Niemand ist mir gefolgt. Niemand weiß, wo ich bin.«

»Setzen!«

Manthey setzte sich. Schritte entfernten sich. Nur der Stahl in seinem Nacken blieb. Sie würden nun eine halbe Stunde lang den kompletten Block kontrollieren, um sicherzugehen. Ingvar vertraute niemandem. Manthey konzentrierte sich auf seine Atmung und versuchte, die Muskulatur zu entspannen, während sein Gehirn auf Hochtouren lief. Allmählich wurde der Stahl in seinem Nacken warm. Die Schritte kehrten zurück.

»Mitkommen!«

Sie nahmen ihm die Augenbinde ab und führten ihn eine steile Betontreppe hinauf. Ingvars Kommandobrücke. Dutzende Monitore im Saal gaben zumindest so viel Licht ab, dass David sah, wohin er trat. Und er wusste sehr genau, wohin er auf keinen Fall treten wollte: auf die Pfoten der dänischen Dogge, die hier irgendwo herumliegen musste.

Sie dirigierten ihn zu einem plüschigen Ohrensessel. Jetzt erst, als er Platz genommen hatte, registrierte er die Dogge, die ihm gegenüber, keine drei Meter entfernt, neben einem zweiten Sessel auf einer Decke lag, den gewaltigen Kopf gehoben, die scheinbar ausdruckslosen Augen auf den Besucher geheftet, während eine kräftige, sehnige Hand das samtiggraue Fell kraulte. Außer der Hand und den abgeschabten Cowboystiefeln und der mit Nieten und Schnüren verzierten schwarzen Lederhose war nichts zu sehen von Ingvar. Nur zu hören.

»Schön, dich zu sehen, Manthey. Siehst gut aus. Ich dachte, du bist längst raus aus dem Geschäft.«

»Bin ich auch, Ingvar.«

»Dann hilf mir doch auf die Sprünge, Manthey. Was willst du von mir? Oder soll ich raten?«

»Du schuldest mir einen Gefallen, Ingvar.«

»Bingo. Hab's mir gleich gedacht. Du bist also den weiten Weg hierhergekommen, um den Schuldschein einzulösen. Eine kostbare Handelsware, so ein Schuldschein. Ist Jerkov das wert, Manthey? Hat er deine Hilfe tatsächlich verdient?«

Dass Ingvar den überraschenden Besuch automatisch mit Zoran in Verbindung brachte, wunderte David nicht. In dieser Stadt passierte nichts, ohne dass Ingvar davon erfuhr. Informationen waren Ingvars Geschäft. Und er verdiente gut damit, jede erdenkliche Information beschaffen zu können. Der Mann, der selbst größten Wert auf die Wahrung seiner Anonymität legte und außerdem erstaunlich wenig von Computern und moderner Sicherheitstechnik verstand, beschäftigte auf Honorarbasis eine Kompanie der besten Hacker und Lockpicker Europas.

»Er ist mein Freund, Ingvar.«

»Dein Freund, ja. Dein Freund. Jerkov hat nicht mehr viele Freunde, heißt es. Schon lange nicht mehr, sagt man. Aber was die Leute so reden, wenn der Tag lang ist. Und du? Was glaubst du? Hat er tatsächlich den Waldorf abgemurkst?«

»Ich weiß es nicht, Ingvar.«

»Aber du würdest es gerne wissen.«

»Nein.«

»Nein?«

»Nein.« David zog Willi Heusers Zettel aus der Hosentasche und entfaltete ihn. »Mich interessiert etwas anderes. Ich würde gerne alles über folgende drei Personen wissen…«

»Stopp, Manthey! Nur bei der guten Fee hat man drei Wünsche frei. Aber ich bin nun mal keine gute Fee. Du hast mir aus der Klemme geholfen. Wie lange ist das her? Vier Jahre! Meine Güte, wie die Zeit vergeht. Fast verjährt. Aber ich sagte dir damals, dass du was gut hast bei mir. Und ich stehe zu meinem Wort. Aber es gibt für diesen Schuldschein nur eine einzige Information. Sonst verdirbst du noch die Preise, wenn sich herumspricht, dass ich neuerdings den barmherzigen Samariter gebe.«

»Einverstanden, Ingvar.«

»Natürlich bist du einverstanden. Was bleibt dir anderes übrig. Also? Raus mit der Sprache.«

»Uwe Kern.«

»Was? Das ist alles? Ein Name? Mehr hast du nicht?«

»Sonst müsste ich ja wohl nicht ausgerechnet zu dir kommen, Ingvar. Man sagt, du bist immer noch der Beste.«

»Ist der Name echt?«

»Keine Ahnung, Ingvar.«

»Du bist verrückt, Manthey. Du hast echt nicht mehr alle Tassen im Schrank. Komm, gib mir etwas Futter!«

»Mitte sechzig, sportlich, schlank, graue Haare, militärischer Kurzhaarschnitt. Uwe Kern besitzt auf diesen Namen einen unbeschränkten Besucherausweis des Polizeipräsidiums, er ist in der Lage, den Präsidenten herumzukommandieren und ohne gesetzliche Grundlage dessen MEK in Marsch zu setzen, um Zoran bei seiner Haftentlassung zu observieren, obwohl der bis dahin noch gar nichts verbrochen haben konnte. Falls dir das bei der Recherche weiterhilft: Uwe Kern steht in engem Kontakt zu einem Dr. Karl-Günther Beauvais, Ministerialdirigent im Bundesinnenministerium, ferner zu einem gewissen Lars Deckert, Kriminalhauptkommissar des Bundeskriminalamts in Wiesbaden. Reicht das, Ingvar?«

»Du bist wohl nicht ganz dicht. Glaubst du, ich bin lebensmüde? Ein Profi mit dem kompletten Staatsapparat im Rücken. Dann hat der mich doch schneller, als ich ihn habe.«

»Dann lassen wir es doch, Ingvar. So kann man sich irren. Bis eben dachte ich tatsächlich, du bist der Beste …«

Die Hand packte ins Nackenfell und schüttelte den Kopf der Dogge. Das Tier jaulte erschrocken auf.

»Manthey, stünde ich nicht in deiner Schuld, wäre dies jetzt der letzte freche Satz deines Lebens gewesen.«

David Manthey lächelte und sagte nichts. Sein Herz schlug ihm bis zum Hals, und er hoffte inständig, dass Ingvar es nicht sehen und der Hund es nicht riechen konnte. Dies war ein gefährliches Spiel. Und er spielte volles Risiko.

»Manthey, ich hoffe nur für dich, dass Jerkov dein Engagement wert ist. Okay: Ich werde sehen, was sich machen lässt. Komm nicht auf die Idee, mit uns Kontakt aufzunehmen. Wir melden uns bei dir, wenn wir soweit sind. Und jetzt verschwinde.«

Die Meute hatte also Witterung aufgenommen. Kristina Gleisberg beugte sich vor, stützte die Ellbogen auf die Knie und das Kinn auf die Handflächen, starrte in den Fernseher und betrachtete dieses entwürdigende Schauspiel, dessen ewig gleiche Dramaturgie sie doch so gut kannte, das ihr aber nun, aus der Distanz des Beobachters, mit einem Mal so fremd und seelenlos erschien. Sie kannte die junge Frau nicht, die Branko Jerkov das Mikrofon ins Gesicht streckte, als wollte sie ihn damit füttern. Sie war noch jung. Sehr jung. Und sie stellte unglaublich dämliche Fragen. Mit einer Stimme, die so schrill und nervtötend klang wie eine Kreissäge. Aber das spielte alles keine Rolle. Denn sie sah sexy aus in ihrem wippenden Röckchen und der bis zum Solarplexus geöffneten Bluse. Ein Altmännertraum. Nur das spielte eine Rolle. Das und ihre Skrupellosigkeit.

Dummerweise vergaß sie, das Mikro ordentlich in die Kamera zu drehen, so dass der Aufdruck »InfoEvent« auf dem Schaumgummi für die Zuschauer die meiste Zeit unvollständig zu lesen war. Frank Koch würde später einen Tobsuchtsanfall kriegen, so viel war sicher. Einen kalkulierten Anfall von Tobsucht vor versammelter Mannschaft. Auch das würde sie vermutlich geduldig über sich ergehen lassen, so wie sie in diesem Augenblick Branko Jerkovs Wutanfall vor laufender Kamera ertrug, ohne auch nur mit der Wimper zu zucken.

Zorans Bruder wiederholte immer wieder, dass er nicht wisse, wo Zoran stecke, und dass es ihn auch nicht interessiere, und dass die Medien ihn doch endlich in Ruhe lassen sollten. Der verkaufbare Nachrichtenwert seiner Worte tendierte gegen null, aber dass Branko Jerkov mit vor Wut verzerrtem Gesicht redete und kurz davor war, den Kameramann niederzuschlagen, würde Frank Koch gefallen. Die Worte bedeuteten nichts. Aber die Wut in Brankos Gesicht ließ den Restaurantbesitzer außerordentlich unsympathisch wirken, und das passte ins Bild. Denn Frank Kochs verordnete Botschaft lautete: Seht her, die Jerkov-Sippe, dieser hässliche Fremdkörper in unserem friedlichen Gemeinwesen.

Kristina Gleisberg schaltete den Fernseher aus.

Die Fernbedienung rutschte vom Sofa und fiel zu Boden. Das billige Plastikgehäuse zersprang in zwei Teile.

Sie schloss die Augen und massierte sich die Schläfen.

Ein kluger Gedanke.

Ein einziger kluger Gedanke.

Kopfschmerzen.

Und kein Aspirin mehr im Haus.

Zoran, du verdammter Mistkerl.

Das Telefon läutete. Sie ließ es läuten. Nach dem vierten Läuten schaltete sich der Anrufbeantworter ein.

»Florian hier. Kristina, Süße, wie geht's dir? Armes Mädchen. Habe jetzt erst deine E-Mail lesen können. Frank Koch ist ein Riesenarschloch. Ich hatte dich von Anfang an vor ihm gewarnt. Weißt du noch? Von Anfang an. Pass auf: Einen festen Job habe ich natürlich nicht. Im Print-Sektor ist momentan überhaupt keine Bewegung. Überall gehen die Auflagen in den Keller. Und die Anzeigenerlöse. Also kleben alle an ihren Schreibtischen, weil sie Angst um ihre Sozialpunkte haben. Aber ich biete dir eine Story an. Siebentausend Zeichen, maximal achttausend. Du weißt, wir zahlen gut. Thema: Die Banalisierung des Journalismus durch das Fernsehen. Da bist du doch die

Fachfrau. Sorry, war nur ein Scherz. Du müsstest aller-
dings bis übermorgen liefern. Gib mir bitte spätestens
morgen Bescheid. Ciao, Süße.«

Darauf kannst du lange warten.

Mit Florian war sie vor ungefähr hundert Jahren auf der Münchner Journalistenschule gewesen. Mit Florian war sie vor hundert Jahren eine Nacht im Bett gewesen. Nicht gerade der größte Fehler ihres Lebens, aber unter den ewigen Top Ten der größten Fehler ziemlich weit vorne. Gehe niemals mit einem Narzissten ins Bett, der lediglich die Bestätigung sucht, wie großartig er doch ist. Im Bett, im Job, beim Sport, am Steuer, immer und überall.

Allerdings schränkte dieser Leitsatz die Auswahl an potenziellen Liebhabern erheblich ein.

Ein kluger Gedanke. Ein einziger.

Nichts. Sie riss sich T-Shirt und Boxershorts vom Leib, ließ alles achtlos zu Boden fallen und öffnete die Tür zum Bad.

Dieser Trompeter.

Günther Oschatz.

Was für ein zauberhafter alter Mann. Gesegnet mit der geistigen Energie eines 18-Jährigen. Und wie er die ganze Zeit vom Neffen seines verstorbenen Lebensgefährten schwärmte. Wie ein guter Vater von seinem Sohn. Wenn dieser David Manthey nur halb so nett war, wie Günther Oschatz versicherte, dann musste sie ihn unbedingt kennenlernen.

Vielleicht half eine kalte Dusche gegen die Kopfschmerzen.

Und gegen alles andere.

Über dem samtenen Teppich, den die Snare-Drum, der Kontrabass und das Piano schufen, schwebte Günthers Trompete, schmeichelnd, verführerisch, hypnotisch, unwirklich weich wie schmelzendes Metall. Die Menschen im Keller des Stadtgartens hingen stumm und staunend an Günthers vibrierenden Lippen und hofften inständig, dieses Solo möge niemals enden, nicht in diesem Leben, nicht in dieser Welt.

David Manthey wartete in dem schwach beleuchteten Gang, der von der Küche ins Freie führte. Er lehnte mit dem Rücken an der Wand und verschränkte die Arme vor der Brust. Er schloss die Augen, als der Applaus einsetzte und aus dem Keller ins Erdgeschoss wogte. Das Publikum forderte eine zweite Zugabe.

»Hier bin ich.«

Manthey öffnete die Augen. Vor ihm stand Günther Oschatz, die Wangen gerötet, Sorgenfalten auf der Stirn.

»Dein Applaus, Günther. Du warst gut.«

»Es war okay. Sie spielen jetzt noch ein Stück, aber ohne mich. Ich dachte mir, das fällt vielleicht weniger auf.«

»Danke.«

»Was ist mit meinen Katzen?«

»Willi Heuser kümmert sich um sie.«

»David, wir haben nächsten Monat ein Konzert in Amsterdam. Und in sieben Wochen beginnt mein neuer Kurs an der Jazz-Schule in der Torburg…«

»Bis dahin bist du hoffentlich längst zurück. Siehst du den schwarzen Alfa da draußen auf dem Hof? Dein Gepäck befindet sich im Kofferraum. Am Steuer sitzt Klaus. Netter Kerl übrigens. Klaus ist der Enkel von Erna.«

»Willis Nachbarin?«

»Genau.«

»Sie backt fantastisch, die alte Dame. David, du müsstest mal ihren Streuselkuchen probieren…«

»Willi hat dir was eingepackt. Streuselkuchen von Erna, eine Thermoskanne Kaffee und eine große Flasche Mineralwasser. Liegt alles auf dem Rücksitz. Auf geht's: Klaus fährt dich jetzt nach Barcelona. Versuche, unterwegs etwas zu schlafen. Morgen früh setzt er dich im Hafen ab, und du nimmst die Fähre nach Ibiza. Hier ist das Ticket. Wie du von dort rüber nach

Formentera kommst, weißt du ja. In La Sabina gehst du zur Telefonzelle am Yachthafen und wählst diese Nummer. Das ist Juans Nummer in der Fonda Pepe. Du nennst am Telefon keine Namen. Du sagst auf Spanisch, dass du dich verwählt hast, entschuldigst dich und legst auf. Juan weiß dann Bescheid. Er holt dich ab und bringt dich zur Finca. Und dein Handy gibst du jetzt mir.«

»Kein Handy, kein Flugzeug… das heißt…«

»Ja, das heißt es, Günther.«

»Pass nur ja auf dich auf, Junge.«

»Klar.«

»Ich denke, du bist inzwischen zu alt, als dass ich dir noch Vorschriften machen oder Ratschläge erteilen könnte.«

»Für gute Ratschläge ist es nie zu spät. Aber ich kann mich beim besten Willen nicht erinnern, wann du mir jemals Vorschriften gemacht hättest.«

Sie umarmten sich schweigend.

David Manthey spürte die Träne an seiner Wange.

»Günther, du bist der einzige Mensch in Köln, von dem sie wissen, dass er mir sehr viel bedeutet. Du hilfst mir, wenn ich die nächste Zeit nur auf mich selbst aufpassen muss.«

Günther Oschatz wischte sich die Augen trocken, nickte und versuchte ein Lächeln zum Abschied.

Während Manthey seine Reisetasche aus dem Kofferraum nahm, zwängte sich der alte Mann in den Beifahrersitz. Klaus fädelte den Alfa aus der Einfahrt, bog nach rechts ab und nahm die Venloer Straße nach Westen. Die Rücklichter schrumpften binnen Sekunden auf Stecknadelgröße. David Manthey sog die süße Luft des warmen Sommerabends ein und wartete.

Erst als er absolut sicher war, dass niemand dem Wagen folgte, verschwand er in der Dunkelheit.

Uwe Kern massierte sich mit den Fingerspitzen die Schläfen, während er aus dem neunten Stockwerk hinunter auf die Dächer des Eigelstein-Viertels starrte.

»Wir müssen wissen, wie er denkt. Nur dann können wir vorausahnen, wie er handeln wird. Vorschlag?«

Lars Deckert umklammerte verlegen seinen Notizblock. Ein Vorschlag. Er hatte aber jetzt keinen Vorschlag parat. Dieser Mann brachte ihn ständig in Verlegenheit, um ihm die Begrenztheit seines Denkens und Könnens zu demonstrieren. Dieser Mann liebte es, die Menschen in seiner Umgebung zu demütigen. Schließlich spannte Deckert seinen drahtigen Körper, als könnte dies seinen Mut beflügeln, und unternahm einen zaghaften Versuch:

»Sie meinen vermutlich Jerkov ...«

»Blödsinn! Ich meine natürlich Manthey.«

»Sorry. Natürlich.«

»Wenn wir wissen wollen, wie er denkt, müssen wir begreifen, wie er zu denken gelernt hat. Also werden wir seine Biografie studieren. Jetzt! Setzen Sie sich da hin. Der Sessel. Es macht mich nervös, wenn Sie so rumstehen.«

Lars Deckert setzte sich. In seinem bisherigen Berufsleben hatte er nie unter mangelndem Selbstvertrauen gelitten. Aber in Kerns Umgebung schrumpften alle Menschen zu Zwergen.

»Ich hatte Ihnen ja bereits das Dossier über ...«

Kern schleuderte ihm den Schnellhefter entgegen. Er landete in Deckerts Schoß. Kern ließ sich rücklings auf das Bett fallen, verschränkte die Arme hinter seinem ergrauten Kopf und schloss die Augen. Er hielt es nicht für nötig, seine Schuhe auszuziehen.

»Lesen Sie vor!«

»Aber ...«

»Sie lesen laut, ich denke.«

»Wo soll ich anfangen?«

»Vorne natürlich. Wir fangen ganz von vorne an.«

»Fisch.«

»Was?«

»Sternzeichen Fisch. Und Einzelkind. David Manthey wurde am 8. März 1970 in Berlin geboren. Der Vater... Moment... laut Geburtsurkunde des Standesamtes unbekannt. Die Mutter... Elke Manthey... 1949 in Köln geboren... war bei Davids Geburt gerade mal 21 Jahre alt, als Studentin der Soziologie an der FU Berlin eingeschrieben, laut ärztlichem Attest manisch-depressiv und außerdem alkoholkrank. Mehrere psychiatrische Behandlungen, die sie aber stets nach kurzer Zeit abbrach. Elke Mantheys Eltern waren drei Jahre vor der Geburt des Enkels bei einem Verkehrsunfall in Köln gestorben. Die nun folgende Kindheitsgeschichte des David Manthey mutet etwas bizarr an, wenn ich das so formulieren darf...«

»Ungewöhnliche Menschen haben mitunter ungewöhnliche Kindheiten. Außerdem: Wer ohne Vater und mit einer manisch-depressiven Alkoholikerin aufwächst, dessen Kindheit verläuft wohl zwangsläufig bizarr. Meinen Sie nicht, Deckert?«

»Selbstverständlich. Der Junge wurde...«

»Wie sind Sie aufgewachsen, Deckert?«

»Ich? Als drittes von vier Kindern auf einem Bauernhof in der Nähe von Bielefeld. Meine Eltern...«

»Interessant. Machen Sie mit Manthey weiter!«

»Der Junge wurde angeblich... mit dieser Geschichte kokettierte Davids Mutter damals wohl gerne... in der Endphase der berühmt-berüchtigten Kommune I in einem ehemaligen Fabrikgebäude im zweiten Stock des Hinterhauses der Stephanstraße 60 in Berlin-Moabit gezeugt, wo die Mutter tatsächlich... dafür haben wir Belege... die letzten Monate bis zur Auflösung der Kommune I im November 1969 gelegentlich gewohnt hatte.«

»Kein Wunder, dass die Vaterschaft nicht geklärt werden konnte. Da war doch noch was mit diesen Vermutungen?«

»Gegenüber ihrem heranwachsenden Sohn prahlte sie später gern mit ihrem abwechslungsreichen sexuellen Vorleben: Vielleicht heiße sein Vater ja Rainer Langhans, vielleicht Fritz Teufel, vielleicht auch Mick Jagger.«

»Vermutlich hieß der Erzeuger Jörg oder Ludger oder Gerhard, war ein kleiner, namenloser Mitläufer in der Szene und ist heute Studiendirektor an einem nordhessischen Gymnasium.«

»Weiter?«

»Weiter.«

»David Manthey hatte in diesen prägenden frühen Jahren nicht gerade das, was die Pädagogen eine behütete Kindheit in einem harmonischen Bezugssystem nennen. Alle paar Monate zog die Mutter mit dem Jungen um, von WG zu WG.«

»Vermutlich stand der Kleine ständig der Weltrevolution im Weg. Ich sehe das Bild deutlich vor mir: Ein Kind spielt auf dem Fußboden der WG-Küche, während rundherum ein Dutzend Erwachsener über Politik schwadroniert.«

»Wir haben im Bundeskriminalamt eine Akte über Elke Manthey. Sie gehörte zeitweise zum Unterstützerkreis der RAF. Keine große Sachen. Nur Handlangerdienste. Sie füllte die Kühlschränke in frisch angemieteten, noch leer stehenden konspirativen Wohnungen, sie kaufte Klamotten, Perücken, Schminke. Sie gehörte nicht zum inneren Kreis. Man traute ihr nicht. Wegen ihrer psychischen Labilität. Sie wusste wahrscheinlich nicht einmal, wer anschließend in den Wohnungen untertauchte.«

»Aber es gab ihrem kümmerlichen Leben einen Sinn. Was ist für Sie der Sinn des Lebens, Deckert?«

Lars Deckert ignorierte die Bemerkung. Erstmals beschlichen ihn Zweifel, über wen Uwe Kern Neues erfahren wollte.

»1978 wendet sich Elke Manthey von der Revolution ab und der Bhagwan-Sekte zu. Auch der achtjährige David ist nun ein Sannyasin, er trägt nur noch rote beziehungsweise orangefarbene Kleidung und natürlich die Mala, jene Halskette mit den 108 Holzkugeln und dem Amulett des Sektenführers...«

»Bhagwan. Der Gesegnete. Ein großartiger Verführer. Vielleicht noch talentierter als Adolf Hitler. Doch am Ende scheitern sie alle, die großen Verführer der Menschheit. Warum scheitern sie alle? Eine interessante Frage. Wer sie beantworten kann, trägt vielleicht die Weltmacht in Händen.«

»Elke Manthey heißt jetzt Ma Dhyan Shama, und der kleine David heißt Swami Satyananda. Mutter und Sohn ziehen in den

Amsterdamer Ashram. Als die Mutter 1983 nach Oregon geht, in die neue Weltzentrale der Sekte, gibt sie David in ein Kinderheim der Sannyasins im Süden Spaniens. Ein Jahr später, 1984, verlässt Elke Manthey die Zentrale in Oregon und kehrt nach einem mehrwöchigen Aufenthalt in New York völlig verstört und desillusioniert nach Deutschland zurück. Sie kriecht bei ihrem in Köln lebenden älteren Bruder unter und bittet ihn, den inzwischen vierzehnjährigen David in Spanien abzuholen.«

Kern öffnete erstmals wieder die Augen.

»Weiter!«

»Unmittelbar nach dessen Abreise nach Andalusien nimmt sich die manisch-depressive Frau das Leben. Sie hängt sich in Felix Mantheys Küche auf. Eine Woche später kehrt der Onkel mit David Manthey zurück. Der Junge springt freudig erregt aus dem Auto, rennt über den Hof, die Treppe hinauf, in die Küche, will seine Mutter begrüßen...«

»...und findet die Leiche, die noch immer an dem Strick hängt. Ausgestreckte Zunge. Weit aufgerissene Augen. Außerdem hat der Verwesungsprozess längst eingesetzt. Das Bild wird er nie wieder los. Es wird ihn sein Leben lang verfolgen. Ein schweres Trauma. Das Schlimmste, was einem Kind passieren kann. Er wird sich schuldig gefühlt haben. Schuld am Tod der Mutter. Verantwortlich für den Suizid. Kinder fühlen sich immer verantwortlich für das Schicksal ihrer Eltern. Wie kann ein Kind mit dieser Last leben? Deckert, ist Ihnen jetzt klar, warum er die Zusammenarbeit mit uns abgelehnt hat, aber dennoch Zoran Jerkov retten muss? Die Freundschaft ist zwar vor mehr als 20 Jahren zerbrochen, aber Manthey fühlt sich nun wieder für Jerkov verantwortlich. Dafür haben wir gesorgt. Manthey hat zwar vermutlich noch keinen blassen Schimmer, was Jerkov im Schilde führt, aber er spürt ganz genau, dass Jerkov aufs Ganze geht, dass er ein gefährliches Spiel spielt. Ein Spiel auf Leben und Tod. Und noch etwas lehrt uns diese eigenartige Biografie: David Manthey musste schon als kleines Kind sehr feine Instinkte entwickeln, um zu überleben. Ganz so wie ein Tier im Dschungel.«

Durch die Turiner Straße raste ein Rettungswagen in Richtung Norden. Das Gellen der Sirene schwoll bedrohlich an, kaum gedämpft vom Isolierglas der Fenster im neunten Stock. Das Gellen verharrte eine Weile im Trichter der kreuzenden Straßen und erstarb schließlich in den Häuserschluchten.

»Machen Sie weiter.«

»David lebte nun bei seinem Onkel Felix Manthey und dessen Lebensgefährten, diesem Trompeter. Zum Zeitpunkt des Todes von Elke Manthey war Günther Oschatz mit seiner Band auf Europatournee gewesen. Felix Manthey betrieb im Stavenhof bis zu seinem Tod ein kleines Speditionsunternehmen für Umzüge, Haushaltsauflösungen und Entrümpelungen. Das Unternehmen wurde dann geschlossen, weil es ohnehin kurz vor der Pleite stand. Sein Lebensgefährte erbte das Haus und das Grundstück, David Manthey bekam die Finca auf Formentera. Oschatz lebt noch heute mehr schlecht als recht von seiner Musik. Er gibt Kurse in dieser Jazz-Schule in der Torburg am Eigelstein.«

»Es heißt, dass homosexuelle Lebensgemeinschaften oft ähnliche Rollenverteilungen vorweisen wie heterosexuelle Paare. Offenbar übernahm der Onkel die männliche Vaterrolle, während dieser Oschatz die weibliche Mutterrolle einnahm: gütig, verständnisvoll, bedingungslos liebend. Erstmals in seinem Leben hatte David Manthey also einen Vater und eine Mutter.«

»Mit vierzehn Jahren.«

»Ganz schön spät. Zum ersten Mal in seinem Leben erfuhr der Junge so etwas wie Kontinuität und Sicherheit. Haben wir diesen Oschatz unter Beobachtung?«

»Selbstverständlich.«

»So? Wo ist er denn gerade?«

»Auf der Bühne. Er gibt zur Stunde mit seinem Quartett ein Konzert im Stadtgarten, dem Jazz-Club an der Venloer Straße. Unsere Leute sind im Publikum verteilt. Keine Sorge. Wir observieren ihn ab sofort rund um die Uhr.«

»Verlieren Sie ihn nicht. Günther Oschatz ist David Mantheys Achillesferse. Er muss ihn unter allen Umständen beschützen, sonst bleibt von seinem Leben nichts als ein Scherbenhaufen. Oschatz ist der letzte Überlebende seiner Familie. Wir werden ihm dabei helfen, dass die Gegenseite nicht an diesen Trompeter herankommt. Auch aus eigenem Interesse. Denn wenn Manthey Probleme macht, wenn er nicht in die Richtung marschiert, die wir uns erhoffen, dann werden wir uns diesen Oschatz greifen und als Pfand benutzen. Weiter!«

»Seinem Onkel Felix hat er es zu verdanken, dass er nicht wie so viele andere seiner neuen Freunde im Sumpf aus Drogen und Verbrechen versank und schließlich den Weg aus dieser berüchtigten Eigelsteiner Jugend-Gang fand. Dafür opferte der Onkel sogar sein geliebtes Sozialprojekt, dieses Basketball-Team, das Zoran Jerkov zunehmend als Rekrutierungszentrale für seine Gang missbraucht hatte.«

»Was wissen wir konkret über das Ende der Freundschaft?«

»Leider so gut wie nichts.«

Uwe Kern schwang sich vom Bett, mit einer Leichtigkeit und Geschwindigkeit, die nicht zu einem Vierundsechzigjährigen passte, trat ans Fenster und schob den Vorhang beiseite.

»Deckert, ich wette, die Ursache für den Bruch der Freundschaft ist der Schlüssel, der uns weiterbringt. Kümmern Sie sich darum!«

»Gleich morgen früh.«

»Weiter!«

»David schaffte, wenn auch mit Verspätung, mit 20 Jahren, das Abitur, jobbte eine Weile in der Spedition, trampte eine Weile durch Europa und bewarb sich schließlich bei der Polizei … sehr zum Leidwesen seines Onkels übrigens.«

»Wieso zum Leidwesen seines Onkels?«

»Felix Manthey hatte keine hohe Meinung vom Staat und seinen Exekutivorganen. Trotz der Androhung von Beugehaft weigerte er sich zum Beispiel, mit der Polizei zusammenzuarbeiten, als es um die Zerschlagung der Eigelstein-Gang ging. Davon profitierte übrigens auch Zoran Jerkov. Dieser Felix Manthey war ein Linker. Ein Anarchist. So bezeichnete er sich selbst. Auch seine Spedition verstand er als soziales Projekt, beschäftigte dort die seltsamsten Leute, die er von der Straße aufgabelte. Kein Wunder, dass er mit der Firma nie auf einen grünen Zweig kam.«

»Jemand, der seinen ethischen Überzeugungen treu bleibt, ist Ihnen wohl suspekt, nicht wahr, Deckert?«

Lars Deckert starrte schweigend in seine Papiere und fragte sich, warum Kern ausgerechnet ihn für diese Mission ausgesucht hatte. Und warum er sich darauf eingelassen hatte.

»Machen Sie weiter, Deckert.«

»Die Ausbildung bei der Polizei schloss David Manthey überraschend als Jahrgangsbester ab. Nach verschiedenen Stationen in Nordrhein-Westfalen stieß er schließlich zum MEK in Düsseldorf. Ausbildung zum Nahkampfspezialisten. Stock, Messer, Kurzwaffe. Im Ruhrgebiet arbeitete er anschließend als verdeckter Ermittler bei der Drogenfahndung. Seine spektakulären Einsatzerfolge und sein enormes Fachwissen ebneten ihm schließlich den Weg zum Bundeskriminalamt...«

»Ihre Truppe, Deckert. Und Kriminalhauptkommissar, wie Sie. Und Sie sind ihm tatsächlich nie begegnet?« Uwe Kern sprach nach wie vor mit dem Fenster.

»Nein. Kein Wunder. Manthey ist acht Jahre älter als ich. Und ich bin erst vor anderthalb Jahren nach Wiesbaden gekommen, nachdem ich zuvor beim Landeskriminalamt Berlin...«

»Weiter, Deckert. Wir haben nicht ewig Zeit.«

»Manthey ging dann als BKA-Verbindungsmann ins Ausland. Zunächst für kurze Zeit nach Amsterdam und nach Sevilla. Er galt als besonders sprachbegabt, und in den beiden Städten kannte er sich bekanntlich aus. 1997 ging er für vier Jahre nach Bangkok. Nach einem zweijährigen Zwischenstopp in Wiesbaden schickte ihn das Bundeskriminalamt für zwei Jahre nach Washington. Als BKA-Kontaktmann zum FBI und zum ATF.«

»Steile Karriere. Weckt das Ihren Neid, Deckert?«

»Wie kommen Sie darauf?«

»Nur eine Frage. Sie müssen die Frage nicht beantworten, wenn Sie nicht wollen... also nicht. Machen wir weiter. Ich wette, im Lauf dieser Zeit setzte bei Manthey schon die emotionale Distanzierung ein. Während andere angesichts einer solch steilen Karriere von morgens bis abends jubilieren und stolz ihre Visitenkarte betrachten würden, verlor er zunehmend seinen Idealismus und seinen Enthusiasmus. Denn er begriff vermutlich ziemlich schnell, wie das System funktioniert, warum die Großen, die Drahtzieher, die Bosse immer wieder davonkommen, und wie die Politik über das bewilligte Budget die Aufklärungsrate steuert und damit die offizielle Statistik in Bezug auf Drogen und Organisiertes Verbrechen bewusst manipuliert. Den moralischen Rest gab ihm dann die Zeit in Washington, als er aus nächster Nähe die Politik der Bush-Regierung studieren konnte, wie sie die verbündeten Warlords der Nordallianz in Afghanistan gewähren ließen, die das Kriegsland schon während der ersten Jahre der US-Besatzung mit ihren Schlafmohnplantagen in Windeseile wieder zum Weltmarktführer im Heroingeschäft machten. Das ist große Politik, Deckert: Die amerikanische Regierung schützte und unterstützte Leute, die amerikanischen Kindern in Detroit, Chicago und anderswo den Tod auf Raten brachten. Und Manthey hatte es begriffen. So trug die Erziehung des anarchistischen Onkels also doch noch Früchte: Recht ist für David Manthey nicht etwa, was der Staat vorgibt, sondern was ihm sein Gewissen sagt.«

»Sind das Ihre persönlichen Mutmaßungen? Ich kann das nicht so deutlich aus meinen Quellen herauslesen.«

»Ich habe meine eigenen Quellen, Deckert.«

»Vielleicht wäre es im Interesse der Mission effizienter, wenn wir unsere Quellen abgleichen ...«

»Vielleicht. Vielleicht auch nicht. Dieses Vertrauen müssen Sie sich nämlich erst noch verdienen, Deckert. Bisher bekommen Sie mein Vertrauen lediglich geliehen. Manthey ging dann wieder zurück an die Front, nicht wahr?«

»Wenn Sie die Leitung der Frankfurter Drogenfahndung so bezeichnen wollen: Ja. Zwei Jahre arbeitete er dort in dieser Funktion. Anfang 2008 wurde seine Kollegin und Ex-Geliebte Astrid Wagner bei einem Einsatz als verdeckte Ermittlerin von einem Killer-Kommando der Drogen-Mafia in einen Hinterhalt gelockt und hingerichtet. Und David Manthey verließ drei Tage später, nach 18 Dienstjahren, die Polizei. Er verzichtete auf Beamtenstatus und Pensionsanspruch, zog nach Formentera und schrieb ein Buch über die internationale Drogen-Mafia.«

»Und über die Rolle der Politik. Vergessen Sie das nicht, Deckert. Das Buch wurde in Deutschland zum Bestseller, zum Medienereignis, zum Politikum. Seitdem sind eine Menge Leute nicht gut auf ihn zu sprechen.«

»Wenn Sie mich fragen: Ich halte ihn für einen Verrräter. Er hat Verrat an seinen ehemaligen Kollegen begangen, indem er den Polizeiapparat als völlig unbrauchbar darstellte.«

»Unbrauchbar ist dieser Polizeiapparat nur, weil er von der Politik nicht mit den notwendigen personellen, technischen und logistischen Ressourcen ausgestattet ist. Das ist ein feiner Unterschied, Deckert. Deshalb ist unsere kleine Task Force ein erster Schritt in die richtige Richtung.«

»Ich bin durch mit meinen Ausführungen.«

»Danke. Saubere Arbeit, Deckert. Echte Fleißarbeit. Astrid Wagner. Ein interessanter Punkt. Nach seiner Mutter die zweite Frau, die er nicht retten konnte, nicht vor dem Tod bewahren konnte. Sie war schwanger, als sie erschossen wurde. Im dritten Monat. Wussten Sie das nicht? Ein dicker Minuspunkt in Ihrer Fleißarbeit. Steht doch alles in den Akten der Gerichtsmedizin. Niemand wusste vor ihrem Tod von der Schwangerschaft, auch David Manthey nicht. Astrid Wagner hatte zwei Wochen vor dem Einsatz die Liebesbeziehung beendet. Fällt Ihnen noch etwas auf, Deckert? Interessant ist doch, dass sich Mantheys und Jerkovs Wege seit den Jugendtagen nie wieder gekreuzt haben. Finden Sie nicht? Ein Wink des Schicksals. Als Manthey seine ersten Karriereschritte bei der Polizei Nordrhein-Westfalens unternahm, war Jerkov als Offizier der kroatischen Armee im jugoslawischen Bürgerkrieg. Als Jerkov in Köln wegen Mordes verhaftet und verurteilt wurde, arbeitete Manthey im fernen Bangkok. Erst nachdem Manthey den Polizeidienst quittiert hatte und als Eremit auf einer kleinen Insel im Mittelmeer hauste, erwies sich Jerkovs Unschuld. Man sollte stets auf die Winke des Schicksals achten, Deckert. Nun aber haben wir dafür gesorgt, dass Manthey sie ignoriert, ebenso wie seine guten Instinkte.«

»Wie meinen Sie das?«

»Ist doch nicht so schwierig, Deckert: Indem wir Manthey aus seinem Einsiedlerdasein rissen und nach Köln bugsierten, kreuzen sich nun die Lebenswege der beiden Jugendfreunde erstmals nach Jahrzehnten wieder... obwohl der göttliche Plan, den wir gemeinhin Schicksal nennen, das gar nicht vorsah. Manthey ist nun emotional extrem aufgeladen. Das wird uns am Ende helfen.«

Deckert legte den Schnellhefter auf dem Couchtisch ab. Wessen Idee war es denn, Manthey von der Insel zu holen? Du schmückst dich mit fremden Federn, Uwe Kern, du aufgeblasenes Arschloch. Aber wenn der Plan schiefgeht, dann wirst du dich sicher wieder besinnen, wessen Idee es in Wahrheit war. Aber all das sagte Lars Deckert nicht, sondern dachte es nur und war dankbar, als das Telefon auf dem Couchtisch klingelte.

»Gehen Sie ran, Deckert!«

Lars Deckert hörte aufmerksam zu und machte sich Notizen. Dann legte er auf und erstattete Bericht.

»Es gab heute einen Zwischenfall am Hauptbahnhof. Am späten Nachmittag. Eine Schlägerei. Ein Taxifahrer wurde schwer verletzt. Mehrere seiner Kollegen prügelten sich daraufhin mit zwei Männern, die mit ihrem Mercedes die Taxiausfahrt versperrt hatten. Zwei Russen. Weil sie sich mit Diplomatenpässen ausweisen und einen Wohnsitz in Köln nachweisen konnten, wurden sie wieder auf freien Fuß gesetzt. Zur Beweisaufnahme des Tatablaufs wurden die Bänder der Überwachungskameras am Bahnhof gesichtet. Und nun wird es interessant: Manthey lief in diesem Moment durchs Bild. Eine unbekannte männliche Person war ihm auf den Fersen.«

»Beschaffen Sie mir das Band.«

»Jetzt?«

»Jetzt!«

Lars Deckert warf einen Blick auf die Uhr an seinem Handgelenk. Es war kurz vor Mitternacht.

Die kalte Dusche tat gut. Erst als Kristina vor Kälte zitterte, mischte sie heißes Wasser dazu. Und während sie sich die Haare mit Shampoo einschäumte, löste sich die Denkblockade, verflüchtigte sich wie eine Wolke am Himmel, und mit der Blockade verschwanden die Kopfschmerzen.

Ein kluger Gedanke.

Der Seesack.

Zorans Seesack. Die Szenerie vor dem Gefängnistor stand ihr wieder deutlich vor Augen. Wie Zoran einen flüchtigen Blick auf seine Uhr warf, wie er zufrieden lächelte, sie vor der versammelten Meute in die Arme nahm und ihr zärtlich ins Ohr flüsterte: *»Ich werde dich sehr vermissen, Kristina. Pass bitte noch eine Weile auf meinen Seesack auf, ja?«* Er hatte vor den Kameras und Mikrofonen Rache geschworen, dann war alles ganz schnell gegangen, wie im Zeitraffer: Das große, schwarze Motorrad jagte auf die Menschentraube zu, Zoran schwang sich hinter den Fahrer, krallte sich in dessen Ledermontur fest, die Maschine heulte auf wie eine wütende Hornisse, und das Hinterrad hinterließ eine Spur verbrannten Gummis auf dem Asphalt. Eine hässliche Spur ins Nichts.

Der Seesack.

Sie spülte sich die Haare aus, drehte den Wasserhahn zu, öffnete die Duschkabine und griff nach dem großen Badetuch. Die Maschine, mit der Zoran Jerkov verschwand, war eine Triumph Tiger 955i, so viel hatte sie inzwischen in Erfahrung gebracht. Mit dem Badetuch wischte sie sich hastig den restlichen Schaum vom Körper und warf es schließlich über den Heizkörper. Ein geländetaugliches und zugleich für lange Strecken ausgelegtes Reisemotorrad, 106 PS stark und 245 Kilogramm

123

schwer. Eine Vierteltonne Leergewicht. Sie nahm ein kleineres Frotteetuch vom Stapel neben dem Waschbecken und lief nackt aus dem Bad ins Wohnzimmer, während sie sich die Haare trocken rubbelte.

Der Raum hatte sich verändert.

Die grelle Deckenbeleuchtung war ausgeschaltet. Stattdessen war die Leselampe neben dem Sofa eingeschaltet.

Im Lichtkegel der Leselampe, auf der Armlehne des Sofas, lag die reparierte Fernbedienung, die sie in zwei Hälften zerbrochen auf dem Fußboden zurückgelassen hatte.

Ihr T-Shirt und ihre Boxershorts, die sie auf dem Weg zum Bad achtlos hatte fallen lassen. Beides hing nun ordentlich über der Rückenlehne des Stuhls vor ihrem Schreibtisch.

»Hübsche Wohnung.«

Sie wirbelte herum. Ihr Herz raste. Vor den geschlossenen Fenstervorhängen, die sie nie zuzog, weil sie das in einer Dachgeschosswohnung für überflüssig hielt, erahnte sie die schattenhaften Umrisse eines Mannes, der ihr den Rücken zuwandte und durch den Spalt zwischen den bodenlangen Vorhängen die Straße beobachtete.

»Verdienen Fernsehreporter so gut?«

»Jedenfalls reicht es noch nicht, um sich so wie Sie auf einer Insel im Mittelmeer vorzeitig zur Ruhe zu setzen. Wie sind Sie hier hereingekommen?«

»Übers Dach. Bitte reden Sie etwas leiser.«

»Wie bitte?«

»Das Dachfenster in Ihrer Küche stand offen.«

»Gewöhnlich benutzen meine Besucher die Tür.«

»Gewöhnlich benutze auch ich lieber die Tür. Bitte ziehen Sie sich jetzt an. Und packen Sie Ihre Zahnbürste ein. Wir müssen schleunigst von hier verschwinden.«

»Sind Sie verrückt geworden? Verlassen Sie auf der Stelle meine Wohnung. Sonst rufe ich die Polizei.«

Bevor sie überhaupt reagieren konnte, war David Manthey mit zwei schnellen, lautlosen Schritten bei ihr, fasste sie am Arm, sanft, aber bestimmt, ignorierte ihre Nacktheit auf eine eigenartig unschuldige Weise, die sich seltsamerweise augenblicklich auf sie übertrug, und zog sie zum Fenster.

»Sehen Sie bitte hinaus. Hinunter auf die Straße. Halten Sie Abstand zum Fenster. Berühren Sie nicht die Vorhänge. Sehen Sie den Mann, der da unten vor Sankt Maria Lyskirchen steht und auf Ihre Haustür starrt? Erkennen Sie ihn wieder?«

Sie nickte, brachte aber keinen Ton heraus. Sie presste das winzige Handtuch gegen ihren Bauch, als könnte das Handtuch etwas gegen das flaue Gefühl in ihrem Magen ausrichten. Unter den Bäumen vor der romanischen Basilika stand dieser Riese mit der seltsam weißen Haut totenblass im fahlen Mondlicht. Der Mann, mit dem sie fast zusammengestoßen war, als sie sich auf dem Weg zum Stavenhof nach David Manthey umgedreht hatte. Er trug immer noch diese monströse Sonnenbrille, mitten in der Nacht. Die gebogenen schwarzen Gläser schmiegten sich um seinen Kopf und wirkten wie die Augen eines bösartigen Insekts. Während sie ihn beobachtete, bewegte er plötzlich ruckartig den Kopf nach oben und starrte sie an.

Manthey stand dicht hinter ihr und flüsterte ihr ins Ohr: »Keine Sorge, er kann Sie nicht sehen. Aber er ahnt offenbar, welche Fenster zu ihrer Wohnung gehören.«

»O mein Gott.«

»Als Sie ihm auf der Straße begegneten, war er nicht hinter Ihnen her, sondern hinter mir. Zu diesem Zeitpunkt kannte er Sie vermutlich noch gar nicht. Jetzt aber hat er neue Order. Ich schätze, er trägt ein Foto von Ihnen in der Tasche. Er weiß nicht, dass ich hier oben in Ihrer Wohnung bin. Als ich mich vom Rheinufer aus der Großen Witschgasse näherte, stand er schon da. Ich konnte noch rechtzeitig in der Holzgasse verschwinden.«

»Was hat er vor?«

»Er wartet auf eine günstige Gelegenheit. Vielleicht wartet er darauf, dass einer Ihrer Nachbarn das Gebäude verlässt und er unbemerkt durch die Haustür ins Treppenhaus huschen kann. Wie auch immer: Er wird auf keinen Fall die ganze Nacht dort unten stehen bleiben und warten. Bitte ziehen Sie sich jetzt an!

Etwas Dunkles, wenn es geht. Und Schuhe, mit denen Sie klettern und laufen können. Wir müssen weg.«

Erst jetzt fiel Kristina Gleisberg auf, dass David Manthey komplett in Schwarz gekleidet war. Schwarzes Sweatshirt, schwarze Jeans, schwarze Turnschuhe. Sie lief ins Schlafzimmer, öffnete den Kleiderschrank, suchte nach passender Kleidung. Sie nahm ihre Sporttasche, die sie gewöhnlich fürs Fitness-Studio benutzte, kippte sie auf den Fußboden aus und füllte sie in Windeseile neu. Auf dem Weg ins Bad griff sie nach dem Notebook auf dem Schreibtisch und stopfte es dazu.

»Sein Seesack!«

»Was?«

»In meinem Schlafzimmer, gleich hinter der Tür, steht Zorans Seesack, links neben meinem Kleiderschrank.«

»Zu groß, zu schwer. Das schaffen wir nicht.«

»Okay. Aber ich frage mich, warum er ihn mir zur Aufbewahrung hinterlassen hat. Nur so eine Idee. Würden Sie mal nachsehen? Ich packe schnell noch ein paar Sachen aus dem Bad ein.«

Als sie ins Wohnzimmer zurückkehrte, stand Manthey wieder am Fenster, als hätte er den Beobachtungsposten nie verlassen.

»Was ist mit dem Seesack?«

»Alles erledigt. Leider musste ich auf Ihrem Bett in der Eile ein ziemliches Chaos hinterlassen. Dort liegen jetzt Zorans gesamte Habseligkeiten verstreut.«

»Haben Sie etwas gefunden?«

»Das hier. Wir haben keine Zeit, den Inhalt zu prüfen.«

Er steckte eine altmodische Schreibmappe aus braunem Leder zwischen Kristinas Wäsche, schloss den Reißverschluss, schulterte die Sporttasche und schaute wieder aus dem Fenster.

»Verdammt. Er ist verschwunden.«

»Verschwunden? Was heißt das?«

»Das heißt: Er ist bereits im Haus. Los jetzt!«

In der Küche schob Manthey den Esstisch unter das Dachfenster und half ihr hinauf. Mit einem Satz war er bei ihr auf dem Tisch, drückte ihr die Sporttasche in die Arme und griff nach oben. Drei Sekunden später war er durch die Luke verschwunden.

Sein Arm tauchte wieder auf.

»Gib mir deine Tasche.«

»Seit wann duzen wir uns?«

Die Sporttasche verschwand in der Dunkelheit.

Dann tauchten sein Kopf und beide Arme auf.

»Komm. Ich helfe dir.«

»Das wird nicht funktionieren. Ich bin nämlich nicht schwindelfrei. Mir wird schon schlecht, wenn ich nur den Dom oder den Fernsehturm von der sicheren Straße aus betrachte. Nichts zu machen. Ende der Vorstellung.«

»Es sind nur zwei Meter, Kristina. Zwei Meter bis zur Terrasse der leerstehenden Dachwohnung im Nachbarhaus. Du siehst einfach nicht nach unten. Kennst du die Alternative?«

»Ich...«

»Die Alternative ist: Du wirst sterben, Kristina. Er wird von dir alles über Zoran wissen wollen.«

»Aber ich habe doch keine Ahnung, wo Zoran steckt.«

Sie zitterte am ganzen Körper.

»Das spielt keine Rolle. Er wird dich mitnehmen, er wird dich quälen, er wird dir furchtbar wehtun. Dass du nichts über Zorans Versteck weißt, wird er dir erst glauben, wenn du tot bist. Los jetzt! Gib mir deine Hand.«

Auf dem Hof der Lackiererei in der Holzgasse parkte ein verbeulter R4. Die Türen waren unverschlossen. David Manthey warf die Sporttasche auf den Rücksitz, während Kristina Gleisberg sich hastig umschaute, den Blick über die Rückfront des Hauses wandern ließ, hinauf zum Dach, zum Küchenfenster ihrer Wohnung. Ihre Knie zitterten.

Der Anlasser gab ein klägliches Jaulen von sich, Sekunden wuchsen zur Ewigkeit. Schließlich sprang der Motor an, der Renault setzte sich wild schaukelnd in Bewegung und verließ den Hof. Binnen Sekunden trieben Gaspedal, Kupplung und Revolverschaltung den R4 zur Höchstgeschwindigkeit. Der Wagen schlingerte durch die engen Kurven.

»So habe ich mir das ideale Fluchtfahrzeug vorgestellt. Fällt denn die Pension für ausgeschiedene Kriminalhauptkommissare tatsächlich so mager aus?«

»Schön, dass Sie wieder bei Atem sind und Ihre Sprache wiedergefunden haben. Der Wagen gehört Günther. 34 PS. Baujahr 1972. Für einen R4 ließ er schon immer jede Ente und jeden Käfer stehen. Er liebt den Wagen, weil man daran noch alles selbst reparieren kann. Wie die Pensionen für Polizeibeamte ausfallen, kann ich Ihnen im Detail nicht beantworten, weil ich keine bekomme. Sonst noch Fragen?«

»Ich wollte mich nur für Ihre Bemerkung über die hübsche Fernsehreporterwohnung revanchieren. Wohin fahren wir?«

»An einen sicheren Ort.«

»Interessant. Der befindet sich hier im Severinsviertel?«

»Nein.«

»Verstehe. Sie kurven noch etwas durch die Gegend, bis Sie ganz sicher sind, dass uns niemand folgt oder an den Ausfallstraßen auf uns wartet. Und Sie sind ganz sicher, nicht unter Verfolgungswahn zu leiden? Ich meine ja nur, nach all den Jahren als...«

Manthey trat das Bremspedal durch.

»Schalten Sie jetzt Ihr Handy aus. Und schalten Sie es erst wieder ein, wenn ich es Ihnen erlaube. Sehen Sie die Telefonzelle dort drüben? Ich hätte gar nicht gedacht, dass es so etwas noch gibt. Sie benötigen weder Kleingeld noch Telefonkarte. Sie wählen nämlich die 110, sie benutzen den Namen irgendeiner Nachbarin in Ihrem Haus und sagen, dass sich ein Einbrecher in der Wohnung von Kristina Gleisberg aufhält. Das Auftauchen des Streifenwagens wird den Albino davon abhalten, in Ihrer Wohnung mehr Unheil anzurichten als Ihnen lieb sein kann.«

»Und wenn die mich fragen, wo ich bin?«

»Dann sagen Sie die Wahrheit und nennen die Telefonzelle. Die können das ohnehin feststellen. Sagen Sie, dass die Wohnungstür von Frau Gleisberg offenstand, als Sie nach Hause kamen, obwohl Sie von ihr wissen, dass sie für ein paar Tage verreist ist. Als Sie auch noch von drinnen Geräusche hörten und diesen Albino sahen, haben Sie Angst bekommen und sind weggerannt. Noch Fragen?«

»Ja.«

»Was?«

»Seit wann siezen wir uns wieder?«

Kristina sprang aus dem Wagen und steuerte auf die Telefonzelle zu. Sie war wütend und verunsichert zugleich. Was bildete sich dieser Typ ein? Sie ließ sich nicht gerne herumkommandieren. Sie hatte sich lange genug von Frank Koch herumkommandieren lassen. Und von ihrem Vater. Ein Leben lang.

Das Klopfen klang seltsam dumpf und schwach, so dick war die mahagonifarbene Tür aus Massivholz, und so dick war der rostrote Teppichboden im Flur. Lars Deckert wartete eine Weile, dann klopfte er vorsichtshalber ein zweites Mal. Geduld gehörte nicht zu seinen Stärken. Er vertrieb sich die Wartezeit, indem er seinen Notizblock aufschlug und durch die Seiten blätterte. Er klappte ihn wieder zu und dachte gerade darüber nach, ob es angemessen oder eher unhöflich wäre, ein drittes Mal zu klopfen, als Uwe Kern die Tür öffnete. Er trug nun nicht mehr seinen Anzug, sondern einen schwarzen Bademantel.

»Na endlich. Kommen Sie rein.«

Auf dem kreisrunden, rot lackierten Couchtisch, der aussah, als habe er sein erstes Leben in einem buddhistischen Kloster im Himalaja verbracht, standen zwei Gläser und ein mit Eis gefüllter Kübel, aus dem der Hals einer bereits entkorkten Weinflasche ragte. Deckert warf im Vorbeigehen einen Blick auf das zwei mal zwei Meter große Bild über der plüschigen Couch. Ein künstlerisch verfremdetes Foto. Eine Filmszene. Deckert hatte den Titel des Films vergessen. Nicht aber die Szene. Die nackte, rauchende Romy Schneider. Deckert betrachtete verstohlen ihren schönen Körper, ihren schönen Mund, ihre schönen, traurigen Augen. Das tat er jedes Mal, wenn er diesen Raum betrat. Er nahm sich vor, daheim in seiner DVD-Sammlung zu überprüfen, aus welchem Film die Szene stammte. Er hatte allerdings keine Ahnung, wann dieser Job vorbei war und er seine Wiesbadener Wohnung wiedersehen würde.

»Lassen Sie mich raten, Deckert: Die Diplomatenpässe der beiden Schläger waren ebenso falsch wie die Adresse.«

Kern bot ihm keinen Sitzplatz an und blieb selbst mitten im Zimmer stehen. Er hatte die Hände tief in den Taschen des Bademantels vergraben.

»Korrekt. Die russische Botschaft in Berlin behauptet, weder die Namen noch die angegebenen Passnummern zu kennen. Hinter der Adresse verbirgt sich keine Wohnung, sondern ein Billighotel in der Nähe des Flughafens. Dort sind gestern Abend tatsächlich zwei Männer abgestiegen, die sich mit diesen Pässen auswiesen. Sie haben heute Vormittag gefrühstückt, ausgecheckt, in bar bezahlt und sind dann abgereist. Mit einem schwarzen Mercedes, der für sie bereits am Vortag auf dem Parkplatz des Hotels abgestellt worden war. Den Schlüssel für den Wagen hatte gestern jemand beim Portier hinterlegt. Nach dem Zwischenfall am Bahnhof und der kurzen Vernehmung auf der Polizeiwache sind die beiden Männer übrigens spurlos verschwunden.«

»Ich wette, unsere rechtschaffene Polizei hat schon sämtliche Flughäfen und Fluggesellschaften in Deutschland mit den Angaben aus den beiden Pässen versorgt.«

»Aber bislang ohne Ergebnis.«

»Wie naiv ist dieser Staat eigentlich? Glaubt tatsächlich jemand, diese Pässe würden je wieder benutzt? Die beiden Typen, von denen wir nicht einmal wissen, ob es tatsächlich Russen sind, haben sich am Hauptbahnhof in einen der nächstbesten Shuttle-Busse für polnische Wanderarbeiter gesetzt. In Warschau nehmen sie unter ihren Echtnamen eine polnische oder russische Maschine nach Sankt Petersburg und melden sich zerknirscht bei ihrem Arbeitgeber. Der wird sie bestrafen, Strafe muss sein, vielleicht ist der Verlust des ersten Gliedes des kleinen Fingers der linken Hand angemessen und ausreichend. Vor allem aber wird er sie nie wieder in Deutschland einsetzen.«

»Was heißt das?«

»Vielleicht dürfen sie den Rest ihres Lebens Schutzgelder in Sofia oder Riga eintreiben. Stattdessen wird ein frischer Trupp nach Köln entsandt. Neue Namen, neue Pässe. Litauer, Ukrainer, Moldawier, oder diesmal Serben? Wieder zwei, oder vier, oder sechs, oder acht? Wir Deutschen lassen sie rein, natürlich lassen wir sie rein, wir sind schließlich ein tolerantes, weltoffenes Land, rechtschaffen und naiv. Ich hatte allerdings nicht damit gerechnet, dass sie so schnell reagieren. Wir haben unseren Vorsprung verspielt, Deckert. Haben Sie das Video?«

Lars Deckert schob den USB-Stick in sein Notebook, das immer noch eingeschaltet auf der chinesischen Kommode stand. Das Bild war, wie sich das offenbar für Überwachungskameras geziemte, unscharf und körnig. Vor dem Kühler des schwarzen Mercedes, dessen Kennzeichen unmöglich zu entziffern war, wälzten sich Menschen auf dem Asphalt. Zuoberst ein Dutzend Kölner Taxifahrer, zuunterst zwei inzwischen erschlaffte Schläger, in deren Lederjacken falsche Diplomatenpässe steckten.

»Da ist er!«

Deckert deutete mit dem Zeigefinger auf den Monitor. David Manthey rannte durchs Bild und verschwand im Bahnhof. Nur wenige Sekunden später tauchte sein Verfolger auf, zögerte einen kurzen Moment angesichts der Schlägerei am Taxistand, noch unschlüssig, ob er eingreifen sollte, sprintete dann aber weiter und verschwand ebenfalls im Gebäude, tauchte aber sofort wieder auf, ignorierte die Schlägerei diesmal völlig und ging zügigen, aber gemessenen Schrittes aus dem Bild. Wie ein Geschäftsreisender auf dem Weg zum nächsten Termin.

Nur der Körper und die gewaltige Sonnenbrille passten nicht zu einem Geschäftsreisenden.

»Ein Riese.«

»In der Branche nennen sie ihn den Albino.«

»Was? Sie kennen den Mann?«

»Kennen ist zum Glück zu viel gesagt. Denn wer ihn einmal näher kennengelernt hat, ist gewöhnlich nicht mehr in der Lage, sich zu wünschen, ihn nie kennengelernt zu haben. Und Jerkov kann Gott danken, wenn wir ihn finden, bevor der Albino ihn findet. Wissen Sie, warum er diese Sonnenbrille trägt?«

»Sie werden es mir sagen.«

»Menschen, die unter Albinismus leiden, sind nicht in der Lage, das Farbpigment Melanin zu produzieren, das die Haut vor der UV-Strahlung der Sonne schützt. Die Genmutation hat aber noch eine weitere Folge: Das Melanin fehlt nämlich auch im Auge, so dass albinische Menschen extrem blendempfindlich sind, aber auch unscharf sehen und ferner das räumliche Sehen erheblich eingeschränkt ist. Sie können ohne Brille keine Entfernungen abschätzen. Kontaktlinsen sind wegen der empfindlichen Augen oft ein Problem, und so bleibt in vielen Fällen nur das dauerhafte Tragen einer stark getönten Brille. So, nun machen Sie Feierabend, Deckert. Den haben Sie sich verdient. Morgen geht's weiter. Es gibt viel zu tun. Ich erwarte Sie um halb neun.«

Kern wandte sich gruẞlos dem Fenster zu.

Deckert schloss die Tür hinter sich. Geräuschlos. Diese Tür ließ sich gar nicht anders als geräuschlos schließen. Im Flur drückte er den Knopf neben dem Aufzug und warf einen Blick auf sein linkes Handgelenk. Drei Uhr. Feierabend. Und morgen war heute. Als sich die Tür des Aufzugs endlich öffnete, wurde ihm klar, für wen das zweite Weinglas gedacht war.

Sie war vielleicht nicht ganz so schön wie Romy Schneider. Weil nach Deckerts felsenfester Überzeugung keine Frau dieser Welt so schön wie Romy Schneider sein konnte. Die Frau, die aus dem Aufzug trat, schenkte ihm ein beeindruckendes Lächeln. Deckert stierte ihr nach wie ein pubertierender Schuljunge, die Augen auf ihrem Hintern, in der Nase ihr Parfüm. Kurz bevor sie Uwe Kerns Tür erreichte, wandte sie im Gehen überraschend den Kopf und schenkte ihm ein zweites Lächeln. Deckert fühlte sich ertappt, wandte sich ab und beeilte sich, im Aufzug zu verschwinden. Als er den Knopf fürs Erdgeschoss drückte, überkam ihn die Ahnung, dass man dieses Lächeln kaufen konnte.

Sie verließen das Severinsviertel in Richtung Norden. Manthey mied die verkehrsreichen Ringstraßen, die wie Sicheln die linksrheinische Hälfte Kölns umschlangen, ebenso wie die sternförmigen Ausfallstraßen, die den Stadtkern mit der Peripherie verbanden. Nachdem sie das Agnesviertel passiert hatten, verlor Kristina Gleisberg die Orientierung. Der klapprige R4 jagte über verwaiste Pisten durch gleichförmige Landschaften aus Asphalt und Beton, vorbei an schmutziggrauen Mietshäusern, in denen Menschen schliefen, träumten, liebten, hassten.

Sie sprachen kein Wort.

Im Schutz der Dunkelheit betrachtete Kristina Gleisberg den fremden Mann, der sie binnen Minuten dazu gebracht hatte, über Häuserdächer zu klettern und die Polizei zu belügen, und dem sie ohne langes Nachdenken gestattet hatte, ihr bislang so sorgsam geordnetes Leben nun vollends aus den Fugen zu heben.

Geordnet. War ihr Leben vor einer Stunde tatsächlich noch so geordnet gewesen? Schließlich hatte sie bereits Marc und dann ihren Job verloren. Vielleicht war es da nur folgerichtig, auch noch das Zuhause zu verlieren.

Vergeblich versuchte sie den Gedanken abzuschütteln, dass soeben ein Folterer und Killer ihre Wohnung in Augenschein nahm, die Schubladen durchwühlte …

Der Mann neben ihr, von dem sie kaum mehr als seinen Namen wusste, ignorierte sämtliche Regeln der Straßenverkehrsordnung, als sei dies die selbstverständlichste Sache der Welt. Seine Hände schienen mit dem abgegriffenen Lenkrad verwachsen zu sein. In regelmäßigen Abständen warf er einen Blick in den Rückspiegel. Nicht nervös oder ängstlich. Er wirkte lediglich hochkonzentriert, nicht mehr und nicht weniger.

Hatte sie sich möglicherweise einem durchgeknallten paranoiden Spinner ausgeliefert? Mitten in der Nacht in dieser gottverlassenen Gegend? Wohin fuhren sie überhaupt? Warum verspürte sie keine Angst? Wo war nur ihr gesundes Misstrauen abgeblieben?

Sie wusste die Antwort: Ihr Misstrauen hatte sie auf dem Küchentisch des alten Trompeters liegen gelassen.

»Als ich heute Nachmittag unangemeldet, einfach so, auf gut Glück, im Stavenhof aufgekreuzt bin ...«

»Ja?«

»Dieser Günther Oschatz.«

»Was ist mit ihm?«

»Ich bin in meinem Leben selten einem so liebenswürdigen Menschen begegnet. Er hat mich angestrahlt, als sei ich eine alte Bekannte, und sofort hereingebeten. Er hat mir Kaffee gekocht ...«

»Günther macht den besten Kaffee der Welt.«

»Ich meine damit nicht, dass der Kaffee entscheidend war. Aber er kann mit einer einzigen Tasse Kaffee so viel Geborgenheit vermitteln. Einem wildfremden Menschen. Erstaunlich. Man muss ihn auf der Stelle gernhaben. Er hat so nett über dich gesprochen. Wie ein gütiger und stolzer Vater über seinen Sohn. Er muss dich sehr lieben. Diese Freundlichkeit und Offenheit. Ich befürchte, dass ihn seine Arglosigkeit sehr verletzbar macht ...«

»Keine Sorge. Günther ist in Sicherheit.«

»In Sicherheit?«

Manthey nickte kurz und konzentrierte sich wieder auf die Straßen und den Rückspiegel. Er lächelte still. Kristina regis-

trierte die beiden Grübchen in den Mundwinkeln und die Lach-
falten um die Augen. Wie alt mochte er sein? Mindestens zehn
Jahre älter als sie. Warum sprach er nicht weiter?

»Aha. In Sicherheit.«

Keine Antwort.

»Ist das Gespräch hiermit beendet?«

»Kristina, du hast immer noch nicht begriffen, in welcher
Gefahr du schwebst. Das ist übrigens kein Vorwurf. Du hattest
vermutlich bisher keine Gelegenheit, Erfahrungen mit der ...
anderen ... Welt zu sammeln. Wir brauchen ein sicheres Haus.
Anschließend können wir reden ... müssen wir reden. Okay?«

»Andere Welt? Was ist denn die andere Welt? Ist das die böse,
böse Welt? Wo liegt denn diese andere Welt?«

»Überall.«

Sie schwieg, sah aus dem Seitenfenster und beobachtete, wie
die grauen Mietshäuser nicht minder tristen Industriebrachen
Platz machten. Ein Schild wies den Weg zum Niehler Hafen. Sie
war noch nie in Köln-Niehl gewesen.

»Woher hattest du eigentlich Günthers Adresse?«

»Von Maja. Zorans Schwester. Sie ist ...«

»Ich weiß, wer Maja ist.«

Kristina studierte erneut sein Gesicht. Weshalb diese plötzli-
che Schroffheit? Aber David Manthey verzog keine Miene. Und
es war zu dunkel, um gründlich in seinen Augen lesen zu können.

Zehn Minuten später waren sie am Ziel.

Ein Schrottplatz.

Kein Firmenschild, keine Reklametafel. Die beiden Torflügel
aus Wellblech standen weit offen. Der R4 passierte die Durchfahrt und rollte auf den Hof. Links und rechts stapelten sich
Autos zu Mauern. Manthey steuerte durch die Gasse auf das
zweistöckige Gebäude am Kopfende zu, stoppte etwa zwanzig
Meter vor einem Rolltor, schaltete den Motor ab und starrte
durch die Windschutzscheibe in die Dunkelheit.

»Sehr hübsch. Ich habe nur etwas die Orientierung verloren:
In welcher Gegend Kölns liegt dieser sichere Ort?«

135

»Worringen. An der Stadtgrenze zu Dormagen.«

»Und wer wohnt hier?«

»Artur.«

»Aha. Artur. Also los. Oder worauf warten wir noch?«

»Ich muss erst nachsehen, ob wir willkommen sind. Bitte bleib noch einen Moment im Wagen sitzen.«

David Manthey stieg aus und schloss die Fahrertür. Er hatte sich erst wenige Schritte dem Rolltor genähert, als ein am Dachfirst des Gebäudes angebrachter Suchscheinwerfer aufflammte und den Platz in ein grelles, unwirkliches Licht tauchte.

Manthey blieb augenblicklich stehen, spreizte die Arme und öffnete die Hände. Zwei Minuten lang geschah gar nichts, dann hob sich das Rolltor, und ein Riese trat auf den Platz. So groß und so breit wie der Albino, nur dass die Haare auf seinem gewaltigen Schädel feuerrot waren. Der Rothaarige näherte sich dem R4, gemächlichen Schrittes, und auch Manthey setzte sich wieder in Bewegung. Wie im Western, dachte Kristina. Nur dass sie nicht auf halber Strecke stehen blieben und ihre Revolver zückten, sondern weitergingen und sich am Ende in die Arme fielen.

Für einen endlosen Augenblick verharrten sie stumm und reglos in dieser innigen Umarmung. Wie zwei Schiffbrüchige, die sich gegenseitige Rettung erhofften. Schließlich lösten sie sich voneinander. Sie redeten, leise, fast flüsternd, so dass Kristina kein Wort verstand, obwohl sie das Seitenfenster geöffnet hatte. Nach einer Weile nickte der Rothaarige. Manthey winkte ihr zu. Der Riese ging ihr entgegen. Manthey folgte ihm.

»Guten Abend. Ich bin Kristina Gleisberg.«

»Artur«, sagte Artur, ignorierte ihre ausgestreckte Hand und ließ sie stehen. Er überquerte den Hof, schloss die beiden Torflügel und schob eine dicke Eisenstange durch zwei geschmiedete Ösen, so dass sich das Tor von der Straßenseite aus nicht mehr öffnen ließ. Manthey hatte inzwischen das Gepäck aus dem Wagen geholt. Artur stieg in den R4, startete den Motor und rangierte den Wagen durch das geöffnete Rolltor in die Werkstatt.

»Dein Freund?«

»Ist lange her. Zoran und Artur und ich …«

»Ja?«

»Wir haben eine gemeinsame Geschichte.«

»Seltsam. Zoran hat mir so viel über sich erzählt. Aber er hat weder dich noch diesen Artur je erwähnt.«

»Das überrascht mich nicht«, sagte Manthey und schulterte das Gepäck. »Komm jetzt. Bist du nicht müde? Du hast doch sicher Hunger. Übrigens: Wenn Artur nicht viel spricht, liegt das daran, dass er etwas schüchtern ist. Gegenüber Frauen.«

Die Frau, die ihr Lächeln mal verschenkte und mal verkaufte, verließ Uwe Kern gegen fünf Uhr morgens. Am Ebertplatz erwischte sie ein Taxi, das durch die menschenleeren Straßen nur knapp zwanzig Minuten bis zu ihrer Wohnung im Stadtteil Bayenthal im Süden Kölns benötigte. Der Fahrer war ein irakischer Kurde. Seine wortkarge Antwort auf ihre Frage, woher er stamme, wurde im Rückspiegel mit einem Lächeln belohnt. Sie gab ihm ein ordentliches Trinkgeld, zum einen, weil sie stets ordentliche Trinkgelder gab, Kellnern, Klofrauen, Pizza-Boten, zum anderen aus Dankbarkeit, weil der Kurde sie während der Fahrt nicht zugetextet hatte, wozu die einheimischen Kölner Taxifahrer gewöhnlich neigten. Um fünf Uhr morgens war nichts nerviger als dieses belanglose rheinische Dauergeplauder. Sie wollte nur noch ins Bett und schlafen, schlafen, schlafen.

Und vergessen.

Sie stieg aus dem Taxi. Während sie die Straße überquerte, kramte sie in ihrer Handtasche nach dem Schlüsselbund.

Nachdenken konnte sie auch später noch. Nach dem Aufwachen. Nach dem ersten Kaffee. Nach der ersten Zigarette. Morgen. Übermorgen. Vielleicht.

Sie schloss die Tür zu ihrer Erdgeschosswohnung im Hinterhaus auf, legte Schlüsselbund und Handtasche auf das Rokoko-Tischchen neben der Garderobe, versuchte vergeblich, ein Gähnen zu unterdrücken, schleuderte die Stilettos von den müden Füßen und schaltete das Licht ein.

»Guten Morgen, Eliska.«

Zoran Jerkov. Er saß in ihrem Ohrensessel. Er hatte die Hände wie zum Gebet gefaltet. Er trug schwarze Lederhandschuhe.

»Schließ die Tür, Eliska.«

Den Bruchteil einer Sekunde dachte sie an Flucht. Doch die Angst lähmte jede Faser ihres Körpers.

Sie schloss die Tür, indem sie sich kraftlos mit dem Rücken dagegen lehnte, bis sie ins Schloss fiel.

»Hallo, Zoran.«

»Lange nicht gesehen. Du siehst gut aus, Eliska. Schön wie eh und je. Vielleicht etwas müde. War sicher ein anstrengender Tag. Aber du hast dich kaum verändert in den zwölf Jahren.«

»Danke für das Kompliment. Aber das ändert nichts daran, dass ich 34 bin. Uralt … für diesen Job.«

»Hübsche Wohnung. Aber in Bayenthal sind die Mieten noch bezahlbar, nicht wahr? Seltsam, dass du jetzt hier wohnst, wo Marie doch nur zwei Straßen weiter …«

»Zufall. Ich war lange weg. Gleich, nachdem … Amsterdam, die ersten zwei Jahre, dann sieben Jahre in Barcelona, zuletzt drei Jahre in Mailand. Ich bin erst seit acht Wochen zurück in Köln. Die Wohnung war günstig zu haben. Ich dachte, es sei inzwischen genügend Gras über die Sache gewachsen. Bis ich dann gestern hörte, dass du entlassen worden bist. Woher hast du meine Adresse? Und wie bist du hier hereingekommen?«

»Das Fenster im Bad war gekippt. Wenn man als alleinstehende Frau in dieser Gegend im Erdgeschoss wohnt, dann sollte man vielleicht etwas vorsichtiger sein.«

»Ich weiß mich zu verteidigen.«

»Mit dieser süßen, kleinen Sig-Sauer Mosquito in der obersten Schublade deines Nachttischchens?«

»Du hast also meine Wohnung durchsucht.«

»Natürlich. Du wirst sicher verstehen, dass ich dir inzwischen nicht mehr über den Weg traue, Eliska. Die Mosquito liegt jetzt auf einem der Oberschränke in der Küche. Wenn du einen Stuhl zu Hilfe nimmst, kommst du bequem dran. Sie ist allerdings nicht mehr geladen. Die Patronen befinden sich jetzt in deinem Kleiderschrank. In einer der Manteltaschen, so wie auch das leere Magazin. Interessant, wie viele Mäntel eine Frau brauchen kann. Und erst die Schuhe. Wie viele Schuhe sind das? Kostet sicher alles eine Stange Geld. Ich frage mich: Was würdest du alles für Geld tun, Eliska? Sei unbesorgt: Solange ich dir Gesellschaft leiste, brauchst du die Waffe nicht. Setz dich.«

»Ich stehe lieber.«

»Setz dich! Wir haben etwas zu besprechen.«

Eliska setzte sich auf die Kante der Couch und zündete sich eine Zigarette an. Sie ließ sich Zeit damit. Ihre Hände zitterten.

»Warum trägst du Handschuhe, Zoran?«

»Nur sicherheitshalber. Du weißt doch, dass die mir aus jedem Fingerabdruck gleich einen Strick drehen.«

»Was willst du von mir, Zoran?«

»Eine Antwort. Du kennst die Frage.«

»Das ist alles so lange her, Zoran.«

Jerkov beugte sich vor, stützte die Ellbogen auf den Knien ab und faltete die Hände, als müsste er sie mühsam im Zaum halten. Seine Gesichtszüge waren mit einem Mal versteinert, seine Augen kalt wie Eis. Sie versuchte vergeblich, in diesen Augen zu lesen. Die Asche ihrer Zigarette fiel zu Boden.

»Zoran, sie war meine beste Freundin, verstehst du? Marie und ich, wir kamen aus demselben beschissenen Dorf. Mit 14 haben wir zum ersten Mal zusammen in Teblice an dieser verfluchten Europastraße gestanden. Tag für Tag, Nacht für Nacht, im Sommer, im Winter, im Regen, in der Hitze, in der Kälte. Wir haben diese fetten, sabbernden, stinkenden Männer ertragen und dabei von einem besseren Leben geträumt. Wir haben Teblice überlebt, die dunklen Parkplätze und die schäbigen Wohnwagen, und wir haben sogar unsere Zuhälter überlebt.

Wir sind zusammen abgehauen, wir sind untergetaucht und in den Westen gegangen. Wir haben erfolgreich unsere Spuren verwischt. Wir haben uns hier was aufgebaut, auf eigene Rechnung gearbeitet, wir haben uns die Kunden aussuchen können, wir ...«

»Eliska und Marie, die unzertrennlichen Freundinnen. Der Unterschied ist nur: Marie ist tot. Und du lebst.«

»Zoran: Hätte ich nicht getan, was er von mir verlangte, dann wäre ich ebenfalls seit zwölf Jahren tot.«

»Du bist eine fantastische Schauspielerin, Eliska. Das ist sicher vorteilhaft in deinem Job. Nur die Opferrolle nehme ich dir nicht ab. In der Rolle bist du nicht überzeugend.«

»Nein?« Sie sprang auf. Ihre Lippen zitterten. Sie war wütend, und die Wut war nicht gespielt.

»Hast du dir diese Selbstgefälligkeit im Gefängnis zugelegt? Sie steht dir nicht, Zoran. Sie macht dich alt und hässlich. Willst du wissen, was sie mit mir gemacht haben?«

»Nein!«

»Sie haben ...«

»Setz dich wieder hin!«

Er sah nicht zu ihr auf. Er starrte an ihren schönen Beinen vorbei ins Leere. In die Vergangenheit, die niemals verblassen würde, nicht, solange er lebte, und in die Zukunft, die unweigerlich in eine Katastrophe münden musste, solange Zoran Jerkov in der Vergangenheit verharrte. Davon war sie überzeugt. Sie wusste nicht, vor wem sie in diesem Augenblick mehr Angst hatte: vor Zoran Jerkov oder vor Milos Kecman. Zwölf Jahre lang hatte sie sich vor diesem Moment gefürchtet, nachts davon geträumt. Sie war schweißgebadet aus dem Schlaf geschreckt und hatte sich eingeredet, dass er niemals Realität werde würde. Nicht, solange Zoran Jerkov wegen Mordes in einer Gefängniszelle saß.

Er würde nicht gehen ohne eine Antwort.

Also setzte sie sich.

»Die Polizei sucht dich. Ich hab's im Radio gehört.«

Jerkov nickte.

»Willst du bleiben? Du kannst hier schlafen.«

Jerkov schüttelte den Kopf.

»Du warst lange eingesperrt, Zoran. Einsam. Ohne Frau, so lange Zeit. Das ist nicht gut für Männer. Wenn du magst, dann können wir auch was anderes …«

Sie beugte sich vor und berührte seinen Unterarm. Jerkov schloss die Augen. Eliska konnte den Schmerz spüren, der mit Macht aus jeder Pore seines Körpers drang, genährt aus der Trauer, die er zwölf Jahre konserviert hatte, damit sie nun zur Verfügung stand, als Treibstoff, hochexplosiv.

Irgendwo im Vorderhaus legte ein Radio los.

Gute-Laune-Musik. Gute-Laune-Geplauder.

»Kecman ist nicht mehr im Geschäft, Zoran.«

Jerkov öffnete die Augen.

»Ich meine, er macht jetzt was anderes. Computer, Internet, ich habe keine Ahnung davon. Eine große Firma in Sankt Petersburg, heißt es. Er hat sich da eingekauft, ist schon eine Weile her. Die schmutzigen Geschäfte überlässt er inzwischen anderen. Geld wie Heu hat er jedenfalls, so viel steht fest.«

»Das heißt: Er ist nicht mehr in Köln?«

»Ja und nein. Er ist viel unterwegs, überall in der Welt, er ist natürlich auch oft in Sankt Petersburg, aber weil er für die Investition der Gewinne in Westeuropa zuständig ist, hat er wieder einen Wohnsitz in Köln. Er mag keine Hotels. Aber er braucht einen Rahmen, um potenzielle Geschäftspartner aus dem Westen zu Besprechungen einzuladen. Der Rahmen hat so um die 300 Quadratmeter. Freier Blick über den Rhein bis zum Dom. Die Wohnung gehört offiziell Heinz Waldorf. Beziehungsweise, jetzt, wo Heinz tot ist, weiß ich gar nicht, wer …«

»Eine Matrjoschka-Firma.«

»Eine was?«

»So was braucht man zur Geldwäsche. Man konstruiert Firmen wie die berühmten russischen Holzpüppchen, die man immer wieder ineinanderschachtelt, um den Kern zu verschleiern.«

Sie nickte bestätigend.

»Milos Kecman wäscht also das Geld dieser russischen Firma, indem er es in westeuropäische Projekte steckt. Das ist also sein neuer Job.«

Sie nickte erneut.

»Die Adresse.«

Sie schluckte. Ihr Hals war ganz trocken. Sie zündete sich eine Zigarette an. Sie rauchte zu viel. Sie trank zu wenig.

»Die Adresse, Eliska.«

»Du kennst den ehemaligen Zollhafen?«

»Du meinst die alten Lagerhäuser zwischen Südbrücke und Severinsbrücke? Nicht gerade die beste Adresse.«

»Zoran, man merkt, dass du lange von der Straße weg warst. Der alte Zollhafen ist inzwischen die beste und teuerste Lage Kölns. Die haben die verfallenen Lagerhäuser luxussaniert, und in den Lücken dazwischen haben sich die Toparchitekten Europas ein paar hypermoderne Denkmäler gesetzt. Und in einem dieser gläsernen Tempel am Rheinufer, in der obersten Etage ...«

»Eliska. Die Adresse.«

Sie stand auf, ging zu dem winzigen Schreibtisch, kramte in der obersten Schublade, bis sie fand, was sie suchte. Sie schrieb die Adresse ab und warf ihm den Zettel in den Schoß.

»Du solltest schleunigst verschwinden, Eliska. Es war keine gute Idee, zurück nach Köln zu kommen.«

»Ich brauche was zu trinken. Möchtest du auch was?«

Jerkov schüttelte den Kopf, während er auf den Zettel in seinem Schoß starrte, ohne ihn anzurühren.

In der Küche nahm Eliska eine Flasche Mineralwasser aus dem Kühlschrank und füllte das Glas bis zum Rand. Sie trank gierig, spülte damit die Kopfschmerztablette hinunter, füllte das Glas ein zweites Mal und kehrte damit ins Wohnzimmer zurück.

Zoran Jerkov war verschwunden.

Sie blieb mitten im Raum stehen, sie schwankte, bis ihr das Wasserglas aus der Hand glitt und zu Boden fiel. Sie starrte auf den Sessel, in dem Zoran gesessen hatte. Sie versuchte vergeblich, nachzudenken und eine Entscheidung zu treffen. Schließlich setzte sie sich auf die Couch, ganz vorn auf die Kante, als sei sie nur zu Besuch, als sei sie immer noch nicht zu Hause in dieser Wohnung, in diesem Land, in diesem Leben.

Das war die größte Strafe:

Ihr Leben war nun keinen Pfifferling mehr wert.

Wie viel Zeit blieb ihr noch?

Zoran würde Kecman niemals verraten, von wem er die Adresse bekommen hatte, und Kecman konnte nicht ahnen, dass sie die Adresse überhaupt kannte.

Aber das spielte keine Rolle. Denn seit dem Tod von Heinz Waldorf war klar, dass Kecman nun gründlich aufräumen ließ, die alten, verräterischen Spuren beseitigen ließ, und Eliska wusste nur zu gut, dass eine 34-jährige tschechische Prostituierte in seinen Augen nichts weiter als ein Haufen lästiger Müll war. Und sie wusste außerdem, dass dieser seltsame Herr, den sie vergangene Nacht besucht hatte, den sie nach seinem Anruf zunächst für einen gewöhnlichen Kunden gehalten hatte, sie nicht beschützen würde, trotz der Informationen, die sie ihm gegeben hatte. Er hatte bereits bezahlt. Für die Informationen und für alles andere.

Sie konnte auch nicht zur Polizei gehen. Was sollte sie denen sagen? Dass sie vor zwölf Jahren in einem Mordprozess einen Meineid geschworen hatte?

Heinz Waldorf hatte ihr mal erklärt, die Falschaussage als Zeugin sei längst verjährt. Aber das spielte keine Rolle. Sie hatte noch nie der Polizei vertraut. Seit Teblice.

Sie lachte bei dem Gedanken laut auf: Der Einzige, der sie nun noch hätte beschützen können, wäre Zoran gewesen.

Sie drückte die nur halb gerauchte Zigarette aus, erhob sich, ging ins Schlafzimmer, zog die beiden Koffer vom Kleiderschrank und begann zu packen. Sie war noch nicht ganz fertig damit, als die Wohnungstür eingetreten wurde.

Den Wagen ließ er am israelitischen Friedhof zurück. Er schulterte den Rucksack und ging den restlichen Weg bis zum Deutzer Hafen zu Fuß. Über die nahe Severinsbrücke rollte die Frühschicht zu den Ford-Werken. Wenn ihn jemand gefragt hätte, jemand von der Hafenmeisterei etwa oder die Patrouille der Wasserschutzpolizei, was er um halb sechs Uhr morgens auf dem Damm zu suchen hatte, so hätte er mit gespieltem, sorgsam einstudiertem Erstaunen geantwortet, er sei Vogelkundler.

Zoran Jerkov, der Vogelfreund.

Im belagerten Vukovar hatten sie oft Vögel gegessen. Und Würmer. Und Eidechsen. Und Ratten.

Am 18. November 1991 war die monatelang von der serbischen Armee belagerte kroatische Stadt gefallen. Das Datum würde er niemals vergessen. Vor dem Krieg hatten in Vukovar 38 000 Menschen gelebt. Während der Belagerung wurde die Stadt von bis zu 8000 Granaten täglich getroffen, abgefeuert von den Panzern, den Kampfflugzeugen und der schweren Artillerie einer übermächtigen serbischen Streitmacht.

Als die Serben nach dem monatelangen Dauerbombardement am 18. November 1991 in Vukovar einmarschierten, lebten noch 2000 Menschen in der Stadt. Am 20. November, zwei Tage nach dem Einmarsch, trieben serbische Soldaten die 200 Patienten des städtischen Krankenhauses ins Freie, verwundete kroatische Soldaten ebenso wie kranke oder verletzte Zivilisten. Eine Prozession in den Tod. Gleich nach der Hinrichtung auf einem nahe gelegenen Bauernhof wurden die 200 Leichen in einem Massengrab verscharrt.

An diesem Tag hatte Zoran Jerkov zum ersten Mal Milos Kecman gesehen. Jerkov hatte den Mann, dessen Namen er zu diesem Zeitpunkt noch gar nicht kannte, aus nächster Nähe dabei beobachtet, wie er die Hinrichtungen befehligte. Wie er die Pistole aus dem Halfter zog, sie einem jungen Mädchen an den Kopf drückte, Lüsternheit in den Augen, als er den Finger krümmte. Zoran Jerkov lag keine 50 Meter entfernt auf dem Dach des Heuschobers, als Milos Kecman abdrückte.

Als Jerkov sich in dem Heuschober versteckt hatte, konnte

er nicht ahnen, wenig später Augenzeuge eines Massenmordes zu werden. Als er den Lärm der sich nähernden Menschen hörte, verkroch er sich blitzschnell aufs Dach. Durch den Feldstecher beobachtete er den Mann mit den lüsternen Augen und den schmalen Lippen und der blitzsauberen Uniform, die ihn als serbischen Major auswies. Zum Glück besaß Jerkov längst keinen einzigen Schuss Munition mehr. Sonst hätte er diesen serbischen Major vom Dach des Heuschobers aus erschossen und den Tag nicht überlebt. Und zum Glück hatte er einen Tag vor der Invasion das Krankenhaus trotz der schlecht heilenden Fleischwunde unter dem linken Schlüsselbein verlassen, um den Menschen mit weitaus schlimmeren Verletzungen Platz zu machen.

Zoran Jerkov prägte sich das Gesicht des namenlosen serbischen Majors ein, brannte es in sein Gehirn, suchte nach diesem Gesicht bis zum Ende des Bürgerkrieges im Jahr 1995, vergeblich, und noch zwei weitere Jahre von Dubrovnik aus, bis er 1997 aufgab und nach dem Tod seines Vaters nach Köln zurückkehrte. Niemals hätte er damit gerechnet, den serbischen Major je wiederzusehen, und erst recht nicht, Milos Kecman ausgerechnet in Köln ein zweites Mal zu begegnen. In der Nacht zum 17. Januar 1998.

Maries Geburtstag. Maries Todestag.

Jerkov setzte den olivgrünen Rucksack auf den Bruchsteinen ab und hockte sich in das verdorrte, kniehohe Gras. Im matten Licht der Dämmerung erinnerte ihn der graue, träge Strom an die Mündung der Vuka in die Donau.

Morgengrauen.

Im Krieg die beste Zeit zum Angriff.

Jerkov trank einen Schluck Kaffee aus der Thermoskanne und starrte hinüber zum Westufer. Der alte Zollhafen war in der Tat nicht mehr wiederzuerkennen. Er zog den alten Feldstecher aus dem Rucksack, presste die weichen, nach den vielen Jahren schon porösen Gummimuscheln der Okulare an seine Augen, stellte scharf, ließ das kreisrunde Sichtfenster über die Fassaden aus Stahl und Glas gleiten und dachte an sie.

Marie.

Jerkov war ihr gleich in der ersten Woche nach seiner Heimkehr begegnet. Auf Arturs Schrottplatz. Eine Kundin. Sie ließ dort ihren altersschwachen Fiat Spider reparieren. Jerkov wusste nicht, dass sie eine Prostituierte war. Er wusste es bald. Nicht von Artur. Sondern von Marie selbst. Aber da war er ihr schon mit Haut und Haaren verfallen. Und er wusste auch nicht, dass sie erst 21 war. Sechs Jahre jünger als er. Sie wirkte so erwachsen. Das Leben hatte sie sehr früh erwachsen werden lassen.

Natürlich störte ihn, womit sie ihr Geld verdiente. Aber er hätte es nicht gewagt, ihr das zu sagen. Er hatte Angst davor, alles könnte auf der Stelle vorbei sein, die Geborgenheit, die Vertrautheit, wenn er ihr sagen würde, wie sehr es ihn schmerzte, was sie tat, wenn sie nicht zusammen waren.

Sie arbeitete nicht in ihrem Apartment. Das hätte er nicht ertragen. Sie machte Hotelbesuche.

Vielleicht hätte er sie damals einfach fragen sollen: Willst du mich heiraten?

»Zoran, weißt du, warum Männer zu Prostituierten gehen?«

»Weil sie Sex haben wollen.«

»Falsch. Sex können sie auch bei anderen Frauen bekommen. Sogar kostenlos. Zumindest, solange die Männer begehrenswert sind ... weil sie entweder jung und schön oder reich und mächtig sind. Nein, mein Liebster: In Wahrheit bezahlen die Männer die Prostituierten nicht für den Sex, sondern dafür, dass sie nach dem Sex jederzeit gehen dürfen. Ohne schlechtes Gewissen.«

»Aber ich gehe doch gar nicht weg von dir, Marie.«

»Du bezahlst mich ja auch nicht.«

Marie. Sie pflegte seine verwundete Seele. Sie brachte ihm bei, wieder zu leben, nach all dem Hass, und zu lieben, nach all dem Töten. In seltenen Momenten hatte er sich gestattet, davon zu träumen, dass es immer so weitergehen könnte, mit ihm und Marie. Der Traum vom ewigen Glück. Der Traum endete mit einem Anruf am Vorabend ihres Geburtstages.

Was war das?

Jerkov atmete aus und hielt schließlich die Luft an, um das Zittern des Bildes im Feldstecher zu minimieren.

Etwas, jemand, hatte sich soeben bewegt hinter der Fensterscheibe, die bis zum Fußboden reichte.

Das war nicht Kecman.

Zu groß, zu breit, zu blond.

Jerkov hatte die aufgehende Sonne im Rücken. Das hatte den Vorteil, dass er vom Westufer aus nicht gesehen werden konnte. Das hatte den Nachteil, dass sich die ersten Sonnenstrahlen des anbrechenden Sommertages im Fensterglas spiegelten.

Kein Zweifel. Der Albino.

Der Albino verschwand.

Jerkov wartete.

Das Warten machte ihm nichts aus. Er hatte zwölf Jahre lang Zeit gehabt, das Warten zu üben.

Aber niemand ließ sich mehr am Fenster blicken, weder Kecman noch der Albino.

Jerkov beobachtete die Umgebung des Gebäudes, machte sich Notizen und dachte nach.

Nach einer Stunde stopfte er den Feldstecher, den Notizblock und die Thermoskanne zurück in den Rucksack und verließ den Damm. Es gab noch viel zu tun.

Am frühen Morgen des 17. Januar 1998 meldete sich um 03.17 Uhr eine anonyme Anruferin aus der öffentlichen Telefonzelle am Chlodwigplatz über die Notrufnummer 110 bei der Leitstelle des Kölner Polizeipräsidiums mit den beiden Sätzen: »Es ist etwas Schreckliches passiert. Marie ist tot.« Der erfahrene Beamte in der Leitstelle fragte behutsam nach, mit wem er denn spreche. Die Anruferin, nach späterer Auswertung der Bandaufnahme durch einen Gutachter eine eher jüngere Frau mit osteuropäischem, aber nicht slawischem, sondern ostromanischem Akzent, vermutlich Rumänin, nannte statt ihres Namens eine Adresse im Stadtteil Bayenthal und legte auf.

Die Leitstelle schickte einen Streifenwagen zu der Adresse und informierte die Kriminalwache.

In dem Apartment, dessen Tür zum Treppenhaus bei Ankunft der Beamten offenstand, lag auf dem Fußboden neben dem Bett die unbekleidete Leiche einer jungen Frau. Sie hatte offenbar kurz vor ihrem Tod geduscht: Das Badezimmer wirkte, als habe die Bewohnerin es vorzeitig und überhastet verlassen, und das Badetuch aus dickem, weißem Frottee, das zerknüllt neben dem Bett auf dem Fußboden lag, war noch ganz klamm.

Die Beamten fanden einen tschechischen Reisepass, der die Tote als die am 17. Januar 1976 in einem Dorf bei Teblice geborene Marie Pivonka auswies. Ein Abgleich mit dem Foto im Reisepass war nicht möglich, weil das Gesicht der Toten durch schwere Verletzungen völlig entstellt war. Die Identität wurde später mit Hilfe der tschechischen Behörden anhand des Zahnbildes der Leiche zweifelsfrei bestätigt.

Das Apartment wies eindeutig Spuren eines Kampfes auf. Ferner war die Wohnung, vermutlich vom Täter, vor oder nach dem Tod der jungen Frau durchsucht worden: Sämtliche Schubladen und Schranktüren in Bad, Küche, Diele und dem kombinierten Wohn-Schlaf-Raum standen offen, der Inhalt lag verstreut auf dem Fußboden. »Es sah aus wie auf einem Schlachtfeld«, versicherte der Leiter des Erkennungsdienstes später als Zeuge bei seiner Anhörung im Prozess. Der Gerichtsmediziner drückte sich vor Gericht weniger blumig aus und setzte seine Worte mit nüchterner Bedachtsamkeit: Marie Pivonka war vergewaltigt und gefoltert worden, bevor man sie mit einer Drahtschlinge erdrosselt hatte.

Die Ermittler gingen zunächst von einem Raubmord aus – bis um 04.19 Uhr am Tatort ein Mann erschien, der sich mit seinem Personalausweis als Zoran Jerkov ausweisen konnte, deutscher Staatsangehöriger kroatischer Abstammung, geboren 1970 im damals jugoslawischen Vukovar. Der Siebenundzwanzigjährige wirkte apathisch, wie unter Schock, und fragte ständig, wo Irina sei.

Der Mann war für die Polizei kein unbeschriebenes Blatt, wie ein erster telefonischer Abgleich seiner Personendaten mit dem Computer im Präsidium ergab. Er war im Besitz eines Schlüssels zur Wohnung. Auf die Frage, was er am Tatort zu suchen habe, antwortete er, er sei mit Marie Pivonka befreundet, und er sei gekommen, um sein Handy abzuholen, das er in ihrer Wohnung vergessen habe. Tatsächlich hatten die Beamten sein Mobiltelefon am Tatort sichergestellt.

Auf die Frage, wann genau er das Apartment der Marie Pivonka zum letzten Mal verlassen und das Handy vergessen habe, antwortete er plötzlich ausweichend, ebenso wie auf die Frage, wer denn diese von ihm genannte Person namens Irina sei und ob er es für üblich erachte, eine fremde Wohnung mitten in der Nacht zu betreten, um einen vergessenen Gegenstand abzuholen. Da Zoran Jerkov auch nicht willens war, ein Alibi für die vergangenen Stunden vorzuweisen, wurde er vorläufig festgenommen und zur weiteren Vernehmung ins Präsidium abtransportiert.

Dort erschien am nächsten Morgen gegen neun Uhr eine junge Frau namens Eliska Sedlacek, laut vorgelegtem Pass tschechische Staatsangehörige und 1976 im selben Dorf nahe Teblice geboren wie die gleichaltrige Tote. Sie berichtete, sie mache sich große Sorgen um ihre Freundin Marie, weil deren neuer Liebhaber Zoran Jerkov extrem eifersüchtig sei, geradezu krankhaft eifersüchtig auf Maries Tätigkeit als Prostituierte, obwohl Marie daraus seit Anbeginn der Beziehung nie ein Geheimnis gemacht habe. Zoran Jerkov sei zudem äußerst gewalttätig, habe Marie schon mehrfach geschlagen und ihr Schlimmeres angedroht. Schlimmeres? »Ich schwöre, ich werde dich töten«, habe er Marie drei Tage zuvor angebrüllt, versicherte Eliska im Präsidium und später auch vor Gericht.

Kristina Gleisberg schloss den Aktenordner, der die Essenz ihres über Monate recherchierten Materials enthielt, legte ihn auf den Küchentisch, lehnte sich auf ihrem Stuhl zurück und sah aus dem weit geöffneten Fenster. Was sie dort sah, versetzte sie zum wiederholten Mal in Erstaunen.

Eine grüne Insel mitten in diesem grauen Industrierevier. Dieser Pole namens Artur, der wie ein Eremit auf seinem Schrottplatz lebte, hatte sich hinter dem schlichten Zweckbau, der seine Werkstatt, das Büro und seine Privatwohnung beherbergte, ein kleines Paradies geschaffen, sorgsam abgeschottet von der Außenwelt durch drei Meter hohe Mauern, die hinter dichtem Efeu verschwanden. Ein aus Bruchsteinen angelegter Weg schlängelte sich durch eine üppige Vegetation, die Kristina nur aus Parks am Mittelmeer und aus den Subtropen kannte. Das Zentrum der Miniaturoase hinter dem Schrottplatz bildete ein Teich mit Seerosen, in den sich ein künstlicher Wasserfall ergoss. Die Tropfen glitzerten im Sonnenlicht. Vögel zwitscherten sich die Lunge aus dem Leib, ein Papageienpaar krächzte um die Wette. Als habe die Welt ausgerechnet in Köln-Worringen ihren Frieden gefunden.

»Kaffee?«

Sie erschrak. Sie hatte Artur gar nicht bemerkt. Er musste die Küche völlig lautlos betreten haben. Wie konnte sich ein Mensch mit diesem Körpervolumen nur so lautlos bewegen? Noch dazu in diesen klobigen Arbeitsschuhen?

»Nein, danke. Ich habe schon drei Tassen intus.«

Artur nickte und öffnete den Kühlschrank.

»Rührei?«

»Das klingt gut. Wenn's keine Umstände bereitet ...«

Artur kramte eine Weile im Kühlschrank herum und machte sich anschließend am Herd zu schaffen.

»Sie haben sich da draußen ein echtes Paradies geschaffen.«

»Nur so ein Hobby.«

»Ich wünschte, ich hätte Ihr Talent. Mir ist sogar der Kaktus eingegangen, den mir die Kollegen zum Geburtstag ...«

»Wir duzen uns hier!«

»Was bitte?«

»Wir duzen uns hier alle. Mir ist das Siezen zu anstrengend.«

»Okay. Ich heiße Kristina.«

»Artur.«

Das Fett in der Pfanne zischte.

»Sind das da draußen Papageien?«

»Ja.«

»Was ist das für eine Art?«

»Keine Ahnung. Sie gehören mir nicht. Sie kommen und gehen, wie es ihnen gerade passt.«

»Sie … Du kennst David Manthey schon lange, nicht wahr?«

»Ja.«

»Wo ist er eigentlich? Schläft er etwa noch?«

»Er ist früh los. Besorgungen machen. Da hast du noch geschlafen. Ich soll schöne Grüße bestellen.«

»Danke. Du und Zoran und David … ihr gehörtet damals alle zur Eigelstein-Gang, nicht wahr?«

»Ja.«

»Wie viele wart ihr eigentlich insgesamt?«

»Das schwankte. Und überhaupt: Das wurde von den Medien maßlos übertrieben. Wir waren ungefähr zwölf Leute in den besten Zeiten. Ist lange her, zum Glück.«

Arturs Augen gaben deutlich zu erkennen, dass dieses Gesprächsthema für heute beendet war. Er deckte den Tisch, häufte Rührei und Schinken aus der Pfanne auf die beiden Teller und schnitt zwei dicke Scheiben von einem Laib Graubrot ab.

»Hm. Sehr lecker!«

Artur nickte und aß weiter. Er stützte sich mit dem linken Unterarm auf den Tisch, während seine rechte Hand die Gabel umfasste wie einen Vorschlaghammer. Er hatte die Ärmel des verblichenen Jeanshemdes bis zum Bizeps aufgekrempelt. Die mächtigen Hände waren sauber, er musste sie bereits gewaschen haben, bevor er die Küche betreten hatte. Nur die Kuppen der Fingernägel waren schwarz, vom Motoröl und vom Getriebefett. Mechanisch stieß er die Gabel in den Rühreiberg und führte sie anschließend zum Mund. Als er fertig war, zündete er sich eine filterlose Zigarette an, blies den Rauch rücksichtsvoll zur Decke und trank seinen Kaffee. Als sie aufgegessen hatte, drückte er die Zigarette aus, erhob sich, räumte den Tisch ab und stopfte das Geschirr in die Spülmaschine.

»Wie sagt man so schön: Die Arbeit ruft.«

»Oje. Auch sonntags?«

»Noch was: Ich vertraue dir. Weil du Zoran rausgeholt hast. Und weil David glaubt, man kann dir vertrauen. Aber ich sag's nur einmal: kein Handy, keine E-Mails, kein Internet. Lass das Handy ausgeschaltet und stell das Notebook auf Offline.«

»Warum denn das?«

»Weil die halbe Welt hinter euch her ist. Die Polizei, die Medien, außerdem noch die richtig Bösen. Und weil ich keine Lust habe, dass irgendwer mein Paradies kaputt trampelt. Klar?«

»Klar.«

»Schön. Bis dann.«

Arturs mürrischer Gesichtsausdruck wich zum ersten Mal, seit Kristina Gleisberg ihm begegnet war, einem breiten Grinsen; eine neue Erfahrung für sie, die allerdings nur knapp zwei Sekunden währte, weil Artur das Grinsen mit nach draußen nahm. Sie sah eine Weile aus dem Fenster und beobachtete die verliebten Papageien. Sie brauchte eine Weile, um sich zu sammeln. Dann nahm sie sich wieder den Aktenordner vor.

Das Motiv, das Mittel und die Gelegenheit: der dreibeinige Schemel eines jeden Schwurgerichtsprozesses. Ein Motiv für die Tat, die Mittel, um die Tat auszuführen, und die passende Gelegenheit dazu. Wenn die Ermittler zudem noch zum Täter passende Spuren am Tatort fanden, war die Anklage der Staatsanwaltschaft schon so gut wie fertig.

Motiv, Mittel, Gelegenheit: Schaffte es der Verteidiger, auch nur ein einziges Bein anzusägen, kippte unter Umständen der ganze Schemel. Denn die Beweispflicht lag nicht beim Angeklagten, sondern bei der Staatsanwaltschaft. In dubio pro reo, im Zweifel für den Angeklagten, so verlangte es das abendländische Rechtsverständnis seit der Antike. Aber Zoran Jerkovs

Verteidiger Heinz Waldorf hatte die Säge während des gesamten Prozesses nicht ein einziges Mal angesetzt.

Auch der Angeklagte trug seit seiner Festnahme nicht zur Wahrheitsfindung bei. In der ersten Vernehmung der Polizei beteuerte er vehement seine Unschuld, ohne aber auch nur einen einzigen Beleg für seine Unschuld zu nennen, etwa ein Alibi. Am nächsten Tag erhielt Zoran in der U-Haft Besuch von seiner Schwägerin Alenka Jerkov, die einen völlig verstörten Eindruck auf die Justizvollzugsbeamten machte. Verheulte Augen, wirres Haar, blass um die Nase, als stimmte etwas mit ihrem Kreislauf nicht. Sie habe gar nicht viel gesagt, erinnerte sich der im Besuchszimmer anwesende Beamte. Nur ein paar Sätze, wie es der Familie gehe, nichts von Belang. Seit diesem Besuch sagte Zoran Jerkov kein einziges Wort mehr. Er schwieg während der gesamten Verhandlung, er schwieg auch am Tag der Urteilsverkündung, er schwieg zwölf Jahre lang. Bis er im Knast der TV-Journalistin Kristina Gleisberg begegnete.

Motiv, Mittel, Gelegenheit. Für das Motiv sorgte Eliska, nach eigener Aussage Maries beste Freundin: rasende Eifersucht. Ein starkes, weil häufiges Motiv.

Das Mittel stand erst gar nicht zur Diskussion, auch wenn die Tatwaffe, die Drahtschlinge, nie gefunden wurde: Schließlich war das Mordopfer eine junge, zierliche Frau, und Zoran Jerkov war ein außerordentlich kräftiger Mann und zudem seit frühester Jugend ein als gewalttätig bekannter Krimineller, auch wenn es bislang nie zu einer Verurteilung gereicht hatte.

Die Gelegenheit: Zoran besaß einen Schlüssel zur Wohnung und kein Alibi für die Tatzeit. Dass er noch einmal am Tatort aufgetaucht und dort der Polizei in die Arme gelaufen war, wurde nicht zu seinen Gunsten als Hinweis auf seine Unschuld ausgelegt, sondern als missglückter Versuch, seine Täterschaft nachträglich zu vertuschen, indem er sein bei der Tat in der Wohnung vergessenes Handy verschwinden lassen wollte.

Er und Marie waren ein Liebespaar gewesen, und so war es nicht weiter verwunderlich, dass sich überall in Maries Wohnung Spuren von Zoran fanden. Fingerabdrücke und Haare im Zimmer und im Bad, Spermarückstände in der Vagina des Opfers – auch wenn es der medizinische Gutachter ablehnte, einen unmittelbaren Zusammenhang zwischen Zoran Jerkovs Sperma und der Vergewaltigung herzustellen.

Das Urteil: Lebenslange Haft wegen Mordes sowie Feststellung der besonderen Schwere der Schuld.

Sind Sie Journalistin?
Mein Name ist Zoran Jerkov.
Wollen Sie meine Geschichte hören?
Der Kölner Prostituiertenmörder. 1998. Glauben Sie mir:
Was ich Ihnen zu erzählen habe, wird Ihr Leben verändern.

In der Tat: Die zufällige Begegnung mit Zoran Jerkov in der Tischlerwerkstatt der Justizvollzugsanstalt Rheinbach zwölf Jahre nach dem Urteil hatte ihr Leben völlig verändert.

Zufall.

Gibt es solche Zufälle?

Kristina Gleisberg sah aus dem Fenster.

Die Papageien waren verschwunden.

Erst brachte der Zufall den Ruhm, dann folgte der jähe Absturz. Zorans Haftentlassung hatte ihr Leben binnen kürzester Zeit auf den Kopf gestellt: Sie hatte keinen Job mehr, sie war aus ihrer Wohnung geflohen, weil wildfremde Leute ihr Leben bedrohten, sie hatte ihren gesamten Besitz auf den Inhalt einer Sporttasche reduziert und versteckte sich auf einem Schrottplatz, dessen schweigsamer Eigentümer ihr mit größtem Misstrauen begegnete, sie teilte sich ein stickiges, staubiges Mansardenzimmer mit einem Ex-Bullen und eine der beiden schmalen Matratzen auf dem Fußboden mit vermutlich einer Million Milben.

Die Recherche war keine Meisterleistung gewesen, auch wenn sie dafür von Frank Koch gefeiert worden war. Da hatte sie in ihrem Journalistenleben schon weitaus schwierigere Aufgaben gelöst. Eigentlich war es sogar furchtbar einfach gewesen. Denn Zoran servierte ihr die Lösung auf dem Silbertablett: ein Alibi.

Das Alibi hatte einen Namen: Tomislav Bralic, kroatischer Pfarrer der katholischen Pfarrgemeinde Sankt Ursula, zu der auch das Eigelstein-Viertel gehörte. Damals, vor zwölf Jahren, war er noch Kaplan gewesen. Da wohnte Bralic noch nicht im Pfarrhaus unweit der Kirche, sondern in einer Dachwohnung in der Eintrachtstraße, nur einen Steinwurf vom Balkanrestaurant der Familie Jerkov entfernt.

Tomislav Bralic versicherte nun plötzlich unter Eid, dass Zoran Jerkov ihn in der Mordnacht in seiner Dachwohnung in der Eintrachtstraße besucht habe. Man habe zunächst lange über den Krieg gesprochen, und schließlich über Basketball. Jerkov habe einen Schlafplatz gesucht, nicht für sich, sondern für ein vielversprechendes Talent aus Split, einen neunzehnjährigen Spieler mit außergewöhnlich sicherem Distanzwurf sowie erstaunlichem Durchsetzungsvermögen unter dem Brett, universell auf den Positionen zwei bis vier einsetzbar, den Jerkov an Bayer Leverkusen vermitteln wollte, es ging um den ärztlichen Check und um ein erstes Vorgespräch mit dem Coach und dem Management. Tomislav Bralic sagte zu, den jungen Landsmann kommende Woche für zwei Nächte im Gästezimmer des Pfarrhauses unterzubringen. Insgesamt habe Jerkovs überraschender nächtlicher Besuch drei Stunden gedauert. Dann habe Jerkov festgestellt, dass er sein Handy bei seiner Freundin vergessen hatte, und sei gegangen.

Dem zuständigen Staatsanwalt fiel die Kinnlade runter, als Kristina mit dem Geistlichen und einem Kamerateam auftauchte. Warum er denn zwölf Jahre lang geschwiegen habe, wollte er von dem Pfarrer wissen. Weil er als Pfarrer und Zoran Jerkovs Beichtvater grundsätzlich der Schweigepflicht unterworfen sei, antwortete Tomislav Bralic seelenruhig und berief sich erstaunlich rechtskundig auf Paragraf 53, Absatz 1 der Strafprozessordnung, der Priester grundsätzlich bei allen Informationen, die ihnen während der Ausübung der Seelsorge anvertraut wurden, zur Verweigerung des Zeugnisses berechtigte.

Vertreter von Berufsgruppen mit hohem gesellschaftlichem Ansehen, die zudem der Schweigepflicht unterlagen, waren als Entlastungszeugen unschlagbar; Pfarrer noch mehr als Ärzte, weil ihr Glaube die Lüge als Sünde definierte.

Im Mordfall Zoran Jerkov musste die Kölner Staatsanwaltschaft, ob sie nun wollte oder nicht, ein neues Ermittlungsverfahren einleiten und die damaligen Indizienbeweise auf den Prüfstand stellen. In den vergangenen zwölf Jahren hatten sich die Möglichkeiten der DNA-Analyse erheblich verfeinert. Inzwischen ließen sich auch abgestorbene Zellen, also etwa Hautschuppen oder Haare selbst ohne Wurzel, zweifelsfrei zuordnen. Diese damals auf dem unbekleideten Körper der Toten sichergestellten und anschließend asservierten Spuren hatten im Prozess mangels kriminalwissenschaftlicher Verwertbarkeit keine Rolle gespielt. Jetzt aber ließ sich nachweisen, dass die fremden Hautschuppen auf Maries Körper auf keinen Fall von Zoran Jerkov stammen konnten. Da das tschechische Callgirl Marie Pivonka niemals Kunden in ihrer Privatwohnung empfing und unmittelbar vor ihrem Tod geduscht hatte, wie die Kriminaltechniker vor zwölf Jahren in ihrem Bericht protokolliert hatten, stammten die Hautschuppen mit an Sicherheit grenzender Wahrscheinlichkeit von einem unbekannten Mörder.

Vermutlich hatte ihr Mörder geklingelt, Marie Pivonka hatte eilig die Dusche verlassen und die Wohnungstür geöffnet, davon überzeugt, dass Zoran vor der Tür stand.

Oder jemand anderes hatte geöffnet, als es an der Wohnungstür klingelte. Denn niemand konnte sagen, ob Zorans Geliebte in diesem Augenblick tatsächlich alleine in ihrer Wohnung gewesen war. Wer war diese Irina, nach der sich der völlig verstörte Zoran Jerkov bei seiner Festnahme erkundigt hatte?

Für die aus den fremden Hautschuppen auf Maries Körper extrahierte DNA fand sich kein Pendant in der zentralen Gendatei des Bundeskriminalamtes, hieß es offiziell. Männlich und europäisch – mehr ließ sich im Labor nicht feststellen. Auch das Ersuchen um Amtshilfe bei Interpol sei ergebnislos verlaufen, teilte der Polizeipräsident mit.

Entweder war Maries Mörder tatsächlich noch nie von einer Polizeibehörde erkennungsdienstlich behandelt worden – weder vor dem Mord noch in den zwölf Jahren nach dem Mord.

Oder der Staat hatte aus ermittlungstaktischen Gründen eine Nachrichtensperre verhängt.

Oder aus politischen Gründen. Kristina Gleisberg ahnte aus journalistischer Erfahrung, wie viele Dinge aus Gründen der Staatsräson unter der Decke gehalten wurden, damit sie der Souverän jeder Demokratie, das Volk, niemals erfuhr.

Wer war Irina?

Was konnte einen Menschen dazu bewegen, für eine Tat, die er nicht begangen hat, zwölf Jahre Gefängnis in Kauf zu nehmen?

Was hatte Zoran Jerkov jetzt vor?

Kristina Gleisberg sah auf die Uhr über dem Kühlschrank. Wann endete in einer katholischen Kirche sonntags die letzte Morgenmesse? Die musste längst vorbei sein. Sie verließ die Küche und durchsuchte den Schreibtisch in Arturs Büro, bis sie neben dem Telefon eine Visitenkarte mit der Adresse des Schrottplatzes fand, und wählte die Nummer der Taxizentrale.

Junge Leute in aller Welt lieben Skype, weil es per Internet das kostenlose Telefonieren per Videoschaltung rund um den Globus ermöglicht – sofern man zufällig gleichzeitig online ist oder aber sich vorab für eine bestimmte Uhrzeit verabredet hat.

Sonntag, 15 Uhr.

Professionelle Kriminelle in aller Welt, kolumbianische Drogenbosse ebenso wie deutsche Waffenhändler oder arabische Terroristen, lieben Skype, weil selbst die CIA es bisher nicht geschafft hat, den Skype-Code zu knacken. Zwar wird jede auf diesem Globus versandte E-Mail von den Giga-Computern der amerikanischen Geheimdienste rund um die Uhr automatisch gecheckt, zwar sind die Telefone Verdächtiger problemlos von jeder kriminalpolizeilichen Provinzdienststelle aus abzuhören, zwar lassen sich fremde Handys in Sekundenschnelle auf den Meter genau orten – aber die Kommunikation über Skype ist unerreichbar für die Augen und Ohren des Staates.

Magic Tito.

David Manthey stieg im rechtsrheinischen Kölner Stadtteil Mülheim aus der Bahn und schlenderte zur Keupstraße. In einer der zahllosen Döner-Buden bestellte er einen Mokka und lehnte sich an einen Stehtisch neben dem Fenster, so dass er die Straße im Blick hatte. Erst als er sicher war, nicht observiert zu werden, verließ er den Laden, betrat das benachbarte marokkanische Internet-Café und ließ sich von dem Mann hinter der Kasse, der gelangweilt in einer Autozeitschrift blätterte und nicht eben den Eindruck erweckte, als sei er scharf auf neue Kunden, einen der zwölf verwaisten Computer zuweisen.

14.55 Uhr. David setzte das schmuddelige Headset auf, bog das Mikro zurecht, meldete sich bei Skype an und wartete. Nicht lange. Um 14.58 erschien die Textnachricht:

Magic Tito möchte Kontakt aufnehmen.

Mit einem Mausklick öffnete David das Videofenster. Das Bild zitterte und schwankte eine Weile, die Stimme klang zunächst merkwürdig blechern, und den weiten Umweg durch das Weltall schaffte der Ton wesentlich schneller als das Bild mit Zorans Mund, der den Ton erzeugte:

»Hey. Schön, dich zu sehen, David.«

»Ist lange her.«

»Kann mal wohl sagen.«

Zoran wirkte verlegen. Und alt, seltsam alt. Eingefallene Wangen. Dunkle Schatten unter den Augen. Falten kerbten das einst so schöne Gesicht. Das Gesicht, das Davids Gedächtnis konserviert hatte. Zoran, der Verführer. Zoran, der die Herzen der Mädchen brach. Zoran kratzte sich eine Weile am Kopf und suchte offenbar nach den passenden Worten.

»David, vergiss nicht, am Ende unseres Gespräches den Dateipfad im Rechner zu löschen. Den Fehler machen viele.«

»Ich weiß. Keine Sorge.«

»Sorry. Ich vergaß: einmal Bulle, immer Bulle.«

»Ich bin kein Bulle mehr.«

»Auch das weiß ich. Ich wollte dich nicht beleidigen. Stell dir nur vor: Im Knast ist aus mir eine richtige Leseratte geworden. Ich habe sogar deine Generalabrechnung verschlungen. Respekt. Immer wenn ich dein Foto in dem Buch sah, musste ich an die alten Zeiten denken. Ich bin richtig stolz auf dich. Allerdings hätte ich dir noch ein paar Tipps zur Recherche geben können. Dinge, von denen du noch nicht einmal träumst. Zum Beispiel...«

David gab ihm ein Zeichen. Zoran schwieg.

Der Marokkaner vertrieb sich die Zeit, indem er die verwaisten Bildschirme putzte. David wartete, bis der Mann fertig war, den Lappen und die Sprühflasche hinter der Theke verstaute, das Radio einschaltete und sich wieder seiner Autozeitschrift widmete. Zum Glück waren die Tastaturen wohl ein anderes Mal an der Reihe. Die Luft roch nun penetrant nach medizinischem Alkohol.

»Zoran, woher hast du gewusst, dass ich deine Nachricht auf dem Dach der Fabrik finden würde?«

»Ich hab's nicht gewusst. Ehrlich. War nur so ein Versuch. Ein Strohhalm, wenn du so willst. Hatte ich also richtig gelegen, dass sie dich auftreiben und nach Köln locken würden. Ich habe die Botschaft noch an vier anderen geschichtsträchtigen Orten unserer Kindheit im Viertel hinterlassen. In der Hoffnung, du würdest aus reiner Gefühlsduselei oder so wenigstens einen dieser Orte aufsuchen. Hat dann ja auch funktioniert. Das Dach der alten Fabrik im Stavenhof also. Interessant. Was würde wohl ein Psychologe daraus lesen können?«

»Freiheit, Gleichheit, Brüderlichkeit. So ein Quatsch, David. Glaubst du etwa, das serviert dir jemand auf dem Silbertablett? Hier, bitte schön, Glück für alle, frei Haus geliefert von Luigis Pizza-Dienst. So ein Blödsinn! Freiheit muss man sich nehmen, David. Einfach nehmen,

verstehst du? Niemand schenkt sie dir. Und Gleichheit?
Gleichheit gibt es nicht. Nicht in diesem Leben, David.
Entweder du bist unten, so wie mein Alter zum Beispiel.
Oder du bist oben. Du musst kämpfen, um nach oben
zu kommen, und man muss kämpfen, damit man oben
bleibt. Jeden Tag aufs Neue. Nur wenn du oben bist,
dann bist du auch frei.«
»Und Brüderlichkeit, Zoran? Gibt es Brüderlichkeit auf
der Welt? Wir beide, wir sind doch wie Brüder, oder?«

»Ich wusste nur, dass du die Botschaft sofort verstehen würdest. Das große Finale. Dein genialer Pass übers halbe Feld. Und ich hatte gehofft und dafür gebetet, dass sie dich auftreiben, egal, wo du gerade steckst auf diesem Erdball. Und sich Mühe geben, dich zu überreden, mich zu finden. Und ich hatte natürlich gehofft, dass du tatsächlich zurück nach Köln kommst, aber ihr Scheißspiel nicht mitspielst. Aus alter Freundschaft, verstehst du?«

Aus alter Freundschaft.

Zoran grinste. Das Grinsen ließ David für einen Augenblick vergessen, dass seit dem Ende ihrer Freundschaft fast ein Vierteljahrhundert vergangen war. Dieses breite Grinsen hatte David immer so gemocht an ihm. Damals verhieß dieses Grinsen grenzenlose Zuversicht in die eigene Kraft, alle Probleme dieser Welt im Handumdrehen lösen zu können.

»Warum brauchst du ausgerechnet mich, Zoran? Wo sind denn all deine Freunde geblieben?«

Das Grinsen verschwand.

»Ich habe keine Freunde mehr, David. Vier Jahre Krieg, zwölf Jahre Knast... ich habe in dieser Zeit viel gelernt, David. Über die Menschen. Und über mich selbst. Vielleicht hatte ich noch nie richtige Freunde... außer dir... und Artur. Ich war sehr ungerecht. Es hat zwar lange gedauert, aber inzwischen habe ich begriffen, um was es geht im Leben.«

»Um was geht es denn im Leben, Zoran?«

»Um Liebe und um Gerechtigkeit.«

»Starke Worte.«

»Worte sind Schall und Rauch. Es geht um Taten. Man muss handeln, um Gerechtigkeit zu schaffen.«

»Frag mal Kristina Gleisberg, was sie von deinen grandiosen Taten im Dienste der Gerechtigkeit hält.«

»Wieso? Was ist mit Kristina?«

»Sie hat ihren Job verloren.«

»Das tut mir leid.«

»Das wird sie zweifellos trösten.«

»David, dein Sarkasmus hilft uns jetzt nicht weiter. Mir läuft die Zeit davon. Ich brauche euch.«

»Wen?«

»Dich. Und Kristina. Sie ist eine bemerkenswert kluge und starke Frau. Habt ihr das Dossier gelesen?«

»Was für ein Dossier?«

Zoran blickte sich nervös um, als habe ihn ein Geräusch irritiert. David konnte auf dem Monitor nichts hören und nichts sehen. Außer Zorans Kopf, nur notdürftig beleuchtet vom schwachen Lichtkegel einer altmodischen Schreibtischlampe. Der Hintergrund lag völlig im Dunkeln. Schließlich schien sich Zoran zu beruhigen und wandte seine Aufmerksamkeit wieder David zu.

»Wo ist mein Seesack?«

»Den haben wir zurücklassen müssen, bei der Flucht aus Kristina Gleisbergs Wohnung...«

»Vor wem seid ihr geflüchtet? Vor der Polizei?«

»Vor einem Riesen mit weizenblond gefärbtem Haar, der vermutlich selbst nachts eine Sonnenbrille trägt.«

»Der Albino.«

»Du kennst ihn?«

»Sei vorsichtig, David. Er ist ein Söldner. Er tötet für Geld. Das ist sein Beruf. Er stammt aus Estland oder Lettland oder Litauen, niemand weiß das so genau. Er hat viele Namen, aber keinen davon muss man sich merken, weil sie alle falsch sind.«

»Was will er?«

»Mich will er, David. Ich habe sie aufgescheucht, mit meinem öffentlichen Racheschwur und dem ganzen Medienrummel. Genau das war meine Absicht. Allerdings hatte ich nicht einkalkuliert, dass er den bequemen Umweg über die Menschen aus meinem Umfeld geht. Der Albino hat den Auftrag, mich zu finden, und zu diesem Zweck will er Kristina und dich befragen. Seine Befragungstechniken sind äußerst effizient.«

»Also ist er jetzt auch hinter Branko und Maja her.«

»Nein. Weil meine Familie keine Gelegenheit ausgelassen hat, in den Medien zu verkünden, was für ein dämliches Arschloch ich bin und dass ich mich gefälligst zum Teufel scheren soll. Dass der Albino hinter Kristina her ist, liegt auf der Hand. Schließlich war sie andauernd wieder in allen Medien zu sehen. Die Frau, die Zoran Jerkov aus dem Knast geholt hat. Wieso er aber so schnell auf dich kommen konnte, wo wir doch mehr als zwanzig Jahre lang keinen Kontakt hatten, ist mir ein Rätsel.«

»Wer ist sein Auftraggeber?«

»Lies das Dossier.«

»Wo ist dieses Dossier? Sag es mir endlich.«

»Im Seesack. Besorg den Seesack.«

»Keine Chance. Die Wohnung wird jetzt rund um die Uhr observiert. Das Haus. Die gesamte Straße …«

»Von wem?«

»Keine Ahnung. Ich war vor knapp einer Stunde dort. Aber ich konnte nicht nahe genug ran. Weder der Albino und seine Schlägertruppe noch die Kölner Polizei. Da scheint noch jemand hinter dir her zu sein, Zoran.«

Zoran Jerkov schwieg. Er dachte nach. Er starrte an der Web-Kamera vorbei ins Leere. David Mantheys letzte Bemerkung schien ihn zu irritieren.

Zwei jugendliche Türkinnen betraten den Raum. Die eine mit, die andere ohne Kopftuch. Beide in Jeans. Sie maulten so lange herum, bis der Marokkaner ihnen den Computer mit der größten Distanz zu David zuwies. Ihre Köpfe verschwanden vollständig hinter dem Monitor. David hörte sie unentwegt kichern.

»Was ist in dem Seesack, Zoran?«

»Eine lederne Schreibmappe …«

»Die haben wir. Aber da war nur belangloses Zeug drin. Ein leerer Notizblock, Bleistifte, Kugelschreiber …«

»Im Knast kann man viel lernen fürs Leben. Tischlern, Lackieren, Verputzen … und auch das Nähen von Leder … klar so weit?«

»Klar.«

»Gut. Wenn ihr das Dossier gelesen habt, reden wir weiter.«

»Stopp!«

»Ja?«

»Zoran, nenne mir einen einzigen vernünftigen Grund, warum ich dir jetzt helfen sollte, nach all dem …«

»Ich kenne keinen Grund, David. Außer vielleicht … dein Sinn für Gerechtigkeit. Der ist doch nicht einfach gestorben, nur weil du kein Bulle mehr bist, oder?«

»Dann sag mir endlich, um was es geht.«

»Um Sklaverei.«

»Sklaverei? Zoran, wir leben im 21. Jahrhundert.«

»Eben. Ich muss jetzt verschwinden. Bis bald.«

»Hast du Heinz Waldorf umgebracht?«

Zoran starrte David ungläubig an. Als hätte ihn keine einzige Frage mehr überraschen können als diese.

»Glaubst du das wirklich?«

»Ich glaube gar nichts. Deshalb frage ich dich.«

»Die Polizei denkt wohl allen Ernstes, mein Racheschwur bezieht sich auf diese Witzfiguren im Prozess. Richter, Staatsanwalt und so weiter. Aber diese Leute interessieren mich nicht. Ich wette, die haben alle sofort Sicherheitsstufe eins bekommen. Aber warum bekam ausgerechnet Heinz Waldorf keinen Personenschutz?«

»Sag's mir.«

»Weil sie dachten, mich über diese bewusste Sicherheitslücke schnappen zu können. Die dachten doch tatsächlich, ich würde in diese dämliche Falle tappen. Hübsche Vorstellung: Zoran Jerkov parkt vor dem Haus, klingelt an der Tür oder macht sich an einem Kellerfenster zu schaffen, und schon haben sie das kroatische Schwein in flagranti erwischt. Diese Idioten.«

»Aber jemand anderes, den sie nicht auf ihrer Checkliste hatten, ist derweil bei Waldorf reinmarschiert.«

»So ist es. Seelenruhig, vor den Linsen ihrer Nachtsichtgeräte und Videokameras, wahrscheinlich mit ein paar Nutten als Tarnung im Schlepptau, Waldorf stand auf fröhliche Pyjamapartys, das weiß doch jeder. Und jetzt wollen sie ihre peinliche, tödliche Panne mir anhängen. Und auch derjenige, der Waldorf umgebracht hat, hat's nur getan, um es mir anzuhängen, damit die Polizei ihre Schlagzahl erhöht, denn vorher hatten die Bullen ja gar nichts in der Hand gegen mich. Ich war schließlich ein freier Mann, ich kann auf einem Motorrad davonbrausen, wann und wo und wie es mir beliebt. Die Bullen sollen mich jetzt, mit dem Mordvorwurf an der Backe, so lange wie ein waidwundes Tier durch die Stadt hetzen, bis ich den eigentlichen Jägern vors Visier laufe.«

»Wer sind diese Jäger?«

»Alles ist jetzt anders, David. Ich muss meine Pläne korrigieren. Ich muss jetzt Schluss machen… in Ruhe nachdenken. Ich melde mich bald wieder bei dir.«

»Und wie? Über Skype?«

»Lass das meine Sorge sein. Vertraue mir.«

Der Bildschirm wurde schwarz.

Vertraue mir.

Wer auf Zoran setzt, geht unter, hatte Maja immer gesagt.

Maja Jerkov.

Die erste große Liebe seines Lebens.

Dummerweise Zorans kleine Schwester.

David Manthey löschte den Dateipfad im Computer, störte den jungen Marokkaner hinter dem Tresen ein zweites Mal bei seiner Lektüre, bezahlte und wandte sich Richtung Ausgang. Er hatte die Tür noch nicht erreicht, als das Plärren der Musik aus dem Miniaturradio in dem Regal neben der Kasse verstummte und der Nachrichtensprecher des lokalen Senders die Fahndungsmeldung verlas. Die seltsam gestanzten Worte aus den heillos überforderten Miniaturboxen waberten hohl, kraftlos und fadendünn durch den Raum, und ihre Bedeutung drang erst mit Verzögerung von Mantheys Ohren zu Mantheys Gehirn:

Die Polizei sucht weiterhin fieberhaft Zoran Jerkov ...
im Zusammenhang mit dem Mord an dem Rechtsanwalt
Heinz Waldorf ... außerdem inzwischen als dringend Tat-
verdächtigen in einem weiteren Mordfall: In ihrem Apart-
ment im Stadtteil Bayenthal wurde vor zwei Stunden die
Leiche der tschechischen Prostituierten Eliska Sedlacek
aufgefunden ...

»Können Sie das Radio bitte lauter stellen?«
»Was?«
Die Stimme des Marokkaners klang genervt. David Manthey griff über den Tresen und den Kopf des Mannes hinweg ins Regal und drehte den linken Knopf bis zum Anschlag auf.

... geht die Kriminalpolizei nach den ersten Ermittlun-
gen von einem gewaltsamen Tod durch Fremdverschul-
den aus. Über Motiv und Tatwaffe wolle man aber aus
ermittlungstaktischen Gründen zum jetzigen Zeitpunkt
noch keine Angaben machen. Wie Radio Köln allerdings
aus zuverlässiger Quelle in Polizeikreisen erfuhr, wurde
die vierunddreißigjährige Frau erdrosselt, vermutlich mit
einer Drahtschlinge. Hinweise auf den derzeitigen Auf-
enthaltsort des Tatverdächtigen oder Beobachtungen
im Zusammenhang mit dem Opfer nimmt jede Polizei-
dienststelle entgegen. Die Kriminalpolizei warnt Zeu-
gen allerdings eindringlich davor, selbst einzuschreiten,
denn Zoran Jerkov ist vermutlich bewaffnet und gilt als
äußerst kaltblütig und gefährlich ...

Ja. David Manthey nickte unbewusst, als er die gläserne Tür zur Straße öffnete und den Laden verließ. Ja, das war nicht zu leugnen: Zoran Jerkov konnte äußerst kaltblütig und gefährlich sein.

Tomislav Bralic war Priester geworden, um Menschen dabei zu helfen, ein glücklicheres Leben zu führen. Der Pfarrer war nämlich felsenfest davon überzeugt, dass die Erde kein Jammertal sein musste, nur damit es der Kirche leichter fiel, bei den Menschen die Sehnsucht nach dem paradiesischen Jenseits im Himmel zu nähren, um sie so an den Katholizismus zu binden.

Und so empfand es der libertäre Freigeist folgerichtig keineswegs als Widerspruch, zugleich Katholik und Anarchist zu sein. Der Anarchismus in seiner philosophischen Urform lehnt jegliche Herrschaft von Menschen über Menschen ab, zwangsläufig auch jede staatliche Herrschaft. Diese Geisteshaltung gefiel Tomislav Bralic ausgesprochen gut, erinnerte sie ihn doch an Jesus und seine Jünger. Als junger Mann verehrte der Kroate zunächst seinen Landsmann Tito, weil der die Faschisten verjagt und die Völker des Balkan geeint hatte und weil er einen dritten Weg jenseits des Kapitalismus und des Stalinismus propagierte.

Wie eng aber die Grenzen der Freiheit auch im blockfreien sozialistischen Musterland gesteckt waren, musste Tomislav Bralic schmerzhaft erleben, als der theologische Werkstudent in Zagreb einen Streik anzettelte. Die Arbeiterinnen der Konservenfabrik liebten den Nachwuchspriester abgöttisch, und das mitunter nicht nur platonisch, und so manche wäre ihm bereitwillig nicht nur ins Bett, sondern bis in den Tod gefolgt. Das war dann aber doch nicht nötig: Der Staat begnügte sich damit, den jungen Rädelsführer für drei Monate ins Gefängnis zu stecken.

Nach seiner Entlassung zog Tomislav Bralic die Konsequenzen und ging in den Westen, beendete sein Studium in Bonn und wurde schließlich in Köln, seiner Ansicht nach die anarchistischste Stadt Deutschlands, zum Priester geweiht.

Die neue Heimat hatte in seinen Augen nur einen einzigen Schönheitsfehler, und das war sein Dienstherr: Joachim Kardinal Meisner. Den hatte das libertäre Rheinland nicht verdient, war Tomislav Bralic zutiefst überzeugt, denn mit Meisners Menschenbild und Demokratieverständnis hätte man durchaus auch als SED-Funktionär oder als iranischer Religionsrichter Karriere machen können. Als der Kölner Kabarettist Jürgen Becker den Kardinal als fundamentalistischen Hassprediger bezeichnete, machte Bralic zur Feier des Tages eine schöne Flasche Prosecco auf, und als der Zentralrat der Juden in Deutschland den Kölner Kardinal, der den Nazi-Begriff der Entartung für den Katholizismus neu entdeckte hatte, einen notorischen geistigen Brandstifter nannte, zündete Bralic in seiner Kirche eine Kerze an und betete.

Aber seine ketzerischen Gedanken behielt Tomislav Bralic in der Regel für sich; der Kroate hatte im Lauf seines unsteten Lebens dazugelernt und in seinem Alter keine Lust, seine Anstellung als Pfarrer von Sankt Ursula zu verlieren. Ausgerechnet Sankt Ursula, nach den drei Weisen aus dem Morgenland die wichtigste Heilige der Stadt. Ursula und ihre elftausend Jungfrauen.

Tomislav Bralic genügte es, sich heimlich über die Weltordnung des Kardinals hinwegzusetzen und zum Beispiel seinen Musikerfreund Günther Oschatz in einer menschenwürdigen, wenn auch leider nur symbolischen Zeremonie mit dessen Lebensgefährten zu vermählen, diesem netten, viel zu früh verstorbenen Menschenfreund und Spediteur Felix Manthey, der vom Staat und seinen zahlreichen Vollzugsorganen etwa genauso viel gehalten hatte wie Pfarrer Bralic.

Die heutige Trauungszeremonie, die in knapp einer Stunde beginnen würde und für die Tomislav Bralic jetzt in der Sakristei letzte Vorkehrungen traf, hatte hingegen nicht nur Gottes Segen, sondern zweifellos auch Meisners Segen: Die dreiundzwanzigjährige Tochter eines prominenten RTL-Managers würde den zweiunddreißigjährigen Sohn eines zwar weniger prominenten, dafür aber adligen Bayer-Vorstandes ehelichen. Seit Wochen nervten Tomislav Bralic die beiden Schwiegermütter in spe mit ihren Sonderwünschen, als ginge es nicht um den Vollzug eines heiligen Sakraments, sondern um die Ausrichtung einer Motto-Party, zu der das alte Gemäuer der romanischen Kirche die dekorative Kulisse bot. Angesichts seiner bisherigen traumatischen Erfahrungen mit dem zweiköpfigen Organisationskomitee verwunderte es ihn auch nicht, als jetzt, 52 Minuten vor dem Termin, an die Tür in seinem Rücken geklopft wurde, außer vielleicht der Umstand, dass überhaupt angeklopft wurde, und er rief entsprechend genervt:

»Herein!«

Tomislav Bralic hatte mit dem Schlimmsten in Gestalt eines Boten neuer Hiobsbotschaften der beiden Schwiegermütter in spe gerechnet, als es an der Tür zur Sakristei klopfte, doch der ernste Gesichtsausdruck und der entschlossene Gang der jungen Frau, die nun auf ihn zu marschierte, ließen ihn ahnen, dass er sich gründlich verrechnet hatte: Die beiden Schwiegermütter wären in diesem Augenblick zweifellos nur das Zweitschlimmste gewesen.

»Frau Gleisberg!«

»Guten Tag, Herr Bralic.«

»Schön, Sie wiederzusehen. Wie geht es Ihnen?«

»Gar nicht gut, Herr Bralic. Ich habe mein Vertrauen in die katholische Amtskirche verloren.«

»Wenn es Sie tröstet: Das habe ich schon lange verloren. Aber ich dachte bislang, Sie seien evangelisch.«

»Und ich dachte, katholische Priester dürfen nicht lügen. Sie haben mich die ganze Zeit belogen.«

Bralic bekreuzigte sich und warf einen raschen Blick nach oben, zu dem einzigen Herrn, dessen Autorität er anerkannte.

»Gott sei mein Zeuge, dass ich noch nie…«

»Lieber Herr Bralic: Verschonen Sie mich jetzt bitte mit theologischen Spitzfindigkeiten. Vielleicht ist Lüge das falsche Wort.

Nennen wir es so: Sie haben große Teile der Wahrheit ausgeklammert. Mir gegenüber, aber auch der Staatsanwaltschaft gegenüber. Wenn die das erfahren, kommen die Ihnen mit juristischen Spitzfindigkeiten. Die nennen das nämlich Strafvereitelung. Wissen Sie, was das bedeutet?«

»Ich war an meine Schweigepflicht als Beichtvater gebunden. Das hat sogar der Staatsanwalt begriffen…«

»Ich meine nicht Ihr Schweigen damals nach dem Mord. Sondern Ihre Zeugenaussage zwölf Jahre später, nachdem Zoran Sie von Ihrer Schweigepflicht entbunden hatte. Da haben Sie mir und anschließend dem Staatsanwalt nur die halbe Wahrheit erzählt. Also frage ich Sie nun: Was war in jener Nacht das Thema des Gesprächs?«

»Ich habe alles erzählt, was…«

»…was Zoran Ihnen aufgetragen hat, zu erzählen. Als er Sie in der Mordnacht besuchte: Sie haben doch nicht geschlagene drei Stunden nur über Basketball und Zorans kroatischen Nachwuchsstar für Bayer Leverkusen geredet.«

Bralic schwieg. Mit zitternden Händen strich er das frisch gebügelte und gestärkte Schultertuch auf dem Ankleidetisch glatt, um Kristina Gleisberg nicht in die Augen schauen zu müssen.

»Herr Bralic? Hören Sie mir noch zu? Zoran kreuzte also mitten in einer bitterkalten Januarnacht unangemeldet bei Ihnen auf, um mit Ihnen ein wenig über Sport zu plaudern?«

Bralic zupfte eine Fluse von der Stola.

»Er lässt seine geliebte Marie mitten in der Nacht allein, statt mit ihr gemeinsam in Maries Geburtstag hineinzufeiern?«

»Wir haben nicht einfach nur so über Sport geplaudert. Zoran war doch Agent. Er bat mich, diesen jungen Spieler aus Split für zwei Nächte bei mir zu beherbergen.«

»Interessant: ein Spieleragent, der nicht einmal das Geld für ein Hotelzimmer aufbringen kann.«

»Da ging es nicht darum, die Kosten für zwei Übernachtungen zu sparen. Sie verstehen offenbar nichts von dieser Branche. Der Bursche war ein Rohdiamant. Aber er war erst 19 Jahre alt, sprach kein einziges Wort Deutsch, hatte niemals woanders als bei seinem Verein in Split gespielt und Kroatien noch nie verlassen. Zoran wollte vermeiden, dass er so kurz vor der Vertragsunterzeichnung Heimweh und kalte Füße kriegt und im letzten Moment noch alles vermasselt. Deshalb wollte Zoran, dass er bei mir statt im Hyatt wohnt. Ich hätte Kroatisch mit ihm gesprochen, ihm sein Lieblingsgericht gekocht, damit sich der Junge ganz wie zu Hause fühlt. Verstehen Sie jetzt?«

»Ich verstehe nur nicht, warum dieses Gespräch nicht Zeit bis zum nächsten Morgen hatte.«

Bralic schwieg. Er wusste, dass diese Frau nun nicht mehr lockerlassen würde. Er hatte ihre journalistische Beharrlichkeit zur Genüge kennengelernt. Nur diente ihre Hartnäckigkeit bisher ausschließlich dem Zweck, Zoran Jerkovs Unschuld zu beweisen und ihn aus dem Knast zu holen.

»Welch eine bittere Ironie des Schicksals, Frau Gleisberg: Als der Junge in Kroatien von Zorans Verhaftung in Köln hörte, verzichtete er auf das Leverkusener Angebot und die Reise nach Deutschland. Sechs Monate später trat er im Vorbereitungscamp seines neuen Vereins KK Zadar beim Joggen auf eine vergessene Landmine. Er war sofort tot. Er würde noch leben, hätte er sein geliebtes Kroatien verlassen. Ein spätes Opfer des Krieges, und ein weiteres Opfer des Komplotts gegen Zoran Jerkov.«

»In den Vernehmungsakten ist protokolliert, dass Sie und Zoran in der Mordnacht auch über den Krieg sprachen.«

»Ja. Wir Kroaten sprechen oft über den Krieg. So wie das auch die Bosnier tun, die Makedonier, die Montenegriner, die Albaner. Sogar die Serben. Der Krieg hat tiefe Wunden in unseren Seelen hinterlassen. Das Reden hilft bei der Heilung. Sie müssen wissen, das war kein Krieg zwischen fremden Staaten, zwischen fremden Menschen, zwischen Gut und Böse. Das war ein Krieg zwischen Dorfnachbarn, Arbeitskollegen, Vereinskameraden. Der Hass hat unser Land verbrannt. Ein kollektives Trauma. Viele waren Täter und Opfer zugleich, brachten Leid und erlitten Leid. Wir alle haben unsere Unschuld verloren. In Slowenien, wo alles begann, dauerte der Krieg glücklicherweise nur zehn Tage, in Kroatien vier Jahre, noch länger als im geschundenen Bosnien. Und im Kosovo herrscht immer noch kein Friede …«

»Herr Bralic, was war am Abend des 16. Januar 1998 passiert, dass Zoran Jerkov sich veranlasst sah, Sie aufzusuchen und mitten in der Nacht über den Krieg zu reden?«

Tomislav Bralic stützte seine kräftigen Arbeiterhände auf die Kante des Ankleidetisches und atmete schwer.

»Herr Bralic, wer ist Irina?«

Die Glocke begann zu läuten.

»Herr Bralic, wer war die Frau namens Irina?«

»Sie war keine Frau. Irina war noch ein Kind. Und Zoran war an jenem Abend, bevor er zu mir kam, dem leibhaftigen Teufel begegnet. Dem Schlächter von Vukovar.«

Die Tür zur Sakristei wurde aufgerissen, ohne dass zuvor jemand angeklopft hätte. Das Orga-Team der Motto-Party. Weder Tomislav Bralic noch Kristina Gleisberg drehten sich um.

»Herr Pfarrer? Wir warten!«

Die schneidende Stimme in ihrem Rücken ließ Kristina ahnen, dass deren Eigentümerin es gewohnt war, Befehle zu erteilen und Gehorsam einzufordern.

»Meine Damen, bitte geben Sie mir noch zwei Minuten.«

»Das darf doch wohl nicht wahr sein! Wissen Sie eigentlich, was da draußen in diesem Augenblick …«

Tomislav Bralic wirbelte auf dem Absatz herum, sein Arm schoss wie ein Pfeil nach vorne und wies zur Tür der Sakristei, während seiner Kehle ein dumpfes Grollen entfuhr, das genügt hätte, die Händler und Geldwechsler nicht nur aus dem biblischen Tempel, sondern aus ganz Jerusalem zu verjagen:

»RAUS!«

In Arturs Werkstatt fand David Manthey nach einigem Suchen, was er brauchte: ein scharfes Teppichmesser.

In Arturs Küche legte er Zorans Schreibmappe auf den Tisch, drehte und wendete und betrachtete und betastete sie von allen Seiten und begann schließlich, die Nähte des Leders an der Rückseite aufzuschneiden.

Ein kaum fingerdicker Packen Papier im DIN-A4-Format. David erkannte sofort Zorans ungelenke, fast kindliche Schrift. Sie hatte sich in 22 Jahren nicht verändert.

Kristina, bitte nimm sofort Kontakt zu David Manthey auf. Auch wenn er ein Bulle oder vielmehr Ex-Bulle ist, kann man ihm vertrauen. Er ist ein guter Mensch. Jedenfalls ein besserer Mensch, als ich es meistens war in meinem Leben. Er ist mein Freund. Frag Günther Oschatz im Stavenhof. Der weiß sicher, wo David gerade steckt. David kann dir helfen. Er hat viele Kontakte, und er hat keine Angst, und er kann dich beschützen, wenn es ernst wird. Tut mir leid, wenn ich dir mit meinem überraschenden Abgang und dem vermasselten Exklusiv-Interview für eure Live-Sendung jetzt Ärger mit deinem Boss einhandeln sollte. Aber ich habe keine andere Wahl. Es gibt Wichtigeres, was jetzt an die Öffentlichkeit gelangen muss. Und dafür brauche ich eure Hilfe. Es geht um Gerechtigkeit. Wenn du David die nun folgenden Seiten zu lesen gibst, dann wird er sich wundern und glauben, das hat niemals Zoran Jerkov formuliert. Stimmt auch zum größten Teil. Ich bin ein Dieb. Ich war schon immer ein Dieb. Wer weiß das besser als David. Diesmal habe ich Sätze gestohlen. Aus vielen Büchern und Zeitungen. Ich hatte im Knast viel Zeit, all diese Sachen zu lesen. Was gut und was wichtig war, habe ich einfach geklaut und abgeschrieben. Aber das viele Lesen hat mich auch im Schreiben geübt. Ich glaube, ich habe im Knast so viel gelernt wie in meiner ganzen Kindheit nicht. Menschen können sich ändern. Kristina, sag das bitte David: Menschen können sich ändern.

Von der nächsten Seite an wurden die Buchstaben winzig klein, und die Zeilen reichten exakt bis an die Ränder des Papiers. Offenbar war Zoran bei der Niederschrift besorgt gewesen, nicht alles unterbringen zu können, angesichts des begrenzten Platzes in dem improvisierten Geheimfach der Schreibmappe. David goss sich Kaffee aus Arturs Thermoskanne in einen Becher, setzte sich und begann, den Text zu entziffern:

Das Leid eines einzigen Menschen ist eine Tragödie. Das Leid von Millionen Menschen ist nur eine Statistik. Irinas Leben und Irinas Sterben: eine Tragödie, eine furchtbare Tragödie. Sie war erst 13 Jahre alt, als sie nicht mehr leben durfte. Irina, ich werde immer an dich denken. Und dein Leid rächen. Aber Irina ist kein Einzelschicksal. Niemals in der Menschheitsgeschichte, weder im antiken Rom noch in den USA vor dem Bürgerkrieg, gab es auf diesem Planeten mehr Sklaven als heute, im Zeitalter der Globalisierung. Derzeit leben weltweit mehr als 27 Millionen Menschen in Sklaverei – nach der Definition der Vereinten Nationen sind das Menschen, die gegen ihren Willen und gewaltsam zu einer Arbeit gezwungen werden, für die sie keine angemessene Entlohnung erhalten, sondern nur das an Bargeld oder Naturalien, was sie zum Überleben benötigen. In schöner Regelmäßigkeit registrieren die Vereinten Nationen diese Tragödie »mit tiefer Besorgnis«. Aber aus den Worten entstehen keine Taten. Und das heuchlerische Palermo-Protokoll ist nur ein Fetzen Papier. Der amerikanische Newsweek-Reporter E. Benjamin Skinner hat einen Test gemacht: Wenn man in der reichsten und mächtigsten Demokratie der Welt, in deren Unabhängigkeitserklärung von 1776 die Freiheit als Grundrecht festgeschrieben ist, vom Schreibtisch des UN-Generalsekretärs im New Yorker Hauptquartier der Vereinten Nationen aus startet: Wie lange benötigt man wohl, um sich einen Sklaven zu kaufen? Ergebnis des Tests: fünf Stunden. Inklusive einstündiger Fahrt mit dem

*Taxi von der Zentrale des Weltgewissens am Ufer des East
River zum JFK Airport, inklusive dreistündigem Flug nach
Haiti, dem karibischen Nachbarstaat des Touristenpara-
dieses Dominikanische Republik auf der Columbus-Insel
Hispaniola, inklusive Taxifahrt nach Cité Soleil, dem ärms-
ten Viertel der armen haitianischen Hauptstadt Port-au-
Prince. Dort musste Skinner nicht lange suchen, um einen
Menschenhändler zu finden, der dem amerikanischen Reporter eine zwölfjährige Haussklavin, eine sogenannte Re-
stavèk, verkaufte – zu einem Preis, der unter dem der New
Yorker Taxifahrt lag. Gefälschte Papiere für die Einreise in
die Staaten kosten natürlich extra. Sie macht alles, was du
verlangst, versicherte der Händler. Hausarbeit und Sex. Sie
sei sehr genügsam, brauche nicht viel zu essen, und auch
kein Bett, nicht einmal eine Matratze. Sie sei es gewohnt,
auf dem Fußboden zu schlafen. Eine Ecke in der Küche
genüge völlig. Wohlgemerkt: Newsweek-Reporter Skinner
unternahm diesen Test noch vor dem verheerenden Erdbe-
ben. Inzwischen dürften die Preise für minderjährige haiti-
anische Sklaven noch weiter gefallen sein.*

Der Kaffee schmeckte bitter und abgestanden. David legte das
Blatt Papier neben den Stapel, stand auf, füllte ein Glas mit
Wasser aus dem Hahn über dem Spülbecken und trank es in
einem Zug aus. Er konnte nicht fassen, dass Zoran dies geschrieben hatte, weniger wegen der flüssigen Formulierungen,
für die Zoran bereits eine Erklärung abgeliefert hatte, als vielmehr wegen des Inhalts. Zoran, der sich doch nie für jemand
anderes interessiert hatte als für sich selbst. Zoran Jerkov, bis
zu seiner Verhaftung wegen Mordes die erste Adresse unter den
Kokainhändlern Kölns, der seine Basketball-Agentur als Tarnung benutzte und die rudimentären Reste seines Gewissens
damit beruhigte, nicht wie die Heroin-Pusher oder Ecstasy-
Dealer unschuldige Kinder in die Sucht zu treiben, sondern ausschließlich an Erwachsene zu verkaufen, an prominente Fern-
sehschaffende, Künstler, Manager, Partykönige, Leute also, die

alt genug und gebildet genug waren, um zu wissen, was sie zu sich nahmen, um mit Hilfe des weißen Puders der natürlichen Begrenztheit ihres Körpers, ihres Geistes, ihrer Seele zu entfliehen. Leute also, denen Zoran ohnehin nichts als Verachtung entgegenbrachte. *Freiheit, Gleichheit, Brüderlichkeit. So ein Quatsch, David. Glaubst du etwa, das serviert dir jemand auf dem Silbertablett? Freiheit muss man sich nehmen, David. Einfach nehmen, verstehst du? Niemand schenkt sie dir.* Sklaven konnten sich ihre Freiheit nicht einfach nehmen. Aber Zoran hatte sich immer alles genommen, was er brauchte. Ohne Rücksicht auf Verluste. Und um seine Autorität zu untermauern, war ihm stets jede erdenkliche Form von Brutalität recht gewesen. Nur deshalb, nur um seine Macht selbst hinter Gittern zu demonstrieren, hatte er gleich in den ersten Knasttagen diesen serbischen Mithäftling im Duschraum getötet. *Zoran, ich kenne dich. Zoran, mir machst du nichts vor. Oder doch? Wer war Irina? Was willst du mir mit deinen Recherchen sagen, Zoran?*

… liegt der weltweite Jahresgewinn beim Handel mit der Ware Mensch bei mehr als 32 Milliarden US-Dollar. Damit ist der Sklavenhandel inzwischen lukrativer als der illegale Handel mit Waffen. Sklaven schürfen in Afrika nach Gold und Diamanten, Sklaven arbeiten in den besseren Vierteln amerikanischer Großstädte als Hausdiener, Sklaven schlagen in indischen Gruben Pflastersteine, die anschließend für teures Geld in deutschen Baumärkten verkauft werden. In Afrika und Asien werden Kinder aus Dörfern geraubt und zu Soldaten abgerichtet. Zu Killern. Ihre Zahl wird weltweit auf 250 000 geschätzt. Wer sich weigert, wer Mitgefühl oder Tötungshemmung zeigt, dem werden die Hände abgehackt. Weniger als die Hälfte der weltweit gehandelten Sklaven wird in die Prostitution geschickt. Allerdings macht beim grenzüberschreitenden Sklavenhandel die Zwangsprostitution den überwiegenden Teil aus. Die große Mehrheit aller Sklaven dieser

Welt lebt in Schuldknechtschaft. Der Schuldner begibt sich mit Leib und Seele in die Hände des Gläubigers, der mit ihm machen kann, was er will: ausbeuten, missbrauchen, verkaufen…

Er musste in seiner Gefängniszelle Unmengen an Büchern und Zeitungsartikeln verschlungen haben. Ausgerechnet Zoran Jerkov, der nie freiwillig ein Buch angerührt hatte, außer den zwei, drei Abenteuerromanen von Jack London. *Das Leben ist nichts weiter als ein Gärungsprozess von der Geburt bis zum Tod.* Warum nur hatte sich Zoran im Knast mit diesem Thema beschäftigt?

Die Schuldknechtschaft ist ein äußerst perfides Mittel. Denn der Schuldner ergibt sich zunächst der Illusion, seine Schulden tatsächlich durch die mühevolle Sklavenarbeit abtragen zu können. Doch diese Hoffnung ist trügerisch. In Indien beispielsweise bestehen die Schulden der Sklavenfamilien, die in den Steinbrüchen arbeiten, oft schon seit drei, vier Generationen. Die Kinder der hoffnungslos verschuldeten Familien müssen bereits ab dem sechsten Lebensjahr mitarbeiten und zwölf Stunden täglich in den Gruben den tödlichen Steinstaub einatmen. Ursache des weltweit funktionierenden Systems ist Unwissenheit durch mangelnde Bildung in Kombination mit stetig wachsender Armut. Armut verhindert Bildung. ARMUT IST DER SCHLÜSSEL DER SKLAVEREI. Ein Beispiel: 1989 lebten in Osteuropa 14 Millionen Menschen unter der Armutsgrenze. 1999, zehn Jahre nach dem Fall des Eisernen Vorhangs, waren es schon 147 Millionen…

Lautlos wie ein Geist tauchte Artur in der Küche auf. Er schrubbte seine ölverschmierten Hände unter dem laufenden Wasserhahn mit Hilfe einer Bürste und einer Paste, trocknete die Hände anschließend sorgfältig ab, goss sich Kaffee aus der Thermoskanne ein und setzte sich.

»Wo ist Kristina?«

»Sie hat sich aus dem Staub gemacht, als ich in der Werkstatt zugange war. Aber ihre Sachen sind noch hier.«

»Hast du dein Telefon kontrolliert?«

Artur nickte. »Die Nummer der Taxigenossenschaft. Sie muss draußen auf der Straße auf das Taxi gewartet haben. Sonst hätte ich was mitbekommen. Was liest du da?«

David schob die bereits gelesenen Seiten wortlos über den Tisch. Artur zupfte eine randlose Brille aus seiner Brusttasche, setzte sie umständlich auf und las.

... Drehscheiben des internationalen Handels mit osteuropäischen Zwangsprostituierten: die russische Hafenstadt Wladiwostok an der Pazifikküste (für den japanischen Markt), die ukrainische Hafenstadt Odessa am Schwarzen Meer (für die Türkei und den arabischen Raum). Dubai ist der am schnellsten wachsende Abnehmermarkt mit der höchsten Rendite. Araber gelten als die anspruchsvollsten und gewalttätigsten Kunden. Drehscheibe für den westeuropäischen Markt ist das ehemalige Jugoslawien, vor allem Serbien und das Kosovo. Die genauen Orte wechseln ständig und sind nur Insidern bekannt, um der Strafverfolgung der einheimischen Behörden auf Druck der Vereinten Nationen zu entgehen. Ein Beispiel: der berüchtigte Arizona Market im bosnischen Brcko, seit Kriegsende Sonderverwaltungsgebiet an der Grenze zu Serbien und Kroatien. Damit die ehemaligen jugoslawischen Kommunisten freie Marktwirtschaft lernen sollten, wurde der Arizona Market von den internationalen SFOR-Truppen als Freihandelszone eingerichtet, indem die dort stationierten US-Soldaten an ihrem Checkpoint, der den Codenamen »Arizona« trug, einen Acker planierten. Mit Hilfe von 40 000 Dollar Starthilfe aus dem Pentagon entstand auf 40 Hektar Ödland aus zunächst 2 500 provisorisch gezimmerten Standplätzen eine wuchernde, höhlenartige, völlig unüberschaubare

*und unkontrollierbare künstliche Stadt mit billigen Bars
und Nachtclubs, Hotels und eigenen Gesetzen. Dort
kann man für wenig Geld alles kaufen: Nokia-Handys,
Rolex-Uhren, Nike-Schuhe, Adidas-Klamotten, Marl-
boro-Zigaretten – nur ist nichts davon echt, alles billige
Raubkopien, auch die DVD vom aktuellen Hollywood-
Blockbuster oder die CD vom jüngsten U2-Konzert. Echt
sind nur die Frauen, die auf dem Arizona Market gehandelt werden: osteuropäische Sklavinnen für westeuropäische Bordelle, ganz nach Wunsch der Kunden noch
störrische Jungfrau oder bereits zugeritten. Die meisten
Frauen werden allerdings bereits auf dem langen Weg
vom Lieferland bis zum Zielland dutzendfach vergewaltigt, um ihren Willen zu brechen. Hatten sich die Strate-
gen des US-Verteidigungsministeriums so die freie Marktwirtschaft auf dem Balkan vorgestellt, als sie die 40 000
Dollar Starthilfe für den Arizona Market ausschütteten?*

David ließ das Blatt sinken, schaute geistesabwesend hinaus in
den Garten und anschließend Artur beim Lesen zu.

»Artur?«

»Hm.«

»Hast du gewusst, womit Zoran sich beschäftigt?«

Artur reagierte nicht.

David las weiter.

*Kontrolliert wird der Menschenhandel auf dem Arizona
Market von der serbischen und der albanischen Mafia.
Es gibt dort eine Börse, wo die aus Rumänien, Bulgarien, aus der Ukraine oder aus Moldawien verschleppten
Frauen öffentlich versteigert werden. Fleischbeschau: Die
Frauen werden nackt auf eine Bühne getrieben, die Kunden kneten ihre Brüste, fassen ihnen zwischen die Beine,
kontrollieren ihr Gebiss. Die albanischen Händler versehen ihre Ware gewöhnlich mit einem Brandzeichen. Nur
mit den ganz jungen und besonders schönen Frauen sind*

Spitzenpreise von 2000 Euro pro Stück zu erzielen. Der Verkäufer kann sich über die Handelsspanne nicht beklagen. Denn ihn hat die Ware bislang nichts weiter gekostet als den Sprit für den Transport aus dem Herkunftsland und die Bestechung korrupter Grenzbeamter mit einer Stange Marlboro. Tomislav hat es zunächst nicht glauben wollen. Aber in der moldawischen Kleinstadt Carpesti wurde ihm eine Fünfzehnjährige für 150 Euro angeboten – nicht zur Miete, für eine Stunde oder für einen Tag, sondern zum Kauf: Für 150 Euro ist die Fünfzehnjährige das Eigentum des Käufers auf Lebenszeit. Tomislav hat sofort die örtliche Polizei verständigt. Aber die hat das nicht weiter interessiert. Und der Polizeioffizier in Carpesti riet Tomislav eindringlich, sich besser ebenfalls nicht zu intensiv für diese Geschäfte zu interessieren …

»Artur?«

»Hmmm?«

»Kennst du jemanden namens Tomislav?«

Artur blickte von seiner Lektüre auf.

»Klar. Du auch.«

»Ich?«

»Ja klar. Tomislav Bralic. Der Pfarrer von Sankt Ursula, der den Coach und Günther getraut hat.«

»Der Kroate?«

»Klar doch. Prima Kerl.«

»Der Pfarrer, der Zoran das Alibi verschafft hat? Das Alibi, das Zoran am Ende aus dem Knast …«

»Sagte ich doch: prima Kerl.«

Carpesti hatte noch knapp 2300 Einwohner, als Tomislav dort war und den Bürgermeister besuchte. Die Zahl der Einwohner sinkt von Jahr zu Jahr. Sämtliche Schulen sind inzwischen geschlossen, weil es keine Lehrer mehr gibt. Carpesti ist eine Geisterstadt. Irina wurde in Carpesti geboren. Nach dem frühen Tod ihres Vaters – ein

Arbeitsunfall in der Fabrik – zog sie mit ihrer Mutter in die moldawische Hauptstadt Chisinau, weil die Mutter hoffte, dort eher Arbeit zu finden. Moldawien, die ehemals kleinste Sowjetrepublik, ist heute das ärmste Land Europas. Das Bruttosozialprodukt liegt nur geringfügig über dem Haitis oder des Sudan. Etwa die Hälfte der Bevölkerung lebt von weniger als zwölf Dollar pro Monat. 30 Prozent der Bevölkerung sind unter 18 Jahre alt. Rund 17 000 Kinder leben in trostlosen Heimen für Sozialwaisen. Ihre Eltern waren nicht mehr in der Lage oder weigerten sich, sie zu versorgen. Tomislav sagt, gegen diese Heime sei jeder deutsche Knast ein Fünf-Sterne-Hotel. Seit dem EU-Beitritt Rumäniens ist Moldawien außerdem Grenznachbar der Europäischen Union – was die Sache für Menschenhändler erheblich erleichtert. Moldawien ist Europas größter Lieferant von Sexsklavinnen. Seit der Unabhängigkeit wurden mehr als 400 000 moldawische Frauen versklavt und außer Landes gebracht. In der Hauptstadt Chisinau zählte Tomislav gut ein Dutzend Filialen von Western Union. Pro Jahr werden rund fünf Milliarden Dollar privat aus dem Ausland nach Moldawien überwiesen. Finanzielle Unterstützung für die Verwandtschaft jener Migranten, die es im Ausland geschafft haben, die einen vernünftig bezahlten Job gefunden haben. Aber auch Mafiagelder, die gewaschen werden sollen, außerdem die Belohnungen für die Schlepper, die neue Opfer für die Zwangsprostitution vermitteln. Fünf Milliarden Dollar: Diese Summe ist doppelt so hoch wie das gesamte Bruttoinlandsprodukt des Landes. Western Union ist sehr beliebt in solchen Ländern. Wegen des Geschäftsmodells: Man überweist die Summe nicht von einem Bankkonto, sondern zahlt ohne lästige Formalitäten in bar ein, und am anderen Ende der Welt wird es an den Empfänger ebenso unbürokratisch in bar ausgezahlt. Diese verfluchten Matrjoschkas lieben Western Union ...

»Artur, was sind Matrjoschkas?«

»Hm?«

»Matrjoschkas. Was sind das?«

»Püppchen. Sie zeigen Bauersfrauen in traditioneller Tracht. Kinderspielzeug. Kennst du doch: diese berühmten russischen Holzpüppchen, die man ineinanderschachteln kann, weil sie innen hohl sind. Wenn du so willst, ist jede Figur nur die Verpackung der nächstkleineren Figur. Warum fragst du?«

»Jetzt weiß ich, was du meinst. Die gibt's hier doch immer auf den Weihnachtsmärkten. Aber was könnten diese Püppchen mit Geldgeschäften zu tun haben?«

Artur blickte von seiner Lektüre auf.

»Matrjoschka-Firmen. Russische Mafia. Geldwäsche. Diverse Beteiligungen, Tochterfirmen, Briefkastenfirmen werden so lange verschachtelt, bis die wahre Identität ihrer Eigentümer nicht mehr erkennbar ist. Soll ich frischen Kaffee machen?«

David schüttelte den Kopf und las weiter.

Das Muster ist fast immer identisch. Dass es trotzdem immer wieder funktioniert, lässt sich nur mit der Unwissenheit der Frauen durch mangelnde Bildung sowie mit dem gewaltigen sozialen Druck durch die bittere Armut erklären. Erschreckend oft wird der erste Kontakt durch Bekannte, Kollegen, Nachbarn und sogar durch Verwandte hergestellt, männlichen, nicht selten aber auch weiblichen Geschlechts. Klassische Betrügerfiguren, sorgsam ausgewählt und geschult. Diese Erstkontakter behaupten, jemanden zu kennen, der jemanden kennt, der einen gut bezahlten Job als Kellnerin oder Verkäuferin im goldenen Westen vermitteln könne. Nicht nur Liebe macht blind. Auch Hoffnung macht blind. Denn jeder in Moldawien hat schon mal von jemandem gehört, der es im Ausland geschafft hat. Dieses Muster funktionierte offenbar auch bei Irina – beziehungsweise bei Irinas Mutter, wie Tomislav bei seinen Recherchen in Chisinau herausgefunden hat.

Irina. Jetzt erinnerte sich David, wann und wo ihm der Name schon einmal begegnet war. Als er in dem Café auf dem Flughafen Zorans Prozessakten studiert hatte. Unmittelbar bevor er sich entschied, nicht zurück nach Ibiza zu fliegen. Der Name tauchte nur ein einziges Mal in den Akten auf: *Um 04.19 Uhr erschien am Tatort völlig überraschend ein Mann, der sich mit seinem Personalausweis als Zoran Jerkov ausweisen konnte, deutscher Staatsangehöriger kroatischer Abstammung, geboren 1970 im damals jugoslawischen Vukovar. Der Mann besaß einen Schlüssel zur Wohnung und versicherte, er sei der Lebensgefährte der Marie Pivonka. Wir konfrontierten ihn damit, dass Marie Pivonka tot sei. Äußerlich reagierte der Siebenundzwanzigjährige zwar gefasst und beantwortete unsere Frage, wann und wo er seine Lebensgefährtin zum letzten Mal gesehen habe. Allerdings wirkte er fortan apathisch, wie in Trance, und fragte, wo Irina sei. Zunächst vermuteten wir, dass seine Verwirrtheit durch den Schock dazu führte, den Vornamen seiner Lebensgefährtin zu verwechseln. Wir erklärten ihm, keine weitere Person in der Wohnung angetroffen zu haben.* Noch während sich David an die Akten erinnerte, fällte er sein Urteil: ein unverzeihlicher Fehler der Ermittler. Die Beamten hakten erst bei einer der späteren Vernehmungen im Präsidium nach, wer denn diese Irina sei, von der er in der Mordnacht gesprochen habe. Aber da stand Zoran bereits unter Mordverdacht und hatte das Reden eingestellt. Und im Prozess spielte der Name überhaupt keine Rolle mehr. Eine einzige Farce, sowohl die Ermittlungen als auch der Prozess. Aber Zoran hatte damals alles Erdenkliche dazu beigetragen, für zwölf Jahre in den Knast zu wandern.

Irina war 13, als ihre Mutter einen Mann kennenlernte. Zufällig, wie sie glaubte. Ein Gast in dem Restaurant, in dem sie als Kellnerin arbeitete. Der Mann, der sich ihr mit dem Vornamen Grigorii vorstellte, war höflich und charmant, er war gut gekleidet, er hatte Manieren. Grigorii machte Irinas Mutter den Hof. Er schickte ihr Blumen, machte ihr Komplimente, führte sie ins Kino aus, er über-

redete sie zum Kauf einer Waschmaschine, keine Wider-
rede, und streckte ihr großzügig das Geld vor. Das könne
sie abstottern, nach Belieben, ohne Zinsen. Es habe keine
Eile, und Geld bedeute ihm nichts, weil er genug davon
besitze als Filialleiter einer amerikanischen Computer-
firma. Grigorii war sanft, verständnisvoll, einfühlsam.
Er war ganz anders als die moldawischen Männer, denen
Irinas Mutter bisher begegnet war. Er war auch ganz anders als ihr früh verstorbener Ehemann. Grigorii gab ihr
ständig das wohlig wärmende Gefühl, eine schöne und
begehrenswerte Frau zu sein. Nie war er missgelaunt, nie
wurde er grob. Nach all den Jahren der materiellen und
seelischen Entbehrungen fühlte sie sich wie im siebten
Himmel. Ihre Tochter Irina war sehr gut in der Schule,
vor allem in Mathematik, deshalb schenkte Grigorii dem
Mädchen einen Taschenrechner mit Solarbetrieb. Eines
Abends erschien Grigorii und strahlte schon in der Tür
übers ganze Gesicht. Er hatte Champagner mitgebracht,
er öffnete die Flasche geschickt und mit großspuriger
Geste, die Irinas Mutter für weltmännisch hielt. Er hatte
sogar drei Gläser mitgebracht, langstielige aus feinem,
hauchdünnem Glas. Irina und ihre Mutter mussten sich
an den Küchentisch setzen und mit ihm anstoßen. Grigorii verkündete die gute Nachricht: Sein Neffe arbeite
bei der deutschen Filiale jener amerikanischen Compu-
terfirma in Berlin, und der Boss der Filiale suche für die
Nachmittagsbetreuung seiner Kinder ein nettes und tüch-
tiges Au-pair-Mädchen. Er sei dafür bereit, Irina außer
Unterkunft, Verpflegung und Taschengeld den Besuch einer teuren Privatschule zu bezahlen. Ein deutsches Abitur
an einer angesehenen Privatschule sei wie die Eintrittskarte in ein besseres Leben, versicherte Grigorii. Mit einem Stipendium könne Irina sogar in Deutschland studieren. Bei ihrem Talent. Irinas Mutter wusste später, als
Tomislav sie in dem schäbigen Wohnblock am Rande der
moldawischen Hauptstadt gefunden hatte, nicht mehr zu

*sagen, was eigentlich dazu geführt hatte, dass die lebens-
tüchtige und von Natur aus eher misstrauische Frau damals völlig darauf verzichtet hatte, ihr Gehirn zu gebrauchen. Eines Morgens holte Grigorii ihre Tochter ab, um
sie zum Flughafen zu fahren, zum Aeroportul Internatio-
nal Chisinau, 14 Kilometer südlich der Hauptstadt. Ein
letztes Mal umarmte sie ihre über alles geliebte Tochter,
achtete darauf, dass sich der frisch ausgestellte Reisepass
griffbereit in der Innentasche ihres nagelneuen Anoraks
befand und der kleine, abgewetzte Koffer ordentlich verschlossen war. Irina nahm auf dem Beifahrersitz des Audi
Platz und winkte, bis der Wagen hinter dem nächsten
Wohnblock verschwand. Irinas Mutter winkte zaghaft
zurück. Plötzlich schnürte ihr die Angst die Kehle zu, als
ahnte sie in diesem Augenblick, was passieren würde. Sie
sah ihre Tochter nie wieder. Und Grigorii auch nicht.*

Damit endeten Zorans handschriftliche Notizen.

David rieb sich die Augen. Schließlich studierte er die restlichen Blätter. Schlechte Fotokopien von Zeitungsausschnitten,
vor dem Vergilben und Vergessen bewahrt.

Am Dienstag, 20. Januar 1998, drei Tage nach Maries Tod
am 17. Januar, zwei Tage nach Zorans Festnahme am frühen
Sonntagmorgen, berichtete die NRZ in ihrem Duisburger Lo-
kalteil in wenigen sterilen Zeilen über den Fund einer Leiche
am Rheinufer, knapp zwei Stromkilometer oberhalb des Con-
tainer-Hafens. Der Hund eines Spaziergängers hatte die Leiche
am frühen Abend des Vortages entdeckt.

Am Mittwoch, 21. Januar, berichtete die Zeitung ausführ-
licher über den Stand der Ermittlungen und die ersten Ergebnisse der Autopsie und hielt sich dabei akribisch an das klassische Behördenvokabular. Als versuchte der Schreiber auf diese
Weise, seine Seele auf Distanz zu halten. Demnach war die Tote
weiblich, vermutlich zwischen 13 und 15 Jahre alt, 1,68 Meter
groß und 64 Kilogramm schwer. Gelocktes, kastanienfarbenes
Haar mit blond eingefärbten Strähnchen. Braune Augen. Die

Leiche war unbekleidet, das Mädchen trug keinerlei Schmuck. Der Tod trat durch äußere Gewalteinwirkung ein, vermutlich wurde sie erdrosselt. Sowohl die Autopsie als auch die Untersuchungen der Kriminaltechniker am Fundort legten den Schluss nahe, dass das Mädchen nicht am Rheinufer, sondern mindestens drei Stunden zuvor an einem anderen, einem unbekannten Ort ermordet worden war. Vermutlich wurde die Leiche im Kofferraum eines Autos zum Duisburger Hafen transportiert.

Die Beschreibung passte zu keiner vermissten Person in der bundesweiten Fahndungsdatei, also schickte man ein Fax an Interpol. Zwei Wochen später druckte die Zeitung eine Meldung, dass auch die Nachforschungen via Interpol keinerlei Hinweise auf die Identität des toten Mädchens erbracht hätten und dass die Duisburger Kripo weiterhin im Dunkeln tappe.

David schüttelte unbewusst den Kopf.

Polizeideutsch war zweifellos furchtbar.

Journalistendeutsch konnte aber ebenso furchtbar sein. Die Polizei tappt im Dunkeln. Was sollte diese von Reportern so gern verwendete Formulierung eigentlich bedeuten? Wer solche Sätze schrieb, hatte keine Ahnung von Polizeiarbeit.

David schob die beiden Seiten über den Küchentisch, damit Artur sie lesen konnte.

Die nächsten Blätter waren Fotokopien zweier Berichte der Süddeutschen Zeitung. Berichte über den Kriegsverbrecherprozess vor dem UN-Tribunal in Den Haag im Zusammenhang mit dem im November 1991 verübten Massaker in Vukovar.

Im September 2007 befanden die Richter den serbischen Oberst Mile Mrksic der Beihilfe zum Mord an mindestens 194 wehrlosen Kroaten für schuldig und verurteilten ihn zu 20 Jahren Gefängnis. Sein damaliger Untergebener Veselin Sljivancanin wurde wegen Beihilfe zur Folter zu fünf Jahren Haft verurteilt. Chefanklägerin Carla Del Ponte hatte zuvor in ihrem Plädoyer ebenso leidenschaftlich wie vergeblich lebenslange Haft gefordert. Der dritte Mann auf der Anklagebank, Miroslav Radic, wurde schließlich von den Richtern freigesprochen. Aus Mangel an Beweisen. Im Zweifel für den Angeklagten.

Ein früherer Bericht der Süddeutschen Zeitung über den Prozess beschrieb die Aussage eines Zeugen der Verteidigung: Der ehemalige serbische Major Milos Kecman, inzwischen russischer Staatsbürger und wohnhaft in Sankt Petersburg, versicherte unter Eid, die drei Angeklagten seien weder mittelbar noch unmittelbar an dem Massaker in Vukovar beteiligt gewesen, sondern hätten im Gegenteil sogar noch versucht, das Schlimmste zu verhindern und ein Ausweiten der Blutorgie auf weitere Bewohner Vukovars zu unterbinden. Chefanklägerin Carla Del Ponte gab sich im anschließenden Kreuzverhör alle Mühe, den Ex-Major an den Rand der Unglaubwürdigkeit zu drängen.

Der Name Milos Kecman war rot unterstrichen. Und an den Rand der Fotokopie hatte Zoran mit einem Kugelschreiber notiert:

Kecman! Zeuge? Wenn Gott gerecht ist: Wieso sitzt der Massenmörder Kecman nicht auf der Anklagebank?

Jeder einzelne Buchstabe war mit dem Kugelschreiber in das Papier gestanzt, jeder Buchstabe ein stummer Aufschrei der Empörung, der Wut und der Verzweiflung.

Milos Kecman.

Artur sprang auf und verließ die Küche. Draußen näherte sich das klägliche Stottern eines überforderten Kleinwagenmotors. Der Keilriemen schleifte schrill. Arturs Kundschaft hatte offenbar keine Scheu, auch sonntags aufzukreuzen. David überflog noch einmal die fotokopierten Zeitungsberichte.

Nach einigen Minuten kehrte Artur zurück, schaltete den Herd ein und setzte Wasser auf.

»Artur, sagt dir der Name Milos Kecman was?«

Artur schwieg, senkte den Kopf und löffelte mit einer Hingabe Kaffee in den Filter, als erfordere diese Tätigkeit seine gesamte Konzentrationsfähigkeit.

»Vielleicht kann ich Ihnen helfen, Herr Manthey.«

David fuhr auf dem Stuhl herum. In der Tür standen Pfarrer Tomislav Bralic und Kristina Gleisberg.

»Erinnern Sie sich noch an mich, Herr Manthey? Wir haben uns damals bei der Hochzeit Ihres Onkels kennengelernt. Sie waren extra aus Bangkok gekommen, um für Felix und Günther den Trauzeugen zu geben. Meine Güte, wie lange ist das schon her? Und als wir den armen Felix zu Grabe getragen haben, da sind Sie aus Washington gekommen...«

»Natürlich erinnere ich mich an Sie, Herr Bralic. Setzen Sie sich doch. Artur brüht gerade frischen Kaffee auf.«

»Tja. Frau Gleisberg hat mich... gebeten mitzukommen. Man wagt es nicht, ihr etwas abzuschlagen, Herr Manthey. Sie wollen also wissen, wer Milos Kecman ist. Die Frage ist rasch zu beantworten: Er ist der Teufel in Menschengestalt. Aber vielleicht sollte ich ganz von vorne anfangen und Ihnen erzählen, was in der Nacht passierte, als Marie starb.«

Am späten Abend des 16. Januar 1998 wirkte die Kölner Innenstadt wie ausgestorben. Selbst auf dem Hohenzollernring zwischen Rudolfplatz und Friesenplatz, wo man zu wärmeren Jahreszeiten auch um drei Uhr morgens in einen Stau geraten konnte. An diesem späten Abend des 16. Januar 1998 lagen die Temperaturen zwar bei sechs Grad über dem Gefrierpunkt, aber ein stürmischer Westwind peitschte unablässig den Regen durch die Straßen und vertrieb alles Leben.

Auf abgefahrenen Sommerreifen schlingerte der schwarze Porsche 911 Targa über den nassen, spiegelnden Asphalt. Zoran wusste, dass er viel zu schnell fuhr, aber er wollte den Job so schnell wie möglich hinter sich bringen und pünktlich um Mitternacht zurück sein, bei Marie, und zusehen, wie sie die Schleife aufzog, die er um das Geburtstagsgeschenk gebunden hatte, wie sie behutsam daran zog, mit ihren schmalen Händen, als hätte er die Schachtel mit Dynamit gefüllt, er wollte die Überraschung in ihrem schönen Gesicht lesen, wenn sie die mit Samt gefütterte Schachtel öffnete, er würde ihr beim Anlegen der kostbaren Halskette behilflich sein, und später ihre engelsgleiche Gestalt im Schein des Kerzenlichts betrachten, wenn sie nichts trug als diese Kette, und seinen Kopf in ihren warmen Schoß betten, während der Regen gegen die beschlagenen Scheibe des Schlafzimmerfensters trommelte.

Zoran sah auf die Uhr. Viertel nach zehn.

Kurz vor zehn hatte Maries Telefon geklingelt. Sie saßen beim Abendessen. Marie hatte Zander gegrillt, und Zoran hatte bereits das dritte Glas Pinot Grigio getrunken. Marie ließ es eine Weile klingeln. Aber das Telefon gab nicht auf.

Eliska.

Ist Zoran zufällig bei dir?
Ja. Zufällig.
Warum hat er sein blödes Handy ausgeschaltet?
Weil er heute Abend seine Ruhe haben will. Wir feiern nämlich ein bisschen in meinen Geburtstag hinein.
Du hast Geburtstag?
Ja. Wie jedes Jahr am 17. Januar. Könntest du dir eigentlich gut merken, Eliska: Der Tag, an dem wir aus Teblice türmten.
Tschuldigung. Ich schau morgen mal bei dir vorbei, ja?
Gegen Mittag. Hör mal, Zoran muss mir helfen, Marie. Morgen ist er den ganzen Tag unterwegs...
Nein, nicht morgen. Jetzt!
Jetzt? Weißt du eigentlich, wie spät es...
Jetzt! Es ist dringend. Sonst würde ich wohl nicht anrufen. Ich kriege einen Scheißärger, wenn mir Zoran nicht...

Zoran hätte Eliska den Scheißärger nur zu gern gegönnt. Aber er konnte Marie nun mal nichts abschlagen. Und Marie konnte nun mal dieser Schlange Eliska nichts abschlagen.

So nahmen die Dinge ihren Lauf.

Eliska hatte Marie am Telefon die Adresse diktiert, und Marie hatte alles sorgfältig aufgeschrieben. Lohmar-Scheid, ein von den Wäldern des Naturparks Bergisches Land umgebenes Kaff knapp 20 Kilometer südöstlich von Köln. Über die A3 kein Problem, nicht um diese Uhrzeit, nicht zu dieser Jahreszeit.

Der Porsche glitt über die dreispurige Autobahn, die Tachonadel kam erst bei 230 zur Ruhe.

Eliska hatte ein neues und offenbar lukratives Geschäftsfeld entdeckt: Sie veranstaltete All-inclusive-Swingerpartys für vom Leben gelangweilte, besserverdienende Paare. Die Gäste des heutigen Abends schienen besonders gut zu verdienen, denn sie verlangten auf die Schnelle eine Runde Koks für alle. Zum Abbau letzter Hemmungen. Eliska habe am Telefon eigenartig hysterisch geklungen, versicherte Marie. Offenbar duldeten Eliskas Gäste keinen Widerspruch.

Zoran verließ die Autobahn. In den engen Kurven der Landstraße verlor sich der Lichtkegel der Scheinwerfer in dichtem Wald. Ein schnelles Geschäft. Kein Problem. Er würde rechtzeitig zurück in Köln sein, soviel war sicher.

Schneeregen. Vorsicht. Hier oben war es einige Grade kälter als in Köln. Die Scheibenwischer mühten sich ab. Fast hätte er sich verfahren, aber Zoran bemerkte seinen Irrtum noch rechtzeitig, wendete mitten auf der verlassenen Landstraße und machte kehrt, um nach 150 Metern in einen schmalen, aber immerhin asphaltierten Waldweg abzubiegen.

Der Weg endete mitten im Wald vor einer dreistöckigen Villa aus der Gründerzeit. Fast alle Fenster waren erleuchtet. Das Rondell vor der Freitreppe zum Hauseingang war zugeparkt. Kreuz und quer standen dort Limousinen deutscher Fabrikation. Mercedes, BMW, Audi, in Schwarz, Anthrazit und Nachtblau, ein Dutzend vielleicht. Dazwischen, wie ein Fremdkörper, der Freitreppe am nächsten, ein gelber Ferrari.

Zoran öffnete das Handschuhfach. Das verschweißte Päckchen mit dem weißen Pulver steckte er in die rechte Manteltasche, den Revolver in die linke Tasche. Er verzichtete darauf, den Wagen abzuschließen, und ließ den Zündschlüssel stecken.

In diesem Augenblick donnerte eine Boeing 767-300 über ihn hinweg. Erschrocken schaute Zoran nach oben. Fast schien es aus dieser Perspektive so, als würde die Cargo-Maschine die obersten Baumwipfel streifen.

Zoran schlug den Mantelkragen hoch und zog die Schultern ein, um sich vor dem Sturm und vor dem infernalischen Lärm zu schützen. Der Regen fühlte sich an, als bohrten sich eiskalte Nadeln in seine Haut. Zoran kniff die Augen zusammen. Er hatte die unterste Stufe der steinernen Treppe erreicht, als die weiß lackierte Haustür geöffnet wurde.

Der Mann war um die zwei Meter groß. Der zweireihige dunkle Anzug spannte um den Brustkorb und um die mächtigen Schultern. Zoran war solche Empfangskomitees gewöhnt. Aber etwas anderes irritierte ihn, etwas, das er zunächst irrtümlich der grellen, durch einen Bewegungsmelder ausgelösten Beleuchtung über dem Portal zugeordnet hatte: Das dichte, streng zurückgekämmte Haar des Riesen war ebenso schneeweiß wie dessen Augenbrauen und Wimpern. Die teigige Gesichtshaut schien selten der Sonne ausgesetzt zu sein, und die Augenpartie war stark gerötet, so als hätten diese Augen stundenlang, tagelang auf einen Computer-Bildschirm gestarrt. Der Riese winkte ihn heran. Das Gesicht war völlig ausdruckslos, die Gestik aber unmissverständlich: Arme heben und Beine spreizen.

»Finger weg. Sonst verschwinde ich auf der Stelle. Und zwar mit der Ware. Bist du derjenige, der bestellt hat? Nein, natürlich nicht. Also? Was ist? Wie lange willst du mich noch hier draußen im Regen stehen lassen? Wo ist Eliska?«

Zoran begriff, dass der Riese allenfalls das letzte Wort verstanden hatte. Also zeigte Zoran ihm kurz das Päckchen mit dem weißen Puder, schob es wieder zurück in die Manteltasche und grinste ihn herausfordernd an. Der Riese verwendete noch einen Moment darauf, sich Zorans Gesicht für alle Zeiten einzuprägen. Dann ließ er ihn passieren und schloss die Tür von außen.

Die Empfangshalle war deutlich größer als Zorans gesamte Wohnung. Geradeaus führte eine breite Treppe hinauf in den ersten Stock, links und rechts stand je eine mächtige Flügeltür weit offen. Die Nähte der Tapete aus bordeauxrotem Samt bogen sich an manchen Stellen wie die Haut einer im kochenden Wasser aufgeplatzten Bockwurst. Die goldenen Rahmen der Gemälde an den Wänden waren von einer dicken Staubschicht überzogen, die Biedermeiermöbel wirkten reichlich abgenutzt. Das Haus hatte offenbar die besten Tage hinter sich. Lange bevor sich der Konrad-Adenauer-Airport zum zweitgrößten Frachtflughafen der Republik gemausert hatte, dank des fehlenden Nachtflugverbots. An geruhsamen Schlaf war hier, mitten in der Einflugschneise der nur vier Kilometer entfernten Querwindbahn, beim besten Willen nicht zu denken. Hier wohnte schon lange niemand mehr, so viel war sicher. Die Villa stand leer, wenn Eliska nicht gerade ihre nächtlichen Partys veranstaltete.

»Wo ist das Zeug?«

Eliska erschien in der linken Tür. Sie trug ein schwarzes, hautenges, streng geschnittenes, bis hinauf zu ihrem schönen, schlanken Hals geschlossenes Abendkleid, dessen Saum fast bis zu ihren Knöcheln reichte. Die Königin der Nacht baute sich vor ihm auf und streckte die Hand aus. Das gute Dutzend goldener Armreife klimperte nervös. Zoran griff in seine Manteltasche und gab ihr, wonach sie verlangte.

»Der Gastgeber will es prüfen, bevor er kauft. Ich gehe damit mal kurz zu ihm in die Küche. Okay?«

Sie drehte sich auf dem Absatz um und verschwand durch die linke Tür. Zoran sah auf die Uhr.

Aus der rechten Tür drang kehliges Männerlachen im Chor. Neugier und Langeweile ließen Zoran dem Geräusch folgen. Nach wenigen Schritten blieb er wie angewurzelt im Durchgang zum Salon stehen. Zoran brauchte eine Weile, bis sein Gehirn hinreichend verarbeitet hatte, was seine Augen sahen.

Die Biedermeiermöbel, die zwangsläufig zu solch einem Haus gehörten und die er deshalb unbewusst erwartet hatte, waren verschwunden, seit wann auch immer. Links und rechts waren entlang der Seitenwände schwarze, zweisitzige Ledersofas aufgereiht, dazwischen standen Tischchen zum Abstellen der

Gläser. Die Mitte des Raumes dominierte ein kreisrundes Bett, gut drei Meter im Durchmesser. Die Matratze war mit einem schwarz glänzenden Laken bespannt. Rund um das Bett waren Stehtische postiert, wie bei einem Sektempfang.

Die Männer, ein Dutzend vielleicht, waren um die sechzig, einige etwas jünger, andere deutlich älter. Manche trugen noch ihre Anzüge, in denselben gedeckten Farben wie ihre Autos vor dem Haus. Andere trugen nur noch ihre Altherrenunterwäsche und ihre schwarzen Socken und dazu eine grenzenlose Selbstgefälligkeit zur Schau. Sie zeigten ungeniert ihre aufgeblähten Bäuche und faltigen Ärsche, ihre behaarten Rücken, ihre untrainierten, käsigen Beine und dürren Ärmchen, als wären sie in der Männerumkleide ihres Tennisclubs ganz unter sich.

Die Frauen, die sich in der Mitte des Raumes drängten wie eine verängstigte, in die Enge getriebene Schafherde, waren allesamt weit unter dreißig. Sie trugen ohne Ausnahme das Gleiche: mit Nieten besetzte Lederhalsbänder, an deren Karabinerhaken lederne Hundeleinen befestigt waren.

Sonst trugen sie nichts.

Seine Augen alarmierten seine Gehirnzellen. Zoran hatte zwar keine Universität und nur selten die Schule besucht, aber zeit seines Lebens die Menschen studiert. Auf den nächtlichen Straßen Kölns und schließlich im Krieg hatte er in diesem Studienfach summa cum laude abgeschlossen. Niemand machte ihm da etwas vor. Und deshalb registrierte er binnen Sekunden: Das hier war keine gewöhnliche Swinger-Party. Das hier war auch keine gewöhnliche SM-Party, die erst allmählich auf Touren kam, der nur noch der biochemische Kick fehlte, den Zorans Kokain nun besorgen sollte. Damit die Peitschen und Reitgerten und Handschellen und Stricke, die rundherum an Haken aufgehängt waren, endlich zum Einsatz kommen konnten. Zoran Jerkov sah die sprachlosen Lippen und die angstvoll geweiteten Augen und zitternden Hände, die vergeblich Brüste und Scham zu bedecken suchten, und er wusste schlagartig: Keine einzige dieser Frauen war freiwillig hier, um sich im Laufe der Nacht erniedrigen, demütigen, quälen zu lassen.

Der Raum stank vor Angst und Niedertracht.

Zoran ließ den Blick durch den Raum schweifen. Die Männer starrten zunächst belustigt und ohne eine Spur von Verlegenheit zurück, ordneten Zoran schließlich dem Personal der Villa zu und beachteten ihn nicht weiter. Der Anblick des kleinen, stämmigen Mannes in dem schäbigen Mantel langweilte sie.

»Carsten! Was denn nun? Worauf wartest du noch? Schau nur, die Kleine kann es kaum erwarten. Schau nur, wie sie zappelt. Auf jetzt, Carsten! Das wolltest du doch.«

»Cornelsen! Wir wollen was zu sehen kriegen. Action.«

»Cornelsen! Auf zur Ent-jung-fe-rung!«

Schallendes Gelächter. »Ent-jung-fe-rung.« Sie klatschten im Takt. »Cars-ten-Cor-nel-sen«. Der Mann, den sie anfeuerten, war etwas jünger als alle anderen. Er hob beschwichtigend die Hände, eher gerührt als verlegen, erhob sich schwerfällig von der Couch und entledigte sich umständlich seiner Unterwäsche. Zu viel Alkohol. Der Mann namens Carsten Cornelsen schwankte zur gegenüberliegenden Kopfseite des Raumes.

Erst jetzt bemerkte Zoran den Gynäkologen-Stuhl, den der Mann ansteuerte. Und das Zappeln. Auf dem Stuhl lag eine gefesselte und geknebelte Frau. Eine Frau? Zoran trat näher, zwei Schritte, drei Schritte. Eine Frau? Ein Kind! Zoran umkurvte das kreisrunde Bett. Das Mädchen riss verzweifelt, mit aller Kraft, aber vergebens an den Ledermanschetten, die ihre Handgelenke und Fußknöchel fixierten. Mit gespreizten Beinen lag sie da, hilflos ausgeliefert. Die Männer johlten und schlugen sich auf die Schenkel. Zoran stolperte über ausgestreckte Beine, rappelte sich wieder auf und stolperte weiter. Cornelsen beugte sich über das Mädchen, das am ganzen Körper zitterte. Zoran packte ihn an den Haaren, zerrte ihn zurück. Cornelsen drehte sich um, Erstaunen und Wut im Gesicht. Zoran rammte seine Stirn gegen Cornelsens Nase und sein Knie zwischen Cornelsens Beine, der Mann sackte zusammen, und als er am Boden lag, trat ihm Zoran mit aller Kraft in die Nieren. Dann band er das Mädchen los, löste den Knebel, sie spuckte und rang nach

Luft, er half ihr aus dem Stuhl, sie schwankte, er hielt sie fest, lehnte sie gegen seine Brust, zog seinen Mantel aus und legte ihn ihr um die Schultern. Er führte sie aus dem Raum, vorsichtig, Schritt für Schritt. Niemand wagte es, ihn aufzuhalten. Niemand wagte es, sich auch nur zu rühren.

Mitten in der Empfangshalle stand der Riese. Breitbeinig. Bereit zum Angriff. Mit bloßen Händen. Die genügten. Eliska stürzte aus der Küche. Entsetzen und Wut im Blick.

»Zoran! Was ist in dich gefahren? Bist du verrückt?«

Ja, Zoran war verrückt. Vollkommen verrückt. Zoran griff in die linke Außentasche des Mantels, den jetzt das Mädchen trug, und zog den Revolver heraus. Der kurze Lauf war nichts für große Entfernungen. Aber der Riese stand keine drei Meter entfernt. Sechs Patronen in der Trommel. Eine würde reichen. Da tauchte in der Tür zur Küche ein weiterer Mann auf. Perfekt sitzender Anzug. Teure Krawatte, teure Schuhe, teurer Friseur. Der Gastgeber. Schmale Lippen. Kalte Augen. Eiskalt. Zoran kannte diese Augen. Auch ohne die Uniform des Majors der serbischen Armee erkannte Zoran Jerkov den Mann in der Küchentür auf der Stelle wieder. Kein Zweifel: der Schlächter von Vukovar. Der Mann, der mit einem breiten Grinsen die Pistole aus dem Halfter gezogen hatte, dem kroatischen Mädchen an den Kopf gedrückt hatte, Lüsternheit im Blick, als er den Zeigefinger krümmte...

Zoran hob den Revolver und atmete aus. Seine Hand war völlig ruhig. Kimme, Korn, die Stirn des namenlosen Mörders im Visier. Zeigefinger am Druckpunkt. Gut fünf Meter.

In diesem Augenblick stürzte der Riese los, auf Zoran zu.

Zoran wirbelte herum und drückte ab.

Die Kugel traf den Riesen in der Schulter.

Zoran zielte wieder auf die Küchentür.

Doch der serbische Major war verschwunden.

Zoran dachte den Bruchteil einer Sekunde daran, ihm in die Küche zu folgen. Ein für alle mal...

Dann müsste er das zitternde Mädchen so lange alleine lassen. Alleine mit dem Riesen, der nur angeschossen war, auf dem

Fußboden kniete und seine rechte Pranke auf das blutgetränkte Loch in seiner linken Schulter presste.

Und mit Eliska, der Schlange.

Alle erschießen. Jetzt gleich. Zuerst den Riesen. Dann Eliska. Und dann, in der Küche...

Stattdessen riss Zoran die Haustür auf, steckte den Revolver in den Hosenbund, wickelte das am ganzen Körper zitternde Mädchen in den Mantel, trug es durch den Schneeregen und durch das Labyrinth der Limousinen zum Porsche.

Der Wagen sprang sofort an. Der Motor heulte auf. Zoran ließ die Kupplung fliegen.

Er konzentrierte sich aufs Fahren.

Erst als er die Autobahn erreicht hatte, fragte er:

»Wie heißt du?«

Das immer noch zitternde Mädchen blickte ihn erstaunt an. Sie verstand kein Wort.

Zoran tippte sich auf die Brust.

»Zoran! Ich heiße... Zoran.«

Dann streckte er seinen Zeigefinger dem Mädchen entgegen.

»Wie... heißt... du?«

Das Mädchen öffnete die Lippen, zögerte aber, unsicher, ob es seine Geste richtig gedeutet hatte.

Zoran wiederholte die Prozedur, während er den Porsche mit der linken Hand über die mittlere Spur der verlassenen A3 steuerte.

»Zoran! Ich bin Zoran. Und wie heißt du?«

»Irina«, flüsterte das Mädchen.

»Irina! Was für ein schöner Name. Irina! Woher kommst du, Irina? Sag mir, aus welchem Land du kommst.«

Das Mädchen namens Irina lächelte verlegen und zuckte mit den Schultern, um ihm zu signalisieren, dass sie leider schon wieder kein Wort verstanden habe.

Zoran tippte sich erneut auf die Brust.

»Zoran... Kroatien! English? Do you speak English? Zoran is from Croatia. And you? Where do you come from?«

»Moldova«, entgegnete das Mädchen namens Irina.

»Aaaahhh. Moldawien.« Zoran hatte nicht die geringste Ahnung, wo Moldawien lag. Irgendwo in Osteuropa jedenfalls.

»Da fließt wahrscheinlich die Moldau. Stimmt's?«

»Moldova«, wiederholte das Mädchen.

Den Rest der Fahrt nach Köln schwiegen sie. Das Zittern neben ihm hatte aufgehört. Zoran schaltete das Radio ein und suchte den Polizeifunk, den Artur installiert hatte. Nach dem Verlassen der Autobahn hielt er sich in der Stadt strikt an die Tempolimits und alle anderen Verkehrsregeln. Er ließ den Rückspiegel und den Außenspiegel keine Sekunde aus den Augen.

Tomislav Bralic hielt inne und schaute von einem zum anderen.

»Das war's. So hat es sich zugetragen. So hat es mir Zoran geschildert in jener Nacht, als er überraschend bei mir aufgetaucht war, bevor er wenig später verhaftet wurde.«

Artur hatte die Hände auf der Tischplatte verschränkt und starrte mit versteinerter Miene auf seine Fingerknöchel. Kristina machte sich immer noch Notizen. Der Bleistift kratzte hektisch über das Papier. David hielt dem Blick des Pfarrers stand:

»Ich nehme an, er brachte das Mädchen zu Marie.«

»So ist es, Herr Manthey. Er brachte Irina zu Marie. Wohin auch sonst? Er hatte keine Freunde mehr in der Stadt, seit er aus dem Krieg heimgekehrt war. Richtige Freunde, verstehen Sie? Dann fuhr er zu seiner Wohnung, um die Kokainvorräte, die er dort lagerte, verschwinden zu lassen. Er brachte alles zu mir, das Kokain, kiloweise, in Umzugskartons, außerdem den Revolver, den er mit in der Villa hatte, ferner zwei Pistolen und drei Kartons mit Munition. Aber ich weigerte mich, das Zeug für ihn zu deponieren. Ich bewahre in meiner Wohnung keine Sachen auf, die dazu dienen, Menschen zu schaden. Da macht mein Gewissen nicht mit. Ich erklärte es ihm, und er begriff das sofort. Er wusste, dass ich kein Angsthase bin, dass dies nicht der Grund war, ihm die Hilfe zu verweigern. Also brachte er die Sachen in ein Versteck, wie er sich ausdrückte, ein sicheres Versteck, und kehrte etwa eine halbe Stunde später zurück. Dann erzählte er mir alles.«

»Von seinem Besuch in der Villa ...«

»Ja. Von diesen schrecklichen ... Vorkommnissen. Von seiner überraschenden Begegnung mit Milos Kecman. Den Namen wusste er da noch gar nicht ... bis er Jahre später, im Gefängnis, zufällig den Zeitungsbericht über das UN-Tribunal in Den Haag las. Da war dieses Foto abgedruckt, auf dem der Zeuge Milos Kecman zu sehen war, wie er als freier Mann den Gerichtssaal verließ. Und Zoran erzählte mir von einem der Gäste in der Villa, diesem Carsten Cornelsen. Den sah er ebenfalls erst Jahre später, im Fernsehen, denn inzwischen ist der Mann ein sehr bekannter Moderator mit einer eigenen Show. Die Carsten-Cornelsen-Show. Da gibt er eine Mischung aus Pfarrer und Psychologe, dass einem speiübel wird. Bringt die Leute erst zum Heulen und tröstet sie dann scheinheilig. Und Zoran erzählte von den jungen Frauen in der Villa und von der Angst und dem Entsetzen in ihren Augen. Und von Irina aus Moldawien. Er fragte mich in der Nacht, ob ich vielleicht eine Einrichtung kenne, wo Irina gut aufgehoben sei und wo man keine lästigen Fragen stellen würde, ein Heim vielleicht, nur vorübergehend, bis er einen Dolmetscher gefunden und die Herkunft des Mädchens geklärt habe. Ich war zuversichtlich und versprach ihm, mich gleich am nächsten Morgen darum zu kümmern. Aber das war ja dann nicht mehr ...«

Tomislav Bralic schluckte. Ihm versagte die Stimme. David half ihm, indem er das Thema wechselte:

»Wenn es Zoran so wichtig war, das Kokain aus seiner Wohnung zu schaffen, hatte er also damit gerechnet, dass ...«

Tomislav Bralic nickte heftig.

»Ja, Herr Manthey. Er rechnete damit, dass man ihm etwas anhängen könnte, um ihn aus dem Verkehr zu ziehen. Ein anonymer Anruf bei der Polizei hätte genügt. Eine kleine Razzia der Drogenfahnder in seiner Wohnung. Er war ja kein unbeschriebenes Blatt für die Polizei. Und er rechnete fest damit, dass Eliska gegenüber Kecman auspacken würde, seinen Namen und seine Adresse preisgeben würde... freiwillig oder unfreiwillig, wie auch immer. Kein Problem für Kecman, mit Gewalt alles aus ihr herauszuquetschen, was er wissen wollte. Gott sei ihrer Seele gnädig. Ich habe es heute im Radio gehört...«

»Aber Zoran rechnete offenbar in dieser Nacht nicht damit, dass Eliska gegenüber Kecman auch noch Marie erwähnen würde, deren Adresse nennen würde...«

»Richtig, Frau Gleisberg, so weit hatte Zoran nicht gedacht. Und das wird er sich niemals im Leben verzeihen. Während er hier saß, völlig aufgelöst, und mir von der unerwarteten Begegnung mit dem Schlächter von Vukovar berichtete, wurde seine geliebte Marie ermordet, nur um ihm einen Mord anhängen zu können, und die kleine Irina, die er erst kurz zuvor aus Kecmans Klauen gerettet hatte, wurde entführt und als lästige Zeugin wenig später ermordet. Zoran fühlt sich bis heute schuldig...«

»...und deshalb will er jetzt Rache üben. An Kecman. Der ihm alles genommen hat. Seine große Liebe. Außerdem zwölf Jahre seines Lebens. Herr Bralic, ich begreife nur nicht, warum Zoran damals im Prozess geschwiegen hat. Und warum er auch Ihnen verboten hatte, den Mund aufzumachen.«

»Ich weiß es nicht, Frau Gleisberg. Das ist die Wahrheit: Ich weiß es bis heute nicht. Es hatte etwas damit zu tun, dass gleich nach seiner Festnahme Kecmans Anwalt auftauchte und erklärte, Zorans Verteidigung zu übernehmen. Von diesem Moment an, als Waldorf ihn unter vier Augen in der Arrestzelle des Präsidiums gesprochen hatte, war Zoran wie verwandelt.«

»Sie reden doch nicht von Heinz Waldorf, oder? Heinz Waldorf war Kecmans Anwalt?«

»O ja. Und mehr als das, Frau Gleisberg. Waldorf war Kecmans juristischer Berater in fast allen geschäftlichen Angelegenheiten. Und sein williger Strohmann. Kaum hatte Waldorf mit Zoran gesprochen, bat Zoran um einen Priester. Als sein

Beichtvater hatte ich fortan uneingeschränkt Zugang, auch später, nach der Verurteilung. Zoran nahm mir das heilige Versprechen ab, nichts zu sagen, was zu seiner Entlastung beitragen könnte. Ich entgegnete, die Schweigepflicht des Priesters beziehe sich lediglich auf die Beichte. Er lächelte und sagte: Irrtum, Tomislav, schau im Strafgesetzbuch nach. Die Schweigepflicht betrifft jede Information, die dir während der Ausübung deiner seelsorgerischen Tätigkeit zugetragen wird. Er habe seine Gründe, sagte er, wichtige Gründe, aber er wolle nicht noch mehr Menschen zu Mitwissern machen und so in Gefahr bringen. Er wirkte sehr angespannt und müde, als wäre er binnen weniger Stunden um Jahre gealtert, und er wurde wütend, als ich den Versuch unternahm, ihn von seinem Vorhaben abzubringen. Ich werde nicht darüber diskutieren, Tomislav, sagte er. Ich erinnere dich an deine Schweigepflicht.«

Artur erhob sich und verließ wortlos die Küche.

»Kecman hatte also etwas gegen ihn in der Hand«, sagte David mehr zu sich selbst. »Die Konsequenzen, die sie ihm androhten, falls er das vereinbarte Schweigen brechen sollte, müssen noch stärker gewesen sein als sein unbändiger Freiheitsdrang. Was bringt ausgerechnet Zoran dazu, eine lebenslange Haftstrafe in Kauf zu nehmen? Zoran hatte nie Angst um sein eigenes Leben.«

»Aber vielleicht hatte er Angst um das Leben anderer«, wandte Kristina ein. »Vielleicht wurde ein Mensch, der ihm sehr nahestand, von Kecman mit dem Tod bedroht. Vielleicht besaß Kecman ein menschliches Faustpfand.«

»Das könnten dann ja wohl nur Zorans Geschwister sein. Maja und Branko. Denn die Eltern waren da schon beide tot. Allerdings passt da was nicht zusammen, Kristina.«

»Und was?«

»Offenbar hat das Mittel der Erpressung nach zwölf Jahren urplötzlich seine Macht über Zoran verloren. Sonst hätte er nicht die Journalistin Kristina Gleisberg und den Pfarrer Tomislav Bralic ins Spiel gebracht, um seine Unschuld beweisen zu können. Also scheiden Maja oder Branko aus.«

Kristina und Bralic nickten. Eine Weile saßen sie schweigend da und hingen ihren Gedanken nach.

»Als Priester stehen mir kriminelle Gedankenspiele vielleicht nicht gut zu Gesicht, aber ... wenn das ursprüngliche Mittel der Erpressung wirkungslos geworden war: Warum hat sich Kecman nicht schnell eine neue Erpressung ausgedacht, indem er Zorans Geschwister bedrohte?«

Das Kreischen einer elektrischen Säge drang aus der Werkstatt in die Küche und ging Kristina durch Mark und Bein. Um sich besser konzentrieren zu können, dachte sie laut weiter:

»Ein Schachspiel. Ich kann mir nicht helfen, aber das Ganze erinnert mich an ein perfides Schachspiel. Die Gegner: Zoran Jerkov und Milos Kecman. Zoran hat übrigens viel Schach gespielt im Gefängnis. Das weiß ich von Dr. Gründel, dem Rheinbacher JVA-Psychiater. Ein Schachspieler versucht immer, durch einen geschickten Zug die aktive Rolle zu übernehmen, einen Schritt voraus zu sein, so dass der Gegner nur noch ohnmächtig reagieren statt clever agieren kann. Milos Kecman lässt Zorans Geliebte ermorden und verurteilt ihn auch noch zum Stillschweigen ... auf welche Weise auch immer. Zoran ist zunächst hoffnungslos im Hintertreffen. Aber im Knast hat er viel Zeit zum Nachdenken. Und zum Recherchieren. Nach zwölf Jahren wird plötzlich und vermutlich auch für ihn überraschend das Mittel der Erpressung stumpf. Aber Zoran prescht nicht einfach los, nein, er plant die nächsten Züge sorgfältig, bevor er den Knast verlässt.«

»Und wir alle sind seine Schachfiguren.«

»Nicht nur wir. Auch die Polizei und die Medien. Zorans entscheidende Frage lautete: Wie holt er zum entscheidenden Schlag aus, ohne dass Kecman rechtzeitig eine neue Erpressung improvisieren kann? Auch deshalb hat Zoran dieses telegene Medienspektakel vor dem Gefängnistor inszeniert, inklusive des Racheschwurs und der spektakulären Flucht per Motorrad. Denn nun ist die Meute heiß, die Fotografen und Kamerateams belagern rund um die Uhr die Familie Jerkov, und garantiert observiert auch die Polizei die Geschwister diskret, in der Hoffnung, Zoran lässt sich irgendwann bei ihnen blicken. Dass Branko und Maja in den vergangenen zwölf Jahren keine Gelegenheit ausließen, um sich öffentlich von Zoran zu distanzieren, war ebenfalls ein fein abgestimmtes Spiel der Geschwister Jerkov zum Schutz der Familie. Da gehe ich jede Wette ein, David.«

»Schach. Weiß gegen Schwarz. Das Gute gegen das Böse. Zoran in einer völlig neuen Rolle. Aber da hat sich Zoran schon wieder verkalkuliert. Denn Kecman lässt Waldorf und Eliska als lästige, gefährliche Mitwisser ermorden und bringt Zoran damit erneut in die Bredouille: Denn jetzt jagen die Polizei und die Medien Zoran als Mordverdächtigen.«

»Wenn ich dazu etwas sagen darf…« Tomislav Bralic hob den Finger, zaghaft wie ein Schuljunge. »Ich glaube, Zoran ist dieser Rummel nur recht. Er will Öffentlichkeit um jeden Preis. Er macht auf mich den Eindruck, als hätte er nichts mehr zu verlieren, als hätte er mit seinem eigenen Leben längst abgeschlossen. Er ist bereit, jedes Risiko einzugehen. Denn sein einziges Lebensziel ist seine Rache, die er Gerechtigkeit nennt.«

Kristina klopfte mit ihrem Kugelschreiber gegen die Kaffeetasse und räusperte sich. »Moment mal. Offenbar weiß ich nicht alles, was ihr wisst. Wer ist denn dieser Kecman überhaupt? Kann mich mal jemand aufklären?«

»Der Teufel in Gestalt eines Chamäleons.« Bralic stieß einen tiefen Seufzer aus. »Im Bürgerkrieg war er Major der serbischen Armee. Der Schlächter von Vukovar. In Zorans Heimatstadt war er für den Mord an 200 Kroaten verantwortlich, wurde dafür aber nie zur Rechenschaft gezogen. Zoran wurde zufällig Zeuge dieses Massenmords, aber das weiß Milos Kecman vermutlich nicht. Nach dem Bürgerkrieg wurde Kecman ein erfolgreicher Geschäftsmann. Seine Ware: Menschen. Ein moderner Sklavenhändler. Osteuropäische Zwangsprostituierte für den westeuropäischen Markt. Inzwischen hat er sich die russische Staatsangehörigkeit zugelegt sowie einen russischen Diplomatenpass besorgt, der ihm strafrechtliche Immunität im Ausland verschafft. Und angeblich macht er jetzt andere Geschäfte. Geldwäsche für eine Firma in Sankt Petersburg. Aber ich vermute, im Hintergrund hat er immer noch die Finger im Menschenhandel. Denn das Geschäft ist einfach zu lukrativ.«

David schob Kristina den Papierstapel zu.

»Lies das. Dann verstehst du.«

»Was ist das?«

»Zorans Hinterlassenschaft aus dem Seesack. Was war eigentlich Ihre Rolle in den letzten zwölf Jahren, Herr Bralic?«

»Wie meinen Sie das, Herr Manthey?«

»Wenn man Zorans Bericht liest, hat man den Eindruck, Sie haben ihm während seiner Zeit in der Gefängniszelle die Arme und Beine ersetzt. Sie sind für ihn nach Moldawien gereist, sie haben in Osteuropa und auf dem Balkan recherchiert. Flugkosten, Übernachtungskosten, vermutlich auch Bestechungsgelder, nicht zu knapp … wer hat das alles bezahlt, Herr Bralic?«

»Zum Teil ich selbst, zum Teil ein anonymer Finanzier.«

»Aha. Ein anonymer Finanzier. Der hat sicher einen monatlichen Dauerauftrag auf ihr Girokonto eingerichtet.«

»Nein, natürlich nicht, Herr Manthey. Manchmal lag ein Umschlag mit Bargeld in meinem Briefkasten. Ich habe keine Ahnung, von wem das Geld kam.«

»Verstehe. Entschuldigen Sie mich einen Augenblick? Ich will mal kurz nach Artur sehen.«

Die frische Abendluft tat gut. David sog sie tief in seine Lunge, während er den Himmel über dem Worringer Industrierevier betrachtete. Ein Dutzend Sterne waren zu sehen, vielleicht auch zwei Dutzend, bei gutem Willen und guten Augen. In Köln wurde es nie richtig dunkel, und außerdem war der Himmel über dem Rheinland selbst im Hochsommer nur selten klar.

Auf Formentera waren jetzt sicher Abermillionen Sterne zu

sehen. Ob Günther dort alleine zurechtkam? Seit dem Tod von Onkel Felix war er nicht mehr auf Formentera gewesen. Zu viele Erinnerungen. Außerdem war Günther eine echte Großstadtpflanze. David sehnte sich nach seiner kleinen, friedlichen Insel im Mittelmeer. Und nach Günther, der besten Ersatzmutter, die ein Kind finden konnte. Und nach Felix, dem toten Felix, dem besten Ersatzvater der Welt. Plötzlich sehnte er sich auch nach Zoran, nach dem sechzehnjährigen Zoran, sehnte sich nach den stundenlangen Gesprächen auf dem Dach der Fabrikruine im Stavenhof, auf dem Dach der Welt, Schulter an Schulter, unzertrennlich, die warme, von der Sonne aufgeladene Ziegelwand des abgebrochenen Schornsteins im Rücken, das Leben vor sich. Und er sehnte sich nach Maja, der wundervollen Maja, die ihn verlassen hatte, nur weil Zoran es so wollte.

Alle hatten immer das getan, was Zoran wollte.

David betrat die Werkstatt.

Artur lackierte einen Kotflügel.

David sah geistesabwesend zu, wie der Sprühnebel das Stück Blech in ein nachtblaues Prachtstück verwandelte.

Als Artur zufrieden war, schaltete er den Generator aus und zog sich die Maske vom Gesicht.

»Ein Austin?«

»Nicht ganz, David. Aber nah dran. Der Kotflügel gehört zu einem MG. Da gibt es so einen Verrückten mit reichlich Kohle in Leverkusen, der überall in der Welt schrottreife britische Oldtimer einsammelt und dann zu mir bringt.«

»Fährst du eigentlich noch Motorrad?«

»Ja. Ab und zu.«

»Welche Maschine?«

»Eine Triumph Tiger 955i. Sie steht nebenan in der Halle. Die Maschine, mit der ich Zoran vom Knast abgeholt habe. Das wolltest du doch wissen, oder?«

»Ja. Und das sichere Versteck, von dem Tomislav Bralic eben sprach, das war vermutlich…«

»…hier, auf meinem Schrottplatz, ja.«

»Und die gelegentlichen anonymen Zuwendungen für Bralics strapazierte Reisekasse …«

»Zoran hatte mir erklärt, wo ich den Koks verkaufen sollte und was ich mit dem Geld tun sollte. Tomislav hat bis heute keine Ahnung, woher das Geld stammt. Er hätte nämlich kein Drogengeld genommen. Ich habe Zoran einmal im Monat im Knast besucht, jeden ersten Donnerstag im Monat, und da hat er mir dann seine neuen Anweisungen gegeben.«

»Anweisungen. Wie damals.«

»Ja, David. Wie damals. Als ich ihn mit dem Motorrad abgeholt habe, da hat er die erste Nacht hier geschlafen, in der Mansarde, auf der Matratze, auf der du vergangene Nacht geschlafen hast. Am nächsten Morgen musste ich ihn um fünf Uhr in der Frühe wecken. Wir haben zusammen gefrühstückt, ich habe ihm das restliche Geld gegeben, die Waffen, die Munition, das Auto, das ich für ihn besorgt hatte, und weg war er. Seither habe ich ihn nicht mehr gesehen und auch nichts mehr von ihm gehört.«

Artur machte das Licht aus.

Draußen, auf dem Hof vor der Werkstatt, setzten sie sich auf eine provisorische Bank, die aus einer Holzbohle und zwei Reifenstapeln bestand. Artur drehte sich eine Zigarette.

»Soll ich dir auch eine drehen?«

David schüttelte den Kopf.

Artur rauchte und starrte in den Himmel. Als er fertiggeraucht hatte, warf er die Kippe auf den Boden und drückte sie mit dem Absatz seiner klobigen Arbeitsschuhe aus.

»Artur?«

»Ja?«

»Hast du eine Ahnung, was aus Öcal und Ilgaz geworden ist?«

»Du warst echt lange weg, David.«

»Stimmt.«

»Nach dem Jugendknast hat Öcal die Lehrstelle als Kfz-Mechaniker geschmissen. Wegen der Berufsschule. Im dritten Lehrjahr, ein halbes Jahr vor der Prüfung. Null Bock auf die Lehrer. Du kennst ihn ja. Gammelte dann eine Weile rum. Bevor er auf Ideen kommen konnte, die ihn unweigerlich wieder in den Knast befördert hätten, hat ihm dein Onkel einen Job als Hilfsarbeiter bei Ford besorgt, drüben im Hauptwerk in Niehl. Lagerarbeiter. Fuhr den ganzen Tag mit dem Gabelstapler Ersatzteile durch die Gegend. Frag mich nicht, was Coach Manthey ihm ins Ohr geflüstert hat, damit er diesmal bei der Stange blieb. Öcal hat dann irgendwann sogar geheiratet, eine Frau aus dem Heimatdorf seiner Familie. Eine Cousine oder Großcousine. Ich war übrigens eingeladen. Nicht schlecht, so eine türkische Hochzeit. Sie sind dann rüber nach Kalk gezogen. Sie konnten keine Kinder bekommen. Für Türken ist das wohl eine echte Katastrophe, sagt man. Öcal ist dann vor acht oder neun Jahren gestorben. Krebs. Bauchspeicheldrüse. Sein Hausarzt hatte ihn ins Krankenhaus geschickt, dort haben sie ihn im OP-Saal aufgemacht und gleich wieder zugemacht. Zwecklos. Zu spät. Vier Monate später war er tot. Ich war auf der Beerdigung.«

David starrte in die Nacht und sah Öcal vor sich. Klein, drahtig, schnell. Der gefürchtete Steal-König des Teams. Niemand stibitzte der angreifenden gegnerischen Mannschaft so viele Bälle wie Öcal. Die langen Finger und die schnellen Beine machte er sich auch außerhalb des Spielfeldes zunutze. In der Umkleidekabine der gegnerischen Mannschaft oder im Supermarkt, bei Zorans berüchtigten Mutproben. Und niemand konnte sich über Zorans Macho-Sprüche so schlapp lachen wie Öcal.

»Und Ilgaz?«

»Ilgaz. Den hat sein Vater noch rechtzeitig zurückgeschickt, als es hier brenzlig für ihn wurde. Sonst wäre er unweigerlich im Knast gelandet. Du wirst es nicht glauben: Ilgaz hat sich in seiner Heimat der PKK angeschlossen. Irgendwann ist er dann bei einem Feuergefecht mit der türkischen Polizei ums Leben gekommen. Lass mich überlegen: Das ist jetzt 15 Jahre her. Hast du gewusst, dass Ilgaz Kurde war? Kannst du dir ausgerechnet Ilgaz als edlen Freiheitskämpfer vorstellen?«

»Nein, Artur. Beim besten Willen nicht.«

Ilgaz, der Freiheitskämpfer. Allerdings konnte sich David ebenso wenig Öcal in der Rolle des treu sorgenden Ehemanns und braven Lagerarbeiters im Ford-Werk vorstellen. Vor allem aber konnte David sich nicht vorstellen, dass beide, Ilgaz und Öcal, schon tot waren. Als wären die vergangenen zwei Jahrzehnte im Zeitraffer vergangen. Als wäre es erst gestern gewesen, dass er mit Zoran und Artur und Ilgaz und Öcal durch die Straßen des Viertels gestreunt war. Auf der falschen Seite der Bahngleise.

Artur erhob sich von der wackligen Bank und verschwand in der Dunkelheit. Drei Minuten später kehrte er mit zwei Dosen Bier zurück. Gaffel-Kölsch aus dem Eigelstein. Eiskalt.

»Danke.«

»Leider habe ich kein Bitter Lemon im Haus.«

»Macht nichts, Artur. So ein eisgekühltes Kölsch ist jetzt genau das Richtige. Das sorgt für Heimatgefühle.«

»Ich weiß noch, wie du und Maja früher immer Bitter Lemon bestellt habt, wenn wir mit der Clique auf Tour waren. Wie ein geheimes Zeichen der Verbundenheit.«

»War's ja auch.«

»Tatsächlich?«

»Ja. Können wir das Thema wechseln?«

»Prost, David. Trinken wir auf deine Rückkehr! Schön, dass du wieder da bist. Du hast uns gefehlt.«

»Wem habe ich gefehlt?«

»Mir. Und Zoran.«

»Zoran? Du machst Witze.«

»Er hat sich verändert. Durch den Krieg. Durch Marie, seine geliebte Marie. Und durch den Knast…«

Arturs Stimme versagte. David legte seinen Arm um die mächtigen Schultern des Riesen, zog ihn an sich und wiegte ihn wie ein kleines, trauriges Kind.

»Was will Zoran von uns, Artur?«

»Du und diese Journalistin… er vertraut euch. Er vertraut auch mir und Tomislav, aber ihr beiden seid jeder auf seine Weise die Profis, wenn es darum geht, Sachen rauszukriegen

und an die große Glocke zu hängen. Zoran will Öffentlichkeit.
Er will, dass die ganze Welt erfährt, was dieser Milos Kecman
für ein Schwein ist. Ein Massenmörder und ein Sklavenhändler.
Er will, dass Milos Kecman seiner gerechten Strafe zugeführt
wird.«

»Gerechte Strafe? Was ist das nach Meinung von Zoran? Ein
Prozess vor einem deutschen Gericht? Oder will Zoran selbst
den Richter spielen und Kecman eine Kugel in den Kopf jagen?
Und anschließend sollen wir ihn vor der Öffentlichkeit reinwa-
schen, damit er als Held gefeiert werden kann, weil ja dann jedermann weiß, was Kecman für ein Schwein war.«

Artur schwieg.

Aus der Küche drang Kristinas Lachen. Ein besonderes, ein
schönes, ein befreiendes Lachen. Aus dem Mund dieser ernsten
Frau. Pfarrer Tomislav Bralic war ein Charmeur.

»Okay. Ich bin dabei. Unter einer Bedingung: Als Gehilfe für
einen Mord stehe ich nicht zur Verfügung.«

Artur fiel ihm um den Hals.

»Hey, ich kriege keine Luft mehr!«

Artur ließ blitzschnell los und strahlte übers ganze Gesicht,
während eine Träne über seine linke Wange kullerte und sich
schließlich in den Bartstoppeln verfing.

»Ich wusste es, David.«

»Wenigstens du.«

»Was machen wir jetzt, David?«

»Wir trinken das Bier, solange es kalt ist.«

»Und danach?«

»Danach? Danach gehen wir zurück in die Küche, zu den
anderen, und verteilen die Arbeit.«

Lars Deckert lag auf dem Bett und starrte die Zimmerdecke an, als könnte er dort Antworten auf all seine Fragen finden. All die unbeantworteten Fragen, die ihn um den Schlaf brachten. Sein Körper zeigte zwar nach dem gewaltigen Arbeitspensum der vergangenen Tage deutliche Anzeichen der Erschöpfung, aber sein Geist kam einfach nicht zur Ruhe. Die Gedanken drehten sich im Kreis. An Schlaf war jedenfalls nicht zu denken. Also konnte er ebenso gut die Zeit nutzen und etwas Sinnvolles tun, sich ablenken, wie so oft, und es später erneut versuchen. Deckert warf einen Blick auf das leuchtende Ziffernblatt der Uhr an seinem Handgelenk: kurz vor zwei.

Auf dem Weg zum Bad hielt ihn der mannshohe Spiegel in der Diele auf. Mit Wohlwollen betrachtete er seinen nackten, durchtrainierten Körper. Lars Deckert, 32 Jahre alt, 1,86 Meter groß, 82 Kilogramm schwer, Kriminalhauptkommissar beim Bundeskriminalamt in Wiesbaden und auf dem Weg nach oben. Deckert musste unwillkürlich grinsen. Er korrigierte das Grinsen im Spiegel, bis er es für unwiderstehlich hielt.

Er pinkelte, während er duschte, verzichtete auf Rasur und Kaffee, wählte eine schwarze Jeans, ein schwarzes T-Shirt und ein schwarzes Sakko, die perfekte Mimikry für die Nacht, steckte die Waffe in das Holster hinten am Gürtel und schlenderte zehn Minuten später über den Eigelstein.

»Na, Süßer? So spät und so allein?«

Die Frau lehnte an der Hauswand neben dem Stundenhotel. Der breite kölsche Akzent verriet ihre Herkunft, die grelle Schminke ihr Alter, die Uhrzeit ihre Erfolglosigkeit. Deckert bedachte sie mit einem Blick, der sie augenblicklich verstummen ließ.

Das Duschen hätte er sich sparen können. Kühlte es in dieser verfluchten Stadt nachts nie ab? Die Kollegen hatten ihn gewarnt vor dem Hochsommer in Köln. Hatten sie ihn gewarnt? Nein. Auf den Arm genommen hatten sie ihn. *Köln im Hochsommer: die richtige Stadt für Hitzköpfe.* Sie neideten ihm seinen Ehrgeiz, missgönnten ihm den Erfolg. Die Regierung in Berlin plante eine neue geheimdienstliche Spezialeinheit mit dem Decknamen SOK zur Abwehr organisierter krimineller Angriffe auf die wirtschaftlichen Interessen der Bundesrepublik Deutschland, streng geheim, oberste Priorität, und wen wählten sie als einzigen BKA-Verbindungsmann für das vornehmlich aus aktiven oder ehemaligen BND-Agenten sowie einigen MAD-Offizieren bestehende Projektteam aus? Kriminalhauptkommissar Lars Deckert. Wen sonst?

Diese unerträgliche Schwüle.

Schweißperlen sammelten sich auf seiner Stirn, und sein T-Shirt fühlte sich im Rücken bereits unangenehm feucht an. Dennoch widerstand er der Versuchung, das Sakko auszuziehen. Wegen der Waffe an seinem Gürtel.

Die Tür der Kneipe stand sperrangelweit offen. Schlagermusik. Kirmesmusik. Festzeltmusik. *Du gehööörst zu mir.* Vier Typen hielten sich an der Theke fest, als wäre sie der letzte Rettungsanker ihres verpfuschten Lebens. Gebeugte Rücken, leidgeprüft, weil das Leiden geiler war als die Lösung. *Röschen, tu mir noch en Bierchen.* Klar doch. Dafür war Röschen schließlich da. Um sich mit perfekt gespielter Teilnahme all die Scheiße anzuhören, all die vor Selbstmitleid triefenden Geschichten über garstige Ehefrauen und undankbare Bälger und ungerechte Chefs, und währenddessen den Zapfhahn zu bearbeiten und Umsatz zu machen. Röschen war genauso alt und grell geschminkt wie die Nutte von der Straße, aber Röschen verstand ihr Geschäft.

»Haben Sie auch Kaffee?«

»Nä. Leider nich, nur Bier«, entgegnete Röschen und lächelte teilnahmsvoll. Die Typen guckten verständnislos. Lars Deckert verließ die Kneipe in Richtung Hauptbahnhof.

Am Ende der Unterführung blieb er wie angewurzelt stehen. Der verbeulte R4 hielt am Straßenrand, keine zwanzig Meter von ihm entfernt, neben dem Platz vor der Kirche. Lars Deckert erkannte sowohl das Nummernschild des Wagens als auch den Mann, der jetzt auf der Beifahrerseite ausstieg, die Tür zuschlug und zum Abschied winkte, während der Wagen beschleunigte und wenig später aus Deckerts Sichtfeld verschwand. Der R4 gehörte diesem schwulen Trompeter, der spurlos aus seiner Wohnung am Stavenhof verschwunden war. Und der Mann, der so fröhlich winkte, war zweifellos dieser kroatische Pfarrer, der Jerkov das Alibi verschafft hatte. Tomislav Bralic.

Lars Deckert hatte weder die Chance, dem R4 zu folgen, noch die rechtliche Handhabe, sich diesen Pfarrer vorzuknöpfen, was er in diesem Augenblick zu gerne getan hätte. Sie hätten Bralic von Anfang an observieren sollen, so wie die anderen. Sie hatten eindeutig zu wenig Personal auf der Straße. Warum weigerte sich Kern, die Kölner Polizei ins Boot zu holen?

Als Bralic in der Gasse neben der Kirche verschwunden war, machte Deckert sich Luft, indem er mit der Faust gegen den Laternenpfahl hämmerte. Er hasste das Nichtstun. Aber genau das hatte Uwe Kern befohlen. *Deckert, ich sage Ihnen das in aller Deutlichkeit: Wir halten die Augen und Ohren offen, aber wir unternehmen im Augenblick nichts, absolut gar nichts, verstanden? Wir warten wie die Spinne im Netz auf unsere Chance. Ist das klar?* Klar. Gar nichts war klar. Sie hatten nicht mal ein Dutzend Leute zur Verfügung, um eine Millionenstadt zu kontrollieren, weil Kern darauf bestand, sowohl die Kölner Polizei als auch das BKA aus der Sache herauszuhalten.

Sie hatten nicht die geringste Ahnung, wo sich Zoran Jerkov, Kristina Gleisberg und David Manthey versteckt hielten. Sie observierten Jerkovs Geschwister rund um die Uhr und bislang ohne Ergebnis. Sie verfügten über das beste technische Equipment, das derzeit für Geld zu kriegen war, über die besten IT-Spezialisten und über unbeschränkten Zugang zu allen Datenbanken der Behörden, der Telefongesellschaften und der Internet-Provider. Aber leider waren die drei Zielobjekte gerissen genug, auf Handy, E-Mail, GPS, auf sämtliche modernen elektronische Kommunikationsmittel des 21. Jahrhunderts zu verzichten.

Das SOK wusste nur, dass Kecmans Söldner bereits in Köln unterwegs waren, um Jerkov, Gleisberg und Manthey zu kassieren. Außerdem wussten sie, wo sich Milos Kecman derzeit aufhielt. Er hatte vor fünf Tagen sein russisches Domizil in Sankt

Petersburg verlassen und war mit einem Privatjet nach Mallorca geflogen, um sich dort eine Weile auf seiner Finca zu entspannen. Gewöhnlich dauerten diese Aufenthalte nie länger als zehn Tage, versicherte der spanische Geheimdienst.

Das Sonderkommando Organisierte Kriminalität, kurz SOK genannt, war noch mitten in der Aufbauphase. Aber die Regierung in Berlin wollte schnelle Erfolge sehen, um die Kosten vor dem Geheimdienstausschuss des Deutschen Bundestages rechtfertigen zu können. Als Jerkov aus der Haft entlassen wurde und seinen öffentlichen Racheschwur leistete, sah Uwe Kern die Zeit für den ersten SOK-Einsatz gekommen. Und Kriminalhauptkommissar Deckert hatte seither zunehmend Mühe, die Welt zu verstehen. Bisher, sein Leben lang, war diese Welt ordentlich und trennscharf sortiert gewesen. Das Gute gegen das Böse. Deshalb war er damals zur Polizei gegangen. Damit das Gute am Ende siegt. Inzwischen verschwammen die Begriffe, verloren zunehmend ihre gewohnte Trennschärfe, verkehrten sich in ihr Gegenteil, machten einer gigantischen, rechtsfreien Grauzone Platz.

Lars Deckert kehrte um.

Die Nutte war verschwunden, die Kneipe geschlossen. Er musste schlafen. Dringend schlafen. Am Morgen musste er wieder fit sein, topfit. Für seinen Job als Uwe Kerns Laufbursche.

Willi Heuser rieb sich verwundert die Augen. Draußen dämmerte es zwar schon, aber der Wecker würde erst in einer Viertelstunde losplärren. Schließlich begriff er, was ihn aus dem Schlaf gerissen hatte. Jemand klopfte an der Wohnungstür. Zaghaft, damit nicht das ganze Haus geweckt wurde. Aber mit System. Zweimal – einmal – dreimal.

Und wieder.

Zwei-eins-drei.

213.

Jemand klopfte unermüdlich die Ziffernfolge der Zimmertür seines ehemaligen Büros in der alten Eigelstein-Wache.

»Du verdammter Hund.«

Heuser kletterte ächzend aus dem Bett und schlüpfte in die Pantoffeln. Der Rücken schmerzte. Der Nacken war ganz steif. Er öffnete die Tür und winkte David Manthey herein.

»Schicke Frisur. Habe ich dich geweckt?«

»Blöde Frage. Kaffee?«

Ohne Davids Antwort abzuwarten, machte sich Willi Heuser in der Küche zu schaffen.

»Setz dich. Macht mich ganz nervös, wenn du so rumstehst.«

»Ich habe den Weg durch die Waschküche genommen.«

»Kluger Junge. Hast du damals also doch was gelernt bei mir. Ist ja doch was hängen geblieben von der Ausbildung.«

»Du warst der Beste, Willi.«

»Spar dir die Lobhudeleien. Was hast du auf dem Herzen?«

»Gibt's was Neues im Präsidium?«

Willi Heuser kratzte sich den Bauch. Offenbar sortierte er seine Gedanken und suchte nach den passenden Worten. David wartete.

»Also ... alles ist unter Verschluss ...«

»Was heißt das?«

»Das heißt, die Mordkommission ermittelt brav, aber alle Ergebnisse bleiben unter Verschluss. Beziehungsweise gehen an den Präsidenten, und der gibt sie nach oben weiter. Oder wohin auch immer. Die Pressesprecher des Präsidiums sind schon ganz hysterisch, weil ihnen die Medien dreimal täglich auf die Pelle rücken und der Kölner Polizei Unfähigkeit vorwerfen.«

»Also? Was gibt's Neues, Willi?«

»Die DNA ...«

»Ja?«

»Sie haben am Tatort Spuren gefunden, Hautschuppen und ein Haar ... die Spuren stammen eindeutig von Zoran.«

»Wo?«

»Wo sie die Spuren gefunden haben? In einem Sessel ... also

in der Wohnung in Bayenthal, im Wohnzimmer dieser ermordeten tschechischen Prostituierten, wie hieß sie noch gleich...«

»Eliska Sedlacek...«

»Genau. Aber sie haben keine Spuren von Zoran an ihrem Körper gefunden oder auf dem Bett, obwohl sie auf ihrem Bett erdrosselt wurde, mit einer Drahtschlinge, so wie vor zwölf Jahren ihre Freundin, Zorans Geliebte, diese...«

»Marie Pivonka...«

»Genau. Und jetzt halt dich fest: Wie du weißt, ist Zoran wegen zweier Morde zur Fahndung ausgeschrieben, wegen Mordes an dieser Eliska Soundso, und wegen Mordes an Heinz Waldorf. Aber in Waldorfs Wohnung wurden überhaupt keine Spuren von Zoran gefunden. Es gibt also weder Zeugen noch Indizien, die auf Zoran hindeuten. Und Zorans genetische Spuren in der Wohnung der Prostituierten beschränken sich auf den Sessel.«

»Zoran wird Eliska wohl kaum erdrosselt haben, während er im Sessel saß. Keine Zeugen, keine hinreichenden Indizien, nur ein vages Motiv: Zoran war auf beide Opfer nicht gut zu sprechen. Weder auf Eliska noch auf Waldorf.«

»So ist es. Aber das ist noch nicht alles. Sowohl diese Eliska als auch damals Marie haben verzweifelt um ihr Leben gekämpft, als die Drahtschlinge um ihren Hals gelegt wurde. Eine völlig normale Reaktion. Unter Eliskas Fingernägeln wurden fremde Hautspuren und Blutspuren gefunden. Die Spur des Mörders. Ergebnis der Laboruntersuchung: Die DNA ist zwar unbekannter Herkunft, aber in unserer Datenbank erfasst.«

David Manthey wagte kaum zu atmen. Er ahnte, was Heuser nach der Kunstpause sagen würde:

»Die Partikel sind in ihrer genetischen Struktur zweifelsfrei identisch mit jenen, die man damals unter Maries Fingernägeln gefunden hat. Du weißt, was das bedeutet, David...«

»Ja. Derselbe Mörder hat die beiden Frauen im Abstand von zwölf Jahren erdrosselt...«

»...und zwar mit dem gleichen Tatwerkzeug.«

»Einer Drahtschlinge. Nur Profis arbeiten mit Drahtschlingen. Effektiv, aber die Handhabung erfordert einige Übung.«

»So ist es, mein Junge.«

David schob die Kopie eines Zeitungsartikels aus Zorans Schreibmappe über den Tisch.

»Was ist das?«

»Die Details kannst du später selbst nachlesen. Der Pressebericht ist zwölf Jahre alt. Am Tag nach Zorans Festnahme fand ein Spaziergänger in der Nähe des Duisburger Rheinhafens die Leiche eines dreizehnjährigen Mädchens. Sie wurde erdrosselt. Ich muss wissen, ob damals genetische Spuren gesichert und archiviert wurden. Wenn ja, wäre es gut, wenn du jemanden findest, der die Spuren mal diskret abgleicht.«

»Du meinst …«

»Sie hieß Irina. Sie wurde aus Moldawien nach Deutschland verschleppt. Zoran hatte sie in jener Nacht befreit und in Maries Wohnung gebracht. Da wäre sie in Sicherheit gewesen … wenn Eliska nicht Maries Adresse ausgeplaudert hätte.«

Willi Heuser nickte und schluckte und starrte auf das Stück Papier auf dem Tisch. In den vielen Jahren als Polizist hatte er nie zu der Abgebrühtheit gefunden, die andere Kollegen sich wie eine zweite Haut zulegten, um ihre Seele zu schützen.

»David, bevor ich es vergesse … da gibt es noch etwas. Man hat natürlich an beiden Tatorten einige Fingerabdrücke sichergestellt, die nicht zuzuordnen sind. Das ist ja zunächst mal nichts Ungewöhnliches, wie du weißt. Jede normale Wohnung wimmelt nur so von Fingerabdrücken, die sich nicht automatisch in der Datenbank der Polizei wiederfinden … weil ihre Eigentümer unbescholtene Bürger sind, die nur mal zu Besuch waren. Ungewöhnlich ist vielmehr, dass wir identische Fingerabdrücke in beiden Wohnungen gefunden haben …«

»In Maries Wohnung und in Eliskas Wohnung …«

»Genau. Und jetzt pass auf: Die Fingerabdrücke sind identisch mit jenen, die sich auf dem Griff des Tranchiermessers befanden, das in Heinz Waldorfs Bauch steckte. Das heißt …«

»Der Prostituierten-Mörder hat auch Waldorf ermordet. Und Zoran ist auf keinen Fall der Mörder.«

»Und das heißt außerdem …«

»…entweder trug der Mörder am Tatort keine Handschuhe, weil er nicht alle Tassen im Schrank hat … was wir nicht glauben … oder er weiß, dass es juristisch ohnehin nicht mehr darauf ankommt, weil er schon so viele Menschen getötet hat …«

»David, das ist ein abgebrühter Auftragskiller. Ein Söldner. Ist dir so einer schon mal in deinem Leben begegnet?«

»Ja. Zuletzt vor zwei Tagen. Gleich hier um die Ecke.«

Friedbert ließ Kristina eine halbe Stunde warten. Um genau zu sein: 34 Minuten. Aber das hatte nichts weiter zu bedeuten in dieser Branche. Kein Grund zur Beunruhigung. Das sollte nur gleich beim ersten Kennenlernen deutlich demonstrieren, wer ganz oben und wer ganz unten in der Nahrungskette stand.

Friedbert hatte natürlich auch einen Nachnamen. Aber den kannte Kristina nicht. So wenig, wie sich Friedbert jemals für Kristinas Nachnamen interessieren würde. Oder für Majas Nachnamen. Zum Glück. Nachnamen oder Postadressen oder Bankverbindungen zu kennen war was für Finanzbuchhalter und Personalabteilungen, aber doch nichts für die Kreativen im TV-Business. In der großen, kreativen TV-Familie sammelte man Vornamen und Handy-Nummern wie Trophäen und staffierte sich mit einer möglichst kryptischen E-Mail-Adresse aus, um der eigenen Person eine diffuse Form von Bedeutung zu verleihen und zugleich Geschäftigkeit zu signalisieren. Wie wär's zum Beispiel mit wortwerk@googlemail.com? Garantiert schon vergeben.

Nachnamen hatten nur die Big Player. Wie Frank Koch. Oder wie Carsten Cornelsen. Dr. Carsten F. Cornelsen.

Friedbert war im Produktionsteam der Carsten-Cornelsen-Show für das Reporterteam zuständig und damit Herr über etwa drei Dutzend Existenzen. Dass er sich herabließ, sich so schnell mit Kristina zu treffen, hatte zweifellos mit der Wertschätzung zu tun, die Maja inzwischen in der Firma genoss, aber auch mit dem Umstand, dass Friedberts Sturmtruppe im Kampf um die Quote einer außergewöhnlich hohen Fluktuation unterlag.

Kristina wusste, sie würde sich, sobald Friedbert auftauchte, in Minutenschnelle ein Bild von diesem Menschen machen müssen, um das Spiel zu gewinnen. Ihr war keine Zeit geblieben, sich vorzubereiten. Die verbleibende Zeit war dafür draufgegangen, unterwegs rasch noch ein schlichtes Kostüm, eine Bluse und ein paar Pumps zu kaufen und die Jeans, die Turnschuhe und das Sweatshirt in der Einkaufstasche zu verstauen.

Was verriet der Treffpunkt über Friedbert?

Maja, Süße, dann schlage ich mal der Einfachheit halber das Apropos vor. Ich habe nämlich sowieso ganz in der Nähe zu tun. Ich muss da nur kurz noch was abstimmen mit den Leuten von Encanto...

Encanto war Bettina Böttingers Produktionsfirma in der Mittelstraße, gleich um die Ecke. Trug sich Friedbert etwa mit Abwanderungsabsichten?

Der Einfachheit halber.

So ein Blödsinn.

Kristina traf eine Viertelstunde vor der vereinbarten Zeit ein, um sich noch rasch ein Bild vom Schauplatz machen zu können. Das Apropos war ein aufwendig zum luxuriösen Konsumtempel umfunktionierter Hinterhof unweit des Rudolfplatzes, in einer der teuersten Geschäftslagen Kölns. Man bog in der Mittelstraße in einen pinkfarben getünchten Tunnel ab, der sich nach zwanzig Metern zu einem Platz öffnete, eingerahmt von den schmucklosen Rückfronten alter Nachkriegshäuser, deren Erdgeschosse ein neues, krisenunabhängiges Wirtschaftswunder präsentierten. In einem der Schaufenster weckte ein Paar Sandaletten sofort Kristinas Aufmerksamkeit, bis sie nach einigem Suchen die versteckte Preistafel entdeckte: 737 Euro. Gleich nebenan war ein Handy aus Titan, limitierte Auflage, für 7250 Euro zu haben.

Der Einfachheit halber.
Friedberts Welt.

Das Handy, das Kristina in ihrer Tasche trug, war vermutlich geklaut. Artur hatte es ihr am Morgen gegeben. So genau wollte sie es auch gar nicht wissen.

Das Zentrum des Hinterhofareals, das sich neudeutsch Concept Store nannte, bildete ein künstlich geschaffener Patio, dessen Glasdach den deutschen Sommer um einige Monate verlängerte. Dort ließ sich Kristina auf einem der ausladenden Sofas der Cocktail Lounge nieder und vertrieb sich die Zeit, indem sie die Menschen bestaunte, die in der Lage und möglicherweise auch willens waren, sich ein Handy für 7250 Euro zu kaufen.

Was für ein irrwitziger Plan.

Sie versank von Minute zu Minute tiefer in den dicken Kissen des Sofas. Je mehr sie der Mut verließ.

Wenn dieser Cornelsen ihren Namen erfuhr, war sie geliefert. Sie setzte ihre ganze Hoffnung auf die im Lauf ihres Berufslebens gesammelte Erfahrung, dass die schönen, schillernden Drohnen des deutschen Unterhaltungsfernsehens höchst selten die Arbeitsbienen kannten, die für sie den Honig sammelten. Das galt offenbar auch für Cornelsen. Maja war der beste Beweis für diese Hypothese: Dreimal pro Woche übernahm Zorans Schwester die Studioregie der Show. Die Frau also, deren Bruder vor zwölf Jahren dem damals noch kaum bekannten Talkmaster die Nase gebrochen hatte, entschied heute in einer abgeschiedenen, fensterlosen, schalldichten Kabine, welche der fünf Kameraeinstellungen ein Millionenpublikum zu sehen bekam, welche Bilder geeignet waren, Dr. Carsten F. Cornelsen ins rechte Licht zu rücken und von seiner besten Seite zu zeigen.

Cornelsen hatte also keine Ahnung, wer da so alles auf seiner Gehaltsliste stand. Gehaltsliste war ohnehin das falsche Wort. Denn sowohl Maja als auch sämtliche Mitglieder des Reporterteams der Show waren Freiberufler.

Und Milos Kecman hatte hoffentlich keine Ahnung, dass Zoran von all den wichtigen und schützenswerten, aber ihm völlig unbekannten Gästen der Party in der Villa ausgerechnet diesen Cornelsen wiedererkannte, nur weil Zoran Jahre später im Knast zur richtigen Zeit vor dem Fernseher saß.

Cornelsen war Kecmans Achillesferse. Hofften sie.

Kristina dachte gerade über die profane Frage nach, ob sie sich noch einen zweiten Milchkaffee oder lieber ein Mineralwasser bestellen sollte, als Friedbert aus dem rosa Tunnel trat. Sie erkannte ihn sofort, obwohl sie ihn noch nie zuvor gesehen hatte. Dank Majas perfekter Beschreibung.

Friedbert gehörte zu jenen berufsjugendlichen Enddreißigern im Medien-Business, die extrem viel Zeit und Geld darauf verwendeten, sich dermaßen lässig bis nachlässig zu kleiden und zu frisieren, dass alle Welt glauben sollte, sie verschwendeten nicht eine Minute oder einen Euro auf solche unbedeutenden Äußerlichkeiten. Der Mann, der das Apropos betrat, als sei es seine Bühne, sah aus, als hätte er in seinen Klamotten genächtigt und sich anschließend ungekämmt auf den Weg gemacht. In Wahrheit aber, so mutmaßte Kristina, war an dem Leinensakko jede einzelne Knitterfalte sorgsam eingebügelt, und seine Designer-Jeans hatte wahrscheinlich schon beim Kauf ausgesehen, als stammte sie aus der Caritas-Kleiderstube, nachdem der Vorbesitzer sie zehn Jahre lang täglich zur Arbeit als Müllwerker getragen hatte. Dazu passte Friedberts dicke, schwarze Hornbrille, die an die Kassengestelle der sechziger Jahre erinnerte, aber vermutlich weit mehr gekostet hatte, als einem Ford-Arbeiter und seiner Familie in einem ganzen Monat zum Leben blieb.

Kristina winkte ihm freundlich zu.

Friedbert übersah das Winken geflissentlich und ließ den Blick zunächst über die restlichen Gäste des Restaurants und der Bar schweifen, nur für den Fall, dass da jemand Bedeutendes sitzen könnte, bei einer Flasche eisgekühltem neuseeländischem Cloudy Bay 2004er Sauvignon Blanc, der es übelnähme, von ihm übersehen worden zu sein. Erst als dies nach gründlicher Prüfung ausgeschlossen werden konnte, schwenkte sein Blick wie zufällig zu Kristina. Seine Mimik hellte sich auf, seine

Augen strahlten, als hätte er eine alte Schulfreundin erspäht, sein Mund verzog sich zu einem lausbübischen Grinsen. Federnden Schrittes eilte er nun auf sie zu, schüttelte ausgiebig ihre Hand und ließ sich in den benachbarten Sessel fallen.

»Uff. War das anstrengend. Schwierige Verhandlungen. Was für ein Tag. Schön, Sie kennenzulernen, Kristina.«

»Schön, dass Sie so schnell Zeit für mich gefunden haben.«

Friedbert machte eine wegwerfende Handbewegung und wandte sich dem Kellner zu, der neben ihm wie ein Geist aus dem Nichts aufgetaucht war, kaum dass Friedbert Platz genommen hatte.

»Pierre, mein Guter. Sie kommen wie gerufen.«

»Was kann ich für Sie tun? Wie immer?«

»Wie immer.«

Pierre brachte einen Pfefferminztee für Friedbert und ein Mineralwasser für Kristina.

»Maja hat Sie empfohlen. Das ist schon mal gut. Sie haben für Frank Koch gearbeitet. Das ist noch besser. Wissen Sie, ich interessiere mich nicht für Zeugnisse oder akademische Titel oder dergleichen. Bei mir zählt nur die Leistung. Das Ergebnis. Wer gute Arbeit abliefert, der wird ordentlich bezahlt. Klingt das fair und vernünftig in Ihren Ohren?«

Kristina nickte eifrig und schwieg. Sie hatte sich bereits ihr Bild gemacht: Friedbert gehörte zweifellos zu jenen Männern, die lieber redeten als zuhörten. Wie die meisten Chefs.

»Wissen Sie, Kristina, in meinem Team brauche ich keine Oberschullehrer oder Weltverbesserer. Ich brauche Leute, die in der Lage sind, Storys abzuliefern, die ans Herz gehen. Unter die Haut. An die Nieren. Verstehen Sie, was ich meine?«

Kristina nickte.

»Klar.«

»Kristina, ich brauche Leute, die Vertrauen und Sympathie wecken und mit dem Talent gesegnet sind, Menschen mit anrührenden, dramatischen Schicksalen zu bewegen, zu uns ins Studio zu kommen und vor laufender Kamera von diesem schweren Schicksal zu erzählen. Die Carsten-Cornelsen-Show läuft von montags bis freitags täglich eine Stunde und live im Nachmittagsprogramm. Sie können sich also ausmalen, wie viele dieser vom Schicksal gebeutelten Menschen wir pro Monat benötigen. Ich nehme an, Sie kennen unsere Show?«

Kristina nickte erneut.

»Natürlich.«

»Dann wissen Sie ja, was ich meine. Wir sind nicht vergleichbar mit diesen trashigen Krawall-Talkshows. Wir wollen keine grenzdebilen Paare, die sich zur Gaudi des Publikums anbrüllen. Wir wollen keine tätowierten Hartz-IV-Empfänger, keine Sozialschmarotzer, die ihre Kinder verprügeln oder ihre eigene Schwiegermutter vögeln oder ihrer Ehefrau vorwerfen, sich vom Briefträger bumsen zu lassen. Wir sind kein billiges Perversitätenkabinett für Exhibitionisten und Voyeure. Wir sind keine Freak-Show, die niedere Instinkte befriedigt. Wir bieten echte Lebenshilfe. Das ist Carstens Philosophie und zugleich sein Erfolgsrezept. Carsten will natürlich auch Trost spenden, aber er will vor allem diese verzweifelten Menschen dabei unterstützen, ihr schweres Schicksal anzunehmen, ihre vergrabene Trauer zu verarbeiten und schließlich ihr Problem zu lösen. Hilfe zur Selbsthilfe. Carsten entstammt nämlich einem streng protestantischen Elternhaus … mmmh … Pierre?«

Friedbert verzog angewidert das Gesicht.

Pierre eilte herbei.

»Ist irgendetwas nicht in Ordnung?«

»Der Tee schmeckt grauenhaft.«

»Oh. Sorry. Wir haben den Lieferanten gewechselt.«

»Dann richte deinen Chefs bitte aus, wenn sie meinen, den Lieferanten wechseln zu müssen, um vielleicht ein paar Cent sparen zu können, dann geht die Rechnung am Ende womöglich nicht auf, wenn sie auf diesem Wege ihre Gäste vergiften. Dies war definitiv der letzte Tee, den ich bei euch bestellt habe, und vielleicht war dies auch definitiv mein letzter Besuch in eurem Laden. Ist das klar so weit?«

»Ich werde es ausrichten. Kann ich Ihnen vielleicht inzwischen etwas anderes anbieten?«

»Nein! Oder doch: ein Glas Leitungswasser. Ein simples Glas Leitungswasser. Da könnt ihr sicher nichts falsch machen.«

Pierre verschwand mit hochrotem Kopf.

Friedbert seufzte.

»Deutschland ist eine Dienstleistungswüste.«

»Wie ist das Prozedere?«

»Kristina, um es mal ganz nüchtern auszudrücken: Sie sind Unternehmer, wir sind Unternehmer. Sie bieten uns ein Produkt an, und wir prüfen, ob uns das angebotene Produkt gefällt und wir es kaufen wollen. Übersetzt heißt das: Sie liefern uns ein maximal vierseitiges Exposé, das uns von der Besonderheit des Schicksals der betreffenden Person, die Sie aufgegabelt haben, überzeugt. Ferner benötigen wir ein aussagekräftiges, aktuelles Foto dieser Person sowie eine maximal zweiminütige Videosequenz, um überprüfen zu können, ob das Gesicht fernsehtauglich ist, ob die Person als Sympathieträger taugt. Unser Publikum will sich identifizieren können, will Mitleid entwickeln, will mit dem Gast leiden. Aber das funktioniert natürlich nur, wenn die Person sympathisch auf unsere Zielgruppe wirkt.«

»Verstehe.«

»Wenn Sie mit Ihrem Exposé unser Interesse wecken können, setzen sich unsere Anwälte mit der Person in Verbindung. Wir müssen uns natürlich vorab vertraglich absichern, denn Menschen in Not kommen mitunter auf die seltsamsten Ideen, wenn sie plötzlich die Chance wittern, Kohle abzuziehen. Wenn das alles juristisch in trockenen Tüchern ist, liefern Sie uns noch eine Kurzvita der Person sowie eine chronologische Skizze der Tragödie. Jeweils maximal eine Seite. Mehr nicht. Mehr will Carsten auf keinen Fall haben. Und er wird es auch erst unmittelbar vor der Sendung lesen.«

»Respekt. Das macht er immer so?«

»Ohne Ausnahme. Damit er möglichst spontan und emotional auf die Person reagiert. Das wissen die Zuschauer, und das schätzen sie an der Sendung: Carsten arbeitet ohne Netz und doppelten Boden, er setzt sich einem Höchstmaß an Risiko aus. Er liest Ihr Material erst, wenn er in der Maske sitzt. Dann geht er raus und begegnet seinem Studiogast erstmals, wenn er ihn vor laufender Kamera live begrüßt. Die nächsten fünf Minuten der Sendung verwenden wir darauf, in kurzen Einspielern zu zeigen, was aus früheren Studiogästen geworden ist, die das unverschämte Glück hatten, dass Carsten sie in die Sendung eingeladen und ihnen geholfen hatte, ihre Zukunft zu meistern. Das ermöglicht dem aktuellen Gast, noch einmal kurz durchzuschnaufen. Nach den Einspielern ermuntert Carsten den Gast, sein Schicksal zu schildern. Dann geht's zur Sache ... «

»Live ... «

»Natürlich live. Ungeschnitten. Elektrisch aufgeladen wie eine Gewitternacht. Das ist der besondere Reiz der Show: Niemand kann vorher sagen, was genau passieren wird. Sobald die Sendung ausgestrahlt ist, schreiben Sie uns eine Rechnung, und roundabout eine Woche später haben Sie Ihre fünfhundert Euro auf dem Konto. Plus Mehrwertsteuer, versteht sich. Cut. Jetzt sind Sie dran, Kristina. Na? Interessiert? «

500 Euro. Brutto. Kristina subtrahierte im Geiste überschlägig die Einkommensteuer und anteilig ihre privaten Versicherungen. Krankenversicherung, Altersvorsorge, die Versicherung gegen Erwerbsunfähigkeit. Wie oft würde man bei Friedbert zum Zuge kommen? Zweimal, vielleicht dreimal pro Monat? Wie oft würden die Angebote auf Ablehnung stoßen, weil sie nicht Friedberts Vorstellungen von der perfekten Tragödie entsprachen? Jedes zweite Mal? Jedes dritte Mal?

Unter anderen Umständen würde sie jetzt aufstehen und sich verabschieden. Den Großteil des Monats unentgeltlich für den Papierkorb zu arbeiten, um maximal 1500 Euro brutto pro Monat zu verdienen, vielleicht aber auch gar nichts, war nicht ihr Ding. Dass sich Journalisten fanden, die bereit waren, auf solche Deals einzugehen, musste bedeuten, dass eine Menge Leute in der Branche inzwischen in eine materielle und seelische Verfassung geraten waren, dass sie ebenso gut ihre eigene Tragödie auf Cornelsens Studiocouch hätten schildern könnten.

»Hört sich interessant an, Friedbert. Ich bin dabei. «

»Schön. Ich wusste es. Sie sind der Macher-Typ, Kristina. Das habe ich gleich gespürt. Selbstbewusst. Erfolgsorientiert. Hier ist meine Karte. Wie wär's mit einem Gläschen Prosecco?«

Ebertplatz, Hansaring, Mediapark. David Manthey schlich wie ein Fremder durch die Stadt, die einmal sein Zuhause gewesen war. Nichts schien mehr vertraut. Alles wirkte seltsam grau und gesichtslos. Trotz der Sonne. Die Häuser. Die Straßen. Und die Menschen. Wem konnte er noch trauen? Wem musste er misstrauen? Bedingungslos traute er in dieser Stadt, seit Günther in Sicherheit war, lediglich einem polnischen Schrotthändler, einer arbeitslosen Journalistin, einem kroatischen Seelsorger und einem schwerbehinderten Polizisten kurz vor dem Ruhestand. Nicht gerade das, was man sich als Armee erträumt, um einen serbischen Massenmörder und Sklavenhändler zu jagen.

Und Zoran?

Hatte er Zoran jemals vertraut?

Ja. Hatte er. Bedingungslos. Lange her. So lange, bis Zoran ihn eines Besseren belehrt hatte.

Zoran konnte eine ganze Armee ersetzen, was seine Intelligenz, seine Willenskraft, seine Zähigkeit betraf. Zoran konnte aber auch alles zerstören. Mit seinem Jähzorn.

Ebertplatz, Hansaring. Mediapark.

Als sie sich in der Nacht von Arturs Küchentisch erhoben, nachdem sie diesen irrwitzigen Plan geschmiedet hatten, sah David in erschöpfte, angespannte, aber glückliche, ja fast euphorisch wirkende Gesichter. Artur, Kristina, Tomislav – sie alle hatten vermutlich ihre ganz persönlichen, ganz unterschiedlichen Beweggründe, bei diesem Himmelfahrtskommando mitzumachen. Tomislavs ausgeprägter Gerechtigkeitssinn. Arturs Begriff von Freundschaft und seine unerschütterliche Treue. Kristinas… ja was? Was wusste er über Kristinas Motive? Was wusste er überhaupt über diese Frau? Sie war klug. Sie schien sich ihrer Schönheit zu schämen. Als trüge sie Sorge, man könnte sie nicht mehr für klug halten, wenn man sie attraktiv fände. Sie schien ihre Gedanken zu horten. Hatte sie Angst, mit ihrem Wissen sich selbst preiszugeben? Sie wirkte mitunter so spröde, als besäße sie eine schützende zweite Haut.

Unterm Strich einte sie ein Motiv, das Tomislav Bralic in der Nacht auf den Punkt brachte, als David ihn mit Günthers R4 nach Hause fuhr. Kurz bevor er am Ursulaplatz aus dem Wagen stieg, sagte Tomislav zu David: *Im Grunde ist es doch immer das Gleiche. Der stete Versuch des Menschen, seinem kleinen, traurigen Leben einen bedeutenden Sinn zu geben. Und wenn man nicht alleine ist mit diesem Ziel, dann erlebt man so etwas wie Familie, dieses wunderbare Gefühl der Zusammengehörigkeit, das die meisten Menschen gar nicht mehr kennen heutzutage.*

David war einen Augenblick lang versucht, Tomislav zu entgegnen, dass man so auch das Funktionieren der Mafia oder des Nationalsozialismus erklären könne, ließ es aber dann doch bleiben und winkte Tomislav aufmunternd zu, als er aufs Gaspedal trat. Nun waren sie also eine Familie, mit dem gemeinsamen Ziel, Zoran, den verlorenen Sohn, heimzuholen. Familie. Dachte er so zynisch, um sich von seiner eigenen trostlosen Familiengeschichte abzulenken? Von seinem namenlosen, gesichtslosen Vater, seiner lieblosen, egozentrischen Mutter? Hatte er nicht selbst erst in einer Ersatzfamilie Zuneigung und Wärme erfahren?

Kannten sie nur das Ziel? Oder kannten sie auch die Gefahr, die das Verfolgen dieses Ziels mit sich brachte? Nur wer die Gefahr kennt, kann sie beherrschen, hatte Willi Heuser ihn gelehrt, damals, als David frisch von der Polizeischule kam.

Ebertplatz, Hansaring, Mediapark. Wem musste er misstrauen? Sicherheitshalber dem Rest der Stadt. Eine Million Menschen. David war auf der Hut, musterte die Passanten, registrierte aus dem Augenwinkel jeden Hauseingang, jedes am Straßenrand geparkte Auto. Waren seine Sinne noch so geschärft wie in früheren Jahren? Geschärfte Sinne brauchte man zum Überleben, sobald man sich entschloss, nicht mehr mitzuspielen, sondern sich anzulegen, mit wem auch immer.

In der Nacht war Artur kurz in seiner Werkstatt verschwunden und mit einem Karton zurückgekehrt, den er auf dem Küchentisch entleerte. Billige Prepaid-Handys, mehrere Dutzend. *Keine Sorge, die sind nirgendwo registriert. Aber sobald ihr mit jemandem telefonieren wollt, der auf der Liste stehen könnte, sucht ihr euch einen Standort weit weg von hier. Anschließend verschwindet ihr. Macht eine Spazierfahrt mit der U-Bahn. Und nicht vergessen: Werft das Handy nach dem Telefonat sofort weg. Fremde Müllcontainer, öffentliche Abfallkörbe. Immer in Bewegung bleiben. Gleich wenn es hell wird, besorge ich ein sicheres Notebook. Hot Spots gibt's genug in der Stadt...*

Ebertplatz, Hansaring, Mediapark, im Uhrzeigersinn, und wieder von vorne, Ebertplatz, Hansaring, Mediapark, bis Ingvars Leute restlos davon überzeugt waren, dass ihm niemand folgte. Ingvar überließ nie etwas dem Zufall.

Willi Heuser hatte ihm am Morgen wenig Hoffnung gemacht. *Willi, gibt es noch jemanden im Präsidium, auf den ich im Notfall zählen kann?* Willi Heuser hatte energisch den Kopf geschüttelt. *Du? Da muss ich nicht lange überlegen, David. Niemand im Besitz einer Dienstmarke wird dir helfen. Weil du David Manthey bist. Persona non grata. Wenn du es anders gewollt hättest, dann hättest du dieses Buch nicht schreiben dürfen.* Willis Gesicht verzog sich für Sekunden vor Schmerz, als er sich setzte und das steife Bein von sich streckte. *Jeder Satz in deinem Buch ist wahr, jeder beschriebene Fakt war schon tausendmal Kantinengespräch. Jeder aufrechte Bulle ärgert sich täglich über die unzulänglichen Rahmenbedingungen, die von ignoranten Politikern vorgegeben werden. Die mangelhafte technische Ausrüstung, der Personalnotstand, die Alterspyramide. Mensch, Junge, mich wundert nur, dass die mich mit meinem Hinkebein nicht noch auf Fußstreife nach Chorweiler schicken, um mit halbwüchsigen Handtaschenräubern Nachlaufen zu spielen zwischen den Wohnsilos.* Willi lachte kurz auf, dann wurde er wieder ernst. *Aber kein einziger Bulle zwischen Ham-*

burg und München, zwischen Köln und Berlin will, dass die deutsche Polizei öffentlich an den Pranger gestellt wird. Ist doch klar, oder? Niemand will zu einer Truppe gehören, deren Unfähigkeit, das organisierte Verbrechen wirksam zu bekämpfen, du kenntnisreich Seite für Seite unter Beweis gestellt hast. Eine völlig normale menschliche Reaktion. Willi beugte sich vor, über den Küchentisch, ergriff Davids Hand und sah ihm eindringlich in die Augen, bevor er weitersprach. Das hat was mit Korpsgeist zu tun, mein Junge. Man übt Kritik nur nach innen, aber nicht nach außen, auch wenn die interne Kritik noch nie was genutzt hat und allenfalls der Karriere schadet. David wollte ihm ins Wort fallen, ihm widersprechen, ihm sagen, dass sich unter diesen Voraussetzungen nie etwas ändere, aber Willi unterbrach ihn mit erhobener Hand. Stopp, mein Junge. Ich weiß genau, was du einwenden willst. Deshalb frage ich dich: Was hat sich denn durch dein Buch nachhaltig geändert? Du kennst die Antwort. Gar nichts. Die Verantwortlichen in der Politik sind doch längst wieder zur gewohnten Tagesordnung übergegangen. Das Schlimmste für die Kollegen war übrigens gar nicht dein Buch, David. Das Schlimmste waren die Medien, die anschließend ihren Senf dazugaben, dein Buch noch übertreffen wollten, schlecht recherchierte Halbwahrheiten auftischten und als Skandal priesen, weil es plötzlich in Mode war, wahllos auf die Polizei einzudreschen. Und die Politiker? Die forderten wieder mal wortreich Konsequenzen, ohne auch nur ein einziges Mal darüber nachzudenken, dass sie in Wahrheit alle miteinander die eigentlichen Erzeuger des Problems sind. Und das gilt nicht nur für das große Drogengeschäft. Aus Personalmangel ist doch heute schon ein Wohnungseinbruch de facto gar kein Verbrechen mehr, sondern nur noch ein lästiger Aktenvermerk für die Versicherung. Und sobald du die Kölner Stadtgrenzen verlässt, ist nachts für ein Gebiet mit einem Radius von 30 Kilometern und mehr ein einziger Streifenwagen zuständig…

Als David Manthey erneut den Hansaring verlassen wollte, um nach rechts zum Mediapark abzubiegen, entdeckte er stadteinwärts, in knapp zwanzig Metern Entfernung, die graue

Dogge. Die Passanten beschrieben einen großen Bogen und wichen auf die Straße aus, als wäre der Bürgersteig vermint. Nicht nur wegen des absonderlich großen Hundes mit dem samtig schimmernden Fell, sondern auch wegen des Mannes, der das Tier an der kurzen Leine hielt. Die Hose und das ärmellose weiße Hemd verdeckten zwar einen Großteil der ornamentalen Pracht, aber was an nackter Haut zu sehen war, war fast vollständig tätowiert, selbst der sehnige Hals, der Nacken und die Stirn. David streckte dem Hund den Handrücken entgegen, und während er die schlabbernde Zunge spürte, sah er dem Mann in die Augen, ohne dessen Stirn auch nur eines Blickes zu würdigen.

»Du wirst erwartet. Da drinnen.«

Ein Sex-Shop. Neben dem völlig verstört wirkenden Verkäufer an der Kasse stand breitbeinig ein Mann mit verschränkten Armen, zweifellos der Zwillingsbruder des Doggenbändigers vor der Tür. Bevor sich David ein Bild davon machen konnte, ob auch die Tattoos identisch waren, löste der Mann seinen Blick von den säuberlich nach Größe sortierten Silikon-Dildos, die bis dahin seine Aufmerksamkeit in Anspruch genommen hatten, und nickte stumm in Richtung der Tür gegenüber der Kasse.

Ein Kino. Erst als sich Davids Augen an die Dunkelheit gewöhnt hatten, erkannte er die Umrisse eines einzelnen Menschen. Mitten in der vierten von insgesamt sieben Sitzreihen. Also tastete er sich bis zur Mitte der dritten Sitzreihe, die praktischerweise der Tür am nächsten lag. David starrte auf die leblose Leinwand. Sekunden später spürte er Ingvars Atem im Nacken.

»Ich habe das Kino für eine halbe Stunde gemietet. Niemand wird uns stören. Ich habe diesen Menschen an der Kasse gebeten, solange keinen neuen Film einzulegen. Fantasielosigkeit beleidigt meine ästhetische Vorstellung von gutem Sex.«

David dachte einen Augenblick darüber nach, ob Ingvar guten Sex nur im Dunkeln mochte, wo sich doch sein ganzes Leben weitgehend im Dunkeln abzuspielen schien, und wenn nicht, ob die Dogge vielleicht dabei zuschauen durfte. Er fragte sich das, nicht weil er ernsthaft an einer erschöpfenden Antwort interessiert war, sondern um sich abzulenken und seine Ungeduld in den Griff zu kriegen. Auf keinen Fall wollte er zu erkennen geben, wie sehr er auf Ingvars Neuigkeiten brannte. Es war günstiger, dem Schweden lediglich das gute Gefühl zu vermitteln, ihn endlich von seinen Schulden zu befreien.

»Und?«

»Was und, Ingvar?«

»Willst du nicht wissen, was ich für dich habe?«

»Hast du denn was?«

Blitzschnell legten sich Ingvars Hände wie Schraubstöcke um Davids Nacken und Hals. Nerven bewahren. Gleichmäßig atmen. Nur ja keine Panik. Nach einer Weile ließ der Druck nach, und Ingvar tätschelte Davids Wange. So wie er vermutlich seine Dogge tätschelte, wenn ihm danach war.

»Komisch, da fällt mir gerade ein… als ich das hier mietete, fragte ich mich, wer geht denn eigentlich im Zeitalter von DVD und Blu-ray überhaupt noch in ein Sex-Kino, wenn er es sich stattdessen daheim auf der Couch gemütlich machen kann? Also fragte ich den Stotterer an der Kasse… ich weiß gar nicht, ob der von Natur aus Stotterer ist oder nur, solange wir in seiner Nähe sind… jedenfalls… weißt du, was er geantwortet hat? Na?«

»Keine Ahnung, Ingvar. Sag's mir.«

»Er hat geantwortet: Das ist wie im normalen Kino. Die Leute kommen wegen des Gemeinschaftserlebnisses.«

»Nicht schlecht, die Antwort.«

Ingvars Spiel. Das Pornokino interessierte ihn in Wahrheit einen feuchten Dreck. Ingvar interessierte sich lediglich dafür, zu welchem Zeitpunkt David die Geduld verlor. Das Wissen würde Ingvar abspeichern. Für spätere Gelegenheiten.

»Manthey, ich schwör's, der meint das ernst. Der hätte sich gar nicht getraut, mich auf den Arm zu nehmen. Ich krieg's nicht auf die Kette. Wegen des Gemeinschaftserlebnisses. Nur dass die hier nicht zum gemeinsamen Popcorn-Fressen und Ablachen an den falschen Stellen zusammenkommen, sondern zum Rudelwichsen. Deshalb riecht das hier auch so streng. Ist auch blöd, wenn man die Bude nicht mal ordentlich lüften kann zwischendurch. Der Stotterer schwört übrigens tausend Eide, dass regelmäßig auch Kerle kommen, die ihre Frauen dem Publikum vorführen. Nicht auf der Leinwand, sondern in echt, während der Film läuft. Die Gattinnen tragen dann lange Mäntel und nichts drunter, und jeder darf zugucken und mal anfassen. Außerdem ...«

»Ingvar?«

»Ja?«

»Lass uns zum Geschäftlichen kommen.«

»Sieh an. Der coole Mister Manthey. Etwa in Eile?«

»Ja.«

»Kann ich gut verstehen. Wäre ich auch. Und außerdem wäre ich ganz schön auf der Hut, an deiner Stelle. Hast dir nämlich ein richtig großes Kaliber rausgepickt, meine Fresse.«

»Uwe Kern ...«

»Den meine ich nicht.«

»Milos Kecman.«

»Allerdings. Wer sich mit dem anlegt, ist so gut wie tot.«

»Also gibt es eine Verbindung.«

»Der Reihe nach, mein Freund. Uwe Kern. Das ist übrigens sein Echtname. Sehr interessantes Detail, das mit dem Echtnamen. Willst du an meiner Lebenserfahrung partizipieren, David? Dann pass gut auf: Der Erfolg, die Macht, all das steigt den meisten erfolgreichen Männern eines Tages so zu Kopf, dass am Ende die Eitelkeit über die Intelligenz siegt. Das gilt für Industrielle ebenso wie für Politiker oder Militärs oder Gangster. Das scheint ein Naturgesetz zu sein. Und gilt auch für unseren Mann: Sein halbes Leben hat Uwe Kern mit einem Dutzend falscher Namen und erfundener Identitäten gelebt. Er war nämlich mal eine ziemliche Nummer beim BND. Ein Topagent, würden eure Medien hierzulande schreiben, wenn sie nur einen blassen Schimmer hätten. Kern operierte vorrangig in Osteuropa, in der Zeit vor dem Fall des Eisernen Vorhangs. Spricht

229

sieben Sprachen fließend. Offiziell ist er in Rente. Die dürfen beim BND ziemlich früh in den Ruhestand, weil die meisten irgendwann ohnehin verbrannt sind. Und jetzt läuft dieser Gockel doch tatsächlich mit seinem Echtnamen durch die Gegend. Benutzt sogar seinen alten BND-Dienstausweis, Operative Abteilung 5, Berlin-Lichterfelde ...«

»... und macht inzwischen genau was?«

»Jetzt wird's erst richtig spannend. Die deutschen Geheimdienste unterstehen unmittelbar der Bundesregierung, wohingegen das Polizeiwesen bekanntlich eine hoheitliche Aufgabe der Bundesländer ist. So wie das Schulwesen oder so ...«

»Echt spannend, Ingvar ...«

»Nicht so ungeduldig, Manthey. Polizei ist also Ländersache, mal abgesehen vom Bundeskriminalamt und mal abgesehen vom ehemaligen Bundesgrenzschutz, der ja inzwischen Bundespolizei heißt, weil die Politiker der irrigen Meinung sind, es gäbe keine Grenzen mehr zu schützen, weil unsere EU doch so schön groß ist, dass sie weit, weit weg von Berlin erst an der Grenze zu Moldawien endet ...«

»Komm endlich zum Punkt, Ingvar.«

»Unterbrich mich nicht dauernd. Seit dem Fall des Eisernen Vorhangs und vor allem seit dem 11. September 2001 kümmern sich die Geheimdienste vornehmlich um islamistisch motivierten Terrorismus und haben damit alle Hände voll zu tun, während im unermüdlichen, heldenhaften Kampf gegen das organisierte Verbrechen Experten wie beispielsweise die Innenminister von Schleswig-Holstein oder Rheinland-Pfalz in vorderster Front stehen. Eine bizarre Vorstellung. Aber wem erzähle ich das. Es gilt die altbewährte Politikerweisheit: Wenn man zu blöd ist oder aber keine Lust hat, ein Problem zu lösen, dann ignoriert man das Problem einfach gegenüber der Öffentlichkeit ...«

»Aber inzwischen, im Zeitalter der Globalisierung, lässt sich das Problem nicht mehr so einfach ignorieren.«

»Exakt, Manthey. Weil das organisierte Verbrechen sich nämlich anschickt, nationale Volkswirtschaften reihenweise aufzukaufen. Feindliche Übernahmen. Das viele, illegal erworbene Geld muss schließlich gewaschen werden. Geldwäscher ist übrigens der Beruf der Zukunft, Manthey. Noch sind es vornehmlich Aktienpakete, stille Einlagen in Kommanditgesellschaften, Investments auf dem Immobiliensektor. Aber bald wird es um mehr gehen. Um viel mehr. Um Kontrolle. Um Macht. Um Geschäftsführerposten, um Sitze im Vorstand und um Aufsichtsratsmandate. Denn wer die ökonomische Macht im Land besitzt, der besitzt zwangsläufig eines Tages auch die politische Macht. Klar so weit?«

»Uwe Kern...«

»Ich will nur, dass du die Zusammenhänge verstehst. Damit du nicht sagen kannst, ich hätte meine Schulden nicht ordentlich beglichen. Okay, machen wir weiter. Uwe Kern. Der wurde vor drei Monaten von der Bundesregierung damit beauftragt, eine Truppe aufzubauen, die einerseits Geheimdienststatus besitzt, damit sich die Länder nicht querstellen können, zugleich aber mit polizeilichen Befugnissen ausgestattet ist. Streng geheim natürlich... und staatsrechtlich äußerst heikel, wie du dir denken kannst. Sonderkommando Organisierte Kriminalität, kurz SOK genannt. Kern fungiert als Projektleiter. Eine hübsche und zugleich lukrative Beschäftigung für einen Rentner. Zwanzigtausend Euro überweisen sie ihm monatlich auf sein Privatkonto, Spesen gehen natürlich extra. Ein Vielfaches dessen, was er in seiner aktiven Zeit beim BND verdient hat. Nun zu den anderen Namen...«

»Dr. Karl-Günther Beauvais...«

Ingvar tätschelte erneut Davids Wange.

»Bin ich nicht großzügig, Manthey? Ein einziger Name war ausgemacht, damit sind meine Schulden bei dir eigentlich schon beglichen. Und was mache ich? Wie im Märchen spiele ich die gute Fee, und du hast drei Wünsche frei... diesen Beauvais kannst du vergessen. Promovierter Verwaltungsjurist, Ministerialdirigent im Bundesinnenministerium. Er ist sozusagen der Buchhalter der Truppe, sorgt dafür, dass die finanziellen Mittel in Berlin freigegeben werden. Gefällt sich darin, ein bisschen

Abenteuerluft zu schnuppern. Wahrscheinlich, weil die Alte, die er vor hundert Jahren geheiratet hat, genauso langweilig ist wie er selbst. Kern tut ihm den Gefallen, damit die Gelder munter fließen, das ist nicht ungeschickt. Deshalb durfte der Dicke auch bei eurer Unterredung im Keller des Polizeipräsidiums dabei sein.«

»Lars Deckert...«

»Der schöne Lars. Kriminalhauptkommissar Lars Deckert ist der einzige BKA-Mann in der Truppe, die ansonsten ausschließlich aus aktiven oder ehemaligen BND-Agenten, allesamt von Uwe Kern handverlesen, sowie zwei pensionierten MAD-Offizieren besteht. Der Militärische Abschirmdienst und das BKA sind nur aus Gründen des Proporzes dabei. Deckert ist offiziell Kerns Verbindungsmann zum Bundeskriminalamt. Aber in Wahrheit will Kern überhaupt keine Verbindung zum BKA. Entweder wittert er Konkurrenz, oder er mag keine Leute, die glauben, sich nur innerhalb der gesetzlichen Schranken bewegen zu dürfen. Deckert ist also nichts weiter als ein Feigenblatt. Und Kerns emsiger Laufbursche. Er hofft vermutlich auf die große Karriere, und das SOK soll das Sprungbrett sein. Wie hast du ihn erlebt? Was war dein erster Eindruck?«

»Der ewige Klassenbeste. Hitzköpfig, unerfahren, was klassische Fronteinsätze betrifft, ungemein ehrgeizig...«

»Das passt perfekt.«

»Wo ist die Verbindung zu Milos Kecman?«

»Ich weiß es nicht, Manthey. Ich weiß nur, dass es sie gibt. Seit dem Tag, als Jerkov aus dem Knast entlassen wurde und sich vor den Fernsehkameras aufplusterte, haben die Aktivitäten des SOK deutlich zugenommen. Operation Zoran. Das ist der offizielle Deckname. Wie einfallsreich. Operation Zoran. Die Drähte glühen förmlich. Sie versuchen, ein Bewegungsmuster herzustellen. Nicht was Jerkov, sondern was Kecman betrifft. Sie haben nämlich nicht den leisesten Schimmer, wo sich Jerkov aufhält.«

»Was wissen sie über Kecman?«

»Sie wissen inzwischen, dass Milos Kecman einen russischen

Diplomatenpass und eine schicke, geräumige Penthouse-Wohnung im Stadtzentrum von Sankt Petersburg besitzt, ferner eine Finca auf Mallorca, die gut und gerne 30 Millionen Euro wert ist, außerdem eine Yacht, die im schnuckeligen Jet-Set-Hafen Puerto Portals südwestlich von Palma vertäut liegt und zwölf Millionen Euro gekostet hat. Kecmans große Leidenschaft ist übrigens der Tauchsport. Nicht etwa das Fotografieren von Flora und Fauna. Nein, das Jagen mit der Harpune in versunkenen Wracks, Aug' in Aug' mit dem Feind. Seine Beute trägt er dann höchstpersönlich zu seinem Lieblingsrestaurant. Von der Yacht, die auf den schönen Namen MS Beluga hört, sind es nämlich über die Pier mal gerade fünf Minuten Fußweg bis zu dem Fresstempel namens Tristán. Der Laden ist zwar letztes Jahr von Michelin gestutzt worden, von zwei auf einen Stern, aber nach wie vor der Magnet für die Reichen und Schönen in Puerto Portals. Und mit der Yacht ist man bei Nacht und Nebel ruckzuck übers Mittelmeer, in einem toleranten arabischen Land, falls es in der EU trotz des Diplomatenpasses mal ungemütlich werden sollte. Hast du gewusst, dass Mallorca inzwischen der bevorzugte Stützpunkt der russischen Mafia in Westeuropa ist? Ach ja, fast hätte ich es vergessen… sie vermuten, dass Kecman außerdem eine Bleibe hier in Köln besitzt, die über einen Strohmann besorgt wurde. Deshalb durchforsten Kern und seine Leute gerade die breit gefächerten Eigentumsverhältnisse des plötzlich und unerwartet aus unserer Mitte gerissenen Rechtsanwalts Heinz Waldorf.«

»Hast du lediglich die SOK-Computer oder auch Milos Kecmans Computer-Netzwerk angezapft?«

»Bin ich lebensmüde? Ich sagte doch bereits: Wer sich mit Kecman und dessen Organisation anlegt, ist so gut wie tot.«

»Was weißt du über Kecmans Geschäfte?«

»Nichts.«

»Wer ist der Albino?«

»Kecmans tödliche Waffe. Reicht das?«

»Was hat das SOK vor?«

»Ich habe keine Ahnung. Meine Leute konnten lediglich ein

233

paar Puzzleteile einsammeln. Aber zusammensetzen musst du die Teile schon selbst. Außerdem haben wir vergangene Nacht den Stecker gezogen. Sicherheitshalber.«

»Was heißt das?«

»Sie haben kapiert, dass da wer in ihren Computern rumstöbert. Wir sind sofort auf Tauchstation gegangen. Jetzt suchen sie nach uns im Netz. Das heißt für meine Leute: neue Firewalls und Deckadressen aufbauen, solange komplette Funkstille. Ganz schöner Umsatzausfall. Alle Kundenaufträge storniert, bis das SOK das Interesse verliert und die Suche einstellt. Wir machen also Betriebsferien, gezwungenermaßen. Und verlieren richtig viel Geld. Aber was tut man nicht alles für einen alten Freund.«

»Das war's, Ingvar?«

Das Wort *Danke* lag David auf der Zunge. Bei jedem anderen Menschen hätte David es in diesem Augenblick benutzt. Und echte Dankbarkeit empfunden. Nicht bei Ingvar. Wie ein Hai auf den Geruch von Blut im Ozean lauerte, so lauerte Ingvar auf das Signalwort, das den Benutzer automatisch zur leichten Beute machte. Ingvar war nicht an der Pflege von Freundschaften interessiert, sondern an der Pflege von Abhängigkeiten. Und dass er bei der virtuellen Recherche volles Risiko gefahren war, konnte nur bedeuten, dass er sich von den Ergebnissen seiner Recherche jenseits des Bezahlens seiner Schulden bei David Manthey und damit dem Abschütteln einer unangenehmen Abhängigkeit in der falschen Richtung einen gewaltigen geschäftlichen Nutzen versprach. Vielleicht war es ein fataler Fehler gewesen, Ingvar einzuschalten. Jetzt war es zu spät.

Ingvar ließ sich Zeit mit der Antwort. David spürte wieder dessen Atem im Nacken, spürte den Rachen des Hais im Genick. Da er nicht zubiss, konnte dies nur bedeuten, dass Ingvar darüber nachdachte, ob die Preisgabe eines weiteren Puzzleteils seiner persönlichen Vorstellung von einer gelungenen Pokerpartie entsprach. Was auch immer die Informationen beinhaltete: Sie diente dazu, einen jetzigen oder späteren Gegner zu schwächen, um ihn in eine Abhängigkeit zu drängen.

»Es gibt noch zwei Kleinigkeiten …«

Diesmal schwieg David. Seine Fingerspitzen fühlten sich ganz taub an, weil er sie seit Anbeginn der Unterhaltung in die gepolsterten Armlehnen des Sitzes gekrallt hatte.

»Ich habe natürlich keinen blassen Schimmer, ob es dich überhaupt interessiert, Manthey. Vielleicht …«

»Ingvar, die Frage kann ich natürlich erst beantworten, wenn ich die beiden Kleinigkeiten kenne.«

»Was bin ich nur für ein gutherziger Mensch. Ich verschenke Informationen am laufenden Band und ruiniere dabei noch mein Geschäft. Also: Sie machen in ihren Memos ein ziemliches Theater um einen Termin, den sie herausgefunden haben. Es geht wohl um einen Deal, eine größere Sache, hier in Köln. Diese Nacht. Alles Weitere steht auf dem Zettel, den ich dir gerade in deine Hemdtasche stecke.«

David spürte durch den Stoff des Leinenhemdes Ingvars eiskalte Hand auf seiner Brust.

»Zweitens: Vielleicht interessiert dich ja, wo Uwe Kern seine Kommandobrücke für die Operation Zoran eingerichtet hat.«

David schwieg. Er spürte immer noch die Kälte auf seiner Brust, obwohl die Hand verschwunden war.

»Er hat das Viertel eurer Kindheit sozusagen ständig im Blick. Vielleicht inspiriert ihn ja die Aussicht auf den Eigelstein. Die Oriental Suite im obersten Stockwerk des Savoy.«

»Ganz schön teuer.«

»Nichts ist dem Staat zu teuer, wenn es um den Schutz seiner Bürger vor dem organisierten Verbrechen geht.«

»Wen hören sie ab?«

»Dein Handy. Das Handy und das Festnetz dieser Journalistin. Außerdem kontrollieren sie deren E-Mail-Account. Dito die ganze Palette bei Jerkovs Schwester und Jerkovs Bruder. Außerdem observieren sie die Wohnungen der Geschwister und die Wohnung der Journalistin. Aber sie haben keinen blassen Schimmer, wo du steckst und wo die Journalistin steckt. Und natürlich haben sie keine Ahnung, wo Jerkov steckt. Wäre vermutlich eine Menge Geld wert, das zu wissen.«

»Wem wäre es denn eine Menge Geld wert? Kern … oder Kecman?«

Artur wurde nicht observiert.

Sie wussten nichts von Arturs Existenz.

Noch nicht.

Das war die entscheidende Nachricht.

Ihr Versteck war also sicher. Noch.

»Beiden natürlich. Beide sind ganz scharf auf Jerkov. Aus unterschiedlichen Gründen. Kern will ihn observieren, Kecman will ihn eliminieren. Aber Kecman würde zweifellos mehr und vor allem auch schneller zahlen. So, Manthey, und jetzt verschwinde von hier. Wir sind quitt. Mach einen schönen, ausgedehnten Spaziergang durch die Stadt. Meine Leute zeigen dir den Weg. Und grüß Jerkov von mir, wenn du ihn siehst. Oder … nein, vielleicht besser nicht. Denn das bringt mir womöglich noch Unglück. Jerkov hat ein schlechtes Karma. Ich kann es riechen: Sein Karma steht für Tod und Verderben.«

Arturs SMS war kurz und unmissverständlich: *Er geht.* Sie klappte das Buch zu, zahlte den Espresso, verließ das Café und nahm den Weg über die Hinterhöfe. Den Weg, den David Manthey ihr aufgemalt hatte. Vorbei an den verlassenen Treibhäusern der ehemaligen Gärtnerei. Die Glassplitter der zertrümmerten Scheiben spiegelten die Sonne des frühen Nachmittags, als seien sie kostbare Edelsteine.

Alenka saß in der Küche und schnitt Paprika in schmale Streifen. Sie hatte die langen, grauen Haare hochgesteckt und trug eine ärmellose Kittelschürze. Der dünne, geblümte Stoff war vom vielen Tragen und Waschen ausgebleicht. Kristina betrachtete die schmalen, knochigen Schultern, die mageren Arme, die eingefallenen Wangen, die stumpfen Augen, die vom vielen Arbeiten in kaltem Wasser aufgedunsenen Hände. Eine alte Frau von erst 36 Jahren. Nur der Mund verriet noch, dass Alenka Jerkov eine schöne Frau gewesen sein musste. Vor langer Zeit.

»Kristina!«

Sie schien sich zu freuen.

»Hallo, Alenka. Wie geht's dir?«

»Du warst aber schon lange nicht mehr hier.«

»Stimmt, Alenka. Als Zoran noch im Gefängnis saß, als es darum ging, Beweise zu sammeln, um ihn frei zu bekommen, da war ich ja fast schon Stammgast bei euch gewesen.«

»Branko ist nicht da!«

»Macht doch nichts. Ich wollte sowieso nicht deinen Mann, sondern dich besuchen. Schauen, wie's dir so geht.«

»Branko ist eben erst weg. Vor zehn Minuten. Zur Sparkasse. Er hat einen Termin. Wegen des Kredits.«

»Probleme?«

Alenka zuckte hilflos mit den Schultern, hob den Kopf und starrte zur von verbranntem Bratfett braun gefärbten Decke.

»Er redet nicht mit mir über ... so was.«

»Über Geld ...«

»Über Geld nicht und über alles andere auch nicht. Er redet fast gar nicht mehr. Mit niemandem. Seit ... seit Dalia ...«

»Verstehe.«

»Nein, du verstehst nichts, Kristina. Das kannst du nämlich nicht verstehen, das kann niemand verstehen!«

Tränen kullerten aus ihren Augen. Tränen so dick wie Regentropfen. Nur ihre Augen weinten. Das Gesicht blieb starr wie eine Maske. Das Gesicht einer Frau, die früh lernen musste, ihre Seele unter Verschluss zu halten. Kristina setzte sich, schob das Sieb, das Messer und das Holzbrett beiseite und legte ihre Hände auf Alenkas Hände. Alenka blickte erstaunt auf. Nicht erschrocken, nur erstaunt.

»Weshalb bist du gekommen, Kristina?«

»Ich wollte ...«

»Lüg mich nicht an! Bitte nicht. Wenn du Zoran suchst ... ich habe keine Ahnung, wo er steckt. All diese Reporter, die hier dauernd aufkreuzen. Branko sagt ...«

»Ich wollte mit dir über Dalia sprechen, und über …«

»Dalia ist tot. Das weißt du doch. Ich möchte nicht über meine Tochter sprechen. Das tut so weh. Immer noch.«

»Vielleicht können wir über ihren Vater sprechen.«

»Über Dalias Vater?«

»Ja.«

»Wie gesagt, Branko ist zur Sparkasse. Aber er müsste ungefähr in einer Stunde zurück sein.«

»Alenka, ich möchte jetzt nicht mit Branko reden. Ich möchte mit dir über Dalias Vater reden.«

Alenka starrte auf die Tischplatte aus Resopal, auf Kristinas Hände, unter denen ihre eigenen vergraben waren.

»Du hast schöne Hände, Kristina. Sehr schöne Hände. Du bist eine schöne Frau. Wie alt bist du?«

»Ich? Achtundzwanzig.«

»Du sagst das so, als schämtest du dich deiner Jugend. Schäme dich nicht. Genieße die Zeit, solange du jung und schön bist. Du hast noch keine eigenen Kinder, nicht wahr?«

»Nein.«

»Die deutschen Frauen bekommen heutzutage erst sehr spät Kinder. Oder gar nicht. Sie wollen lieber ihrem Beruf nachgehen. Eigenes Geld verdienen. Spaß haben. Karriere machen.«

»Es gab noch nicht den richtigen Mann bisher.«

»Ja. Der richtige Mann. Die jungen deutschen Frauen suchen sich die Männer aus. Das ist gut so, Kristina. Suche dir in aller Ruhe den richtigen Mann aus. Sei wählerisch. Das ist wichtig. Zu meiner Zeit war das anders. In meinem Heimatland. Die Familien trafen die Wahl. Ich weiß nicht, wie das heute ist in Kroatien. Ich war schon lange nicht mehr dort.«

»Vermisst du deine Heimat?«

»Nein. Der Krieg hat alle Sehnsucht zerstört.«

»Warum bist du damals nach Deutschland gekommen?«

Ein schwaches Lächeln huschte über Alenkas Gesicht. Die müden Augen kramten in längst verscharrten Erinnerungen.

»Ich wurde nicht gefragt, Kristina. Niemand hat mich gefragt, ob ich nach Deutschland will. An einem Sonntag im Frühjahr 1990 holte Milan Jerkov mich in Vukovar ab. Ich war 16 damals. Milan schlug mehrere Fliegen mit einer Klappe. Erstens tat er seinem besten Freund aus alten Tagen, nämlich meinem Vater, einen großen Gefallen. Der wusste nämlich nicht mehr, wie er die hungrigen Mäuler seiner sieben Kinder stopfen sollte. Zweitens konnte Milan, dessen Frau ja früh gestorben war, eine Hilfe im Restaurant gut gebrauchen, und inzwischen konnte er sich eine externe Kraft auch finanziell leisten, zumal eine ungelernte Sechzehnjährige aus Vukovar keine allzu großen Ansprüche stellen würde. Essen, ein Bett, etwas Taschengeld. Und drittens hoffte Milan, dass die Gesellschaft einer jungen Kroatin seiner ebenfalls im Restaurant arbeitenden siebzehnjährigen Tochter dabei helfen könnte, dass Maja nicht länger ihre Muttersprache und ihre kroatische Abstammung verleugnete. Denn Milan passte es gar nicht, wie sehr sich Maja in eine Deutsche verwandelte. Er war zwar mächtig stolz auf die guten Schulnoten seiner Tochter und auf ihren Ehrgeiz, das Abitur zu schaffen. Aber nach dem Abitur, das stand für Milan fest, sollte Maja gefälligst ganz ins Geschäft der Familie einsteigen. Nicht auf der Rechnung hatte Milan, als er mich von Vukovar nach Köln holte, seinen missratenen Sohn.«

Alenka machte eine Pause.

Kristina schwieg. Sie wagte kaum zu atmen. Bis zu diesem Augenblick war alles nur eine abenteuerliche Hypothese gewesen. Eine gewagte Hypothese, auch wenn sie vieles erklären würde. In dieser Sekunde wurde die Hypothese zur Wahrheit.

»Zoran, der schöne Zoran. 20 war er damals. Stark. Mutig. Immer ein freches Grinsen im Gesicht. Der geborene Anführer. Und der geborene Verführer. Die Frauen des Viertels waren ganz verrückt nach ihm. Auch die verheirateten Frauen. Zoran ließ nichts anbrennen, wie man hier im Rheinland sagt.«

Alenka erhob sich schwerfällig, wankte auf unsicheren Beinen zum Kühlschrank, nahm eine Flasche Mineralwasser aus dem Türfach und füllte zwei Gläser. Dann schaltete sie den Fernseher ein und stellte rasch den Ton leise, noch bevor die

Hausfrau auf dem Bildschirm die großartigen Erfolge preisen konnte, die sie bei ihrer Familie mit dem Anrühren von Fertigsuppen erzielte. Sie steckte die Fernbedienung in die Tasche ihrer Kittelschürze und kehrte mit den beiden Gläsern zurück zum Tisch.

»Gleich kommt Carsten Cornelsen. Den darf ich nicht verpassen. Cornelsen gibt mir Trost. Er hat so eine bestimmte Art, weißt du? Man fühlt sich gleich nicht mehr so alleine, wenn man erfährt, welches schwere Schicksal andere Menschen zu tragen haben. Carsten Cornelsen sagt, dass es im Leben immer einen Ausweg gibt. Wie das Licht am Ende eines langen, dunklen Tunnels. Kennst du die Sendung?«

Kristina nickte und log damit heute zum zweiten Mal, nachdem sie schon diesen Friedbert belogen hatte. Aber das war so leicht gewesen. Alenka zu belügen tat weh.

»Zoran. Zuerst hat er mich kaum beachtet. Er kam ja auch nur selten nach Hause. Manchmal stellte er etwas im Lagerschuppen ab oder lieh sich ein Werkzeug aus. Ohne zu fragen natürlich. Zoran nahm sich immer, was er brauchte.«

Alenka trank einen winzigen Schluck. Sie nahm das Messer in die Hand und legte es wieder ab. Sie schob eine Paprika beiseite. Sie rückte das Glas zurecht.

»Seine Schwester liebte er abgöttisch, aber mit seinem Vater und mit seinem Bruder redete er kaum ein Wort. Nur das Nötigste. Wenn er zu Besuch kam oder wenn ich ihn zufällig irgendwo im Viertel sah, schlotterten mir augenblicklich die Knie und mein Herz raste wie verrückt. Manchmal erkannte er mich auf der Straße, dann zwinkerte er mir freundlich zu, und ich wurde knallrot und war froh, dass er nicht stehen blieb, um mit mir zu reden. Was sollte er denn auch mit diesem kleinen Dorftrampel aus Vukovar reden? Zu der Zeit konnte ich ja auch noch nicht mal die deutsche Sprache. Nur die wichtigsten Wörter, danke, bitte sehr, guten Tag, guten Abend, guten Morgen, auf Wiedersehen.«

»Und die anderen?«

»Die Familie Jerkov? Von der jedermann in Vukovar glaubte,

sie müssten Millionäre sein? Milan war korrekt. Streng, aber gerecht. Und Branko war sein gelehriger Schüler. Manchmal führte er sich wie eine billige Karikatur des Alten auf. Maja war nett zu mir, hilfsbereit, gerade in der schwierigen Anfangszeit. Aber aus der großen Freundschaft wurde nichts, weil Maja natürlich die Absicht ihres Vaters schnell durchschaut hatte. Und was dann passierte, hat ihre rebellische Haltung nur noch gefördert. Gleich nach dem Abitur verließ sie das Haus und ging ihrer Wege.«

Kristina stellte fest, dass Alenka mit der Zwischenfrage den roten Faden verloren hatte. Wie brachte sie das Gespräch zurück zum Thema, ohne dass sie abblockte? Aber zum Glück nahm Alenka den roten Faden ganz von alleine wieder auf. Als wollte sie sich nun endlich von der Seele reden, worüber sie fast zwei Jahrzehnte lang geschwiegen hatte.

»Ich war ungefähr drei Monate bei den Jerkovs, als es passierte. Ein Montag. Ruhetag. Spätsommer. Es war unglaublich heiß an diesem Tag. Ich ging spazieren, bummelte über den Ring, sah mir die Kinoplakate mit den neuen Filmen an, betrachtete die schönen Kleider und die teuren Schuhe in den Schaufenstern, als plötzlich ein schwarzes Cabriolet neben mir bremste. Zoran. *Na? Lust auf einen Ausflug? Steig ein!* Natürlich stieg ich ein. Was gab es da noch zu überlegen? Keine Ahnung, was das für eine Automarke war. Aber ich kann mich noch gut an die roten Ledersitze erinnern. Man versank ganz tief darin. Zoran brauste durch die Stadt, er sah so verwegen aus mit der Sonnenbrille, und ich war der glücklichste Mensch auf dieser Welt. Ich wagte kaum, ihn anzusehen. Der Motor, der Fahrtwind, man konnte sich kaum unterhalten, und das war gut so. Wir verließen die Stadt, Zoran lenkte das Cabrio über Landstraßen und schließlich über einen Waldweg bis zum Ufer eines Sees. Kein Mensch weit und breit, nur Zoran und ich. Es gab eine kleine Sandbucht, und Zoran fragte: Wollen wir schwimmen gehen? Ich antwortete: Ich habe kein Badezeug dabei. Zoran entgegnete: Ich auch nicht. Braucht man hier auch nicht. Er zog sich in Sekundenschnelle aus, ließ die Sachen einfach fallen, und mein Herz schlug wie wild, während ich ihm dabei zusah. Ja, ich habe ihm zugesehen, wie gebannt, ich konnte den Blick gar nicht von ihm abwenden. Er stürzte sich ins Wasser und ließ mich zurück, was sollte ich tun, etwa wie eine dumme Gans vom Land einfach so herumstehen?«

Alenka sah Kristina an, als erwarte sie tatsächlich eine Antwort auf ihre Frage. Aber dann redete sie weiter:

»Also zog ich mich ebenfalls aus, wenn auch viel langsamer als er. Weil ich mich so schämte. Für meine Nacktheit und für meine Ängstlichkeit. Wir schwammen eine Weile, es war wunderschön, das Wasser glitzerte in der Sonne. Er war als Erster wieder raus, holte ein riesiges Handtuch aus dem Kofferraum und legte es auf den Sand. Fuhr er etwa immer ein Handtuch im Kofferraum spazieren? Aber er konnte doch unmöglich geahnt haben, mich zufällig auf der Straße zu treffen. Zoran, für wen war das Handtuch ursprünglich bestimmt? Vor mir, nach mir. Zoran: Ich war verrückt nach dir. Süchtig nach dir.«

Sie hielt tatsächlich Zwiesprache mit ihm. Jetzt schloss sie die Augen, ihre Lippen bewegten sich stumm. Kristina schwieg, bis Alenka von alleine zurückkehrte.

»Wir lagen lange Zeit nebeneinander, mit geschlossenen Augen, und ließen uns von der Sonne trocknen und wärmen. Und dann… dann ist es passiert, einfach so passiert. Wollte ich es? Wollte ich es nicht? Ich weiß es nicht mehr, es war so… unaufhaltsam. Der erste Mann in meinem Leben. Er hätte es natürlich nicht tun dürfen, weil er schon 20 und damit volljährig und ich erst 16 und minderjährig war. Aber er war so zärtlich, so behutsam. Was kann sich eine Frau fürs erste Mal mehr wünschen? Für das erste und das letzte Mal…«

Alenka schloss die Augen. Sie reiste zurück, zu Zoran, in die Vergangenheit, zurück an den See.

Kristina hielt den Mund und wartete und betete derweil zu einem Gott, an den sie nicht glaubte, dass Branko jetzt nicht vorzeitig zurückkehrte. Inzwischen verging eine Ewigkeit.

Schließlich riss sich Alenka gewaltsam aus der Erinnerung, öffnete die Augen und fixierte Kristina.

»Der Rest ist schnell erzählt. Als sich die Schwangerschaft nicht mehr verheimlichen ließ, machte sich Zoran über Nacht aus dem Staub und meldete sich als Freiwilliger bei der kroatischen Armee, um Vukovar und das Vaterland gegen die Serben zu verteidigen. Er verschwand aus meinem Leben. Einfach so. Als hätte er nie existiert. Also entschied Milan, dass Branko die schwangere, dämliche Kuh auf der Stelle zu heiraten hatte, um keine Schande über die eigene Familie und über die arme Familie des fernen Freundes zu bringen, die schließlich schon genug unter dem Bürgerkrieg zu leiden hatte. Die Hochzeitsfeier wurde ein Fiasko, weil Branko sich fürchterlich betrank. So wie am Hochzeitstag ist er zum Glück nie wieder aus der Rolle gefallen. Milan hingegen spielte die Rolle des großzügigen Gastgebers und stolzen Schwiegervaters perfekt. Das war er der kroatischen Gemeinde Kölns schuldig. Milan wusste, was sich gehörte.«

»Und du?«

»Was? Ich?«

»Ja. Du!«

»Ich war nicht wichtig. Das Kind würde einen Vater und einen Namen haben. Das war wichtig. Nur das. Alles hatte wieder seine Ordnung. Niemand würde die schmutzige Wahrheit erfahren. Branko nannte sie Dalia. Ein schöner Name, nicht wahr? Er liebte sie abgöttisch. Ich wusste es, seit er sie zum ersten Mal in seinen Armen hielt, am Tag nach ihrer Geburt. Ich sah seine Augen und wusste, er würde mich niemals anrühren. All seine Liebe würde er diesem Kind schenken. Hatte er verdrängt, dass sie nicht seine Tochter war? Dass er sie nicht gezeugt hatte? Dass er die Mutter dieses Kindes nicht liebte, nicht begehrte? Ich weiß es nicht, Kristina. Ich weiß bis heute nicht, was in Brankos Kopf vorgeht. Jetzt, seit Dalia tot ist, weniger denn je.«

»Dann kam Zoran zurück …«

»Ja. Nach sechs Jahren. Ohne Vorankündigung erschien er zu Milans Beerdigung. Ich dachte, mich trifft der Schlag. Da stand er, mitten in der stummen Trauergemeinde. Die Männer klopften ihm auf die Schulter. Die Frauen umarmten ihn. Zoran, der verlorene Sohn. Zoran, der Kriegsheld. Brankos Gesicht wurde zu Stein. Für einen Moment ballte er die Fäuste. Aber dann besann er sich auf seine Rolle, ging auf Zoran zu, umarmte ihn. Die Frauen weinten vor Rührung. Hemmungslos. Dann entdeckte Zoran mich, kam durch die Menge auf mich zu und schüttelte mir die Hand. Als sei ich irgendein namenloser Trauergast. Nur seine Augen, in diesem Moment für niemanden sichtbar außer für mich, sagten die Wahrheit. Seine Augen baten um Verzeihung. Und ich verzieh ihm. Branko blickte stumm über Zorans Schulter und begriff, dass ich ihm verzieh, ohne ein Wort zu sagen. Dann sah Zoran hinab, zu dem kleinen Mädchen neben mir, mit fragendem Blick, und ich antwortete: Das ist Dalia. Sie wird bald sechs Jahre alt. Dalia, gib Onkel Zoran die Hand und sag ihm Guten Tag. Zoran hielt die kleine Hand. Tränen rollten über sein Gesicht, während er das Kind anlächelte. Und Dalia lächelte zurück. Da wusste ich: Jetzt hatte Dalia Jerkov gleich zwei Väter, die sie abgöttisch liebten und jederzeit bedenkenlos ihr Leben für sie geben würden.«

»Aber Alenka Jerkov hatte deshalb immer noch keinen Mann, der sie liebte und begehrte…«

»Zoran hätte mich niemals angerührt. Wegen Branko. Er wollte seinen Bruder nicht verletzen. Zoran hatte sich sehr verändert. Er habe im Krieg zu viele Kinder sterben sehen, sagte er. Ich erlaubte ihm, seine Tochter hin und wieder zu sehen. Gegen Brankos Willen. Er wollte das nicht, aber er fügte sich, als er begriff, dass zwischen Zoran und mir nichts mehr aufflammen würde. Nie wieder. Manchmal lag ich nachts wach, neben Branko, hörte sein gleichmäßiges Atmen und stellte mir vor, noch einmal mit Zoran zum See zu fahren. Mit ihm im warmen Sand zu liegen. Und mit ihm zu tun, was wir damals getan hatten. Wieder und wieder. Ich betrog meinen Ehemann in meinen Träumen.«

»Ist das Betrug, Alenka? Branko hat dich nicht begehrt. Dein Ehemann hat dich nicht wie seine Frau behandelt.«

Aber Alenka hörte nicht zu. Sie war weit weg mit ihren Gedanken, ihren Erinnerungen. Als würde sie nicht mit Kristina, sondern mit sich selbst sprechen.

»Zoran ging mit Dalia oft samstags in den Zoo. Wenn sie alle Tiere gesehen hatten, kauften sie ein Eis, setzten sich auf eine Bank und redeten und redeten und redeten. Dalia zählte jede Woche voller Vorfreude die Tage, die Stunden, die Minuten, bis Zoran sie abholte. Und jedes Mal leuchteten ihre Augen, wenn er sie zurückbrachte. Sie liebte ihren Onkel über alles. Onkel Zoran hat gesagt, Onkel Zoran hat gesagt. Als würde sie ihr ganzes Weltbild danach ausrichten, was Onkel Zoran sagte. Zoran steckte mir regelmäßig Geld zu, für das Kind. Unser Kind. Ich nahm es gern, ich konnte es gut gebrauchen, weil das Restaurant zu dieser Zeit überhaupt nicht gut lief. Aber von dem Geld durfte Branko nichts wissen. Das hätte ihn sehr verletzt.«

»Alenka, wer wusste die Wahrheit? Wer wusste, dass Zoran der Vater deiner Tochter war?«

»Niemand!«

Die Antwort kam viel zu schnell. Kristina drückte Alenkas Hände, um ihrer Aufmerksamkeit gewiss zu sein.

»Das kann unmöglich sein.«

»Milan wusste es natürlich. Aber der war tot. Branko wusste es. Zoran natürlich. Und ich. Sonst niemand.«

»Alenka, ich glaube dir nicht.«

»Selbst Maja wusste es nicht. Branko hätte es niemandem erzählt. Das hat mit Mannesehre zu tun. Die Wahrheit hätte ihn dem Spott der Gemeinde ausgeliefert. Kroatische Männer sind …«

»Wem hat es Zoran erzählt?«

Alenka schwieg. Ihr Mund war ein schmaler Strich.

»Bitte, Alenka. Ich muss es wissen.«

»Dieser Hure.«

»Wem?«

»Dieser Nutte. Dieser Marie. Und die dämliche Kuh hat es wohl ihrer tschechischen Freundin erzählt. Eliska. Aber die ist ja jetzt ebenfalls tot. Stand doch überall in den Zeitungen.«

Alenka Jerkov erweckte nicht den Eindruck, als würde sie den Mord an Eliska Sedlacek sonderlich bedauern.

»Woher weißt du, dass Marie es Eliska erzählt hatte?«

»Von Zoran.«

»Aber du hast doch gesagt, du hast ihn nicht mehr gesehen, seit er aus dem Gefängnis…«

»Ja. Das ist richtig. Seit seiner Entlassung habe ich Zoran nicht mehr gesehen. Aber ich habe ihn oft im Gefängnis besucht. Von Anfang an. Zwölf Jahre lang. Branko wusste nichts davon. Oder er hat sich nie etwas anmerken lassen. Ich habe keinen Führerschein, die Fahrt mit dem Zug von Köln nach Rheinbach war jedes Mal wie eine kleine Weltreise. Aber das habe ich gern in Kauf genommen. Denn im Gefängnis gehörte Zoran mir. Mir ganz alleine. Da konnte er mir nicht weglaufen.«

»Zoran wurde erpresst.«

»Ja. Die haben diesen Anwalt geschickt, diesen Waldorf, gleich nach Zorans Verhaftung. Und der hat ihm Fotos von Dalia gezeigt, wie sie morgens das Haus verlässt und zur Schule geht. Waldorf hat ihm klargemacht: Solange du brav im Gefängnis sitzt, wird deiner Tochter kein Haar gekrümmt. Wenn nicht, dann wird Dalia auf dem Weg zur Schule spurlos verschwinden…«

»Hatte Zoran dir erzählt, wer dahintersteckte?«

»Nein. Er wollte mich nicht in Gefahr bringen. Und das mit Dalia und der Erpressung hat er mir nur erzählt, damit ich besonders gut auf unsere Tochter aufpasse. Das habe ich auch getan. Aufgepasst und immer mit der Angst gelebt… aber gegen den Blutkrebs waren wir alle machtlos. Niemand konnte ihr helfen. Auch die Ärzte nicht. Sie war so tapfer, unsere Dalia. Alles hat sie klaglos über sich ergehen lassen. Die Tortur der Chemotherapie. Sie wollte uns ihre Schmerzen nicht zeigen, ihr Leiden für sich behalten. Sie hat sogar noch ihre Abiturprüfungen abgelegt, in der Klinik, mit einer Sondergenehmigung des Ministeriums. Sie wollte, dass Branko und ich stolz auf sie sind und sie in guter Erinnerung behalten. Bald sehe ich den Onkel

Zoran wieder, sagte sie, kurz bevor sie starb. Sie wusste bis zu ihrem Tod nicht, dass Zoran im Gefängnis saß. Zoran wollte das nicht. Zoran bestand damals darauf, wir sollten der kleinen Dalia erzählen, er habe kurzfristig ins Ausland verreisen müssen und sei dort bei einem Autounfall ums Leben gekommen. Er wollte, dass Dalia ihn vergaß. Sie ist doch erst sechs Jahre alt, sie wird mich schnell vergessen, sagte er damals. Aber erst an Dalias Sterbebett begriff ich, dass sie ihn nie vergessen hatte. Wie konnte ich sie nur belügen ...«

Alenka griff in die Tasche ihrer Kittelschürze. Zum Vorschein kam zu Kristinas Überraschung kein Taschentuch, sondern die Fernbedienung. Alenka stellte den Fernseher laut, viel zu laut. Carsten Cornelsen betrat die Bühne. Er trug einen eleganten, cremefarbenen Sommeranzug, eine Krawatte und ein passendes Einstecktuch. Die blitzblanken Schuhe glänzten im Licht der Scheinwerfer. Das Publikum im Studio applaudierte begeistert. Carsten Cornelsen verbeugte sich in täuschend echt wirkender Demut, faltete die Hände wie zum Gebet und lächelte.

Alenka erwiderte das Lächeln.

Kristina erhob sich.

Sie wusste nun alles, was sie wissen wollte.

Sie konnte nun gehen.

Sie dachte nach.

Sie entschied sich zu bleiben, griff nach der Fernbedienung auf dem Küchentisch und schaltete den Fernseher aus.

»Kristina! Was machst du da?«

»Alenka, hör mir zu: Ich werde dir nun ein großes Geheimnis anvertrauen. Das Geheimnis des Dr. Carsten F. Cornelsen. Ich bin mir sicher, anschließend willst du diese verfluchte Sendung nie wieder anschauen. Nie wieder!«

Artur drehte und wendete den Zettel, den Ingvar im Pornokino in Davids Hemdtasche gestopft hatte, als könne er mit seinen schwieligen Händen eine unsichtbare Botschaft zwischen den Buchstaben und Ziffern ertasten.

Walther-Str. / Tor 2 / Halle VII / 01.30 h.

Das war's. Mehr stand nicht drauf.

»Wie spät ist es, David?«

Die Uhr war so ziemlich das Einzige, was an Günthers 38 Jahre altem R4 nicht mehr funktionierte. David warf einen Blick auf seine Armbanduhr, ohne die Hände vom Steuer zu nehmen.

»Kurz vor Mitternacht.«

Sie verließen die A 3 und folgten der B 506 nach Osten. Die schnurgerade, noch knapp vier Kilometer lange Bundesstraße in Richtung Bergisch Gladbach war zugleich die Hauptstraße des Kölner Stadtteils Dellbrück. Eine Straße ohne Anfang, ohne Ende, ohne Gesicht, gesäumt von ausgetretenen, verlassenen Bürgersteigen und tristen, grauen Mietskasernen. Die einzigen Farbtupfer lieferten die schrillen Reklameschilder der Imbissbuden, Stehcafés und Handy-Läden. In mindestens jeder dritten Wohnung hing die rot-weiße Fahne mit dem Geißbock in einem der erleuchteten Fenster.

»Schön, wenn man sich die ganze Woche lang auf etwas freuen kann«, sagte Artur, schob den Zettel zurück in seine Hosentasche und verschränkte die Arme vor der mächtigen Brust.

»Du meinst doch wohl nicht die nächste Niederlage des FC, oder? Darauf soll man sich die ganze Woche freuen?«

»Die Hoffnung stirbt zuletzt, David. Die scheinen hier ansonsten nicht viel zu haben, was die Hoffnung lohnt.«

»Die hatten immerhin mal Preußen Dellbrück. Die kickten zu ihren besten Zeiten in der obersten deutschen Spielklasse.«

»Preußen Dellbrück? Nie gehört. In der Bundesliga?«

»Die gab's da noch nicht. Oberliga West hieß das nach dem Krieg. 1949 aufgestiegen, das Jahr übrigens, als Schalke 04 schon wieder abstieg. Am alten Preußen-Stadion sind wir gerade vorbeigefahren. Da stehen jetzt Häuser drauf. Tausende

Zuschauer hatten die damals bei ihren Heimspielen. Stehplätze auf den Wiesenhängen. Gleich im ersten Jahr schafften sie es bis ins Halbfinale um die Deutsche Meisterschaft. Preußen-Torhüter Fritz Herkenrath wechselte anschließend zu Rot-Weiß Essen, wo ihn Sepp Herberger für die Nationalmannschaft entdeckte. Und mit Preußen Dellbrück ging es bald steil bergab. Den Verein gibt's schon seit 1957 nicht mehr.«

»Was du so alles weißt.«

»Ich weiß das selbst auch erst seit ein paar Stunden. Als ich nach meinem Besuch bei der Denkmalbehörde noch schnell in der Mayerschen Buchhandlung vorbei bin.«

»Buchhandlung? Was hast du denn da gesucht?«

»Ich habe mir die einschlägigen heimatgeschichtlichen Werke über Dellbrück angesehen. Auf der Suche nach der alten Walther-Fabrik. Da stößt man zwangsläufig auf Preußens Fußball-gloria, ob man will oder nicht.«

»Und?«

»Was und?«

»Heimatkunde, zweiter Teil: Was war das für eine Fabrik? Was haben die hergestellt?«

»Walther & Cie. Im 19. Jahrhundert gegründet. Hochdruckkessel, Kohlenstaubfeuerungen, später Rauchmelderanlagen und Feuerlöscher. Viele Jahrzehnte der größte Arbeitgeber in Dellbrück. 1990 wurde Walther an Tyco verkauft.«

»Tyco? Wer ist Tyco?«

»Ein internationaler Mischkonzern mit amerikanischen Wurzeln, der vom Tiefseekabel bis zum Schmerzmittel Paracetamol alles Mögliche herstellt und vor einem Jahr sein Mutterhaus von den Bermudas in die Schweiz verlegt hat. Vom Steuerparadies ins Steuerparadies. 113 000 Mitarbeiter weltweit. Der Finanzchef und der CEO von Tyco wurden übrigens…«

»CEO? Was ist das?«

»Chief Executive Officer. Vorstandsvorsitzender.«

»Okay. Was war mit denen?«

»Die wurden vor fünf Jahren von einem amerikanischen Gericht unter anderem wegen Diebstahls von 600 Millionen Dollar, verbrecherischer Verschwörung und Bilanzmanipulation zu langjährigen Haftstrafen verurteilt. Schuldig in 29 von 30 Anklagepunkten. Und das alte, denkmalgeschützte Fabrikgelände in Dellbrück ist jetzt ein Gewerbepark.«

»Walther & Cie. Schrotthandel Artur & Cie. Klingt auch nicht übel, oder? Meinst du, ich sollte mich vielleicht CEO nennen und schicke Visitenkarten drucken?«

David grinste. Sarkasmus war Arturs Allheilmittel, um mit extremen Stress-Situationen umzugehen.

»Woher hast du die Schlüssel, Artur?«

»Alter Kunde.«

»Hält er die Klappe?«

»Natürlich.« Es klang fast beleidigt.

Sie verließen die B 506, bogen an der Ampel nach links ab und folgten der kurvigen Straße den Berg hinauf. Nach zwei Kilometern rumpelte der R4 über die alte Eisenbahnbrücke.

»David?«

»Ja?«

»Wir wissen nichts über diesen Deal, oder? Wir haben nichts weiter als diesen Zettel.«

»Korrekt.«

»Wir haben nicht die geringste Ahnung, was hier in anderthalb Stunden passieren wird.«

»So ist es.«

»Du hast von diesem Ingvar nichts weiter als eine Adresse, ein Datum und eine Uhrzeit bekommen ...«

»... und die Information, dass hier gleich was passiert, was mit Kecman in Zusammenhang stehen muss. Weil Ingvars Leute die Daten aus Kerns SOK-Computern gefischt haben.«

»Traust du diesem Ingvar?«

»Nein.«

»David ... hast du schon mal einen Moment lang daran gedacht, dass man uns in eine Falle locken könnte?«

»Ja.«

»Und dieser Schwede sein eigenes Spiel treibt?«

»Ja.«

»Dann ist ja gut.«

David lenkte den Wagen durch Tor 2. Die Schranke stand offen, das Pförtnerhaus, das mit seinen gebogenen Scheiben an eine Kinokasse der Nachkriegszeit erinnerte, war seit Jahren verwaist.

»Wo geht's lang, Artur?«

»Geradeaus, durch die Gasse zwischen den beiden ersten Hallen da vorne. Schau mal: Türk Show TV. Ganz schön nobles Entree. Was machen die eigentlich?«

»Türkisches Fernsehen für Türken in Deutschland. Und jetzt?«

»Nach rechts.«

»Über den Platz?«

»Ja. Siehst du die lang gestreckte Halle am Ende des Platzes?«

»Klar.«

»Fahr bis zur Rückseite der Halle. Da können wir den Wagen verschwinden lassen.«

Als sie die Rückseite erreicht hatten, stieg Artur aus, zog einen Schlüsselbund aus seiner Jackentasche und öffnete das elektrische Rolltor. David fuhr hinein, stoppte vor einer Hebebühne und schaltete den Motor und die Scheinwerfer aus.

Die Halle war gerade mal fünfzehn Meter breit, aber so lang wie ein Fußballfeld. Mondlicht fiel durch das Glas des Sheddachs.

»Komm, David. Wir gehen zum Vordereingang.«

Als hätten sie nur auf die beiden Besucher gewartet, standen zwei Dutzend Oldtimer Spalier. Chromglänzend und herausgeputzt, als wären sie nicht vor einem halben Jahrhundert, sondern erst gestern vom Fließband gerollt. David erkannte im Vorbeigehen einen Opel Kapitän, einen Porsche 356 C, einen Jaguar E-Type, eine zweifarbig lackierte Corvette mit Weißwandreifen, einen Austin-Healey 3000 BJ8, einen Triumph TR3, einen Mercedes 190 SL und einen schneeweißen Rolls-Royce Silver Cloud.

»Du meine Güte. Artur, was ist das hier? Das Schlaraffenland für Automobilnostalgiker?«

»Der Mann ist einer meiner besten Kunden. Netter Kerl. Sonst hätte er mir ja nicht den Schlüssel überlassen.«

Neben dem geschlossenen vorderen Rolltor befand sich eine Tür mit einem kleinen Fenster in Brusthöhe, das freie Sicht auf Halle VII gestattete. Ein schmuckloser, unbeleuchteter Backsteinbau.

»Wer ist der Mieter von Halle VII?«

»Niemand, Artur. Sie steht seit drei Monaten leer. Vorher war da eine Werbeagentur drin, die ist aber pleitegegangen.«

»Perfekt.«

Artur stellte den Rucksack auf dem Betonboden ab und organisierte zwei Werkzeugkisten als Sitzgelegenheiten, während David die Thermoskanne auspackte und zwei Becher füllte. Sie tranken Kaffee, studierten die alten Baupläne, die David bei der Denkmalbehörde kopiert hatte, und prägten sich das Innenleben des Fabrikgebäudes ein. David überprüfte die Videokamera mit dem Infrarot-Objektiv. Er steckte sie auf das Teleskopstativ, überprüfte den Bildausschnitt und schaltete den Bewegungsmelder ein. Sie unterhielten sich im Flüsterton, und kurz vor eins stellten sie das Reden ganz ein.

Um 1.20 Uhr hörten sie das erste Motorengeräusch.

Ein Range Rover rollte im Schneckentempo auf den Platz und hielt zwischen den beiden Hallen.

Niemand stieg aus.

Der Fahrer ließ den Motor laufen.

Das Infrarotobjektiv hatte keine Chance gegen die dunklen, verspiegelten Scheiben.

Um 1.25 näherten sich ein Hummer, ein Jeep Cherokee und ein Toyota Land Cruiser. Die beiden Vordertüren des Range Rover gingen gleichzeitig auf. Sekunden später wimmelte es auf dem Platz von Menschen. Männer. Dunkle Anzüge, die um die Schultern spannten, schwarze Lederjacken, geräumig genug, um darunter Pistolen oder Revolver zu verbergen.

Der nächste Geländewagen. Ein Mercedes der M-Klasse. Aus der Beifahrertür stieg der Albino. Die Köpfe der Schläger senkten sich. Aus Respekt oder aus Angst.

Der Albino sah auf die Uhr.

01.35 Uhr.

Ein Dieselmotor.

Das rasselnde Motorengeräusch gehörte zu einem russischen Kamaz-14-Tonner, der um die Ecke bog, den Platz überquerte, sich wenig später ächzend und jaulend einen Weg durch die parkenden Geländewagen bahnte und schließlich mit einem zischenden Seufzen der Luftdruckbremsen zum Stehen kam. Der Schriftzug auf der Plane warb für einen rumänischen Lieferanten von Agrarprodukten mit Firmensitz in Bukarest.

Die Männer begannen augenblicklich, die Plane zu lösen und den Lastwagen zu entladen.

Gemüsekisten.

David und Artur sahen sich schweigend an.

Gemüse?

Der Fahrer des Lastwagens näherte sich unterwürfig dem Albino. Die Körperhaltung sprach Bände. Doch der Albino beachtete ihn nicht weiter und beobachtete stattdessen das Entladen. Der Fahrer schien sich wortreich zu entschuldigen. Vermutlich für die fünfminütige Verspätung. Nach einer Weile stoppte der Albino den Redeschwall, indem er dem Fahrer mit dem Handrücken ins Gesicht schlug, ohne auch nur einziges Mal das Wort an ihn gerichtet oder ihn angesehen zu haben.

Zwei der Männer kletterten auf die Pritsche.

Der Albino schnippte mit den Fingern. Der Fahrer reichte ihm einen Schlüssel. Der Albino gab den Schlüssel an einen der Männer auf der Pritsche weiter.

Die anderen stellten die Arbeit ein.

Niemand von ihnen kam auf die Idee, die nun auf dem gepflasterten Vorplatz gestapelten Gemüsekisten wegzutragen, ins Fabrikgebäude, oder zu den Geländewagen.

Ein Schrei.

Schrill vor Angst.

Die Männer auf dem Platz lachten.

Sie drängten sich nach vorne. Sie hoben die Arme, griffen ins Dunkel des Laderaums.

Junge Frauen. Drei. Vier. Immer mehr. Sieben, neun, zwölf. Frauen und Mädchen. Halbe Kinder noch. Das erste Mädchen, das sie von der Ladekante hoben, blutete aus der Nase. Offenbar hatte sie sich gewehrt. Das Blut rann über Mund und Kinn. Die Mädchen drängten sich dicht beieinander, als könnten sie sich so gegenseitig beschützen. Wie alt mochten sie sein? Schwer zu sagen, aus dieser Entfernung. Manche wirkten schon wie zwanzig, andere höchstens wie sechzehn.

Einer der Männer sprang von der Ladefläche und rieb sich missmutig die Hand. Vermutlich hatte ihn das Mädchen mit der blutenden Nase gebissen. Die anderen Männer machten Witze auf seine Kosten und schlugen ihm dabei jovial auf die Schulter. Der Albino verzog keine Miene und zählte die Mädchen, während David die Männer zählte. Elf plus ihr Anführer. Der Albino schnippte erneut mit den Fingern. Vier Männer trieben die Frauen und Mädchen durch eine Stahltür ins Innere der Fabrik. Die Besatzung des Lastwagens lud die Gemüsekisten wieder ein. Fünf Männer entluden die Geländewagen. Wäschekörbe. Alu-Koffer. Große, faltbare Einkaufsboxen aus Kunststoff. Scheinwerfer. Ein Stativ. Als Letzter betrat der Albino die Fabrik.

Die Stahltür fiel ins Schloss.

»Denk erst gar nicht dran«, flüsterte Artur. »Zwölf bewaffnete Männer. Keine Chance.«

Der Lastwagen verließ den Hof.

»Jetzt sind es nur noch zehn, Artur. Ruf Willi an und gib ihm die Beschreibung des Lastwagens durch. Wir müssen wissen, woher sie kommen und wer sie beauftragt hat. Die werden jetzt schnurstracks zurück zur Autobahnauffahrt fahren. Sag Willi, sie müssen den Lastwagen vorher stoppen. Denn danach gibt's zu viele Möglichkeiten in alle Himmelsrichtungen ... Frankfurt, Berlin, Hamburg, Amsterdam ... auch wenn die Frachtpapiere auf den ersten Blick in Ordnung sind, sollen sie die Gemüsekisten ausräumen. Dann werden sie garantiert einen schalldichten Verschlag mit einer abschließbaren Tür und einem Belüftungsrohr zum Wagendach finden. Okay?«

Ohne Arturs Antwort abzuwarten, rannte David los, tief gebeugt, auf einem Kurs, der ihm ein Maximum an Sichtschutz durch die kreuz und quer geparkten Geländewagen bot. Artur beobachtete durch das Fenster, wie David neben jedem Wagen stoppte und die Fahrertür öffnete. Schließlich ging er vor der Backsteinmauer neben der Stahltür in die Hocke und lauschte. Zehn Sekunden später drückte er die Klinke runter, ganz langsam, öffnete die Tür einen Spalt und schlüpfte hindurch.

Artur starrte immer noch fassungslos durch die Scheibe. Dann griff er nach seinem Handy.

»Du hast echt nicht mehr alle Tassen im Schrank«, fluchte er, während er Willi Heusers Nummer tippte.

Sie gingen routiniert und professionell vor. Sie bildeten zwei Teams. Eines kümmerte sich um das Kirchengebäude, eines um das Pfarrhaus. Die Schlösser waren ein Witz.

Sie weckten Tomislav Bralic und seine Haushälterin, führten sie aus ihren Schlafzimmern die Treppe hinab ins Erdgeschoss des Pfarrhauses und fesselten sie Rücken an Rücken auf zwei Küchenstühlen, die sie zuvor in der Diele postiert hatten. Bralic beschimpfte sie lautstark als Faschistenschweine und trat nach ihnen, wenn sie seinem Stuhl zu nahe kamen. Daraufhin fesselten sie auch seine Beine, drückten ihm ein Stück Klebeband auf den Mund und drohten damit, seiner Haushälterin Gewalt anzutun. Da erst ergab sich der Pfarrer seinem Schicksal.

Ein Kinderspiel. Denn Tomislav Bralic hatte die Ergebnisse seiner aufwendigen, jahrelangen Recherchen in Osteuropa säuberlich in Aktenordern archiviert und im Bücherregal seines Arbeitszimmers deponiert. Fotos, Kopien von Dokumenten, Abschriften von Zeugenaussagen. Sie luden die Akten in einen Faltkarton und trugen ihn zu einem der beiden vor der Tür geparkten Mittelklassekombis der Marke Ford. Das war's wohl.

Sie waren äußerst gründlich gewesen, so wie sie es gelernt hatten. Aber sie hatten nichts weiter von besonderem Interesse gefunden, weder in der Sakristei der Kirche noch im Keller des Pfarrhauses.

Sie befreiten die Haushälterin von ihren Fesseln, schärften der alten, am ganzen Leib schlotternden Frau ein, den Pfarrer frühestens in einer Viertelstunde zu befreien, und verließen ohne allzu große Eile das Haus. Erst als sie in die Wagen gestiegen waren und sich vergewissert hatten, dass niemand sie beobachtet hatte, nahmen sie ihre Sturmhauben ab.

Hätten sie geahnt, dass sich inzwischen ein kompletter Kopiesatz der Dokumente auf einem Schrottplatz in Köln-Worringen befand, so hätte sie dies nicht weiter beunruhigt. Denn ihnen ging es nicht um die Vernichtung von Beweismitteln, sondern lediglich darum, zu wissen, über welchen Kenntnisstand Zoran Jerkov verfügte.

Natürlich musste er es bemerkt haben. Lars Deckert wandte den Blick fragend zu Uwe Kern. Doch der starrte weiter in seinen Feldstecher und verzog keine Miene.

Lars Deckert sah verstohlen auf die Uhr. Seit zwei Stunden schon standen sie hier oben im zweiten Stock der Halle IV, wo dieser türkische Fernsehsender die Requisiten für die Hochzeitsvideos lagerte, und beobachteten den Hof.

»Haben Sie das gesehen?«

»Was?«

»Das war Manthey. Er ist zur Halle VII gelaufen.«

»Ich bin ja nicht blind.«

»Ist das denn zu fassen! Was macht der denn hier? Woher weiß Manthey überhaupt von der Sache?«

»Das bestätigt nur, dass wir ein Leck haben.«

»Was hat er jetzt vor?«

»Ich heiße nicht Manthey. Ich weiß es nicht.«

»Wir müssen ihm helfen. Wir müssen den Frauen helfen.«

Kern ließ das Fernglas sinken.

»Sie irren, Deckert. Wir müssen unseren Job erledigen. Wir beobachten, ob Jerkov hier aufkreuzt. Damit wir wissen, ob er von unserem Leck im Informationsnetz profitiert. Das ist ganz entscheidend für die weiteren Operationen. Wir können diesen bemitleidenswerten Frauen nicht helfen, weil wir keine Leute haben. Unsere Leute sind in diesem Augenblick dabei, das Haus des Pfarrers zu durchsuchen.«

Deckert wurde den Gedanken nicht los, dass es kein Zufall sein konnte, dass die SOK-Truppe ausgerechnet jetzt mit der Hausdurchsuchung beschäftigt war.

»Machen Sie, was Sie wollen. Ich gehe jedenfalls jetzt runter. Ich bin Polizeibeamter und kein Geheimagent.«

Lars Deckert entsicherte seine Waffe.

Kern blieb völlig ruhig. Er sah ihn nicht einmal an. Er starrte weiter durch sein Fernglas in den Hof.

»Deckert, wenn Sie nicht augenblicklich das Ding wegstecken, finden Sie sich morgen wieder in Wiesbaden ein und werden Ihre restlichen Dienstjahre bis zur Pensionierung in einem muffigen Büro mit dem Überprüfen der Spesenabrechnungen Ihrer Kollegen verbringen. Dafür werde ich sorgen.«

Lars Deckert dachte einen Moment über die Alternativen nach. Nicht lange. Ein paar Sekunden vielleicht. Dann sicherte er die Waffe und schob sie wieder in das Holster.

Sie verteilten Shampoo und Duschgel und wiesen die Frauen an, sich auszuziehen und ihre schmutzige Kleidung, die nach Schweiß und Urin und Kot stank, in Müllsäcke zu stopfen. Eines der Mädchen schluchzte ohne Unterlass. Andere bewegten sich so teilnahmslos wie Roboter. Selbst wenn sie auf ihrer langen

Reise nichts Schlimmeres erlebt hatten, was unwahrscheinlich war, mussten allein schon die Tage und Nächte in dem engen Verschlag auf der Ladefläche des Lastwagens, ohne Toilette und ohne Waschgelegenheit, jegliche Form von Selbstachtung eliminiert haben. Die Männer schauten ihnen ungeniert beim Duschen zu und feixten. Und in David stieg die Wut hoch.

Er lag auf einem schmalen Gitterrost aus verzinktem Stahl, in mehr als zehn Metern Höhe, fast unter dem Dach. Der Duschraum genau unter ihm war ein etwa vier mal vier Meter großes Quadrat aus gefliesten Rigipswänden ohne Decke. Nebenan befand sich das ehemalige Fotostudio mit einem aus Beton gegossenen und weiß getünchten künstlichen Endloshorizont, der die komplette rückwärtige Kopfseite der Fabrikhalle ausfüllte. Die sechs Duschköpfe und der Endloshorizont waren die einzigen Hinterlassenschaften der insolventen Werbeagentur. Alles andere hatten die Männer in den Geländewagen hertransportiert: Kamera, Stativ, Scheinwerfer, Kabeltrommeln, Spiegel, Haarbürsten, Schminkzeug, frische Kleidung und Unterwäsche. Bevor die Frauen sich wieder anziehen durften, wurde eine nach der anderen zum Fotografieren geführt.

Der Albino überprüfte das Ergebnis auf dem Monitor eines Notebooks, das er auf einem klappbaren Campingtisch platziert hatte. Der Albino war mit fast jeder Aufnahme zufrieden. Ein gequältes Lächeln für den Bruchteil einer Sekunde genügte ihm völlig. Der Albino hatte es eilig.

Bald würde es vorbei sein. Bald würden sie die Frauen aufteilen, zum Weitertransport mit den Geländewagen, wohin auch immer, zum Weiterverkauf, an wen auch immer.

David robbte über den Gitterrost zurück, lautlos, rückwärts, Meter für Meter. Das scharfkantige Metall schnitt in seine Hände. Am Ende der schmalen Galerie waren u-förmige Tritteisen in die Wand gedübelt, die zehn Meter in die Tiefe führten. David ging in die Hocke, griff nach dem obersten Tritteisen und machte sich an den Abstieg. Er hoffte inständig auf eine kluge Idee. Er war noch knapp drei Meter vom Erdboden entfernt, als er Schritte hörte.

Die Schritte kamen rasch näher.

Zwei Schuhpaare durchquerten die dunkle Halle und steuerten auf die Tür zu. Als sie die Trittleiter passiert hatten, ließ sich David fallen, sprang auf, hämmerte seine Faust in die Niere des rechten Mannes, riss ihn herum und rammte seinen Ellbogen gegen den Solarplexus. Der Mann verdrehte die Augen und sank auf die Knie. Der andere wirbelte herum und griff in seine Jacke. In diesem Augenblick wurde die Stahltür von außen aufgerissen.

Artur.

Er hielt eine schwere Eisenstange mit beiden Fäusten. Er hob die Arme und ließ die Eisenstange auf den Rücken des Mannes krachen, noch bevor der die Pistole ziehen konnte. Der Mann brach zusammen. Artur ließ vor Schreck die Eisenstange fallen. Sie machte einen Höllenlärm, als sie auf den Beton schlug und scheppernd davonrollte.

Sie zogen die beiden leblosen Körper in einen dunklen Winkel, der im Schatten des Mondlichts lag, hinter die ehemalige Empfangstheke, und nahmen die Pistolen der Männer an sich. Russische Fabrikate. Zehn Patronen im Magazin. David zeigte Artur, wie man den Sicherungsbügel umlegte.

»Du hast echt nicht mehr alle Tassen im Schrank, David.«

»Jetzt sind es nur noch acht, Artur!«

»Das sind immer noch acht gegen zwei. Und die sind bewaffnet.«

»Das sind wir jetzt auch.«

»Aber ich bin ein miserabler Schütze.«

»Das wissen die aber nicht, Artur. Jedenfalls nicht, solange du nur damit drohst und nicht schießt. Bleib einfach hinter der Theke. Rühr dich nicht von der Stelle und denk immer dran: Unsichtbare Schützen sind die gefährlichsten Schützen.«

Was nun?

Sie hatten keinen Plan.

Es blieb auch keine Zeit, über einen Plan nachzudenken. Denn durch die Halle näherte sich eine bizarre Prozession. Die zwölf Frauen hielten sich an den Händen. Nein, sie waren an den Händen aneinandergefesselt. Sie bildeten einen Kreis, so dass die vorderen rückwärts gehen mussten. Ein Schutzschild aus Menschenleibern. Im Inneren des Kreises bewegten sich die acht Männer, schoben die Mädchen durch die Halle in Richtung Tür, rissen sie an den Haaren und drückten ihnen die Waffen gegen Stirn oder Schläfe. Die Frauen waren stumm vor Angst. Todesangst. Die Prozession war noch knapp zehn Meter von der Tür entfernt, als David sich aus der Hocke erhob, aus dem Schatten trat, in der ausgestreckten rechten Hand die Pistole.

»Aus dem Weg!«, brüllte der Albino auf Deutsch. »Sonst sind die Mädchen tot. Verschwinde von der Tür!« Um seine Worte zu unterstreichen, schwenkte er mit der rechten Hand eine kurzläufige Maschinenpistole herum. Die freie linke Hand hielt das Notebook mit den Fotos unter dem Arm geklemmt.

David bewegte sich nach links, drei Schritte, langsam, mit ausgestrecktem Arm, im Visier die Stirn des Albinos, der alle anderen im Kreis überragte. Dann griff er mit der linken Hand in die Jackentasche. Als die Hand wieder zum Vorschein kam, hielt sie die Zündschlüssel der Geländewagen.

»Siehst du das? Und siehst du das Loch hier, gleich vor mir? Ein Schacht. Der führt geradewegs zu einem Tank im Keller. Durch den Schacht haben sie früher das Altöl der Maschinen ablaufen lassen. Wie weit kommt ihr wohl ohne eure Autos?«

David streckte nun auch die linke Hand aus und grinste. Die Schlüssel baumelten über dem Schacht.

»Ich könnte dich jetzt einfach abknallen, du Arschloch.«

»Versuch's doch. Dann landen die Schlüssel automatisch im Altöltank. Außerdem ist mein unsichtbarer Freund, der schon die ganze Zeit deinen Schädel im Visier hat, extrem rachsüchtig.«

»Du bluffst doch nur.«

Artur tat das einzig Richtige: Er hielt die Waffe Richtung Decke und drückte ab. Der Knall der Explosion, der durch die Halle grollte, zeigte Wirkung, auch wenn der Albino nicht mal zuckte.

»Was willst du?«

»Ganz einfach: einen Tausch. Die Schlüssel gegen die Frauen.«

»Du bist völlig durchgeknallt, Manthey.«

»Das behaupten viele.«

»Du hast soeben dein Leben verspielt. Wir werden uns wiedersehen. Und dann werde ich dich töten.«

Zuerst schien das Geräusch eine akustische Sinnestäuschung zu sein. Dann gewann es allmählich Kontur, zaghaft noch, verlor sich für eine Weile wieder in den Häuserschluchten, um sich dann umso bestimmter, wenn auch gedämpft von dem alten Mauerwerk, einen Weg durch die Nacht bis in die Fabrik zu bahnen.

Martinshörner.

Willi, du Engel.

Der Albino hob nervös den Kopf, als nähme er Witterung auf.

David ließ ihm keine Zeit zum Nachdenken.

»Und? Hast du dich entschieden?«

»Einverstanden. Der Handel gilt.«

Der Albino raunzte seine Männer in einer Sprache an, die David nicht verstand. Sie zückten Messer und schnitten die Fesseln durch. In der Nacht trugen die Sirenen weit, täuschend weit, die Streifenwagen würden noch mindestens fünf Minuten brauchen, bevor sie das Fabrikgelände erreichten. David öffnete die Stahltür und warf die Schlüssel hinaus in den Hof. Erst als der letzte der Männer durch die Tür verschwunden war, ließ David die Pistole sinken. Seine Hände zitterten. Sein Herz schlug bis zum Hals.

»Alles in Ordnung, Artur?«

»Ja. Alles in Ordnung bei mir. Woher hast du das mit dem Altöltank im Keller gewusst?«

»Was für ein Keller?«

Artur kam näher und ließ die Taschenlampe aufblitzen.

Das Loch war kein Schacht, der in einen Keller führte, sondern lediglich eine aus Beton gegossene Vertiefung im Fundament, um einer längst entfernten Maschine der Fabrik einen

261

sicheren Stand zu gewährleisten. Das Gebäude hatte keinen Keller.

»O Mann, David. Ich hab's ja schon immer gesagt: Du hast echt nicht alle Tassen im Schrank.«

David lehnte sich mit dem Rücken gegen die kühlende Wand. Er schloss für einen Moment die Augen. Es war vorbei. Als er die Augen wieder öffnete, sah er das stumme Entsetzen in den Augen der Frauen. Er versuchte ein Lächeln. Aber die Frauen waren außerstande, sein Lächeln zu erwidern.

Dann fiel der Schuss. Kurz und trocken. David wirbelte herum, riss die Tür auf, ging in die Hocke. Er brauchte einige Sekunden, um zu begreifen, was da draußen vor sich ging. Einige der Männer kletterten bereits in die Wagen, andere waren auf dem Weg dorthin, nachdem sie die Schlüssel gefunden hatten. Einer lag tot auf dem Pflaster, keine drei Meter von der Tür entfernt. Blut sickerte aus seinem Kopf und rann durch die Fugen der Pflastersteine. David sah einen Schatten, der sich wie ein Wiesel zwischen den Geländewagen bewegte. Klein und gedrungen. Der Schatten riss die Fahrertür des Range Rover auf. Der nächste Schuss. Der Beifahrer sprang aus dem Wagen und rannte um sein Leben. Die Kugel traf ihn in den Rücken. Während der Mann mit ausgebreiteten Armen vornüber aufs Pflaster stürzte und seine Waffe in hohem Bogen davonflog, huschte der Schatten zu dem Toyota Land Cruiser. Als der Dieselmotor ansprang, tauchte der Schatten wie ein Kobold vor dem mächtigen Kühler auf. Zwei schnelle Schüsse durch die Windschutzscheibe.

Mit Vollgas raste der Jeep Cherokee auf den Schatten zu, um ihn unter seinen Rädern zu zermalmen. Drei Schüsse in kurzer Folge. Die dritte Kugel traf den Benzintank, der Geländewagen ging augenblicklich in Flammen auf. Der Schatten sprang zur Seite, der brennende Jeep schoss an ihm vorbei, schlingerte über den Platz und donnerte gegen die Backsteinmauer der Halle IV. Die Flammen schlugen an der Fassade empor, und im Feuerschein erkannte David im zweiten Stock die beiden Männer. Kein Zweifel: Dort standen Kern und Deckert am Fenster. Starr und stumm wie Schaufensterpuppen beobachteten sie die Szenerie und sahen zu, wie der Albino unter dem verwaisten Hummer hervorkroch, in dessen Sichtschutz über den Platz hastete und in den Mercedes sprang. Der Schatten bemerkte das erst, als der 272-PS-Motor aufbrüllte, seine Kraft auf den Allradantrieb übertrug und den Geländewagen aus dem Hof katapultierte. Der Schatten schickte ihm vergeblich zwei Kugeln hinterher. Dann war das Magazin leer, und der Schatten löste sich auf, verschwand in der Dunkelheit, wurde eins mit der Nacht.

Das Geschrei der Martinshörner kam näher und näher.

David richtete sich auf.

Jemand packte ihn am Arm.

Artur.

»Komm, David, lass uns hier verschwinden. Was sollen wir der Polizei sagen? Wie sollen wir das hier erklären?«

»Die Frauen ...«

»Die Frauen sind in Sicherheit. Mehr kannst du nicht tun. Die Polizei wird sich um sie kümmern. Komm jetzt!«

Als sie die Augen aufschlug, dämmerte es bereits. Sie war noch zu betäubt vom kurzen Schlaf, um sich bereits aufzurichten, aber instinktiv drehte sie den Kopf in Richtung des weit geöffneten Giebelfensters. Dort stand David Manthey, in Boxershorts, stützte die Unterarme auf die schmale Fensterbank, starrte hinaus und rauchte gedankenverloren. Sie hatte ihn noch nie rauchen gesehen. Sie hatte ihn auch noch nie halb nackt gesehen. Obwohl sie nun schon seit drei Nächten dieses Mansardenzimmer teilten. Mehr oder weniger. Denn viel Zeit hatten sie noch nicht auf den beiden Matratzen verbracht. Sie war auch in der vergangenen Nacht lange wach geblieben, hatte auf die beiden gewartet, nachgedacht, sich abgelenkt, indem sie sich in

Arturs plüschigem Wohnzimmer vor den Fernseher setzte, sich durch das geisteskranke Angebot der Privatsender zappte, bis die Müdigkeit sie übermannte.

Sie hatte vielleicht drei Stunden geschlafen, schätzte sie.

Seine Haare waren ganz nass und wuschelig.

Vermutlich hatte er nach seiner Rückkehr im Erdgeschoss geduscht und war sich nun plötzlich unschlüssig, ob er sich, wo der Tag anbrach, noch schlafen legen sollte oder nicht.

Er sah gut aus.

Außergewöhnlich gut.

Sie betrachtete unverhohlen die langen Beine, den muskulösen Rücken, die vertikale Einkerbung, die sich von seinen kleinen, kräftigen Pobacken bis zu seinen Schultern zog. Doch nach einer Weile fand sie ihre voyeuristische Lust kindisch.

»Guten Morgen«, sagte sie und gähnte demonstrativ.

Er blies den Rauch in den Morgenhimmel und sah zu ihr rüber, als sei er noch nicht ganz in der Gegenwart angekommen.

»Guten Morgen. Stört dich der Rauch?«

»Nein!«

Nein? Wieso sagte sie Nein? In Wahrheit hasste sie doch kaum etwas mehr als Tabakrauch und verpestete Luft. Erst recht in Schlafzimmern. Aber in diesem Moment störte es sie tatsächlich nicht. Warum nicht? Weil sie befürchtete, er könnte sonst gehen?

Marc war ihr erster Nichtraucher gewesen.

Jetzt sorgte Marc sicher als Korrespondent in Peking für saubere Luft.

Komm doch mit.

Hatte er gesagt. Aber nicht so gemeint. Dann war er gegangen und hatte ihre Träume mitgenommen.

Es wurde Zeit, ihn zu vergessen.

»Wie ist es gelaufen diese Nacht?«

David schwieg. Schließlich drückte er die Kippe in einem der ehemaligen Marmeladengläser aus, die Artur im ganzen Haus als Aschenbecher benutzte, schraubte den Deckel zu, löste sich vom Fenster und kniete sich zu ihr ans Bett.

Nanu. Was denn jetzt?

Er nahm ihre Hand. Zart. Seine Hand roch nach Nikotin, sein Atem nach schwarzem Kaffee. Seine Haut duftete...

»Es war...«

»Ja?«

»Es war...«

Er rang nach Worten, atmete schwer und blickte zur Decke. Schließlich, nach einer Ewigkeit, legte er ihre Hand auf dem Bettlaken ab, so vorsichtig, als sei sie zerbrechlich, und erhob sich.

»Ich mach uns jetzt erst mal Frühstück.«

Die Bilanz der Nacht fand am nächsten Tag nur mit viel Mühe und Fantasie ihren Platz im elektronischen Formular des Computers der Kriminalwache im Polizeipräsidium.

Sieben Tote.

Zwei Menschen waren bei lebendigem Leib verbrannt, stellte der Rechtsmediziner fest. Die anderen waren erschossen worden.

Ein Schwerverletzter mit Schäden an der Wirbelsäule, die ihn für den Rest seines Lebens zum Krüppel machten.

Ein Leichtverletzter. Prellungen und Blutergüsse.

Aus keiner einzigen der insgesamt sieben auf dem Gelände sichergestellten Handfeuerwaffen waren die tödlichen Schüsse abgefeuert worden.

Fünf Erschossene, nur fünf Projektile. 9-mm-Teilmantelgeschosse, laut Haager Landkriegsordnung für Militärs verboten. Der Täter verstand sich auf Feuerwaffen.

Der Täter? Unmöglich konnte ein einzelner Täter sieben bewaffnete Männer umbringen.

Unmöglich. Nach menschlichem Ermessen.

Die bei den Toten sichergestellten Pässe stammten, sofern sie nicht gefälscht waren, aus Serbien, Albanien und Weißrussland.

Der Abgleich mit den dortigen Datenbanken konnte ein paar Tage in Anspruch nehmen. Interpol war bereits eingeschaltet. Aber Interpol war ein Papiertiger.

Der Leichtverletzte, den sie zusammen mit dem Schwerverletzten in Halle VII gefunden hatten, war laut Pass ukrainischer Staatsbürger. Der Leiter der Mordkommission ließ einen Dolmetscher kommen. Aber der Mann redete kein Wort. Er starrte unentwegt an die Betondecke des Vernehmungszimmers und hätte sich eher die Zunge abgebissen. Die Botschaft der Ukraine in Berlin forderte seine unverzügliche Auslieferung, weil in Kiew angeblich ein Haftbefehl gegen ihn vorlag. Man war aber derzeit nicht gewillt, nähere Details mitzuteilen.

Die luxuriösen Geländewagen waren samt und sonders gestohlen, in halb Europa, nur nicht in Deutschland, und mit gefälschten rumänischen Kennzeichen versehen. Dass keine in Deutschland gestohlenen Fahrzeuge zum Einsatz gekommen waren, war methodisch clever und ließ darauf schließen, dass es sich bei den Toten um Profis gehandelt hatte, die wussten, welche unerwünschten Nebenwirkungen eine Routinekontrolle der deutschen Verkehrspolizei haben konnte.

Den Lastwagen der russischen Traditionsmarke Kamaz hatte eine vom Kollegen Heuser alarmierte Streife noch unmittelbar vor der Autobahnauffahrt stoppen können. Fahrer wie Beifahrer waren unbewaffnet und laut mitgeführtem Pass rumänische Staatsbürger. Der Lastwagen war in Bukarest auf den Namen einer Exportfirma für Agrarprodukte zugelassen, deren Werbeschriftzug sich auch auf der Lkw-Plane wiederfand. Doch die Firma existierte seit drei Monaten nicht mehr.

Der Fahrer behauptete, als freiberuflicher Subunternehmer den Auftrag erhalten zu haben, eine Fuhre Gemüse von Bukarest nach Köln zu übernehmen. Mehr wisse er nicht. Als die Beamten später auf dem Asservatenhof der Kölner Polizei die Gemüsekisten ausräumten, kam auf der Ladefläche tatsächlich ein schalldichter Verschlag zum Vorschein. Er enthielt nichts weiter als ein Belüftungsrohr zum Dach sowie zwei Zinkeimer, ganz augenscheinlich zur Verrichtung der Notdurft.

Die zwölf Frauen und Mädchen, die man in der ehemaligen Fabrik fand, wurden zunächst notärztlich versorgt. Es nahm einige Zeit in Anspruch, bis weibliche Beamte mit Hilfe von Zeichensprache und Weltatlas deren jeweilige Nationalität klären konnten. Dann erst konnten die entsprechenden Dolmetscher gesucht werden. Jedes der Opfer hatte seine eigene Geschichte. Hinter jeder Geschichte verbarg sich eine Tragödie.

Einige, vor allem die Minderjährigen, waren auf der Straße entführt, die meisten aber mit Job-Angeboten gelockt worden: Kellnerin, Zimmermädchen, Haushaltshilfe im goldenen Westen. Einer besonders hübschen und besonders blauäugigen Neunzehnjährigen war von einer Zufallsbekanntschaft in einer Bukarester Diskothek eine hoffnungsvolle Karriere als Model versprochen worden. Doch die meisten hofften lediglich auf die Chance, mit irgendeinem Job im Westen ihren Familien daheim helfen zu können. Vier der jungen Frauen waren alleinerziehende Mütter.

Die Verschleppten waren zwischen 15 und 22 Jahre alt. Man hatte ihnen gleich zu Beginn der Reise die Pässe abgenommen. Sie stammten nach eigenem Bekunden aus Rumänien, Bulgarien, Moldawien und Transnistrien.

Transnistrien?

Der Leiter der Kölner Mordkommission hatte sich stets etwas auf seine gute Allgemeinbildung und auch auf seine Geografiekenntnisse eingebildet. Aber von einem Staat namens Transnistrien hatte er noch nie etwas gehört.

Die telefonisch hinzugezogene Osteuropaspezialistin des Landeskriminalamtes in Düsseldorf konnte ihm weiterhelfen: Transnistrien sei ein etwa 200 Kilometer langer, aber nur knapp 20 Kilometer breiter Landstrich, gelegen exakt entlang der alten Grenze zwischen Moldawien und der Ukraine am östlichen Dnisterufer, unweit des Schwarzen Meeres. Die erst seit 1992 nach zweijährigem bestialischem Krieg gegen Moldawien existierende sogenannte Transnistrische Moldauische Republik werde von keinem Staat der Welt diplomatisch anerkannt, unterhalte aber zu 50 Staaten intensive Wirtschaftsbeziehungen und beziehe zudem erhebliche finanzielle sowie militärische Unterstützung von Russland. Die 500 000 Einwohner bestünden zu je einem Drittel aus Russen, Ukrainern und Moldawiern sowie einer kleinen bulgarischen Minderheit.

So genau wollte es der Leiter der Mordkommission, der unter erheblichem Zeitdruck stand, eigentlich gar nicht wissen. Aber er war ein höflicher Mensch und ließ die mitteilsame LKA-Expertin am Telefon ausreden, bis sie endlich zum Kern kam. Sie müsse so weit ausholen, versicherte sie, um das Problem begreiflich zu machen: In Transnistrien bestimme die Korruption den kompletten wirtschaftlichen und gesellschaftlichen Alltag. Beispielsweise gehöre der größte Industriekonzern Transnistriens, der zugleich auch das Monopol auf Mobilfunk, Fernsehen und Internet-Zugang besitze, drei ehemaligen Polizeioffizieren, die den Konzern auf den schönen Namen *Sheriff* tauften. Mit anderen Worten: Ganz Transnistrien sei ein rechtsfreier Raum, in dem Sklavenhändler rein gar nichts zu befürchten hätten, solange sie die Polizei per Provision an den Erlösen beteiligten.

»Das Durchschnittsgehalt eines Transnistriers liegt bei knapp zehn US-Dollar pro Monat. Aber selbst kleine Grenzbeamte fahren dort nagelneue deutsche Autos der Oberklasse«, versicherte die LKA-Expertin. »Audi steht derzeit hoch im Kurs. Obwohl Transnistrien noch aus alten Sowjetzeiten über eine gigantische, florierende Rüstungsindustrie verfügt, ist mit Sklavinnen ein weitaus höherer Netto-Gewinn zu erzielen als mit Kriegswaffen. In den wenigen Tagen während des Transports von Transnistrien nach Westeuropa steigt der Verkaufswert einer osteuropäischen Sklavin um das Zehnfache.«

»Sklaven? Entschuldigen Sie bitte, verehrte Kollegin... aber wir leben im 21. Jahrhundert.«

»Eben«, raunzte die LKA-Expertin zurück, als hätte sie es bei dem Ersten Kriminalhauptkommissar am anderen Ende der Leitung in Köln mit einem ausgemachten Vollidioten zu tun. »Wir leben im Zeitalter der Globalisierung. Seit dem Niedergang des Kommunismus hat der Kapitalismus keinen Grund mehr, sich als die sozialere Alternative präsentieren zu müssen.

Außerdem leben wir im Zeitalter der Wegwerfprodukte. Sklaven sind ideale Wegwerfprodukte. Die Osterweiterung führt das vereinigte Europa an Grenzen, hinter denen ein Menschenleben nicht viel zählt. Länder, in denen einige Oligarchen Milliarden scheffeln, in denen aber ansonsten bittere Armut herrscht, sind die idealen Rohstofflieferanten für den Sklavenmarkt. Machen Sie endlich die Augen auf, Herr Kollege.«

Der Leiter der Mordkommission bedankte sich höflich für die telefonische Amtshilfe, legte auf und versuchte, sich wieder auf seine eigentliche Aufgabe zu konzentrieren: das Aufspüren und Festnehmen von Mördern.

Aber es gelang ihm nicht so recht.

Was würde jetzt mit den zwölf Frauen geschehen?

Abschiebehaft.

So viel stand fest.

Der für organisierte Kriminalität zuständige Staatsanwalt würde versuchen, die Opfer zu einer Zeugenaussage zu bewegen, um an die Drahtzieher des Menschenhandels zu gelangen.

Aber der Staat, dessen Interessen der Staatsanwalt vertrat, hatte ihnen nichts anzubieten. Weder eine Aufenthaltsberechtigung noch einen Job und schon gar nicht Schutz für sie selbst und Sicherheit für ihre Familien daheim.

Alles andere wäre eine Illusion. Die Opfer wussten doch ganz genau, dass ihre Eltern, ihre Geschwister, ihre Kinder in Reichweite der Menschenhändler lebten. Diese Männer hatten schließlich schon vor der Abfahrt mit dem Lastwagen damit gedroht, sich zu rächen, wenn sie nicht parierten. Und an der Skrupellosigkeit dieser Leute gab es keinen Zweifel.

Sie würden also schweigen.

Abgeschoben würden sie so oder so.

Er griff erneut zum Telefonhörer.

»Ich bin's. Trommle die Truppe zusammen. Und jetzt schreib mit. In spätestens zwei Stunden will ich Folgendes wissen: Wo wurde diese Fotoausrüstung gekauft? Die Kamera. Das Stativ. Die Scheinwerfer. Dito die Waschutensilien und das Schminkzeug. Hast du das? Gut. Weiter. Aus welcher Waffe stammen die

Projektile und die gefundenen Hülsen? Handelt es sich bei dem Tatwerkzeug um eine Waffe oder um mehrere Waffen? Okay. Ist die Spurensicherung eigentlich schon abgezogen? Gut. Dann will ich jetzt eine Hundertschaft, die das komplette Gelände im Umkreis von zwei Kilometern weitläufig durchkämmt, jedes Staubkörnchen einsammelt. Weiter. Ich will außerdem, dass die Pächter der umliegenden Hallen vernommen werden. Haben sie in den vergangenen Tagen und Wochen etwas Ungewöhnliches beobachtet? Menschen oder Autos, die nicht dorthin gehören. Und dann schaff mir auf der Stelle den Kollegen Heuser her. Ja, jetzt... oder... nein, später. Gleich nach der Pressekonferenz. Der kann sich warm anziehen. Von wegen Informant. Dass ich nicht lache. Wo hat unser Kaffeeholer vom Dienst denn noch Informanten? Wenn er den Mund nicht aufmacht, dann kriegt er von mir noch kurz vor seiner Pensionierung ein Disziplinarverfahren an den Hals. Das wär's. Fürs Erste.«

Sklaven.

Der Leiter der Mordkommission lehnte sich in seinem Stuhl zurück und verschränkte die Hände hinter dem Kopf.

Sklaven. In Deutschland.

Machen Sie endlich die Augen auf, Herr Kollege.

Sklavenmarkt in Köln-Dellbrück.

Angebot und Nachfrage.

Die Nachfrage bestimmt den Marktwert.

Die Käufer bezahlten die Ware nach gründlicher Prüfung und vermieteten sie anschließend in anonymen Hochhaus-Apartments oder schäbigen Hinterhäusern an Endverbraucher. Die Endverbraucher aber waren keine albanischen Gangster, sondern brave Kölner Familienväter, verdiente Vereinsmitglieder, nette Kollegen, die brav ihre Steuern bezahlten.

Ohne Nachfrage kein Markt.

Er sah auf die Uhr.

Noch 42 Minuten bis zum Auftritt des Polizeipräsidenten. Der hatte eine Pressekonferenz anberaumt. *Wir ermitteln in alle Richtungen.* Der Lieblingssatz des Präsidenten. Was sollte ein Verwaltungsjurist auch schon zu kriminalistischer Arbeit sagen? Besser gar nichts. Die Medien würden sich ihre eigene Wahrheit zurechtbasteln. Mit Hilfe von Fragezeichen. Mafia-Krieg in Köln? Am zweiten Tag würden sie den Lieblingssatz aller Polizeireporter drucken: *Noch immer tappen die Ermittler im Dunkeln.*

Noch 41 Minuten.

Vielleicht sollte er mitten in der Pressekonferenz dem Präsidenten ins Wort fallen, mit einer Handbewegung dessen selbstgefälligen, nichtssagenden Monolog stoppen und der Meute die richtige Schlagzeile liefern: Sklavenmarkt in Köln.

Eine schöne Idee.

Allein die Vorstellung erzeugte schon ein aufregendes Kribbeln im Bauch. Eine schöne Idee für Helden.

Sieben Tote.

Wer hatte ein Interesse daran, sieben Gangster zu töten? Wer hatte außerdem die Fähigkeit, dies zu tun? Und wer hatte die Möglichkeit dazu?

Motiv, Mittel und Gelegenheit.

Der ewige Dreiklang des Mordes.

Die beiden unaufgeklärten Morde an Heinz Waldorf und an Eliska Sedlacek und die Jagd nach dem tatverdächtigen Zoran Jerkov würden nun unweigerlich eine Zeit lang in den Hintergrund der Ermittlungen rücken müssen. Außerdem war die Beweislast gegen Jerkov dünner als dünn, und sie hatten nicht das Personal, um sich zu dreiteilen. Aber die Medien würden ihnen das bald aufs Brot schmieren: *Insgesamt neun unaufgeklärte Morde in Köln. Was tut eigentlich die Polizei?* Im Dunkeln tappen.

Noch 40 Minuten.

In spätestens zehn Minuten würde der Präsident anrufen und fragen: *Sagen Sie mal, in der Sache Dellbrück, wie ist da der aktuelle Stand? Tappen wir da noch immer im Dunkeln?*

Der Friedhof Melaten an der Aachener Straße wurde 1804 außerhalb der mittelalterlichen Stadtmauern angelegt, nachdem die neuen französischen Hausherren aus hygienischen Gründen die traditionellen Bestattungen gleich neben den Pfarrkirchen und damit auch gleich neben Wohnhäusern und Grundwasserbrunnen untersagt hatten.

Melaten hieß ursprünglich *Maladen*. Mit dem frankophonen Wort bezeichneten die sprachbegabten und anpassungsfähigen Kölner das Siechenhaus für Leprakranke vor den Toren der Stadt. Das stand genau dort, wo im 17. Jahrhundert 30 kerngesunde Kölner Frauen und Mädchen mit dem Segen der katholischen Kirche als Hexen hingerichtet worden waren, und wo im Jahr 1804 der neue Friedhof entstand, auf dem fortan die Kölner Katholiken beerdigt wurden – Juden und Protestanten durften schon vor Napoleon nicht innerhalb der Stadt bestattet werden, wenn auch aus anderen Gründen. Und weil die Franzosen seit ihrer Revolution einiges für Freiheit, Gleichheit und Brüderlichkeit übrig hatten, durften sich die Juden, deren Ahnen die älteste jüdische Gemeinde nördlich der Alpen im Jahr 321 nach Christi Geburt in Köln gegründet hatten, erstmals seit Jahrhunderten wieder frei in ihrer Heimatstadt bewegen. Außerdem wurde der katholischen Kirche in einem Aufwasch das Beerdigungsmonopol entzogen und stattdessen der neuen Zivilregierung übertragen.

Die Stadt wuchs und wuchs, die Stadtmauern wurden geschleift, und Melaten mauserte sich im Lauf der Zeit zum Prominentenfriedhof. Dort waren namhafte Kölner Künstler und Politiker begraben, Schauspieler und Schriftsteller, Industrielle und Bankiers.

Und die Abiturientin Dalia Jerkov.

Für die Bestattung auf dem Prominentenfriedhof hatte Pfarrer Tomislav Bralic gesorgt.

Ein schlichter Grabstein aus Granit. Name. Geburtsdatum. Todesdatum. 18 Jahre nach der Geburt.

Vor dem Grab stand Zoran Jerkov.

Er trug denselben speckigen Anzug, den er bei seiner Haftentlassung getragen hatte. Er hielt den Kopf gesenkt. Das Haar war nun nicht mehr schwarz und seitlich gescheitelt, sondern dunkelblond gefärbt und nach hinten gekämmt. Außerdem hatte er sich einen Kinnbart wachsen lassen, der ebenfalls blond gefärbt war. Konnte der so schnell gewachsen sein? Unmöglich. Also war er künstlich und angeklebt.

Zoran sah jedenfalls völlig verändert aus. Gut zehn Jahre jünger als bei seiner Haftentlassung.

Tränen liefen über seine Wangen. Er flüsterte, hielt Zwiesprache mit seiner toten Tochter. Seit zwanzig Minuten schon.

Schließlich bekreuzigte er sich und ging.

Der Kies knirschte unter seinen Schuhen.

David erhob sich von der Parkbank und trat ihm entgegen.

Zoran schien nicht weiter überrascht zu sein.

Sie umarmten sich stumm.

Als gäbe es nichts zu sagen.

Es gab so viel zu sagen, Zoran.

»Sie war zauberhaft, David. Ja, das ist wohl das richtige Wort. Ein zauberhafter Mensch. Alle haben sie geliebt. Sie war ein Geschenk für diese Welt. Ein Gottesgeschenk. Aber Gott hat ihr nicht viel Zeit gegeben. Leukämie ist eine tückische Krankheit. 18 Jahre nur durfte sie leben. Die meisten Jahre davon hat mir Milos Kecman geraubt. Auch dafür muss er sterben.«

Sie setzten sich auf die Parkbank.

»Warum sagst du nichts, David?«

»Die ersten Jahre mit deiner Tochter hast du dir selbst geraubt, Zoran. Als du in diesen hirnrissigen Krieg gezogen bist… statt dich um die schwangere Alenka zu kümmern.«

Zoran dachte darüber nach.

Schließlich schüttelte er den Kopf. Und das Thema war für ihn erledigt. Er zog eine Schachtel Zigaretten aus der Tasche.

»Nil. Immer noch die alte Marke, Zoran.«

»Klar. Willst du eine?«

David nickte.

Zoran ließ das Zippo aufspringen und gab ihm Feuer.

»Seltsam. Ich hätte gewettet, du rauchst längst nicht mehr.«

»Im Prinzip hast du richtig geraten. Ich habe auch jahrelang nicht mehr geraucht… und vergangene Nacht wieder damit angefangen.«

Zoran steckte sich selbst eine an.

»Warum?«

»Warum ich aufgehört hatte? Das war in Washington. Da rauchte kein Mensch. Und es war ziemlich nervig, immer…«

»Ich meinte, warum hast du letzte Nacht wieder damit angefangen?«

»Die Frauen waren in Sicherheit. Und die Polizei war auf dem Weg. Im Auto hat mir dann Artur eine angeboten. Ich musste nachdenken. Die Zigarette half beim Nachdenken. Zoran, warum musstest du all diese Menschen töten?«

»Das sind keine Menschen. Das sind Tiere. Du weißt doch, was die tun, David. Das sind gefährliche Raubtiere. Das war ein Fehler, mit dem Rauchen aufzuhören, nur weil deiner neuen Umgebung das nicht in den Kram gepasst hat.«

»Zoran, entweder begreift man sich in dieser Welt als soziales Wesen, oder man begreift sich als asoziales Wesen. Freiheit ist immer die Freiheit des Andersdenkenden.«

»Meine Güte. Wo hast du den Spruch denn her?«

»Das hat Rosa Luxemburg gesagt.«

»Wer ist das?«

»Sie war eine sehr kluge Frau. Sie starb für ihre Ideale.«

»Dann kann sie nicht besonders klug gewesen sein.«

Zoran sagte das ohne Häme. Er sagte es vielmehr, als beschriebe er ein Naturgesetz. Auf Blitz folgt Donner, auf Ebbe die Flut.

»Ich weiß, ich weiß, Zoran. Ich werde ihn nie vergessen, deinen Jack-London-Spruch: *Das Leben ist nichts weiter als ein Gärungsprozess von der Geburt bis zum Tod.*«

»War ein kluger Mann, der alte Jack.«

»Du wirst sterben, Zoran.«

»Ich bin längst tot, David.«

Zoran blinzelte durch das Geäst der Ulme neben der Parkbank hinauf in den wolkenlosen Himmel.

»Irina aus Moldawien. Sie war eine gute Schülerin. Ihre Mutter war so stolz auf sie. Man hat sie erdrosselt und weggeworfen. Weil ich nicht auf sie aufgepasst habe, David. Du hättest Irinas Augen sehen müssen. Dann würdest du mich verstehen. Diese stumme Hoffnung in ihren Augen, als ich sie aus diesem verfluchten Haus geholt habe, als ich ihr meinen Mantel um die nackten, zitternden Schultern gelegt habe, als sie zusammengekauert auf dem Beifahrersitz saß und ich aufs Gaspedal trat, als reichte die Flucht nach Köln mit 200 Sachen über die Autobahn schon aus, um sie zu retten. David, ich war ein solcher Idiot. Meine Dummheit hat die Kleine mit dem Leben bezahlen müssen. Sie war noch ein Kind. Ein Kind, das man zur Sklavin gemacht hatte. Weil damit viel Geld zu verdienen ist. Weil perverse Leute mit Geld wie dieser Cornelsen ihren Spaß haben wollen. Meine Naivität hat außerdem Marie das Leben gekostet. Marie, meine süße Marie. Du hättest sie kennenlernen müssen, David. Sie war die Sonne …«

Die Stimme versagte. Die Hände zitterten kaum merklich, als Zoran sich die nächste Zigarette anzündete.

»*Wenn es dir möglich ist, mit auch nur einem kleinen Funken der Liebe diese Welt zu bereichern, dann hast du nicht vergebens gelebt.* Zoran, hast du eine Ahnung, wer das geschrieben hat?«

»Diese Rosa Luxemburg schon wieder?«

»Jack London hat es geschrieben.«

»Jack? In welchem Buch?«

»Ich hab's vergessen.«

»Unmöglich. Das ist nicht von Jack.«

»Du unbelehrbarer Dickschädel.«

»Sprich gefälligst leiser, David. Sonst muss ich gehen.«

»Niemand kann uns hören.«

»Doch. Die Toten. Du störst ihre Ruhe.«

»Zoran, wir wollen dich nicht verlieren.«

»Wer ist wir?«

»Artur … Tomislav … ich.«

»Wir beide haben uns schon verloren. Vor langer Zeit.«

»Wir haben uns doch gerade wiedergefunden.«

»Wie geht es Maja?«

»Ich weiß es nicht, Zoran.«

»Du hast sie noch nicht getroffen, seit du zurück bist?«

»Nein. Es ergab sich noch keine…«

»Du hättest sie damals nicht verlassen dürfen.«

»Ich habe sie nicht verlassen. Sie hatte mich verlassen. Du bastelst dir deine eigene Wirklichkeit, Zoran. Sie hatte mich verlassen, weil du sie dazu genötigt hattest. Sie hatte sich deinem massiven Druck gebeugt. Ich habe keine Ahnung, womit du sie unter Druck gesetzt hast. Ich ahne nur, warum: Du konntest es nicht ertragen, dass unsere Freundschaft spätestens nach dem Überfall auf den alten Mann am Ende war.«

»Falsch. Ich konnte es einfach nicht ertragen, dass Coach Manthey mich aus der Mannschaft gefeuert hatte. Dein Onkel. Seinen besten Spieler schmeißt er raus. Du hättest um Maja kämpfen müssen… gegen mich. Das hätte ich erwartet. Stattdessen bist du einfach aus ihrem Leben verschwunden.«

»Ich war 19.«

»Sie war 17. Na und?«

»Was willst du eigentlich, Zoran?«

»Du und Kristina und Tomislav: Bringt diesen Skandal an die Öffentlichkeit. Die Menschen in Deutschland sollen erfahren, dass es im 21. Jahrhundert mehr Sklaven auf der Welt gibt als jemals zuvor in der Menschheitsgeschichte. Und nennt die Schuldigen. Ohne Nachfrage kein Markt. Stellt diesen perversen Cornelsen an den Pranger. Stellvertretend für alle anderen. Um den Rest kümmere ich mich selbst.«

»Den Rest?«

»Das, was ich Dalia, Irina und Marie noch schuldig bin.«

Artur folgte Kristina durch die halbe Stadt. Erst als er sicher war, dass sich niemand an ihre Fersen geheftet hatte, gab er ein kurzes Signal mit der Lichthupe und stoppte die Triumph Tiger, um wieder zurück zum Schrottplatz zu fahren.

Nach 24 Kilometern über die dreispurige Autobahn verließ Kristina die A 3 Köln–Frankfurt und die Zivilisation. Sie brauchte gut zwanzig Minuten durch die Wälder des Naturparks Bergisches Land und fand auf Anhieb den schmalen, verwilderten Waldweg, der von der holprigen Landstraße abzweigte. Der Weg endete nach 400 Metern auf einer schattigen Lichtung, vor einer neoklassizistischen Villa aus der Gründerzeit.

Kristina stieg aus dem Wagen und zog unwillkürlich den Kopf ein, als eine Boeing 767-300 über die Baumwipfel und das völlig vermooste Dach der Villa hinwegdonnerte und die Vögel zum Schweigen brachte. Sie nahm die schwere Taschenlampe und die Handkamera aus dem Kofferraum.

Sie hatte kein Stativ dabei und außerdem keine ruhige Hand, wie sie bald feststellte, weil ihr das Herz bis zum Hals schlug. Aber das war nicht wichtig. Im Gegenteil: Je amateurhafter die Sequenzen gedreht waren, desto authentischer würden sie später wirken. Sie filmte das Haus von außen, schaltete die Kamera wieder aus, atmete tief durch, nahm ihren ganzen Mut zusammen und stieg die Freitreppe hinauf.

Alle Fensterläden im Erdgeschoss waren verschlossen. Die dekorativen Steinquader, die das Portal einrahmten, waren rußgeschwärzt, den Eingang hatte jemand notdürftig mit Brettern zugenagelt. Offensichtlich war hier Feuer gelegt worden, vielleicht von übermütigen Jugendlichen aus dem nächsten Dorf, und nur die alte Holztür war den Flammen erlegen.

Kristina wartete geduldig, bis die nächste Cargo-Maschine mit dem UPS-Schriftzug die Einflugschneise der Querwindbahn erreichte und den Wald mit ihrem Grollen füllte. Dann trat sie die schmalen, wurmstichigen Bretter ein, bis die Lücke gerade groß genug war, um hindurchzuschlüpfen.

Draußen stach die Sonne bereits unbarmherzig vom Himmel, aber drinnen war es stockdunkel. Und empfindlich kalt. Ein modriger Geruch stieg ihr in die Nase. Kristina schaltete die Taschenlampe ein.

Die Empfangshalle war gigantisch groß.

Geradeaus führte eine breite Treppe hinauf in den ersten Stock, links und rechts der Treppe standen die weißen Flügeltüren weit offen. Der Lack blätterte. Die Nähte der Tapete aus bordeauxrotem Samt bogen sich wie die Haut einer im kochenden Wasser aufgeplatzten Bockwurst ...

So weit passte alles perfekt zu Zorans Beschreibung. Nur die Biedermeiermöbel, die Teppiche und die Gemälde waren verschwunden. Kristina ließ den Lichtkegel der Taschenlampe über die Wände huschen. Dunkle Ränder auf der Tapete zeichneten die Umrisse der barocken Rahmen nach.

Kristina machte sich an die Arbeit.

Die Villa war komplett ausgeräumt. Vom Dachstuhl bis zum Keller. Auch das Zimmer, in dem in einer Januarnacht vor zwölf Jahren ein moldawisches Mädchen nackt und gefesselt auf einem Gynäkologenstuhl gelegen hatte.

Kristina stieß die Fensterläden auf.

»Was haben Sie hier zu suchen?«

Kristina fuhr erschrocken herum. Die dunkle Stimme gehörte einem älteren Mann mit grauem Vollbart, der ein Gewehr geschultert hatte und einen Jagdhund an der Leine hielt.

»Guten Morgen. Ich bin hier nur zufällig ...«

»... mit einer Videokamera vorbeigekommen. Sie können mich nicht für dumm verkaufen. Niemand kommt hier zufällig vorbei. Außerdem haben Sie die Tür eingetreten.«

»Die Tür? Was für eine Tür? Meinen Sie die Bretter?«

»Das ist Hausfriedensbruch.«

»Wessen Frieden soll ich denn gestört haben? Sind Sie etwa der Eigentümer des Hauses?«

»Nein. Ich bin der Förster. Gerald Räderscheidt. Und wer sind Sie? Haben Sie ebenfalls einen Namen?«

»Entschuldigung. Kristina Gleisberg. Ich bin Journalistin.«

»Journalistin. Irgendwoher kenne ich Sie.«

Kristina zuckte mit den Schultern.

»Also? Was machen Sie hier?«

»Sind Sie schon lange als Förster tätig, Herr Räderscheidt?«

»Kann man wohl sagen.«

»Und sind Sie hier aufgewachsen?«

»Im nächsten Dorf.«

»Dann wissen Sie sicher eine Menge über das Haus.«

»Schon möglich.«

Die Augen des Jagdhundes folgten flink und aufmerksam dem verbalen Pingpongspiel.

»Wem hat es denn ursprünglich gehört?«

»Ursprünglich? Die Villa wurde Ende des 19. Jahrhunderts gebaut. Von einer Kölner Industriellenfamilie. Für die Jagd. Als Wochenendhaus. Und für die Sommerfrische. Da gab es noch nicht die Naturparksatzung. Und wenn man genug Geld und Einfluss hatte, stand einer Baugenehmigung mitten im Wald nichts im Weg. Nach dem Zweiten Weltkrieg wurde die Villa an das allgemeine Stromnetz angeschlossen und an die öffentliche Trinkwasserversorgung über die Wahnbachtalsperre, da wurden extra Leitungen vom Dorf hierher verlegt. Und in den Keller kam ein großer Öltank für die neue Zentralheizung. Aber Mitte der sechziger Jahre verlor die Familie zunehmend das Interesse an dem Haus. Da reiste man lieber in den sonnigen Süden. Marbella oder so etwas. Die Waldlichtung ist nämlich die meiste Zeit des Jahres ziemlich feucht und düster. Außerdem nahm der Lärm zu. Sie hören es ja. Das hält ja kein Mensch aus. Nur die Tiere halten es aus, seltsamerweise. Aber die wissen es ja nicht besser, und wo sollen die auch hin? In den Kölner Zoo?«

Er schaute sie erwartungsvoll an.

Sie signalisierte ihm mit einem freundlichen Lächeln, dass sie den Scherz verstanden hatte.

»Wir haben ja hier kein Nachtflugverbot. Deshalb wurde die Villa Anfang der siebziger Jahre verkauft, an einen Investor, der daraus ein Hotel machen wollte. Doch die Firma ging pleite, noch bevor der Umbau beginnen konnte, die hatten sich mit einem anderen Projekt irgendwo in Bayern schwer verhoben. Stand so in der Zeitung. War sowieso eine Schnapsidee. Wer will denn wohl hier Urlaub machen? Bei dem Lärm tags und nachts. Seither gehört die Villa einer Bank in Süddeutschland. Insolvenzmasse. Die Bank war Hauptgläubigerin des Pleitiers.«

»Und seither?«

»Was ... seither?«

»Seither steht die Villa leer?«

»Nun ja. Mehr oder weniger.«

»Was heißt das?«

»Gelegentlich war sie vermietet. Aber nie lange.«

»An wen?«

»Mal an einen alten, reichen Amerikaner, dessen Ururgroßeltern oder so ähnlich von hier stammten. Er verbrachte zweimal im Jahr jeweils sechs Wochen hier, mit seiner Frau, im Frühjahr und im Herbst. Auf der Suche nach seinen Wurzeln. Im Gegensatz zu seiner Frau sprach er sogar ein bisschen Deutsch. Aber dann starb der Mann, mit 76, und die Witwe, die war da erst 54, eine ausgesprochen attraktive Frau, die hatte kein Interesse mehr daran, alleine herzukommen, und kündigte den Pachtvertrag. War ja auch eine Schnapsidee, den Kasten das ganze Jahr zu mieten, nur um ein paar Wochen hier zu verbringen.«

»Und dann?«

»Dann? Dann stand das Haus erst mal wieder ein paar Jahre leer, und dann machte hier ein Swinger-Club auf. Ein Pärchen-Club oder so etwas. Da ging es am Wochenende auf dem Waldweg zu wie auf der Autobahn, das können sie mir glauben. Ich hatte mir mal die Kennzeichen angeschaut, auf dem Rondell vor der Treppe. Köln, Dortmund, Frankfurt, Düsseldorf. Die kamen von überall her. Sommer wie Winter, von Freitagabend bis Sonntagabend. Das ging, glaube ich, sieben oder acht Jahre so. Aber dann zog der Swinger-Club um, nach Bergisch Gladbach. Und der Kasten versank wieder in seinen Dornröschenschlaf.«

»Für immer?«

Gerald Räderscheidt schwieg.

Kristina und der Hund warteten auf die Antwort.

»Nein … nicht für immer.«

Räderscheidt zog den Schulterriemen des Gewehrs stramm und schaute zu seinem Hund hinab, als müsste der ihm erst die Genehmigung zur Beantwortung der Frage erteilen.

»Die Villa wurde noch ein einziges Mal vermietet. Angeblich an einen Kölner Rechtsanwalt, erzählte man sich im Dorf. Das war vor … lassen Sie mich kurz rechnen … vor dreizehn Jahren. Ja, im Frühjahr 1997. Ich weiß das noch so genau, weil kurz davor, im Februar, da war mein Bruder gestorben. Schlimme Sache. Mein Bruder ist bei der Waldarbeit mit dem Trecker umgekippt, als er einen umgestürzten Baum vom Weg ziehen wollte. Der Alfons ist mit dem Trecker kopfüber in einen Bach gestürzt, er konnte sich nicht selbst befreien, weil die Beine unter dem Trecker eingeklemmt waren. Er lag also die ganze Zeit hilflos in dem eiskalten Wasser. Als wir ihn gefunden haben, war er schon tot.«

Kristina betrachtete den Fußboden.

Was sagte man in einem solchen Moment?

Herzliches Beileid? Tut mir leid?

Nach 13 Jahren?

Der Hund schleckte Räderscheidts Hand ab. Vielleicht war das die einzig vernünftige Reaktion.

Der Förster räusperte sich.

»Jedenfalls: Ich war in dem Frühjahr vollauf damit beschäftigt, mich um den Hof meines verstorbenen Bruders zu kümmern. Ich bekam das nur beiläufig mit, dass ein Kölner Rechtsanwalt die Villa gemietet hatte. Dorfgerede. Erst im Herbst 1997 machte ich wieder meine Runde hier, wissen Sie, ich habe ein ziemliches großes Gebiet zu betreuen, da kann man nicht ständig überall sein. Jedenfalls, Ende September, Anfang Oktober dachte ich, ist mal Zeit, einen Antrittsbesuch zu machen, mich mal vorzustellen, schließlich bin ich ja für das Gelände drumherum verantwortlich. Zu dem Haus gehört nämlich ein ganz schön großes Stück Wald. Fast 40 Hektar. Jedenfalls: Als ich mich am späten Nachmittag der Villa näherte, durch den

Wald, da fuhr ein Auto vor. So ein moderner Kleinbus, getönte Scheiben.«

»Kennzeichen?«

»Habe ich nicht drauf geachtet. Gucken Sie etwa immer gleich nach dem Kennzeichen, wenn Sie ein Auto sehen? Der Wagen hielt, zwei Männer stiegen aus, und zwei weitere Männer kamen aus dem Haus, alles unangenehme Typen, wenn Sie wissen, was ich meine. Schlägertypen. Das sieht man ja auf den ersten Blick, mit wem man es zu tun hat. Sie öffneten die Schiebetür, und acht Frauen stiegen aus. Diese Typen gingen sehr grob mit ihnen um. Die Frauen waren nicht von hier, das sah man sofort.«

»Woran?«

»An der Kleidung. An allem. An den Gesichtern. Sie brachten die Frauen ins Haus. Trieben sie voran wie Vieh. Ich habe einen Moment überlegt, was tust du jetzt, klingeln oder nicht klingeln, und dann habe ich mir gesagt, Gerald Räderscheidt, du bist hier der Förster und damit quasi eine behördliche Autoritätsperson, also bin ich hin und habe geklingelt. Es hat eine Weile gedauert, aber dann machte ein Mann die Tür auf, den ich vorher noch nicht gesehen hatte. Ein Deutscher. Jedenfalls null Akzent. Freundlich, ordentlicher Anzug, Krawatte. Stellte sich mir als Rechtsanwalt Waldorf vor. Sagte mir, das Haus würde jetzt erst mal auf Vordermann gebracht, für einen Klienten von ihm, einen Industriellen aus Köln, der Ruhe und Entspannung in der Natur suche. Erklärte mir, die Frauen, die ich gesehen hätte, seien Reinigungskräfte, geschickt von einer Zeitarbeitsfirma, und die Männer seien Handwerker. Installateure und Tischler. Und dann verabschiedete er sich höflich von mir und schloss die Tür.«

»Sie sagten: Rechtsanwalt Waldorf?«

»Ja.«

»Heinz Waldorf?«

»Ja, genau der. Der neulich umgebracht wurde, in seiner Wohnung in Köln. Ich habe es in der Zeitung gelesen. Da gab es ein Foto, und ich habe ihn sofort erkannt.«

282

»Und damals?«

»Was ... damals?«

»Waldorf schloss die Tür, ohne Sie hereinzubitten ... das ist doch sicher nicht üblich, hier auf dem Land, oder?«

»Nein, das ist hier nicht üblich.«

»Üblicherweise kriegt man einen Kaffee angeboten, oder einen Schnaps, man plaudert ein wenig ...«

»Ja, so ist das normalerweise auf dem Land. Aber es ziehen immer mehr Fremde aus der Stadt aufs Land, und das verändert die Sitten. Die Leute aus der Stadt sind anders.«

»Ja, und die Leute auf dem Land helfen noch einander, sie passen aufeinander auf, nicht wahr?«

»Ich sagte doch schon: Die waren nicht von hier.«

»Aber Sie sind von hier, Herr Räderscheidt.«

»Was wollen Sie mir damit sagen?«

»Sie sind einfach gegangen?«

»Was hätte ich denn sonst tun sollen?«

»Den Frauen helfen.«

»Ich bin ein alter Mann.«

»Das waren Sie vor 13 Jahren noch nicht. Sie verstehen es, mit dem Gewehr umzugehen. Sie haben viele Freunde im Dorf. Sie hätten auch zur Polizei gehen können.«

»Hier gibt es weit und breit keine Polizei. Bis die gekommen wären ... Außerdem: Sie hätten diese Schlägertypen mal sehen müssen. Ich bin kein Held, Frau Gleisberg. Die hätten doch dann gleich gewusst, wer sie verraten hat.«

Ein kurzes, kaum merkliches Ziehen an der Leine, und der Hund erhob sich augenblicklich aus seiner Sitzposition. Gerald Räderscheidt machte auf dem Absatz kehrt.

»Tut mir leid, Herr Räderscheidt. Es steht mir nicht zu, über Sie zu urteilen. Ich habe mich unmöglich benommen.«

Der Förster verließ den Raum. Kristina lief ihm nach und holte ihn erst auf der Freitreppe ein.

»Herr Räderscheidt! Bitte!«

»Lassen Sie mich in Ruhe!«

»Wann waren Sie das nächste Mal hier?«

283

Räderscheidt hielt inne, blieb unschlüssig auf dem Absatz stehen. Der Hund setzte sich erneut und sah Kristina aus treuherzigen Augen an. Der Förster vermied den Blickkontakt zu ihr.

»Anfang Februar.«

»Und ist Ihnen da was aufgefallen?«

»Ja. Sie waren verschwunden. Niemand mehr da. Und die Villa war komplett geräumt. Alle Möbel weg, alle Teppiche. Sie hatten gründlich sauber gemacht. Es roch überall penetrant nach Desinfektionsmittel, wie im Krankenhaus. Ich muss jetzt gehen, Frau Gleisberg. Ich weiß auch jetzt, woher ich Sie kenne. Aus dem Fernsehen. Sie haben diesen Mörder aus dem Gefängnis geholt. Diesen Kroaten, der dann den Waldorf umgebracht hat.«

»Er hat ihn nicht umgebracht.«

»Nicht? Aber die Polizei sucht ihn doch deshalb.«

»Herr Räderscheidt, manchmal ist die Wahrheit komplizierter, als sie auf den ersten Blick erscheint.«

»Das ist wohl wahr. Ich habe mir damals, als ich in dem leeren Haus stand, schwere Vorwürfe gemacht. Auch noch Wochen danach. Bin nachts wach geworden davon. Aber irgendwann vergisst man. Streicht alles aus dem Gedächtnis. Bis heute. Die Frauen … das waren dann wohl keine Reinigungskräfte von der Zeitarbeitsfirma, nicht wahr?«

»Nein, Herr Räderscheidt. Das waren keine Reinigungskräfte von der Zeitarbeitsfirma. Das waren Sklaven. Auf Lebenszeit.«

Das Savoy passte von innen wie von außen perfekt zu dieser hässlichen, liebenswürdigen Stadt. Von außen wirkte das Hotel an der Turiner Straße wie ein gesichtsloser, erinnerungsloser, aus grauem Beton gegossener Büroklotz. Kein Wunder, denn der neunstöckige Betonwürfel beherbergte zunächst Büros, als er in den siebziger Jahren gebaut worden war, an der vierspurigen Schnellstraße, die das Eigelstein-Viertel erstickte.

Unter dem Pflaster liegt der Strand. Das war einer dieser Sprüche, die Elke Manthey ständig benutzt und ihrem Sohn ins Gedächtnis gebrannt hatte. David Manthey sah auf die Uhr und beobachtete wieder das Gebäude, das die im schnellen Takt der Stadt vorbeieilenden Passanten keines einzigen Blickes würdigten, während er sich an das überschaubare geistige Vermächtnis seiner Mutter erinnerte. Unter dem Pflaster liegt der Strand. Sie hatte ihm den Satz nie erklärt. Sie hatte ihm nie etwas erklärt. Aber der Satz hatte auf ihn eine sonderbare Faszination ausgeübt, als er noch ein kleines, ihr hoffnungslos ausgeliefertes Kind war. Unter dem Pflaster liegt der Strand. Und hinter dem Beton des Gebäudes wartete das Paradies. Denn wer es sich leisten konnte, die Drehtür des Savoy zu passieren, wurde auf der Stelle von einem orientalischen Märchen aus Tausendundeiner Nacht empfangen.

Unter dem Pflaster liegt der Strand. Vielleicht kannte auch Gisela Ragge den Spruch. 1990 hatte die Kölnerin den grauen Kasten gekauft, um darin ihren ganz persönlichen Traum von einem Hotel zu verwirklichen. Etage für Etage. »Kölns sinnlichste Baustelle«, schrieb der Kölner Stadt-Anzeiger damals und zitierte die vierfache Mutter: »Ich will kein Hotel, in dem Sofas rumstehen, auf die sich nie jemand setzt.«

Während andere erstklassige Kölner Adressen wie das altehrwürdige Excelsior Ernst oder das gigantische Hyatt Regency vornehmlich Gäste aus Politik und Wirtschaft beherbergten, liebten Schauspieler und Musiker das exotisch-schräge Ambiente des Savoy, in dem kein Zimmer dem anderen glich, und mitunter auch sich selbst nicht mehr, wenn man es zwei Jahre nicht besucht hatte und die Eigentümerin zwischenzeitlich auf die Idee gekommen war, die Etage völlig neu zu gestalten.

David Manthey war kein Schauspieler, auch wenn er vorhatte, sich heute im Savoy in einer gagenfreien Rolle zu versuchen. Er betrat das Hotel auch nicht durch die magische Drehtür, sondern zu Fuß durch die nüchterne Tiefgarageneinfahrt, nur ein paar Hausnummern nördlich. Vor dem Aufzug am Ende des ersten Untergeschosses wartete Frank.

Frank war nervös. Kein Wunder.

»Ich kann meinen Job verlieren.«

»Quatsch. Du wirst als Held gefeiert.«

Sie hatten in etwa die gleiche Statur. Das erleichterte die Sache. In der engen Kammer streifte Frank seine Hausdienerjacke ab und reichte sie David, der in schwarzer Hose, weißem Hemd und schwarzer Fliege erschienen war.

»In sieben Minuten muss er seinen Tee haben. Jeden Tag um diese Zeit. Auf die Sekunde pünktlich. Sonst wird er sauer und ruft die Rezeption an. Der versteht keinen Spaß.«

»Keine Sorge. In sieben Minuten hat er seinen Tee.«

Frank zeigte stumm auf den Rollwagen, David nickte und zeigte auf den Stuhl. Frank setzte sich mit mürrischem Blick, David fesselte ihm die Hände hinter der Lehne, drückte ihm ein Stück Klebeband auf den Mund, zerriss Franks Hemd mit einem Ruck vor der Brust, wuschelte ihm ein wenig durch das bis dahin sorgsam gescheitelte Haar und kippte den Stuhl samt Frank in einem 45-Grad-Winkel gegen die Wand.

Die Oriental Suite lag im obersten Stock.

David verließ den Aufzug, rollte den Servicewagen bis zum Ende des Flurs und klopfte. Das Klopfen klang seltsam dumpf und schwach, so dick war die mahagonifarbene Tür aus Massivholz.

Die Tür zur Nachbarsuite stand einen Spalt offen.

David schob sie mit der Fußspitze sachte ein Stück weiter auf, bis der Spalt breit genug war, um in den Salon blicken zu können. Am Ende des Raumes saßen vier Männer mit gebeugten Rücken zur Tür und starrten in Computer-Bildschirme. David zählte insgesamt sechs Monitore, drei Drucker und vier Kaffeekannen. An die Stirnwand hatten sie einen schätzungsweise zwei mal zwei Meter großen Stadtplan von Köln geheftet. Die Männer waren viel zu sehr mit ihrer Arbeit beschäftigt, um ihn zu bemerken.

David zog die Tür der benachbarten Suite wieder lautlos bei, dann klopfte er ein zweites Mal an die Tür der Oriental Suite, eine Spur kräftiger, senkte den Kopf und tat geschäftig, indem er imaginäre Falten aus dem frisch gestärkten und perfekt gebügelten Leinentuch auf dem Rollwagen glättete.

Die Tür schwang auf, ein Paar schwarzer, auf Hochglanz polierter Schuhe erschien in Davids Blickfeld und verschwand augenblicklich wieder. David schob den Wagen über die Schwelle und folgte den Schuhen über den dicken Teppich.

Außer den Schuhen trug Uwe Kern einen dreiteiligen, anthrazitfarbenen Anzug, diesmal ohne Nadelstreifen. Die Weste war aufgeknöpft, der Hemdkragen hochgestellt, und die Krawatte hing noch ungebunden um seinen Nacken. Dies registrierte David in der Sekunde, in der Uwe Kern sich umdrehte, vor einem Gemälde, das die nackte, rauchende Romy Schneider zeigte, ihren schönen Mund und die traurigen Augen, die mitleidig auf dem Bewohner der Oriental Suite ruhten.

Umgekehrt begriff Uwe Kern erst, wem er die Tür geöffnet hatte, als sich die Krawatte bereits wie ein Strick um seinen Hals wand und ihm die Luft zum Atmen nahm.

»Hübsche Unterkunft. Da sind die 525 Euro pro Nacht sicher gut angelegt. Kriegen Sie Rabatt, weil Sie so lange bleiben? Oder ist das der Staatskasse egal?«

Kern antwortete mit einem Röcheln und versuchte vergeblich, seine Finger zwischen Hals und Krawatte zu schieben. David zog den stolpernden Kern hinter sich her, einmal quer durch den Salon, vorbei an dem kreisrunden Whirlpool aus schwarzem Marmor, den ein künstlicher Sternenhimmel illuminierte, bis zum linken Fenster, und riss den Vorhang beiseite. 24 Meter unterhalb der Oriental Suite durchwühlte eine alte Frau auf dem Bürgersteig den an einen Laternenpfahl geschraubten Abfallbehälter.

»Tolle Aussicht. Das komplette Eigelstein-Viertel liegt Ihnen zu Füßen. Wie klein und zerbrechlich und bedeutungslos die Menschen von hier oben wirken. Berauscht Sie die Vorstellung, eine Stadt unter Ihre Kontrolle zu bringen?«

Plötzlich begann Kern, wie wild um sich zu schlagen und zu

treten. David wippte Kerns Kopf einmal kurz und ruckartig gegen die Scheibe. Blut tropfte aus der Nase auf die Fensterbank. David schleifte ihn zurück, zog Kern hinter sich her wie einen trotzigen alten Esel, schleuderte ihn auf die Couch, griff kurz unter das Leinentuch des Servicewagens und setzte sich auf die Lehne.

»Wissen Sie, was das hier ist?«

Mit zitternden Fingern riss sich Kern die Krawatte vom Hals, rang nach Luft und schüttelte den Kopf.

»Nicht? Aber Sie sind doch Geheimdienstler. Ich dachte, in Ihren Kreisen kennt man sich damit aus. Eine sehr interessante Waffe. Effektiv und völlig lautlos. Sieht aus wie ein etwas zu groß geratener Elektrorasierer, finden Sie nicht auch? Nur der Scherkopf fehlt. Wenn ich diesen Knopf hier berühre, jagt das Ding 600 000 Volt durch Ihren Körper. Das Ergebnis ist wirklich verblüffend ... je nachdem, wie lange ich den Knopf berühre.«

David rammte den Kopf der Waffe gegen Kerns Hals. Die beiden stecknadelkopfgroßen Dioden bohrten sich in die frisch rasierte, dezent parfümierte Haut neben dem Kehlkopf.

»Drücke ich den Knopf nur drei Sekunden, ist kein einziger Ihrer Muskeln mehr zu einer kontrollierten Bewegung fähig. Die Wirkung hält ungefähr eine Viertelstunde unvermindert an. Zeit genug für mich, um in aller Ruhe zu verschwinden. Nach 15 Minuten beruhigen sich Ihre Nerven allmählich wieder. Aber Vorsicht: Ihr Gleichgewichtssinn wird noch eine Weile gestört sein. Außerdem werden Sie anschließend ihre Unterwäsche und den Anzug wechseln müssen, aber beim Blick in den Spiegel im Badezimmer erleichtert feststellen, dass der Elektroschock keine weiteren physischen Spuren hinterlassen hat ... abgesehen von einer Rötung am Hals, die sich zu einer Brandblase entwickeln könnte. Lassen Sie sich etwas Eis vom Zimmerkellner bringen. Der Körper verkraftet das ganz gut. Aber die Seele nicht. Sie werden die nächsten Nächte schlecht schlafen, aus schrecklichen Albträumen aufschrecken, weil sich Ihr Unterbewusstsein an den unbeschreiblichen Schmerz erinnern wird. An den Moment, als die 600 000 Volt durch ihren Körper jagten. Der Schmerz soll mit nichts vergleichbar sein, weil der Strom auf einen Schlag sämtliche Nerven ihres Körpers attackiert. Die Hölle auf Erden. So schildern es jedenfalls die Opfer. Sie wissen, wen ich meine?«

Uwe Kern schwieg.

»Zwei Sorten Mensch benutzen diese Geräte besonders häufig: Folterknechte und Sklavenhändler. Um ihre Opfer zu demütigen. Und um ihren Willen zu brechen. Tomislav Bralic hat das recherchiert. Das ist der kroatische Pfarrer, den Ihre Leute gestern Abend überfallen haben.«

»Was wollen Sie?« Die Stimme klang, als sei Kerns Kehlkopf mit einem Reibeisen bearbeitet worden.

»Ich will wissen, warum Sie und Ihr Lakai vergangene Nacht in Dellbrück seelenruhig am Fenster standen, obwohl Sie genau wussten, was gleichzeitig nebenan in der Fabrik passierte. Warum haben Sie diese Schweine nicht festnehmen lassen?«

»Das war doch am Ende völlig überflüssig. Ihr Freund Jerkov hat doch schon für Gerechtigkeit gesorgt.«

David verpasste Kern eine Ohrfeige.

»Das war eindeutig die falsche Antwort. Beim nächsten Mal schicke ich die Hölle in Ihren Hals.«

»Okay, okay. Beruhigen Sie sich.«

»Kern, ich bin ganz ruhig. Aber ich habe wenig Zeit. Wenn Sie nicht kooperativ sind, beende ich das Gespräch.«

»Okay. Die korrekte Antwort ist: Wir haben nicht den Auftrag, Menschenhändler zu überführen.«

»Aber Sie sind doch hinter Milos Kecman her.«

»Ebenfalls korrekt. Aber der Menschenhandel ist schon lange nicht mehr Kecmans Hauptgeschäft.«

»Aber das waren doch unverkennbar Kecmans Leute, gestern Abend in Dellbrück. Der Albino…«

»Ja und nein. Russische und albanische Mafia. Geschäftspartner. Sie zahlen Kecman eine… so eine Art Provision. Dafür, dass er ihnen dieses Geschäft freundlicherweise überlassen hat. Sozusagen auf Franchise-Basis. Aber Kecman selbst kümmert sich inzwischen um andere Geschäfte. Und diese neuen Geschäfte interessieren uns brennend.«

»Uns? Wer ist das?«

»Der Staat. Die Bundesrepublik Deutschland. Manthey, Sie haben nicht die geringste Ahnung, was auf dem Spiel steht. Kecmans Geschäfte sind eine Bedrohung für das gesellschaftliche Wertesystem der gesamten westlichen Welt.«

»Für das gesellschaftliche Wertesystem oder für das ökonomische Wertesystem? Geldwäsche ist so alt wie die Mafia.«

»Und der Sklavenhandel ist so alt wie die Menschheit.«

»Haben Sie auch ein Gewissen, Kern? Oder nur einen Auftrag?«

Uwe Kern schüttelte heftig den Kopf.

»Diese Frauen, die verschleppt und zur Prostitution gezwungen werden, sind in der Tat bedauernswerte Geschöpfe. Aber darum soll sich die Polizei kümmern. Das ist deren Job. Falls die Polizei für diesen Job nicht gerüstet sein sollte, kann das nicht mein Problem sein. Wir haben einen anderen Job. Es geht auch nicht darum, dass Kecman Geld wäscht. Es geht darum, wessen Geld er wäscht. Und was mit dem Geld geschieht.«

»Was soll schon mit dem Geld geschehen? Kern, das wissen wir doch: Man kauft sich davon Immobilien, stille Beteiligungen oder Aktienpakete. Gute Kapitalisten, die im Interesse der Rendite Mitarbeiter rauswerfen und Mieten erhöhen, werden ersetzt durch böse Kapitalisten, die im Interesse der Rendite Mitarbeiter rauswerfen und Mieten erhöhen.«

»So urteilen Sie, weil Sie nur die halbe Wahrheit kennen.«

»Sie haben die Chance, mich aufzuklären.«

»Die Welt ist nun mal weit komplexer, als Sie sich vorstellen können, Manthey. Nehmen Sie nur Ihr Buch. Es hat für einigen Wirbel gesorgt. Es ist zweifellos gut recherchiert ... aus kriminalistischer Sicht. Aber es erzählt nur die halbe Wahrheit.«

»Erzählen Sie mir die andere Hälfte.«

»Dafür wird Ihnen die Zeit fehlen. Aber ich nenne Ihnen ein kleines Beispiel: Um einen Zentner Opium aus Afghanistan in marktfähiges Heroin zu verwandeln, wird zusätzlich ein Vielfaches dieser Menge an diversen Chemikalien benötigt. Zum Beispiel Acetanhydrid, das auch zur Herstellung von Aspirin, knitterfreien Textilien, Zigarettenfiltern oder Handy-Displays verwendet wird. Sie benötigen tonnenweise Chemikalien, die natürlich nicht aus Afghanistan stammen. Sondern aus Fabriken der westlichen Welt. Keine illegalen Hinterhoflabors … deren Know-how und deren Kapazität würden nämlich nie und nimmer für diese Mengen ausreichen … nein, große Chemieunternehmen, deren Aktien Sie an der Frankfurter Börse erwerben können. Der Großteil der Weltproduktion dieser verschiedenen, für die Heroinherstellung zwingend benötigten Chemikalien kommt aus … na? Keine Ahnung, Herr Manthey? … aus Nordrhein-Westfalen. Respektable Unternehmen. Wohlklingende Namen. Wer zwingt die Hersteller in unserem doch sonst so kontrollwütigen Staat, die weitere Verwendung ihrer Produkte zu kontrollieren? Niemand. Warum nicht? Es wäre zu peinlich, und es steht zu viel Geld auf dem Spiel. So funktioniert nun mal die Welt, ob uns das passt oder nicht. Würden die Vertriebswege der Chemikalien kontrolliert, wäre das Geschäft mit dem Heroin ruiniert. Erfunden wurde die gewinnträchtige synthetische Veredelung des Naturrohstoffs Opium übrigens von Chemikern der Bayer-Werke. Die erfanden auch den Namen Heroin und ließen ihn vom Patentamt schützen. Die Glasflaschen mit dem niedlichen Etikett bescherten dem Hause Bayer in der ersten Hälfte des 20. Jahrhunderts weltweit fantastische Umsätze, auch dank der Werbekampagne in zwölf Sprachen. Heroin von Bayer wurde als Allheilmittel gepriesen, gegen Husten, gegen Bluthochdruck …«

»Interessant. Wären wir uns doch nur früher begegnet.«

»Es ist nie zu spät, Herr Manthey.«

»Manchmal schon. Bald ist es nämlich zu spät, mir zu erklären, wessen Geld Kecman wäscht. Ich habe keine Zeit zu verlieren. Ich werde nicht warten, bis Ihre Männer nebenan misstrauisch werden. Also? Wessen Geld wäscht Kecman?«

»Das kann ich nicht sagen.«

»Das können Sie nicht? Sie können schon. Sie wollen nicht.

Das ist ein feiner Unterschied. Sie wollen nicht, weil Ihre Auftraggeber im Berliner Innenministerium sauer werden könnten. Streng geheim, zum Wohle des Staates. Sind Sie ein Held, Kern?«

Kern schwieg.

War Uwe Kern ein Held? David Manthey wusste es nicht. Ein Alpha-Tier, zweifellos. Ein halbes Leben lang gewohnt, Befehle zu erteilen und Gehorsam einzufordern. Aber war er auch ein Held? Bereit, fürs Vaterland zu leiden?

»Kern, Sie machen es sich unnötig schwer. Tragen Sie einen Herzschrittmacher? Haben Sie einen labilen Kreislauf? Wäre ja keine Schande, in Ihrem Alter.«

Keine Antwort. Kern presste die Lippen zusammen. Was ging ihm durch den Kopf? David Manthey wusste es nicht. Er ahnte nur, wenn er Kerns Augen studierte, dass dieses Schweigen mehr von Kerns Arroganz denn von seiner Angst genährt wurde. Aber es war David inzwischen egal. Er dachte an die ernsten Gesichter der Frauen in der Fabrik in Dellbrück, die viel zu früh gealterten Augen der Mädchen, er dachte an ein 13-jähriges Kind namens Irina, dessen Leiche im Duisburger Hafen weggeworfen worden war wie Müll, während die Mutter in Moldawien vergeblich auf die Rückkehr ihrer Tochter wartete, und er drückte den Knopf. Nur für den Bruchteil einer Sekunde. Aber das genügte, um Uwe Kerns Nervensystem in ein Chaos zu stürzen. Sein Körper bäumte sich auf, seine Glieder zuckten unkontrolliert, sein Gesicht verzog sich zu einer hässlichen Grimasse, Speichel rann wie Milchschaum aus seinen Mundwinkeln.

Nach wenigen Sekunden war alles vorbei.

Was blieb, waren Kerns unnatürlich weit aufgerissene Augen, die nur eine einzige Gefühlsregung spiegelten: Todesangst.

»Fangen wir an, Kern. Ich frage, Sie antworten. Okay?«

Uwe Kern nickte. Seine Mundwinkel zitterten.

»Was ist so spannend an Kecmans neuen Geschäften?«

»Die alte, etablierte Elite in Westeuropa... Sie fürchtet um ihre Macht. Nicht Milos Kecman ist interessant, sondern dessen Hintermänner, für die er das viele Geld wäscht. Diese Leute planen, ganze Volkswirtschaften aufzukaufen, nach und nach. Bisher haben sie in Osteuropa geübt. Die Mafia kontrolliert inzwischen zwei Drittel der gesamten russischen Wirtschaft. Aber jetzt ist Westeuropa das Ziel. Und wer die wirtschaftliche Macht besitzt, der besitzt eines Tages auch die politische Macht.«

»Um wie viel Geld geht es?«

»Das weiß niemand so genau. Milliarden um Milliarden. Die Geldquelle scheint niemals zu versiegen. Allein die illegalen Geschäfte innerhalb Russlands spülen jedes Jahr nach vorsichtigen Schätzungen mindestens 20 Milliarden Euro in die Kasse der Mafia. Die legalen Geschäfte, die zunehmen, gar nicht mitgerechnet. Nur um Ihnen die Dimension zu verdeutlichen: Wenn heute, in diesem Augenblick, sämtliche Mafia-Gelder auf einen Schlag aus unserem Wirtschaftskreislauf entfernt würden, dann wäre die Bundesrepublik Deutschland bankrott. Es steht also verdammt viel auf dem Spiel, Manthey. Wir müssen den Einfluss der osteuropäischen Mafia stoppen, aber wir müssen zugleich so clever vorgehen, dass sie nicht mehr in der Lage sein wird, ihr Geld aus unserem Wirtschaftskreislauf herauszuziehen.«

»Womit machen Kecmans Hintermänner das Geld?«

»Mit Viren.«

»Mit Viren?«

Uwe Kern nickte. David griff hinter sich und reichte ihm eine Serviette, damit er seine Lippen säubern und trocknen konnte. Die Mundwinkel zitterten immer noch.

»Kern, wovon reden Sie, verflucht noch mal? Impfstoffe? Schweinegrippe? Pharma-Industrie?«

»Computer-Viren.«

»Sie meinen die Programme, die gelangweilte, pickelgesichtige Pubertierende in ihren Kinderzimmern schreiben, um sich wichtig zu machen und um ihr Ego aufzupäppeln, weil kein Mädchen aus der Klasse sie küssen will?«

»Nein.«

»Reden Sie in ganzen Sätzen mit mir!«

»Die pickelgesichtigen Pubertierenden, denen einer abgeht, weil sie in der Lage sind, den Zentralrechner der heimischen Stadtwerke für eine halbe Stunde außer Gefecht zu setzen, das waren doch nur die unfreiwilligen Pioniere. Ich rede von Profis, die keine Streicheleinheiten fürs Ego benötigen. Und ich rede von Viren, die niemand bemerkt.«

»Wofür sind Viren gut, die niemand bemerkt?«

»Damit niemand den Schaden bemerkt, den sie anrichten. Vinton Gray Cerf, einer der Väter des Internet, hielt im Jahr 2006 beim Weltwirtschaftsgipfel in Davos eine höchst interessante Rede, die von der Weltöffentlichkeit geflissentlich ignoriert wurde. Cerf versicherte, dass mindestens 25 Prozent aller Rechner dieser Welt verseucht seien. Wohlgemerkt: im Jahr 2006. Inzwischen dürften es mehr als 40 Prozent sein, schätzen Experten. Pro Tag entstehen weltweit zirka 2000 neue Viren. Die Mehrzahl der Viren wird heute zielgerichtet eingesetzt, um Computer zu manipulieren, ohne dass die Eigentümer dies jemals bemerken.«

»Von wem eingesetzt?«

»Das weltweite Milliardengeschäft mit Computer-Kriminalität dominieren derzeit die Russen: Kinderpornografie, Kontaktbörsen für Pädophile, Kreditkartenbetrug, DVD-Raubkopien, Phishing, Spam-Mails, virtuelle Geldwäsche. Alles, was schnell und risikolos viel Geld bringt und bei geringen Kosten hohe Renditen verspricht. Die Russen haben ihre Lektion in Kapitalismus erstaunlich schnell gelernt.«

»Und wie funktioniert das System?«

»Haben Sie schon mal was von Fast-Flux-Botnets gehört? Das sind unsichtbare Netzwerke, die inzwischen den Globus umspannen. So ein Botnet bedient sich gleich mehrerer hunderttausend heimlich vernetzter Rechner. Die Besitzer der einzelnen Computer ahnen gar nichts von dem Missbrauch. Da sitzt beispielsweise ein Doktorand der landwirtschaftlichen Fakultät der Universität Bonn vor seinem Bildschirm, schreibt an seiner Dissertation und hat keine Ahnung, dass sein Rechner gerade parallel dazu beiträgt, massenhaft Spam-Mails in alle Welt zu versenden. Oder die neueste Hollywood-Produktion noch vor dem Kinostart illegal zu vervielfältigen. Oder per Phishing das Girokonto eines belgischen Fliesenlegers abzuräumen. Der Bonner Uni-Computer ist dann ein winziges Zahnrad im Getriebe dieses Botnets, so wie vielleicht auch der Computer eines irischen Grafikers in Dublin oder der Rechner einer spanischen Zahnarztpraxis in Ávila. Die kriminellen Betreiber bezeichnen diese ahnungslosen Eigentümer als ihre Zombies. Hunderttausende virtuell verknüpfte private Computer … das ist eine gigantische Rechnerkapazität, wie Sie sich denken können. Außerdem verwischen diese Botnets natürlich die IP-Adressen der wahren Täter. Wenn das BKA also nach langwierigen Ermittlungen einen illegalen Viagra-Händler im Internet ausfindig machen kann, finden die Beamten lediglich einen völlig ahnungslosen Doktoranden der Bonner Uni vor.«

»Und wer steckt dahinter?«

»Zum Beispiel Russian Data Network. RDN ist momentan der größte Dienstleister auf diesem Sektor. Schöner Name, schickes Büro mitten in Sankt Petersburg. RDN schützt mit seinen gigantischen Botnets die zahlungskräftigen Kunden weltweit vor dem Zugriff nationalstaatlicher Justizbehörden. RDN besitzt inzwischen eine Reihe von Tochterfirmen rund um den Globus … in China, auf den Seychellen, in Panama, in der Türkei …«

»Und für RDN wäscht Milos Kecman die Gewinne?«

»So ist es. Beziehungsweise: Da gibt es eigentlich nicht mehr viel zu waschen. Denn die RDN-Milliarden verschwinden zunächst via Western Union unauffindbar bei webmoney.ru, einer virtuellen Bank mit russischer Domain-Adresse. Kecmans Aufgabe ist vielmehr die Investition der Milliardengewinne in solide, lukrative europäische Unternehmen mittels geeigneter Strohmänner …

»… wie Heinz Waldorf …«

»… ja, so wie der gute, tote Heinz Waldorf. Und viele andere deutsche Ehrenmänner. Sie würden sich wundern.«

Blieb nur noch eine einzige Frage.

»Aber weshalb ist Ihre Truppe hinter Zoran Jerkov her? Was hat Zoran mit RDN zu tun?«

»Eigentlich gar nichts.« Mehr sagte Uwe Kern nicht. Mehr musste er auch nicht sagen. In diesem Augenblick wurde David klar, was lief. Das ganze, miese, verlogene Spiel.

Sie war müde. Viel zu müde für den Umweg zum Supermarkt, aber das war sie schon seit einer Woche, hundemüde nach der Arbeit. Außerdem hatte sie Hunger, und sie dachte mit Grauen an den traurigen Inhalt ihres Kühlschranks. Eine halbe Scheibe Brot und eine fast leere Packung H-Milch. Also doch noch Supermarkt, bevor sie die Beine hochlegen konnte. Zum Glück hatte der Rewe im Belgischen Viertel bis Mitternacht geöffnet.

Also noch genau 27 Minuten.

Sie fand tatsächlich einen Parkplatz in der Lütticher Straße, keine 50 Meter von ihrer Wohnung entfernt, und in umgekehrter Richtung keine 300 Meter vom Supermarkt um die Ecke entfernt. Wenn das kein gutes Omen war. Maja Jerkov parkte rückwärts ein, holte den faltbaren Plastikkorb aus dem Kofferraum, legte ihre Handtasche mit der Geldbörse in den Korb und machte sich zu Fuß auf den Weg in die Brüsseler Straße.

Noch 21 Minuten.

Der Rewe passte sich der Zielgruppe im Belgischen Viertel an und wirkte auf den ersten Blick eher wie ein gut sortierter Bio-Laden. Zum Glück tobten kurz vor Mitternacht keine Thorbens oder Leons oder Anna-Lisas oder Klara-Sophies mehr durch die Gänge und nervten Kundschaft wie Personal, während sich deren Mütter zwei Regalreihen weiter seelenruhig erkundigten, ob denn der fair gehandelte Kakao aus Bolivien garantiert frei von künstlichen Aromastoffen sei.

Nein, Maja Jerkov schien heute Abend, eine Viertelstunde

vor Ladenschluss, die einzige Kundin zu sein, und auch das Personal bestand nur noch aus einer älteren Dame an der letzten noch besetzten Kasse und einem jungen, schlaksigen Mann mit blondem Bartflaum ums Kinn, gelgestylter Hahnenkammfrisur und weißem Kittel, der ein Regal mit Rohrzucker befüllte.

Als sie das Rohrzuckerregal passiert hatte, spürte sie deutlich die Blicke des Burschen auf ihrem Hintern.

Nicht, dass sie es übermäßig erstaunte, Blicke auf ihrem Hintern zu spüren. Daran war sie gewöhnt. Aber noch während der Fahrt von Bocklemünd ins Belgische Viertel, nach zwölf Stunden Außendreh fast ohne Pause, hatte sie sich nicht wie 37, sondern eher wie 73 gefühlt.

Sie warf im Gehen den Kopf zurück und schenkte ihm ein Lächeln. Der spargeldünne Kerl grinste schüchtern zurück. Wie alt mochte er sein? 18, 19? Maja Jerkov schritt auf die Tiefkühltruhe zu, grazil wie eine Königin, auf ihren roten Pumps mit den schwindelerregend hohen Absätzen, die sie bei 1,60 Metern Körpergröße für angemessen hielt, versetzte ihren diätresistenten, mächtigen Hintern mit jedem Schritt in rhythmische Schwingungen und spürte erneut die Blicke, die für einen schönen Moment ihren Körper und ihre Seele wärmten. Ein kleines, harmloses Spiel, das niemandem schadete. Immerhin fühlte sie sich nun nicht mehr wie 73, sondern wieder wie 37.

Nach einer Weile entdeckte sie in der gut sechs Meter breiten Truhe, was sie suchte, und schob den mittleren der fünf Deckel aus durchsichtigem Hartplastik zur Seite. *Pizza Balance* stand auf der Schachtel. Vegetarisch, aus dünnem Dinkel-Teig, mit echtem Käse, ohne künstliche Geschmacksverstärker. Genau das Richtige um Mitternacht: schnell zubereitet, scheinbar kalorienarm und mit dem beruhigenden Gefühl sättigend, dem Körper auch noch etwas Gesundes geboten zu haben.

Maja stellte den Faltkorb vor der Truhe auf dem Boden ab, um die Hände frei zu haben. Bei ihren kurzen Armen und Beinen musste sie sich weit nach vorne lehnen und tief hinabbeugen, um eines der letzten Exemplare auf dem eiskalten Grund zu erwischen. Sie bekam eine Ecke der Pappschachtel mit zwei

Fingern zu fassen, als ihre Zehen plötzlich den Bodenkontakt verloren. Jemand hatte sie an den Fußgelenken gepackt. Du kleines Arschloch, findest du das etwa witzig? Na, warte. Wozu habe ich zehn Zentimeter lange Pfennigabsätze unter den Pumps? Sie konzentrierte ihre Kraft auf ihren linken Oberschenkel und …

Vergeblich.

Diese Hände, die ihre Fußgelenke wie Schraubstöcke umklammerten, waren stärker als ihre Oberschenkel. Diese Hände konnten unmöglich dem Schlaks im Kittel gehören, dachte sie noch, als sie kopfüber in die Truhe stürzte. Nicht besonders tief. Aber die Schraubstöcke schoben in einem Rutsch den Rest nach und schlossen die Abdeckung.

Kalt und still.

Die frostigen Kanten der Zanderverpackungen hatten ihre Hände beim Sturz aufgeschrammt. Die Kälte kroch augenblicklich durch ihre dünne Bluse.

Maja drehte sich blitzschnell auf den Rücken.

Das Gesicht über ihr hatte sie noch nie gesehen. Ein Mann. Groß. Breit. Sehr groß, sehr breit. Blass wie der Tod. Weißblondes Haar. Schwarze Sonnenbrille. Der Mann beugte sich vor, stützte die Hände auf den geschlossenen Plastikdeckel und betrachtete sie, so wie ein Zoologe ein seltenes Insekt unter dem Mikroskop betrachtet: interessiert, emotionslos.

Maja trat mit den Schuhspitzen gegen die Abdeckung. Wieder und wieder. Das schien den Mann zu amüsieren. Sie versuchte, ihre Hände in die millimeterenge Ritze zwischen die beiden Abdeckungen zu schieben. Von oben waren sie so leicht zu verschieben, dank der Griffe, selbst für Thorben oder Leon oder Anna-Lisa oder Klara-Sophie. Aber hier unten rührte sich nichts. Erst als ihre Fingernägel abbrachen, gab sie auf. Was nun? *Du musst in Bewegung bleiben, Maja. Immer in Bewegung bleiben. Sonst frisst dich der Frost.* Das hatte ihre Großmutter in Vukovar gesagt, als sie an einem Silvestertag im tief verschneiten Wald Brennholz sammelten. Da war sie acht oder neun gewesen und hatte die Weihnachtsferien bei der Großmutter verbracht, in dieser fremden Welt, die angeblich ihre Heimat war.

Sonst frisst dich der Frost.

Minus 18 Grad.

Der Mann öffnete die Abdeckung einen Spalt weit.

»Wo ist dein Bruder?«

»Fick dich.«

Der Mann schloss den Deckel, griff neben sich und brachte eine Mineralwasserflasche zum Vorschein. Er schraubte die Flasche auf. Er trank einen Schluck. Er öffnete den Deckel erneut. Er goss den Inhalt der 1,5-Liter-Flasche über Majas Gesicht, über ihren Bauch, ihre Beine. Jemand schrie. Maja begriff, dass sie selbst es war, die schrie. Bis der Kälteschock ihr die Kehle zuschnürte. Der Mann schob den Deckel zu. Er beugte sich erneut vor und stützte die Unterarme auf dem durchsichtigen Kunststoff ab, als beabsichtigte er, ihr beim Sterben zuzuschauen.

Da erschien plötzlich der Schlaks im Kittel neben ihm. Misstrauen, Verwirrung, Erstaunen und schließlich Zorn im Gesicht. Das blonde Ziegenbärtchen zitterte vor Aufregung. Er sprach den Mann mit der Sonnenbrille an, wütend, drohend, dann zerrte er an dessen Arm herum, mit aller Kraft. Der Mann mit der Sonnenbrille schüttelte ihn ab wie eine lästige Fliege. Doch der Junge im Kittel gab nicht auf. Da hämmerte ihm der Mann die schwere Faust mitten ins Gesicht, ohne auch nur ein einziges Mal den Blick von Maja abzuwenden.

Ich will nicht sterben.

Nicht hier.

Nicht jetzt.

Nicht so.

Lieber Gott.

Der Mann riss den Deckel beiseite.

»Ich frage dich zum zweiten Mal … und zum endgültig letzten Mal: Wo ist dein Bruder?«

Maja öffnete und schloss und öffnete und schloss den Mund, immer wieder, stumm wie ein Fisch. Der Mann beugte sich tiefer, um sie besser verstehen zu können. Da schnellte Majas Arm empor, ihre linke Hand griff nach der Sonnenbrille, riss sie dem Mann vom Gesicht und vergrub sie unter ihrem Körper. Der Mann rammte seine Faust gegen ihre Brust, richtete sich ruckartig auf, bedeckte die geröteten Augen mit seinen Händen und war Sekunden später aus ihrem Blickfeld verschwunden.

Raus hier, raus hier, raus hier.

Der Junge saß reglos auf dem Boden, die langen Beine gespreizt und von sich gestreckt. Der Rücken lehnte an einem Holzregal. Aus der obersten Reihe hatten sich einige Packungen Roggenbrot selbstständig gemacht. Das Kinn mit dem Ziegenbart ruhte auf der schmalen Brust, der Kittel war voller Blut. Maja kroch auf ihn zu und berührte seine Halsschlagader. Da öffnete der Junge die Augen. Aus der Nase quollen rosarote Luftbläschen.

»Ganz ruhig. Sag jetzt nichts. Bewege dich bitte nicht. Du bist mein Held. Gleich kommt ein Arzt.«

Mehr vermochte sie nicht zu sagen, weil sie so zitterte. Ihre Lippen, ihre Hände. Sie quälte sich auf die Beine und stöhnte auf. Die Brust schmerzte, und die Muskeln waren wie taub.

Fast hätte sie den Korb vergessen, der noch immer zusammen mit ihrer Handtasche vor der Tiefkühltruhe stand.

Die Kassiererin saß da wie angewurzelt hinter ihrem Laufband und starrte Maja an, die mit den Zähnen klapperte, während Wasser aus ihren Hosenbeinen tropfte.

»Ist der Riese weg?«

Die Kassiererin nickte.

»Durch den Hauptausgang hinter der Kasse?«

Die Kassiererin nickte erneut.

»Ist er nach links oder nach rechts abgebogen?«

»Nach rechts.«

Der Anblick einer klatschnassen Kundin um Mitternacht hatte der Kassiererin zum Glück doch nicht die Sprache verschlagen. Was bei einer Rheinländerin auch nur schwer vorstellbar war.

»Wo ist der Personalraum?«

»Gleich hier vorne. Neben dem Obst.«

»Bitte rufen Sie den Notarzt. Ihr Kollege ist schwer verletzt.«
Die Kassiererin nickte erneut.

»Nicht nicken! Anrufen! Jetzt, sofort.«

Im Personalraum fand Maja neben der Papiertonne ein altes, schmutziges T-Shirt, das bereits als Wischlappen zweckentfremdet worden war, außerdem, an einem Nagel, der als Haken diente, eine orangefarbene Latzhose mit reflektierenden Streifen in Kniehöhe. Beides trocken. Nur das war jetzt wichtig. Trocken. Sie riss sich das nasse Zeug vom Leib, die Bluse, die Jeans, den Slip, zwängte alles neben ihre Handtasche in den Einkaufskorb, um keine Hinweise zu hinterlassen, trocknete sich notdürftig mit dem fleckigen Frotteehandtuch ab, das neben dem Waschbecken hing, und war zwei Minuten später auf der Straße.

Nach links.

Er würde in der Nähe ihrer Haustür oder ihres Wagens in der Lütticher Straße auf sie lauern, im Schutz der Dunkelheit, die im Gegensatz zu dem grellen Neonlicht des Supermarkts seinen empfindlichen Augen nicht gefährlich werden konnte. Wenn sie es bis zum Rudolfplatz schaffte …

Der Taxifahrer verschwendete keinen zweiten Blick. Schließlich gab es eine Menge schräger Nachtvögel in Köln. Quietschende, knallrote Pumps mit Pfennigabsätzen unter einer fluoreszierenden, drei Nummern zu großen Latzhose, wie sie die Müllwerker trugen, ein völlig verknittertes T-Shirt, dessen Trägerin auf dem Rücken für Rewe Werbung machte, sowie ein fliederfarbener Einkaufskorb … das war weiß Gott noch nichts Besonderes für diese Stadt. Hauptsache, sie kotzte ihm nicht aufs Polster.

»Wohin?«

»Nach …«

Es wäre verlockend gewesen, sich gleich zum Schrottplatz nach Worringen fahren zu lassen. Artur verhieß Schutz, Artur verhieß Ruhe und Besonnenheit, Artur verhieß heißen, dampfenden Kaffee und Rührei mit Schinken. Aber allmählich begriff sie, in welcher Gefahr jeder schwebte, der Zoran Jerkov half. Es war zu leicht, einfach dem Taxi zu folgen, oder die

Adresse anschließend über die Funkzentrale ausfindig zu machen.

Sie würde einen Umweg nehmen müssen. Und sich unterwegs unbedingt ein weiteres Mal umziehen müssen. Sie wusste auch schon, wie und wo. Im Gegensatz zu vielen Kollegen in der Branche war sie nie herablassend, sondern immer freundlich zu den Pförtnern und Hausmeistern, gleich, ob in den Studios draußen in Hürth oder in Ossendorf oder in Bocklemünd, ob in den Mutterhäusern von RTL oder ...

»Zum WDR bitte.«

Das Internet ist ein Segen für eitle, extrovertierte Menschen, die Wert auf eine sorgsam abgewogene Selbstdarstellung legen. Das Internet ist aber auch ein Segen für all jene, die ein berufliches Interesse daran hatten, die Lebensgeschichten eitler, extrovertierter Menschen möglichst detailreich nachzuzeichnen. Man muss nur wissen, wie man die alsbald aufgehäuften Berge unterschiedlicher, winziger Puzzle-Teile aus selbst gesteuerten und fremdgesteuerten Informationen wieder zusammenfügt.

Zu einem Menschenbild.

Darin war Kristina Gleisberg gut. Richtig gut.

Natürlich besaß Dr. Carsten F. Cornelsen eine eigene Website. Die war zwar als Grundstock ergiebig, wenn auch nicht sonderlich aufschlussreich, weil sie neben der Pflege der Eitelkeit vornehmlich dazu diente, der Zielgruppe seiner TV-Show zu signalisieren: Seht her, ich hatte es auch nicht immer leicht im Leben und habe es trotzdem zu etwas gebracht.

Geboren wurde ich am 16. Januar 1956 in Bonn ...

Sieh an: Dr. Carsten F. Cornelsen hatte also am Abend des 16. Januar 1998 bei der Party in der Villa seinen Geburtstag gefeiert. Hatten die anderen solventen Gäste ihm die Entjungferung eines 13-jährigen Kindes als Überraschung spendiert? Oder hatte er sich damit selbst beschenken wollen?

Das Initial in meinem Namen steht übrigens für Freya. Das war der Name meiner tragisch und viel zu früh verstorbenen Schwester. Sie starb am Tag meiner Geburt. Meine Eltern gaben mir deshalb den zweiten Vornamen Freya im Gedenken an meine ältere Schwester, die ich leider nie kennenlernen durfte.

Freya. Die drei Jahre ältere Schwester starb am Tag von Carstens Geburt bei einem Unfall im Garten. Das Seil der Schaukel war gerissen, das Kind schlug unglücklich mit dem Kopf auf. Die Mutter erlitt durch den Schock eine Sturzgeburt. Die Eltern kamen zeitlebens nicht über den Tod des hübschen, blonden Mädchens hinweg. Carsten blieb ihr einziges Kind. Der Junge wuchs also mit einem Phantom auf. Einem ständig anwesenden Geist. Fühlte er sich schuldig, weil er die Liebe seiner Eltern eigentlich hätte teilen müssen? Oder musste er die Elternliebe tatsächlich mit einer Toten teilen? Wie viel Energie musste er aufwenden, welche speziellen Charaktereigenschaften musste er entwickeln, um sich die Liebe seiner Eltern zu verdienen? Ein totes, mit drei Jahren gestorbenes Kind, das nur in der Erinnerung existierte, war nie vorlaut, nie ungezogen, brachte niemals schlechte Schulnoten nach Hause, tat einfach nichts, was Eltern missfallen könnte.

Meine Eltern wurden 1945 aus ihrer ostpreußischen Heimat vertrieben. Sie verloren alles bei ihrer Flucht vor der Roten Armee und mussten in Westdeutschland (als Protestanten im katholischen Rheinland) wieder ganz von vorne anfangen. Mein Vater Wilhelm Cornelsen (1910–1969) erhielt später einen Ruf als Professor für

Skandinavistik an die Bonner Universität, meine Mutter
Elfriede Cornelsen (1920–2006) arbeitete als Lehrerin an
einer Bonner Grundschule. 1969 starb mein Vater. Mit
nur 13 Jahren war ich also Halbwaise. Ein Heranwach-
sen ohne Vaterfigur, wo doch das Vorbild für Jungen
gerade in diesem Alter so wichtig ist.

Seine Mutter macht die rebellischen Studenten für den frühen
Infarkt-Tod des erst 59-jährigen Professors verantwortlich. Die
Studenten hatten ihm seine Vergangenheit als von den Nazis
verhätschelter Nachwuchsliterat vorgeworfen, Flugblätter verteilt und Vorlesungen boykottiert. Wilhelm Cornelsen war zwar
offenbar ein weitgehend unpolitischer Mensch und auch kein
NS-Parteimitglied gewesen, hatte aber in seinen frühen Novel-
len und Lyriksammlungen immer wieder die nordische Rasse
und deren genetische Überlegenheit verherrlicht.

1974 legte ich am Bonner Beethoven-Gymnasium das
Abitur ab (Gesamtnote: 1,4) und trat meinen Zivildienst
im diakonischen Erziehungsheim Luisenstift in Berlin an.
Das war meiner Mutter ein echtes Herzensanliegen.

Warum das seiner Mutter ein echtes Herzensanliegen war, blieb
Cornelsens Geheimnis. Kristina googelte Luisenstift Berlin und
fand einen einzigen Eintrag in Zusammenhang mit Cornelsen:

Am 9. September 2007 feierte das Erziehungsheim
Luisenstift sein 200-jähriges Bestehen in Anwesenheit
von Prinz Franz Friedrich von Preußen, Schirmherr und
direkter Nachfahre von Königin Luise von Preußen. Als
das Luisenstift, eine Einrichtung der evangelischen Dia-
konie, von Berliner Bürgern gegründet wurde, erlaubte
Königin Luise von Preußen, dass das Kinderheim ihren
Namen erhielt. Die bewegende Festrede hielt der be-
kannte Fernsehmoderator Dr. Carsten F. Cornelsen, der
1974–1976 seinen Zivildienst im Luisenstift ableistete.

Kristina notierte die nächsten Stationen: Studium der Evangelischen Theologie, Philosophie und Ethnologie an der Universität Bonn. 1980 Magister-Examen, 1982 Promotion.

Professor Wilhelm Cornelsen wäre sicher stolz gewesen auf seinen Sohn. Einser-Abitur, Promotion... oder vielleicht doch nicht? Dr. Konrad Gleisberg, Erfinder der gleichnamigen Schrumpfschläuche und erfolgreicher Unternehmer im Sauerland, war jedenfalls noch nie stolz auf seine Tochter gewesen.

Anderes Thema.

Zweijähriges Volontariat beim WDR, anschließend Festanstellung als Redakteur im Referat des Evangelischen Rundfunkbeauftragten beim WDR. Der bestimmte wie sein katholischer Kollege mit seinem Stab und unter Berufung auf das Landesrundfunkgesetz NRW und den Rundfunkstaatsvertrag, was an religiösen Beiträgen gesendet wurde und was nicht.

1987 erhielt ich das Angebot des Westdeutschen Rundfunks, eine eigene Hörfunksendung zu moderieren.

Korrekt. Interaktives Radio. Die Zuhörer durften dem Gutmenschen, Hobbypsychologen und promovierten Theologen mit der sanften Stimme am Telefon ihre Sorgen mitteilen.

Die Sendung wurde bald ein Riesenerfolg.

Ebenfalls korrekt. Cornelsens Radio-Sendung wurde von 1989 an statt einmal wöchentlich um 14 Uhr nun fünfmal pro Woche um 18 Uhr ausgestrahlt und außerdem von einer halben Stunde auf eine ganze Stunde erweitert.

Vom Radio zum Fernsehen: 1991 erhielt ich meine eigene, 45-minütige TV-Sendung im dritten Programm des WDR, jeden Donnerstag um 22.30 Uhr. Die Sendung übertrug das bewährte Konzept des Radioformats erfolgreich auf den Bildschirm.

Ebenfalls korrekt. Die Rechnung ging zunächst auf, die Sendung sorgte für gute Quoten, trotz der ungünstigen Sendezeit. Doch schon bald häuften sich kritische Stimmen: WDR-Prominente, Frauenverbände, Gewerkschaften, Grüne beklagten Cornelsens reaktionäres Weltbild. Der Moderator nutzte die öffentliche Bühne seiner Sendung zunehmend, um Feminismus und Homosexualität zu verdammen und mit Hilfe seiner fundamentalistischen Auslegung der Bibel ein völlig antiquiertes Gesellschaftsbild zu propagieren. Trotz mehrmaliger interner Ermahnungen durch die WDR-Oberen korrigierte Cornelsen sein Verhalten nicht. Vielmehr hielt sich der Moderator angesichts der beeindruckenden Einschaltquoten für unangreifbar.

1992 entschloss ich mich, dem ganzen Medienrummel den Rücken zu kehren, um Gott näher zu sein und mich vermehrt der Theologie sowie diversen sozialen Projekten zu widmen.

Absolut nicht korrekt. Völlig falsch und verlogen. Cornelsen ging keineswegs freiwillig. Vielmehr setzte der WDR die Sendung Ende 1992 überraschend ab und kündigt seinem Moderator fristlos. Auch die als liberal geltende Evangelische Kirche im Rheinland sah ihr Ansehen geschädigt und wollte nichts mehr von Cornelsen wissen. Die nächsten Jahre blieben ein schwarzes Loch in der sonst lückenlosen Vita. Angeblich war Cornelsen in der Folgezeit für eine freikirchliche Organisation tätig und unterstützte deren Hilfsprojekte in diversen ehemaligen Teilrepubliken der zerfallenen Sowjetunion. Doch was genau diese Organisation dort getrieben und warum sie sich Jahre später aufgelöst hatte, war über das Internet nicht zu ermitteln.

September 1998: Im Nachmittagsprogramm des WDR geht ein neues Format an den Start: die »Carsten-Cornelsen-Show«. Der Moderator: Dr. Carsten F. Cornelsen. Ich bin zurückgekehrt, um nun Menschen in Deutschland zu helfen.

Korrekt. Die Show startete acht Monate nach der Party in der Villa im Bergischen Land. Acht Monate nach Irinas und Maries Tod und Zorans Verhaftung. Der Westdeutsche Rundfunk nahm den verlorenen Sohn wieder auf. Angeblich, so glaubten Insider zu wissen, auf Druck einiger Politiker im Verwaltungsrat. Cornelsen verzichtete nun auf die Rolle des christlich-fundamentalistischen Besserwissers, konzentrierte sich wie in seiner Hörfunk-Pionierzeit auf die Rolle des Gutmenschen – und aufs Geldverdienen. Denn produziert wurde die an jedem Werktag um 15 Uhr ausgestrahlte Problemshow von Cornelsens eigens gegründeter Firma »CC-TV«. Die Quoten kletterten von Woche zu Woche. Das hatte zweifellos mit dem besonderen Charisma des Moderators zu tun, das vor allem ältere Frauen ansprach, aber auch mit der neuen Formatidee, den Moderator bis kurz vor Sendebeginn der Live-Show darüber im Unklaren zu lassen, was ihn erwartete.

Das Publikum liebte inszenierte Spontaneität. Inszeniertes Risiko. Inszenierten Alltag. Alltägliche Tragödien. Ein TV-Stück wie aus dem Leben. Für Menschen, die ihr Leben zum großen Teil vor dem Fernseher verbrachten.

Cornelsen wurde inzwischen in einem Atemzug mit Jauch und Gottschalk genannt und überholte Kerner und Beckmann in der Publikumsgunst. Und das mit einer Nachmittagssendung im Dritten Programm. Mehr noch: 54 Prozent der Deutschen würden Dr. Carsten F. Cornelsen zum Bundeskanzler wählen, 34 Prozent der befragten deutschen Frauen zwischen 40 und 70 Jahren wünschten sich Cornelsen zum Ehemann, ergab eine bundesweite Umfrage des Instituts Allensbach. Der Moderator, der im Kölner Prominenten-Viertel Marienburg wohnte, war nach wie vor ledig. Und über sein Privatleben war so gut wie nichts bekannt.

Das sollte sich bald ändern.

Kristina Gleisberg klappte das Notebook zu, lehnte sich zurück und schloss die Augen.

Wenn alles so funktionierte, wie sie sich das vorstellten. Die Zündschnur war jedenfalls gelegt.

David erschien in der Küche. »Müde?«

Kristina nickte nur.

Aus der Werkstatt drangen Hammerschläge in die Küche.

»David?«

»Ja?«

»Mir geht dein Besuch im Savoy nicht aus dem Kopf.«

»Mir auch nicht.«

»Zoran ist das Bauernopfer.«

»Sieht ganz danach aus.«

»Sie benutzen Zorans Rachsucht, um an Milos Kecman ranzukommen. So viel war uns auch schon vorher klar. Aber seit heute, seit du erzählt hast, wie dieser Uwe Kern tickt, glaube ich, dass die gar nicht vorhaben, Kecman vor Gericht zu stellen. Weder für das Massaker in Vukovar noch für seine Geschäfte als Menschenhändler. Auch nicht für die Morde an...«

»...die er vermutlich nicht selbst begangen hat. Dafür haben Figuren wie Kecman ihre Leute. Man müsste ihm beweisen können, dass er der Auftraggeber der Morde war. Und für seine Beteiligung an dem Massaker in Vukovar ist Zoran der einzige nichtserbische Augenzeuge. Niemand würde Zoran jetzt noch glauben. Außerdem...«

»Außerdem?«

»...außerdem ist Kecmans Beteiligung am Sklavenhandel vielleicht sogar schon verjährt.«

»Verjährt? Wie bitte?«

»In Deutschland orientiert sich die Verjährungsfrist an der möglichen Höchststraße für eine Tat. Und unter Paragraf 233 kann man im Strafgesetzbuch nachlesen, dass die Haftstrafe für Menschenhandel bei sechs Monaten bis zehn Jahren liegt. Nur Mord verjährt nie.«

»Und die neuen Geschäfte? Die Geldwäsche?«

»Alles eine Frage des Beweises. Wir leben in einem Rechtsstaat. Der Staatsanwalt müsste die Geldwäsche beweisen... falls er überhaupt davon weiß.«

»David, mich kotzt dieser Rechtsstaat manchmal an, wenn er Verbrecher schützt, statt...«

»Vorsicht, Kristina. Gefährliches Eis. Der Rechtsstaat ist dazu da, das Recht zu schützen. Missbrauch ist leider programmiert. Die Alternative wäre der Unrechtsstaat.«

»Was haben die jetzt vor, David?«

»Sie wollen Kecman kassieren, um ihn auszuquetschen. Sie wollen sein gesamtes Wissen. Wie die Geldwäsche funktioniert, wie die kriminellen Netzwerke im Internet technisch funktionieren und wer die Drahtzieher im Hintergrund sind.«

»Warum sollte er ihnen das alles erzählen?«

»Ich vermute, sie werden Milos Kecman abgreifen und vor die Alternative stellen: absolute Straffreiheit sowie Stillschweigen gegenüber der Öffentlichkeit und gegenüber Kecmans Bossen in Sankt Petersburg... oder aber ein öffentlicher Mordprozess vor einem deutschen Gericht.«

»Aber du sagtest doch eben noch, dass sie ihn gar nicht belangen können... in unserem Rechtsstaat.«

»Nicht für die vergangenen Taten. Aber möglicherweise für eine Tat, die bisher noch gar nicht begangen wurde. Mord oder Beihilfe zum Mord, völlig egal. Hauptsache, auf frischer Tat gefasst, ein öffentlicher Schauprozess und die Aussicht auf eine hohe Haftstrafe. Seine Bosse würden Kecman fallen lassen wie eine heiße Kartoffel. Und vielleicht würde er schon die U-Haft nicht überleben. Eines Morgens würde man ihn tot in der Zelle finden, mit einer Drahtschlinge um den Hals.«

»Ein Mordprozess. Und wer ist das Opfer?«

Nein, nein, nein.

Sie ahnte die Antwort, kaum dass sie die Frage ausgesprochen hatte. Nein, das durfte nicht sein.

»Kristina, der Rechtsstaat hat Uwe Kern mit der Gründung dieser Truppe namens SOK beauftragt, um sich im Interesse der nationalen Sicherheit außerhalb der Legalität bewegen zu können. Sie werden rechtzeitig zur Stelle sein und seelenruhig zuschauen, wie Zoran in die Falle geht und von Kecman getötet wird. Sie werden Zorans Hinrichtung vielleicht sogar auf Video aufnehmen. Dann haben sie ihr aktuelles Mordopfer. Und außerdem löst Zorans Tod eine Menge Probleme.«

Draußen fuhr ein Auto auf den Hof. Sie blickten sich überrascht in die Augen, fanden aber keine Antwort im Gesicht des Gegenübers. David stand schweigend auf und verließ die Küche. Kristina schob vorsichtshalber das Notebook hinter die Pfannen im Küchenschrank, bevor sie ihm nach draußen folgte. Als sie den Hof erreichte, schloss Artur gerade das Tor. Der Passat-Kombi war ein Kurierfahrzeug des Westdeutschen Rundfunks, wie Kristina mit einem Blick an der Aufschrift erkennen konnte. Der Fahrer, ein bierbäuchiger Endfünfziger, kletterte noch aus dem Wagen, als David bereits die Heckklappe öffnete.

Kristina registrierte die Bestürzung in seinen Augen.

Maja.

David half ihr aus dem Kofferraum, legte beschützend den Arm um ihre schmalen Schultern und führte sie zum Haus, während Artur mit dem Fahrer des Kurierkombis sprach. Obwohl ihr Körper in eine dicke Wolldecke gehüllt war, zitterte Maja am ganzen Leib und klapperte unentwegt mit den Zähnen, in dieser warmen, sternenklaren Sommernacht.

In dieser warmen, sternenklaren Sommernacht fand Dr. Carsten F. Cornelsen keinen Schlaf. Gegen drei Uhr morgens gab er schließlich entnervt auf, verließ das Bett, schlüpfte in den Bademantel, der an der Tür des angrenzenden Badezimmers hing, stieg die Treppe ins Erdgeschoss hinunter, betrat das Wohnzimmer und goss sich einen Cognac ein. Auf dem Weg vom Bett bis zur Hausbar hatte er keinen einzigen Lichtschalter betätigt. Er brauchte kein Licht. Er kannte den Weg. Er ging diesen Weg Nacht für Nacht. Seit Jahren schon.

Wie er diese Nächte hasste.

Wie er dieses Leben hasste.

Wie er diese Frauen hasste.

Die anonymen Finanziers seines wohlständigen Lebens. Die Quotenmacher, die seine Show bevölkerten, vor der Kamera und vor den Bildschirmen. Die ihn auf der Straße ansprachen, beim Bäcker, im Café, ihn ungeniert berührten und ihren Müll auf ihm abluden. Sie nahmen sich das Recht dazu, denn sie hatten ihn groß und reich gemacht. Er war ihr Eigentum. Er gehörte ihnen, mit Leib und Seele. Er war nichts ohne seine Märtyrerinnen. Alles war für sie Schicksal, zum Glück unabwendbar, die undankbaren Kinder ebenso wie die Krankheiten, eine Prüfung, und Gott war ihr Zeuge. Seine Märtyrerinnen trugen praktische Kurzhaarfrisuren, bügelfreie Blusen über voluminösen, spitzkegeligen Brüsten, Gesundheitsschuhe mit Klettverschlüssen. Sie stellten ihr Leiden hemmungslos zur Schau. Selbstgefällig, unerbittlich, gnadenlos. Das Leid war ihre Lust und ihre Waffe.

Carsten Cornelsen leerte das Glas in einem Zug, erhob sich aus dem Sessel, griff nach dem gerahmten Schwarz-Weiß-Foto auf dem Schreibtisch und betrachtete es im schwachen Schein des Mondes. Das Foto zeigte eine dreijährige Prinzessin. Die stolzen Eltern hielten sich dezent im Hintergrund. Der Bauch der Mutter war aufgebläht wie ein Wasserball. Freya grinste dreist in die Kamera. Weißes Kleidchen, weiße Söckchen, weiße Schühchen, weiße Schleifchen im Haar. Wie niedlich.

Mit aller Kraft schleuderte Cornelsen das Foto gegen die Wand. Der Rahmen zerbrach, das Glas zerschellte.

»Zu dämlich zum Schaukeln.«

In diesem Augenblick, knapp sieben Kilometer nördlich der Marienburger Villa, schrak Uwe Kern in seiner Suite im neunten Stock des Savoy-Hotels aus einem grauenhaften Albtraum. Sein Körper war schweißgebadet, seine Hände zitterten. Kern sprang aus dem Bett, stellte sich unter die Dusche, verharrte eine Viertelstunde völlig bewegungslos unter dem warmen Wasserstrahl. Anschließend trocknete er sich ab, betrachtete und betastete seinen geröteten Hals im Spiegel und beruhigte seine Seele mit einigen Tai-Chi-Übungen.

Nur wenig später, die Sonne war noch nicht aufgegangen,

verließ Artur still und leise den Schrottplatz, um Tomislav Bralic am Eigelsteintor abzuholen und zum Flughafen zu fahren. Auf der Severinsbrücke griff Artur nach dem auf dem Rücksitz des Wagens deponierten Umschlag und händigte ihn Bralic aus. Der Pfarrer nickte und steckte ihn wortlos in die Innentasche seiner schwarzen Anzugjacke. Der Umschlag enthielt ein Ticket nach Bukarest, zwei Rückflugtickets, genügend Bargeld. Auf einer der Kölner Flughafentoiletten würde Bralic einen Großteil der Euro-Scheine in einem Geldgürtel verschwinden lassen, den er um den Bauch unter dem schwarzen, knopflosen Hemd mit dem Kollarkragen trug. Die Priesterkleidung würde die Mission erheblich vereinfachen, so hoffte er.

Während der knapp zwanzigminütigen Fahrt sprachen sie kaum ein Wort. Artur sprach nie viel, außer wenn es etwas Wichtiges zu sagen gab, und der Pfarrer war in Gedanken versunken. Erst als der Wagen vor dem Terminal 2 hielt, sagte Artur:

»Du weißt, wo Zoran sich versteckt.«

Der Pfarrer nickte und stieg aus.

Artur verließ ebenfalls den Wagen und hievte den winzigen Trolley aus dem Kofferraum.

»Artur, ich darf es dir nicht sagen. Ich darf es auch David nicht sagen. Er hat mir das Versprechen abgenommen.«

»Die lassen Zoran in eine Falle laufen.«

»Das weiß er. Zoran weiß ganz genau, dass sie ihm eine Falle stellen wollen. Aber er hält sich für schlauer als die anderen.«

»Aber er kennt die Falle doch nicht.«

»Kennst du sie denn?«

Artur schwieg.

»Ich mache mir genau so viel Sorgen um ihn wie du, Artur. Aber Zoran Ratschläge erteilen zu wollen, ist in etwa so aussichtsreich wie der Versuch, eine Katze zu dressieren. Bis bald.«

Kristina saß in der Küche, nippte an ihrem Kaffeebecher, starrte über das aufgeklappte Notebook hinweg durch das geöffnete Fenster und beobachtete David und Maja, die durch den Garten schlenderten. Wie Adam und Eva im Paradies. Aber Kristina eignete sich nicht als Schlange. Das Notebook langweilte sich und schaltete auf Standby-Modus. Sie redeten da draußen ohne Unterlass miteinander. Sie lachten viel. David deutete nach oben, zu dem Papageienpärchen im Baum. Maja hakte sich bei ihm unter, und das versetzte Kristina einen Stich. Nicht den ersten für heute. Den ersten Stich hatte sie schon beim Frühstück verspürt. Da fragte Maja, ob sie vielleicht ein Glas Bitter Lemon haben könnte. David war gleich losgesprintet und hatte vier Flaschen im nächsten Supermarkt besorgt. Sie tranken und schauten sich dabei tief in die Augen, als wohnte der synthetischen Brühe ein geheimer Zauber bei.

Maja schien es schon wieder besser zu gehen. Sie hatte tief und fest geschlafen. Auf Davids Matratze. David hatte die Nacht in der Werkstatt verbracht. Kristina wäre es vergangene Nacht lieber gewesen, Davids statt Majas Atemzügen zu lauschen.

Reiß dich gefälligst zusammen!

Hätte ihr Vater jetzt gesagt.

Meine Meinung: Man kann Kindern gar nicht früh genug beibringen, Verzicht zu üben.

Hatte Kristinas Mutter, die Gattin des sauerländischen Schrumpfschlauch-Titans, immer zu ihren Bridge-Partnerinnen gesagt und Klein-Kristina sehr früh darin geübt.

YOU CAN'T ALWAYS GET WHAT YOU WANT.

Hatte Mick Jagger gesungen. Du kannst nicht immer kriegen, was du willst. Mick, du verdammter Heuchler.

Eines der Einweg-Handys aus Arturs unerschöflichem Fundus klingelte. Es war ihres, erkannte sie am Ton. Kristina riss sich zusammen und checkte das Display.

Friedbert.

Der Leitwolf der Frischfutterlieferanten im Produktionsteam der Carsten-Cornelsen-Show.

»Glückwunsch, Kristina. Sie sind drin.«

Du bist drin du bist drin du bist drin du bist …

»Kristina? Sind Sie noch dran?«

»Klar, Friedbert. Ich freue mich riesig.«

In dieser Branche freute man sich nicht einfach, sondern man freute sich immer gleich riesig, wenn man sich freute.

»Ihr Exposé … grünes Licht, ohne Wenn und Aber. Und die Kleine hat tatsächlich ihr Abitur auf dem Sterbebett abgelegt?«

»Onkologische Station der Kölner Universitätsklinik. Ist alles gecheckt. Sie haben doch die Fotokopien …«

»Natürlich. Fantastisch. Grandiose Story. Hatte ich doch mal wieder die richtige Nase. Ich wusste es. Gleich von dem Moment an, als wir uns das erste Mal begegneten. Sie sind der Macher-Typ, Kristina. Das habe ich gleich gespürt. So was sehe ich auf den ersten Blick. Leute wie Sie brauchen wir. Anschließend dürfen Sie mich dann zum Abendessen einladen, Kristina.«

»Gerne. Und vorher?«

»Vorher?«

»Die Show.«

»Die Show, natürlich. Übermorgen sind Sie dran. Der Sendeplatz ist schon reserviert.«

Übermorgen schon. Friedbert stand also unter Druck. Offenbar war ihm das Frischfutter ausgegangen. Interessenten gab es sicher stets genug. Aber richtig gute, quotenträchtige Geschichten …

»Kristina?«

»Ja?«

»Sie wissen, die einmalige Stärke unserer Show ist die Improvisation. Die Kunst und die Lust des Moderators, live vor der Kamera zu agieren, ohne zu wissen, was ihn diesmal erwartet. Aber das ist jedes Mal auch ein Balancieren auf dünnem Seil. Ohne Netz und doppeltem Boden. Da darf also im Vorfeld nichts schiefgehen. Gelungene Improvisation bedeutet perfekte Organisation. Sie sorgen persönlich dafür, dass die Mutter der armen Kleinen, na, wie hieß sie noch …«

»… Dalia …«

»Nein, ich meine die Mutter …«

» … Alenka …«

» … exakt 90 Minuten vor Sendebeginn mit gewaschenen Ohren erscheint. Aber achten Sie bitte darauf, dass sie sich nicht zu sehr herausputzt. Nicht so, als ginge es zum Klassentreffen oder zur Christmette. Kein Schmuck, keine frischen Dauerwellen. Das wirkt sonst nicht authentisch. Klar?«

»Klar. Wo?«

»Studio 19. Der MMC-Campus in Hürth. Bitte, bitte, bitte nicht verwechseln mit den MMC-Studios im Ossendorfer Coloneum. Ich sage das nur, weil es schon mal passiert ist. Also: Studio 19 auf dem MMC-Campus in Hürth. Liefern Sie die Frau pünktlich ab, um den Rest kümmern sich dann unsere Leute. Klar so weit?«

»Klar, Friedbert.«

»Bis dann. Ciao.«

Aufgelegt. Ciao, ciao, Friedbert. Und das Abendessen kannst du dir in den Arsch schieben.

Willi Heusers Gewährsleute im Labor des Landeskriminalamtes in Düsseldorf bestätigten, dass die DNA der vor zwölf Jahren vorsorglich asservierten fremden Haarpartikel und Hautschuppen an der im Duisburger Hafen gefundenen unbekannten Mädchenleiche identisch war mit den fremden DNA-Spuren, die man unmittelbar zuvor in Köln an der Leiche der tschechischen Prostituierten Marie Pivonka und zwölf Jahre später an der Leiche ihrer ehemaligen Kollegin Eliska Sedlacek gesichert hatte. Nur hatte nie jemand eine Verbindung zwischen den Fällen hergestellt. Zwar war die DNA-Technologie vor zwölf Jahren noch gar nicht dazu in der Lage gewesen. Aber auch ohne den aktuellen Stand der modernen Kriminalforschung hätte man schon damals erkennen können, dass die gesicherten

Spuren in Duisburg und Köln eine biochemische Gemeinsamkeit aufwiesen: Die sichergestellten und jetzt erneut im Labor untersuchten männlichen Hautzellen waren nicht in der Lage, den Pigment-Farbstoff Melanin zu produzieren.

Schlamperei?

Polizeilicher Alltag. Permanenter Personalnotstand in den Präsidien, finanzielle Engpässe in den forensischen Labors. Es gab noch Dutzende anderer Fälle in der Warteschleife. Wozu noch in die Details gehen, wenn man bereits einen Tatverdächtigen mit Motiv und krimineller Vita hatte? Einen Tatverdächtigen ohne Alibi, der beharrlich schwieg und ebenso wenig zu seiner Entlastung beitrug wie sein Anwalt.

»Ich muss vorsichtig sein, David.«

»Was ist los, Willi?«

»Die wollen mir doch tatsächlich ein Disziplinarverfahren an den Hals hängen, weil ich den Mund nicht aufmache. Weil ich nichts dazu sage, woher ich den Tipp mit dem rumänischen Lastwagen und der Fabrik in Dellbrück hatte.«

»Wir halten dich die nächste Zeit besser raus aus der Sache, Willi. Ich will nicht, dass du deine sauer verdiente Pension verspielst. Wenn sie wieder fragen, dann sag ihnen doch, ich hätte dich angerufen. Dann haben sie was zum Grübeln.«

David Manthey fuhr mit Willi Heuser von Düsseldorf zurück nach Köln, setzte ihn am Gereonswall ab und machte sich alleine auf den Weg zur Deutzer Brücke. Er hatte vor, einige der alten Abenteuerspielplätze aufzusuchen. So wie gestern schon. Weil ihm nichts Besseres einfiel. Weil er das Warten nicht mehr aushielt und weil er hoffte, Zoran zu finden. Nur um das Eigelstein-Viertel machte er einen großen Bogen.

Der Albino also. Kecmans namenloser Söldner aus dem Baltikum hatte Marie getötet, Zorans große Liebe. Außerdem Eliska und den Anwalt Heinz Waldorf. Und ein dreizehnjähriges moldawisches Mädchen namens Irina.

Um ein Haar auch noch Maja.

Sie war am Morgen mit Artur zum Baden an den Bleibtreusee gefahren. Sie hatte sich für zwei Tage krank gemeldet, mit einer Kollegin den Dienst getauscht und es so eingerichtet, dass sie auf alle Fälle morgen in der Show die Studioregie führte. Artur würde ihr bis dahin nicht mehr von der Seite weichen.

Nur Kristina hatte heute noch alle Hände voll zu tun. Sie saß wie schon gestern in der Küche vor dem Notebook und schrieb an einer Story, von deren Existenz bisher noch kein einziges Medium etwas ahnte. Weil das Ereignis, das die Story so begehrenswert machte, erst morgen eintrat.

Kristina war seltsam verändert seit gestern. Schweigsam. Ernst. Abgewandt. Vermutlich die Anspannung. Vielleicht sollte er mit ihr reden. Später, am Abend.

David bückte sich und zog den Kopf ein. Der Einstieg in den Bauch der Brücke an der Markmannsgasse war nur knapp einen Meter hoch. Dahinter öffnete sich ein Tunnel aus Beton, grau und kahl bis auf die Versorgungsrohre, knapp zehn Meter breit, drei Meter hoch und so lang wie drei Fußballplätze. Hier hatten sie tatsächlich Fußball gespielt, wenn es draußen regnete, gut elf Meter über dem Fluss, über Bande wie beim Billard, das hatte einen Höllenlärm und deshalb einen Höllenspaß gemacht. Im Bauch der Brücke hatte er seinen ersten Joint geraucht, und im blickdichten Niemandsland zwischen den beiden Flussufern seine erste Massenschlägerei erlebt, Zorans Eigelstein-Truppen gegen die Türken-Gang vom Deutzer Bebelplatz.

»David, merk dir: Ein Versteck muss mindestens zwei Fluchtwege haben. Sonst ist es kein Versteck, sondern eine Falle.«

David untersuchte die Nordwand, kehrte erst kurz vor dem östlichen Rheinufer um und marschierte entlang der Südwand des Tunnels zurück. Nichts deutete auf Zoran hin. Nicht einmal eine Zigarettenkippe der Marke Nil. David verließ den Brückenbauch, stieg in den R4 und fuhr zur Indianersiedlung am Zollstocker Bahndamm, redete mit den alten Männern und Frauen. Vertraute Gesichter, ohne Arg, dankbar für den kleinen Plausch über Fensterbänke und Gartenzäune hinweg. Aber keine große Hilfe. Denn niemand hatte etwas gehört oder gesehen. Anschließend fuhr er zur alten Wachsfabrik, die aber inzwischen, nach all den Jahren, bis zur Unkenntlichkeit zum idyllischen Künstler-Biotop mutiert war. David durchquerte die Stadt erneut, als ihm plötzlich der Ehrenfelder Helios-Turm in den Sinn kam, und beendete die Odyssee schließlich auf dem Container-Bahnhof Eifeltor. Nur widerwillig akzeptierte Davids Verstand, was seine Intuition längst als gesicherte Erkenntnis abgehakt hatte: Zoran war nicht zu finden, wenn Zoran nicht gefunden werden wollte. Schließlich gab er auf und fuhr zurück zum Schrottplatz.

Kristina saß in der Küche und schrieb.

In atemberaubender Geschwindigkeit flogen ihre Finger über die Tastatur des Notebooks, elegant und scheinbar schwerelos, wie Pianistenhände über die Klaviatur.

Sie nahm keinerlei Notiz von ihm.

Also verließ er die Küche, so leise er konnte, um sie nicht in ihrer Konzentration zu stören, setzte sich auf die provisorische Bank vor der Werkstatt und dachte nach, während er auf Artur und Maja wartete. Über Zoran. Über Freundschaft. Über das Leben. Über den Tod. Und über morgen.

Das Gorillamännchen glotzte missmutig auf Maja hinab. Maja ignorierte den Blick und konzentrierte sich stattdessen auf den Monitor gleich links neben dem Gorillamännchen. Der Monitor zeigte die Zuschauer im Studio 19. Kamera 4, die Standardeinstellung. 30 Studiogäste, die im Fernsehen wie 200 wirkten. Das Studio 19 war nicht eben das größte unter den MMC-Studios und daher bequem mit fünf Kameras und drei Kräften im schalldichten Regieraum zu steuern. Gut so.

»Der Sendeplan hat sich geringfügig geändert«, sagte Maja beiläufig und studierte währenddessen Alenka, die in der ersten

Reihe saß. Sie trug ein schlichtes, schwarzes Kleid. Gesicht und Hände verrieten ihre Nervösität. Rechts neben ihr saß Tomislav, und rechts neben Tomislav die Rumänin, mit der er vor zwei Stunden aus Bukarest zurückgekehrt war. Die Maskenbildnerin sprintete über die Bühne, um die Schweißperlen von Alenkas Stirn zu tupfen. Dann hetzte sie zurück zu Cornelsen.

»So? Wieso das?« Der Ablauf-Controller links neben Maja tat sich gerne wichtig. Der Tonmeister rechts neben ihr sagte nichts. Beide waren unter dreißig und noch nicht lange im Job.

Das erleichterte die Sache.

»Überraschung.«

Mehr sagte Maja nicht. Mehr war nicht nötig. »Überraschung« war das alles legitimierende Zauberwort der CC-Show. Vor der schalldichten Tür des Regieraums dürfte sich inzwischen Artur aufgebaut haben, die Zuverlässigkeit in Person, und dafür sorgen, dass sich niemand Zutritt verschaffen konnte. Den Rest hatte sie selbst unter Kontrolle, über die zwölf in der Wand eingelassenen Monitore und über das mit Knöpfen, Schaltern und Reglern übersäte Pult, vor dem sie saß.

Der gewaltige Gorillaschädel füllte nun nicht mehr den Monitor, das Tier trollte sich, der mächtige Rücken verschwand im dichten Grün des Regenwalds, während der Abspann über die letzten Bilder aus dem Dschungel lief und verriet, wer an der Reportage aus dem Kongo mitgewirkt hatte. Tomislav legte seine Hände auf Alenkas Hände, um sie zu beruhigen.

Cornelsen stand abseits, lehnte sich an die Wand und schloss für einen Moment die Augen, wie immer um diese Zeit, und ließ in seinem fantastischen Kurzzeitgedächtnis Revue passieren, was er soeben in der Maske aus Kristinas Exposé über Alenka und ihre an Leukämie gestorbene Tochter Dalia erfahren hatte.

Maja prüfte ein letztes Mal die Liste der vorbereiteten Einspieler in der Tabelle auf dem Computer-Bildschirm und verglich die Liste mit dem neuen, improvisierten Sendeplan. Die ersten zehn Minuten würden so ganz nach Cornelsens Geschmack verlaufen. Das traurige Leben der tapferen kroatischen Gastwirtin Alenka, die ihr einziges Kind verloren hatte und doch keine Sekunde mit ihrem Schicksal haderte, dank ihres unerschütterlichen Glaubens an Gott und dank ihres priesterlichen Beistandes; ein Landsmann, den sie mit ins Studio gebracht hatte. Maja warf einen Blick auf die Uhr mit der leuchtend roten Digital-Anzeige.

14:58:21

Cut. Die Sendezentrale schob noch einen Trailer über das Sommer-Spezial am kommenden Samstag ein. Ein Volksmusik-abend. Live vom Chiemsee. Wie schön.

Die beiden Dosen Früh-Kölsch, die David noch rasch aus Arturs Kühlschrank geholt hatte, als der Gorilla im tropischen Regenwald verschwunden war, standen seit einer halben Stunde unangerührt auf dem Couchtisch. David und Kristina saßen nebeneinander auf der Vorderkante des Sofas, vorgebeugt, die Ellbogen auf die Knie gestützt, als triebe sie die Sorge, auch nur eine einzige Sekunde des bizarren Dramas zu verpassen.

Die öffentliche Demontage des TV-Stars Carsten Cornelsen war zugleich die Sternstunde des Tomislav Bralic. Der Pfarrer sprach zu den Studiogästen, die an seinen Lippen klebten, aufrecht stehend, raumfüllend und mit gerechtem Zorn in der Stimme, während die gigantische Greenscreen-Wand in seinem Rücken Kristinas gespenstisches Video von der verwaisten Villa im Wald zeigte, dann die Polizeifotos der Leiche der dreizehn-jährigen Irina, der abgesperrte Fundort am Duisburger Hafen im nebligen Morgengrauen, ein frühes Kinderfoto aus Molda-wien, die lachende Irina mit ihrer ernsten Mutter, schließlich Zoran, wie er vor zwölf Jahren unter Blitzlichtgewitter in den Schwurgerichtssaal geführt wurde, und wieder Zoran, wie er vor wenigen Tagen das Gefängnis verließ, alt und gebrochen.

Zoran Jerkov. Alenka Jerkov. Erst jetzt schien Cornelsen zu

begreifen. Stummes Entsetzen verdrängte alle Selbstgefälligkeit aus seinem gepuderten Gesicht. Neben ihm saß Alenka, schlug die Hände vors Gesicht und heulte sich die Augen aus dem Kopf.

Draußen, vor der Tür zum Regieraum, waren Stimmen zu hören, laut, sehr laut, wenn sie durch diese Tür dringen konnten. Friedberts Stimme, hysterisch. Arturs Bass, gefährlich. Etwas krachte gegen die Tür. Dann war Ruhe.

»Wir haben einen Augenzeugen jener Nacht«, beschwor Pfarrer Tomislav Bralic sein Publikum. »Hier! Im Studio! Florentina, würdest du bitte zu mir kommen?«

Cut. Maja schickte Kamera 3 auf die Frau namens Florentina, die sich unsicher von ihrem Sitzplatz erhob. Die Kamera folgte ihr bis auf die Bühne. Cut. Kamera 1 auf Florentina und Tomislav. Das Telefon auf Majas Pult klingelte.

»Keine Angst, Florentina. Niemand wird dir etwas tun. Du sprichst etwas Deutsch, nicht wahr?«

Florentina nickte stumm.

»Dein Telefon klingelt, Maja.«

»Ich weiß.«

»Meine Damen und Herren, Florentina ist eine Überlebende des Sklavenhandels. Noch während des Transports nach Westeuropa wurde sie von einem ihrer Vergewaltiger mit dem HI-Virus infiziert. Allmählich beginnt die Krankheit, ihren Körper zu zerstören. Ihre Seele ist längst zerstört. Sie ist 29 Jahre alt und arbeitet in einem Callcenter in Bukarest... das ist die Hauptstadt ihres rumänischen Heimatlandes. Sie war 17, als sie in die Villa gebracht wurde. Dort lernte sie Irina kennen. Florentina, kannst du dich an die Nacht erinnern, als Irina für immer verschwand?«

Florentina nickte und schluckte.

»Kannst du dich noch an den Mann erinnern, der versucht hat, das gefesselte Mädchen vor den Augen der anderen anwesenden Männer zu vergewaltigen?«

Majas Telefon klingelte zum zweiten Mal.

Diesmal sagte der Tonmeister nichts.

Florentina nickte erneut, diesmal heftig. Sie hob den Arm und streckte den Zeigefinger aus.

»Das ist er. Das ist der Mann.«

Cut. Kamera 2 auf Cornelsen. Nah. Ganz nah. Das Raunen des Publikums im Off.

Das kalkweiße Gesicht des Moderators war das Letzte, was die Millionen Cornelsen-Fans an diesem Tag von ihrem Idol zu sehen bekamen. Nur drei Sekunden später wurden die Monitore schwarz. Maja wusste, was das zu bedeuten hatte: Jemand hatte in der Sendezentrale den Stecker gezogen.

»Das war's dann wohl«, sagte Maja, packte ihre Sachen und erhob sich aus dem Bürosessel.

Die beiden Jungs sagten kein Wort.

Vor der Tür stand Artur. Unverrückbar. Auf dem Fußboden des Flurs hockte Friedbert und hielt sich die blutende Nase.

»Er hat sich an der Tür gestoßen. Alles vorbei, Maja?«

»Ja, Artur. Für immer und ewig.«

Kristina Gleisberg verkaufte die Kurzfassung der Cornelsen-Story an Bild und die Langfassung mit dem eindrucksvoll dargestellten Aspekt des weltweiten Sklavenhandels an den Spiegel. Die Texte belegten unzweifelhaft, dass der immer noch zur Fahndung ausgeschriebene Tatverdächtige Zoran Jerkov nicht für die Morde an der Prostituierten Eliska Sedlacek und an dem Rechtsanwalt Heinz Waldorf in Frage kam.

Milos Kecman erwähnte sie mit keinem Wort.

Die restlichen Medien machten sich mehr schlecht als recht

selbst einen Reim auf das, was sich da live vor einem Millionenpublikum zugetragen hatte. Frank Koch rief zwei Tage später an, der große Frank Koch, um sich bei Kristina zu entschuldigen und ihr eine Festanstellung als Chefreporterin bei InfoEvent anzubieten. Kristina legte wortlos auf.

Das Thema Menschenhandel war dem Deutschen Bundestag immerhin eine Aktuelle Stunde im Plenarsaal wert. Das Wort Sklavenhandel wurde in der politischen Diskussion weitgehend vermieden. Vermutlich, weil es so hässlich klang.

Florentina reiste unmittelbar nach der Sendung mit unbekanntem Ziel ab, gemeinsam mit Tomislav Bralic. Und auch Dr. Carsten F. Cornelsen war für niemanden zu sprechen.

Außer für die Polizei.

Cornelsen wurde als Zeuge zur Vernehmung vorgeladen. Nicht als Beschuldigter. Denn juristisch stand sein Fall auf tönernen Füßen. Vielmehr erhoffte sich die Kripo nach dem Massaker in Dellbrück neue Hinweise auf den organisierten Menschenhandel in Deutschland. Cornelsen, von den Ermittlern in die Enge gedrängt, nannte ein paar Namen, Gäste der nächtlichen Party vor zwölf Jahren, allesamt ehrenwerte Mitglieder der Gesellschaft, wie sich herausstellte. Politiker, Industrielle, Bankiers. Zwischen dem Düsseldorfer Justizministerium und der Kölner Staatsanwaltschaft stand daraufhin das Telefon nicht mehr still. Der Fall wurde alsbald zu den Akten gelegt. Aber Cornelsen war gesellschaftlich wie beruflich erledigt. Für immer und ewig. Seine Show wurde auf der Stelle abgesetzt, seine Produktionsfirma meldete wenig später Insolvenz an, weil sie die Gehälter und Honorare der Mitarbeiter nicht mehr zahlen konnte.

Ein wunderbarer Sommer. Sie fuhren fast jeden Tag für ein paar Stunden zum Baden an den See. Maja und Kristina und David und Artur. So hätte es ewig weitergehen können.

Aber so ging es nicht ewig weiter.

Artur erschien in der Küche, das ölverschmierte Telefon seines Werkstattanschlusses in der einen Hand, während die andere Hand das Mikro abdeckte.

»Für dich, David.«

»Für mich? Wer ist dran?«

»Dieser Schwede.«

David nahm das Telefon.

»Hallo Ingvar.«

»Manthey, geht's gut?«

»Interessiert dich das wirklich?«

»Nein. Meine Leute signalisieren mir gerade, ich habe noch genau 96 Sekunden. Danach ist die Leitung nicht mehr sicher. Also pass jetzt gut auf. Ich habe was für dich. Ich weiß, wann Kecman in Köln aufschlägt. Saubere Quelle, aus erster Hand. Wir haben die Information vor einer Stunde aus den SOK-Computern abgefischt. Kerns Truppe gebärdet sich im Netz so hektisch wie ein wild gewordenes Wespennest.«

»Aha.«

»Ja. Kecman kommt nach Köln. Jerkov weiß es schon.«

»Woher?«

»Na, von mir natürlich. Weil er die Information bei mir bestellt hat. Da es jetzt sozusagen nicht mehr exklusiv ist, sondern nur noch die Zweitverwertung, kriegst du die Info zum sagenhaft günstigen Sonderpreis von nur zehntausend Euro. Vorauskasse, in bar. Bemüh dich nicht her. Besorg das Geld in den nächsten drei Stunden und steck es in den Hohlraum für das Reserverad des hässlichen orangefarbenen Volvo, der jetzt ein paar Meter vom Schrottplatz deines Polen entfernt auf der Straße parkt. Der Kofferraum ist unverschlossen. Meine Leute kommen es dann holen und lassen die Info zurück. Also? Was ist?«

»Zehntausend Euro sind eine Menge Geld...«

»Doch wohl nicht, wenn es darum geht, einem guten, alten Freund das Leben zu retten, nicht wahr? Ehrlich gesagt, Manthey: Es ist mir ziemlich egal, wie du das Geld beschaffst. Willst du die Information? Dann leih dir das Geld bei der Bank.«

»Warum kommt Kecman nach Deutschland?«

»Wir haben noch 37 Sekunden…«

»Warum kommt Kecman nach Deutschland?«

»Er ist offenbar sehr beunruhigt, wegen des Fiaskos in Dellbrück und wegen des ganzen Aufruhrs um diese Cornelsen-Sache. Vielleicht hat er außerdem noch ein paar Geschäfte in London zu erledigen. Aber was kümmert mich das?«

»Die Information mit der Fabrik in Dellbrück hattest du nicht nur an mich, sondern auch an Zoran verkauft…«

»Stimmt. Zweitverwertung. Anders kommt man heutzutage gar nicht mehr über die Runden.«

»Deine neue Geschäftsidee mit den Mehrfachverwertungen wird dich bald ruinieren, Ingvar. Oder umbringen.«

»Lass das getrost meine Sorge sein, Manthey. Wir haben übrigens noch 23 Sekunden. Also?«

»Das Geld liegt in spätestens drei Stunden bereit.«

»Wunderbar. Wir sind im Geschäft, Manthey.«

Die Leitung war tot.

Der Mann, der in Sankt Petersburg ein 250 Quadratmeter großes Penthouse-Apartment in bester Lage besaß, ferner auf Mallorca eine Finca mit Meerblick und 18 Hektar Land, außerdem eine Yacht, die zwölf Millionen Euro wert war, reiste per Kegelclub-Billigflug von Palma nach Köln. Vor dem Terminal wartete ein schwarzer Mercedes der S-Klasse auf ihn.

Der Albino hielt Kecman den Wagenschlag auf, wuchtete dessen Gepäck in den Kofferraum und kletterte dann auf der Fahrerseite zu seinem Chef auf die Rückbank.

Die beiden Lederjackenträger auf den Vordersitzen nickten devot. Kecman würdigte sie keines Blickes.

Der Fahrer gab Gas. Kecman nahm die Sonnenbrille ab, warf sie dem Albino in den Schoß, riss die Verpackung des frischen weißen Hemdes auf, das der Albino ihm reichte, und wechselte die Urlauberkluft in atemberaubender Geschwindigkeit gegen einen anthrazitfarbenen Anzug, als sei er es gewohnt, sich in Verkehrsmitteln umzuziehen. Dann reichte ihm der Albino die jüngste Ausgabe des Spiegel und stopfte die weiße Jeans, das fliederfarbene Poloshirt und die Espandrillos in einen Müllsack. Milos Kecman betrachtete schweigend den Titel:

SKLAVEN IN DEUTSCHLAND
Das Geschäft mit der Ware Mensch

Kecman verzichtete auf die Lektüre und warf das Heft zu der Sonnenbrille im Schoß des Albinos.

»Dieser Cornelsen muss verschwinden.«

»Er sagt nichts. Die Polizei hat ihn schon als Zeugen vernommen. Jemand von den anderen Gästen hatte ihn damals mit zu der Party geschleift. Als Geburtstagsüberraschung.«

»Ich sagte, dieser Cornelsen muss verschwinden. Als Warnung an alle anderen. Die Polizei wird früher oder später über die Lücke in seiner Biografie stolpern. Er muss spurlos verschwinden und nie wieder auftauchen. Klar?«

»Klar.«

»Wer hat unsere Leute umgebracht?«

»Wir wissen es nicht.«

»Wer ist wir?«

»Ich … ich weiß es nicht.«

»Aber du warst doch dabei.«

»Es ging alles so schnell … es war stockdunkel …«

»Wie viele Dreckskerle waren es?«

»Schwer zu sagen …«

»Wie viele?«

»Einer … vermutlich.«

»Einer? Du sagst … einer? Ein einziger Mann legt sieben meiner Leute um? War das Supermann?«

»Es war Jerkov.«

»Halt die Klappe. Halt endlich die Schnauze, du Idiot. Ich will nichts mehr hören. Ich muss nachdenken.«

Zu viert beugten sie sich über das Papier, das sie im Kofferraum des orangefarbenen Volvo gefunden hatten.

»Kennst du die Adresse, Artur?«

»Das ist im alten Zollhafen, ganz sicher. Kostet eine schöne Stange Geld, da zu wohnen.«

»Du meinst doch wohl nicht die alten, verfallenen Lagerhäuser zwischen Südbrücke und Severinsbrücke?«

»David, man merkt, wie lange du weg warst«, schaltete sich Maja ein. »Der alte Zollhafen ist inzwischen die teuerste Lage Kölns. Unverbaubarer Rheinblick für Besserverdienende.«

»Das heißt...«

»...höchste Sicherheitsstandards«, vollendete Artur den Satz. »Im Klartext: Code-Schlösser, Videokameras, Bewegungsmelder, das ganze Programm... Zoran hat zwölf Jahre im Knast gesessen. Den Anschluss an die Technik verpasst. Da kann er nicht mehr mithalten. Keine Chance. Das wird er wissen.«

Kristina setzte sich an den Küchentisch, zog das Notebook heran und rief die Website des Flughafens auf.

»Die Maschine ist pünktlich gelandet. Vor zwei Minuten.«

»Warum nimmt Kecman einen Billigflieger?«

»Ein hilfloser Versuch der Tarnung. Er hat Angst.«

»Vor Zoran?«

»Klar. Vor wem sonst?«

»Wo wird Zoran ihm auflauern?«

»Jedenfalls nicht im Haus.«

»Auch nicht am Flughafen.«

»Warum nicht?«

»Weil dort Kecmans Wachsamkeit und die seiner Beschützer noch extrem hoch sein wird. Zoran lässt ihnen Zeit, sich zu entspannen, bevor er zuschlägt.«

»In spätestens zwanzig Minuten wird Kecman seinen Koffer vom Band nehmen und das Terminal verlassen. Wie lange braucht er schätzungsweise bis zu seiner Wohnung?«

»Wenn alles glattgeht, um diese Uhrzeit, ohne Berufsverkehr, und wenn der Fahrer richtig Gas gibt: zwanzig Minuten. Jedenfalls nicht so lange wie wir.«

»Leute, uns rennt die Zeit davon.«

David setzte sich, stützte die Ellbogen auf die Tischplatte und das Kinn in die Hände. Zoran, was hast du vor?

David, merk dir: Ein Versteck muss mindestens zwei Fluchtwege haben. Sonst ist es kein Versteck, sondern eine Falle ...

»Artur ... wo werden sie den Wagen parken?«

»Gleich unter Kecmans Wohnung. Die haben nämlich entlang des Flussufers eine gigantische Tiefgarage gebaut ...«

»Wie viele Einfahrten?«

»Zwei. Eine am Südende, eine am Nordende des Tunnels. Jede Menge Fußgängerausstiege. Unter jedem Gebäude ...«

»Auf geht's, Artur.«

Maja sprang auf.

»Ich komme mit euch.«

»Auf keinen Fall. Du bleibst bei Kristina.«

»Aber er ist mein Bruder.«

David ließ sie stehen und folgte Artur auf den Hof. Sekunden später jagte der R4 mit jaulendem Motor durch das Tor.

Die Rheinau-Garage war nichts für Klaustrophobiker. Wegen des permanenten Hochwasserrisikos hatte man die längste Parkanlage Europas wie ein U-Boot konstruiert und dem fast zwei Kilometer langen Tunnel die Form einer Zigarettenschachtel verliehen. Selbst in sitzender Position, hinter dem Steuer eines Pkw, hatte man ständig das Gefühl, den Kopf einziehen zu müssen, um nicht gegen die verzinkten Versorgungsrohre an der Decke zu stoßen. Ohne die gelegentlichen Schwenks, bedingt durch die Fundamente einiger denkmalgeschützter Altbauten, hätte man mit einem Fernglas bequem von einem zum anderen Ende der Betonschachtel sehen können. Farbige Pfeiler links und rechts der Fahrbahn trennten jede einzelne der 1800 Parkbuchten voneinander ab. Die unterschiedlichen Farbzonen sollten die Orientierung erleichtern und helfen, den Weg zum richtigen der insgesamt 31 Treppenhäuser zu finden.

Sofern man die überirdischen Postadressen den unterirdischen Treppenhäusern zuordnen konnte.

Kaum hatten Artur und David die Schranke am Bayenturm passiert, war es mit der Orientierung vorbei. Auch die geparkten Autos waren nur aus unmittelbarer Nähe zu identifizieren, weil die Pfeiler aus der Distanz wie eine undurchdringliche Mauer wirkten und jegliche Sicht auf die Parkbuchten raubten.

»Hast du eine Ahnung, wo …«

»Keine Ahnung.« Artur schüttelte den Kopf und ließ den R4 im zweiten Gang durch die leicht abschüssige Röhre rollen. Artur beobachtete die linke Seite, David die rechte Seite. Sie würden bis zum Ende des Tunnels fahren und umkehren, sie würden das Ganze wiederholen, bis sie etwas entdeckten, und wenn sie nichts entdeckten, wäre alles vorbei, vergebens, weil sie keinen Plan hatten, weil alles dem Zufall überlassen war, weil das alles ein einziger Irrsinn war, weil …

In der gelben Zone nahm David aus dem Augenwinkel eine Stahltür wahr, die in diesem Augenblick ins Schloss fiel.

Ausgang 6.04

Und einen Mann, der sich hinter einen Audi kauerte.

Mit einem Scharfschützengewehr.

David erkannte den Mann.

Lars Deckert.

Uwe Kerns Laufbursche.

Ihre Blicke begegneten sich für den Bruchteil einer Sekunde, und David registrierte die Bestürzung in Deckerts Augen.

»David. Da vorne.«

Artur deutete durch die Windschutzscheibe auf einen großen, schwarzen Mercedes, der ihnen entgegenrollte. Der Mercedes war noch knapp 50 Meter entfernt, als er abrupt bremste. Zwei, drei Sekunden verharrte der Wagen bewegungslos, dann rollte er im Schneckentempo einige Meter rückwärts. Die Räder wurden eingeschlagen, dann kroch der Mercedes rückwärts in eine freie Parkbucht, die der Fahrer offenbar zunächst übersehen und erst entdeckt hatte, als er schon an ihr vorbeigefahren war.

Zwischen den Pfeilern ragte nur noch der schmale, geschrägte Kühlergrill mit dem silbernen Stern hervor.

»Fahr an ihm vorbei, Artur. Genau in diesem Tempo.«

»Und dann?«

»Mindestens zehn Meter, und dann in die nächste Parklücke. Wenn's geht, auf der gegenüberliegenden Seite.«

Erst als der R4 den Mercedes passierte, öffneten sich die Vordertüren der Limousine. Zwei Typen in Lederjacken stiegen aus. Knapp zwanzig Meter weiter stieß Artur vorwärts in eine Parkbucht und schaltete den Motor aus. Als sie die quietschenden Türen des R4 öffneten, wurde die Tiefgarage vom anschwellenden infernalischen Lärm eines sich rasch nähernden Motorrads erfüllt. Die Lederjacken duckten sich hinter den Pfeiler neben dem Mercedes. Das Handzeichen, das sie durch die Windschutzscheibe gaben, war unmissverständlich: sitzen bleiben.

Das Motorrad raste vorbei wie ein brüllender Schatten. Die Lederjacken gaben Entwarnung.

»Eine Triumph Tiger«, flüsterte David. »Haben wir da gerade deine Maschine gesehen?«

Artur nickte. Resignation im Blick.

»Zoran?«

Artur schüttelte den Kopf.

»Nein ... sag bitte, dass das nicht wahr ist ...«

Artur schwieg.

»Maja?«

Artur nickte erneut.

»Das Ding wiegt doch fast eine halbe Tonne.«

»Kein Problem für Maja. Unterschätze sie nicht.«

»Was hat sie vor?«

»Was schon, David? Was schon? Sie will ihren Bruder warnen. Zoran davon abhalten, dass er ...«

Artur brach mitten im Satz ab und deutete mit dem Kopf zu dem Mercedes. Der Albino war ausgestiegen. Er stand mitten auf der Fahrbahn und starrte dem Motorrad nach.

Der Albino hob den Arm. Milos Kecman stieg aus. David rief in seinem Gedächtnis die Zeitungsfotos ab. Kecman war kaum gealtert, seit dem Prozess in Den Haag. Jedenfalls sah er nicht aus wie 56. Schlank, kein einziges graues Haar. Tadelloser Anzug. Die beiden Schläger bildeten einen Schutzwall.

In diesem Augenblick ging die Sprinkleranlage los und setzte mit ihrem feinen Sprühregen aus tausenden Düsen die Tiefgarage unter Wasser. Kecman sprang mit einem Satz zurück in den Mercedes, um sich nicht den Anzug zu ruinieren, der Albino brüllte Kommandos in russischer Sprache, die Schläger rannten daraufhin zum Kofferraum, öffneten ihn und brachten Regenschirme zum Vorschein. Wie aus dem Nichts tauchte der Hausmeister zwischen den Pfeilern der gegenüberliegenden Seite auf und schlurfte über die Fahrbahn, ein alter Mann mit gebeugtem Rücken unter dem grauen Kittel. In der einen Hand trug er eine Werkzeugkiste, in der anderen Hand eine Wasserrohrzange. Der Albino beachtete ihn nicht weiter. Der Hausmeister stellte die Werkzeugkiste ab, wirbelte herum und schlug dem Albino die Wasserrohrzange mit aller Kraft mitten ins Gesicht. Dann öffnete er die Werkzeugkiste und brachte eine großkalibrige Pistole zum Vorschein. Dabei fiel ihm die speckige Mütze vom Kopf.

Zoran!

Kecman begriff genauso schnell wie David. Er sprang aus dem Wagen, um hinter einem der Pfeiler Schutz zu suchen, erstarrte aber mitten in der Bewegung, als Zoran, keine zwei Meter von ihm entfernt, die Pistole im Anschlag, seinen Namen rief.

In diesem Augenblick drückte Lars Deckert ab.

Das Geschoss aus dem Scharfschützengewehr bohrte sich durch Zorans linken Oberschenkel und riss ihn zu Boden. Zorans Pistole flog in hohem Bogen davon und schlidderte unter einen geparkten BMW. Kecman hetzte zu dem bewegungslos am Boden liegenden Albino, griff in dessen Gürtel, riss den Revolver aus dem Holster.

»David, mach jetzt keinen Fehler.«

David ignorierte Arturs Warnung, riss sich los und rannte auf Kecman zu. Bei jedem Schritt spritzte das Wasser auf, pitsch, pitsch, pitsch. Hinter sich, weit weg, vernahm er unscharf das erneute Aufbrüllen der 106-PS-Maschine. Und Schritte auf dem nassen Beton, wie ein schwaches Echo, Arturs Schritte, patsch, patsch, patsch. Zoran presste seine Hand auf den Oberschenkel, während das Blut im Takt seines Herzens durch die Finger sickerte. Kecman stellte sich breitbeinig über ihn und grinste, Lüsternheit im Blick, wie damals, in Vukovar. Zoran spuckte aus, zornig, kraftlos, das Grinsen blieb. Kecman senkte den Revolver, spannte den Hahn und drückte ab. Das Geschoss zerfetzte Zorans Gesicht. David schrie auf. Aus dem Schatten des Pfeilers trat einer der Schläger. David schlug einen Haken und rannte weiter. Der zweite Schläger sprang vor und rammte die Spitze des Regenschirms in Davids Bauch. David verlor das Gleichgewicht, taumelte und sackte vor Zorans Kopf in die Knie. Kecman hob den Revolver, sah David in die Augen und drückte ab. David spürte keinen Schmerz, obwohl der rote Fleck auf seinem Hemd sekundenschnell größer und größer wurde.

Ihm wurde nur kalt.

Plötzlich waren Uwe Kerns Leute überall. Sie schlugen Kecman den Revolver aus der Hand und legten ihm Handschellen an. Sie rissen den wild um sich schlagenden Artur zu Boden, knieten sich auf ihn und drückten sein Gesicht auf den nassen Beton.

Jemand beugte sich über den Albino.

»Tot.«

»Aufräumen«, befahl Uwe Kern.

Sie winkten einen Van mit getönten Scheiben heran. Sie stopften die Leiche des Albinos in einen schwarzen Kunststoffsack und schlossen den Reißverschluss mit einem Ruck. David quälte sich den letzten halben Meter vorwärts.

Zoran hatte kein Gesicht mehr.

David legte seinen Kopf auf Zorans Brust.

»Bleib hier. Bleib doch bitte hier.«

Sie zogen David von Zorans Leiche, lösten seine Finger, die sich in den grauen Kittel gekrallt hatten, hoben ihn vorsichtig auf eine Trage und schnallten ihn fest. David zitterte. *Das Leben ist nichts weiter als ein Gärungsprozess von der Geburt bis zum Tod.* David vernahm Kerns Kommandostimme und drehte den Kopf in Richtung Fahrbahn. Sie führten Kecman zu dem knapp fünf Meter entfernten Van. Aus dem Nichts wuchs das wütende Brüllen des Motorrads. Das Brüllen raste auf den Van zu. Kern stieß den auf dem Rücken gefesselten Kecman durch die offene Schiebetür und sprang hinterher. Der Van heulte hysterisch auf und machte einen Satz nach vorne. Maja wich aus, die schmalen, profillosen Sommerreifen verloren die Haftung auf dem nassen, spiegelnden Beton, die Maschine schlidderte unkontrolliert auf einen der Pfeiler zu, und David verlor das Bewusstsein.

KÖLN. Zu einem mysteriösen tödlichen Verkehrsunfall kam es gestern am frühen Abend in der Rheinau-Tiefgarage am alten Zollhafen. Gegen 20.05 Uhr meldete sich ein Anwohner über die Notrufnummer bei der Polizei, weil er Schüsse aus der Tiefgarage gehört hatte, als er das Treppenhaus betrat, um zu seinem Wagen zu gelangen. Die Beamten trafen fast zeitgleich mit der Feuerwehr ein, die automatisch alarmiert worden war, weil in dem 1,8 Kilometer langen Tunnel aus bisher ungeklärter Ursache die Sprinkleranlage ausgelöst worden war. Bei der vergeblichen Suche nach einem Brandherd machten die Feuerwehrleute eine grauenhafte Entdeckung: die Leiche einer Motorradfahrerin, die mit ihrer schweren Maschine offenbar frontal gegen einen Pfeiler der Tiefgarage gerast war. Die Polizei geht davon aus, dass die Frau sich bei dem Aufprall das Genick brach und auf der Stelle tot war. Als Unfallursache werde überhöhte Geschwindigkeit in Zu-

sammenhang mit der nassen Fahrbahn angenommen,
sagte gestern Abend ein Sprecher des Präsidiums: »In den
Parkhäusern ist grundsätzlich nur Schritttempo erlaubt.
Immer wieder werden Tiefgaragen als illegale Rennstre-
cken missbraucht. Diese Rowdys vergessen, dass sie auch
andere Verkehrsteilnehmer gefährden.«
Nicht geklärt werden konnte gestern Abend bis Redak-
tionsschluss die Frage, was wohl die Sprinkleranlage ausge-
löst haben könnte. Auch die Frage nach den Schüssen blieb
am Abend unbeantwortet. Der Zeuge hatte die Schüsse
nur gehört, aber nichts gesehen, weil er das soeben betre-
tene Treppenhaus sofort wieder fluchtartig verlassen hatte.
Der Sprecher des Polizeipräsidiums erklärte dazu: »Wir
müssen natürlich auch die Möglichkeit in Erwägung zie-
hen, dass der Ohrenzeuge das Unfallgeräusch mit Schüssen
verwechselt hat.« Weder an der Leiche noch an dem Mo-
torrad habe man bisher entsprechende Spuren feststellen
können, die auf einen Schusswechsel schließen ließen.
Zum aktuellen Stand der Auswertung der Videobän-
der der Überwachungskameras sagte der Polizeisprecher:
»Kein Kommentar, solange die Ermittlungen laufen.«
Nach inoffiziellen Angaben aus Polizeikreisen soll es sich
bei dem Unfallopfer um eine 37-jährige Kölnerin handeln,
die in der TV-Branche gearbeitet hatte. Nach ersten rechts-
medizinischen Untersuchungen lasse sich der Einfluss von
Alkohol oder Drogen als Unfallursache ausschließen.

Als Maja Jerkov neben ihrer Nichte Dalia auf dem Friedhof
Melaten begraben wurde, lag ihre große Jugendliebe David
Manthey noch immer im künstlichen Koma.

Pfarrer Tomislav Bralic zelebrierte die Trauerfeier, und Günther Oschatz spielte auf der Trompete *My Funny Valentine* am

Grab, Majas Lieblingslied. Artur stützte Branko, der von Heulkrämpfen geschüttelt wurde. Branko war ohne seine Frau zur Beerdigung gekommen. Alenka hatte ihn drei Tage zuvor verlassen und war zu ihrer Familie nach Vukovar zurückgekehrt.

Für immer und ewig.

Kristina Gleisberg stand etwas abseits.

Während Majas Kollegen aus der TV-Branche in einer langen Schlange dem Sarg zustrebten, dachte Kristina darüber nach, ob dies ihr Lebensmotto sein könnte: etwas abseits stehen.

Zorans Leiche blieb verschwunden.

Ebenso wie die Leiche des Albinos.

Ebenso wie die Videobänder der Überwachungskameras in der Tiefgarage. Uwe Kerns SOK-Truppe hatte bei ihrer Premiere alles richtig gemacht. Es war jetzt nur noch eine Frage der Zeit, bis der zuständige Geheimdienstausschuss des Deutschen Bundestages die Finanzmittel bewilligen würde. Für künftige verdeckte Einsätze zur Wahrung der existenziellen Interessen der Bundesrepublik Deutschland.

Die beiden Lederjackenträger, ehemalige russische Elitekämpfer im Tschetschenien-Krieg, unterschrieben knapp zwei Stunden nach ihrer Festnahme einen von Uwe Kern längst ausgehandelten und vorbereiteten Vertrag mit einer britischen Privatfirma, die Söldner vermietete und in internationale Krisengebiete vermittelte. Sie hatten dank des von Kern bestellten Dolmetschers schnell begriffen, dass die Alternative, ein Prozess wegen Beihilfe zum Mord, nicht besonders attraktiv war. Dann lieber Irak. Sie wurden noch in derselben Nacht zur US-Airbase Ramstein zehn Kilometer westlich von Kaiserslautern gefahren. Von dort flog man sie in ein Camp nach Kuwait.

Auch Milos Kecman begriff schnell.

Nachdem Lars Deckert ihm das Video aus der Tiefgarage vorgeführt hatte, das ihn als Mörder zeigte.

Uwe Kern unterbreitete ihm ein Angebot, und Kecman redete daraufhin fast sechs Stunden lang. Druckreif. Zum Mitschreiben. Anschließend hatte Uwe Kern eine ziemlich genaue Vorstellung davon, wie das Milliardengeschäft mit den Com-

335

puter-Viren funktionierte, wie die Gewinne gewaschen und wo in Westeuropa sie investiert wurden. Das Wissen würde er eine Weile für sich behalten. So lange, bis kein Verdacht mehr auf Kecman als Quelle fallen konnte. Das war der Deal.

Am frühen Morgen reiste Milos Kecman als freier Mann mit einem gefälschtem Pass, den Uwe Kern ihm zur Verfügung stellte, nach London, um dort wie geplant seinen Finanzgeschäften im Auftrag seiner Sankt Petersburger Auftraggeber nachzugehen. Bei einer möglichen späteren Kontrolle der elektronischen Passagierlisten würde sich herausstellen, dass Kecman bereits am Vortag von Mallorca via Madrid nach London geflogen war und niemals seinen Fuß auf Kölner Boden gesetzt hatte.

Das Thema Sklavenhandel war längst wieder aus den deutschen Medien verschwunden und hatte wichtigeren Themen Platz gemacht: den Ölpreisen, den Strompreisen, den Aktienpreisen.

Wenn man über großes handwerkliches Geschick verfügte und zugleich damit werben konnte, ein alter Freund der Familie Manthey zu sein, war es nicht schwer, auf Formentera einen Job zu finden. Aber Artur wollte nicht irgendeinen Job. Er wollte für die Tauchschule am Migjorn-Strand die Außenbordmotoren der Zodiac-Boote warten und reparieren. Dies tat er zwei Wochen lang, auf Honorarbasis und zur großen Zufriedenheit seines Arbeitgebers. In dieser Zeit eignete er sich durch Zuschauen und durch Bücher ein profundes theoretisches Wissen an, über Nullzeit und Nitrox, über die Zusammensetzung der natürlichen Atemluft in der Atmosphäre, über den prozentualen Anteil von Sauerstoff, Stickstoff und Edelgasen, über die biochemischen Vorgänge im menschlichen Körper bei erhöhtem Druck in großer Tiefe. Ende August waren sämtliche Motoren der Tauchschule inklusive des Generators und des verbeulten VW-Busses in einem Top-Zustand. Artur ließ sich ein Zeugnis ausstellen, packte seine Sachen, reiste mit der Fähre nach Ibiza und von dort weiter nach Mallorca.

Fähren hinterließen keine elektronischen Spuren.

Nach der Ankunft im Hafen von Palma stieg er die Treppen hinauf zur Kathedrale, bekreuzigte sich vor dem Hauptaltar, kniete in der ersten Bank nieder und betete. Anschließend suchte er eine Bar auf, aß eine Kleinigkeit, trank dazu ein Bier, bestellte anschließend einen Cortado und studierte die Fahrpläne der Linienbusse in Richtung Südwesten.

Die Putzfrau fand Dr. Carsten F. Cornelsen an einem sonnigen Augustmorgen. Er hatte sich in der Nacht mit dem Gürtel seines Bademantels am Geländer der Treppe in seiner Villa im Stadtteil Marienburg aufgehängt. Das rechtsmedizinische Gutachten schloss Fremdverschulden kategorisch aus. Nicht wenige Medien, die seinerzeit nach der spektakulären Live-Sendung das Pech hatten, auf Kristina Gleisbergs Recherchen verzichten zu müssen, geißelten nun in scheinheiligen Kommentaren und eher selbstgefälligen als selbstkritischen Leitartikeln die Rolle der modernen Medien, die keine Skrupel hatten, einen Menschen in den Selbstmord zu treiben, obwohl doch nach abendländischem Rechtsverständnis erst ein Gerichtsurteil die Unschuldsvermutung beenden dürfe. Kristina Gleisberg blieb der Spießrutenlauf erspart, weil sie das überraschende Angebot angenommen hatte, für einen Pool von Regionalzeitungen als Korrespondentin nach Peking zu gehen, und ihre Zelte in Köln abbrach, noch bevor die Ärzte David aus dem künstlichen Koma holten.

»Sie haben großes Glück gehabt. Herr Manthey.«

Glück?

Er hatte eine tückische Stichwunde, einen Bauchdurchschuss, einen immens hohen Blutverlust, eine siebenstündige Operation und das künstliche Koma überlebt.

Er lebte.

Glück. Großes Glück.

Maja war tot.

Zoran war tot.

Er hatte überlebt. Machte ihn das glücklich?

Nein. Nur einsam.

Onkel Felix. Du fehlst mir so sehr.

Hättest du Zoran helfen können?

Aber Coach Manthey war mit seinem Latein bereits am Ende gewesen, noch bevor Zoran volljährig wurde.

Astrid. Und ihr ungeborenes Kind, von dessen Existenz er nichts geahnt hatte. Hingerichtet in einem Frankfurter Hinterhof.

Hätte er ihr helfen können?

Vielleicht. Er wäre mit Sicherheit an ihrer Seite gewesen, wenn er gewusst hätte, dass sie sich für dieses Himmelfahrtskommando gemeldet hatte. Und wenn er von ihrer Schwangerschaft gewusst hätte, dann hätte er ihr...

Elke Manthey schob sich mit Macht vor Astrid. Seine Mutter, die sich in der Küche ihres Bruders erhängt hatte, während Onkel Felix ihn aus dem Heim in Andalusien holte.

Was hatte er wohl seiner Mutter bedeutet?

Er wusste es nicht.

Was hatte sie ihm bedeutet?

Er scheute sich, eine Antwort zu finden.

Und was hatte Zoran ihm bedeutet? Warum nur hatte er sich auf Zorans Spielregeln eingelassen?

Aus alter Freundschaft?

Das Koma hatte sein Gehirn erst durchgeschüttelt und dann aufgeräumt. Erschreckend nüchtern und klar betrachtete sein Verstand nun eine Freundschaft, die mehr als 20 Jahre lang auf Eis gelegen hatte. Wie konnte er sich nur einbilden, sie ließe sich so einfach wiederbeleben, als wäre nichts geschehen? Wie konnte er glauben, er könne diese Freundschaft, die schon vor mehr als 20 Jahren grandios gescheitert war, je wieder kitten?

Weil er es glauben wollte, an ein Phantom glauben wollte. Das Phantom hatte einen Namen: Familie. War die Eigelstein-Gang jemals eine Familie gewesen?

Nichts war geblieben. Außer Betrug und Selbstbetrug. Und der geschärfte Blick auf einige billige, miese Taschenspieler-tricks. Wer hatte wen manipuliert in diesem tödlichen Spiel? Zoran Jerkov, Milos Kecman, Uwe Kern: Allesamt waren sie Großmeister der Manipulation gewesen. Schachmatt. Zoran hatte seine Partie gegen Kecman und Kern verloren.

Was hatte Maja gewusst? War sie zufällig als Studioregisseu-rin bei Carsten Cornelsen gelandet?

Maja. Er hatte sie zum zweiten Mal verloren.

Diesmal für immer.

»Kristina ist nach Peking gegangen«, sagte Günther Oschatz, der jeden Tag wie eine Mutter an seinem Bett saß und ihm all die Dinge, die sich während des Komas zugetragen hatten, nur häppchenweise servierte, in homöopathischen Dosen. »Aber ich bin jetzt da, mein Junge. Und ich bleibe auch. Diese Ruhe auf Formentera ist ja unerträglich.«

Kristina. Peking. Arbeitete da nicht ihr Ex-Freund? Wie hieß er noch gleich? David konnte sich nicht erinnern.

Kristina Gleisberg. Vor ein paar Wochen hatte er nicht mal ihren Namen gekannt. Nun war sie schon wieder aus seinem Leben verschwunden, während er schlief. Diese kluge, schöne, stille Frau. Hatte sie nun gefunden, was sie suchte?

»Danke, Günther. Du hast mir gefehlt.«

»Du mir auch, mein Junge. Kaum bin ich weg, passieren die schlimmsten Sachen. Ich muss besser auf dich aufpassen. Wenn sie dich endlich hier rauslassen, dann nehme ich dich mit nach Hause, im Stavenhof, bis du wieder bei Kräften bist.«

»Wie geht's der Finca?«

»Bestens. Artur ist jetzt da und repariert im Haus ein paar Sachen, die längst überfällig waren. Das ist sehr nett von ihm.«

»Artur ist auf Formentera?«

»Ja. Er will ein bisschen ausspannen.«

»Ausspannen?«

»Hat er jedenfalls gesagt.«

»Artur? Ausspannen? Der weiß doch gar nicht, was das ist. Bitte sag mir die Wahrheit, Günther: Was macht Artur?«

»Ich habe keine Ahnung, David. Ich bin Musiker und kein Detektiv. Warum soll er denn nicht mal ausspannen?«

»Gib mir bitte das Telefon, Günther.«

David richtete sich ächzend auf. Die Bauchdecke schmerzte, sobald er die Muskeln anspannte. Höllenqualen. Günther schob ihm ein Kissen in den Rücken. David ignorierte die Schmerzen und wählte die Nummer der Finca. Nichts. Er ließ es ein Dutzend Mal läuten, obwohl er ahnte, dass es zwecklos war.

Dann wählte er Juans Nummer in der Fonda Pepe.

»David! Hombre, qué hay?«

»Juan, wo ist Artur?«

»No sé. Wir haben ihn seit drei Tagen nicht mehr gesehen. Soll ich Javier mal rüber zur Finca schicken?«

Als die Europäische Union den Euro als gemeinsames Zahlungsmittel einführte und die entsprechenden Banknoten drucken ließ, erhielt das vergleichsweise arme Mitgliedsland Spanien anteilig 13 Millionen Exemplare der nagelneuen 500-Euro-Scheine zugewiesen. Inzwischen kursierte bereits ein Viertel aller EU-Fünfhunderter in Spanien – nach vorsichtiger Schätzung der Banco de España rund 112 Millionen Stück. Ihre Zahl hatte sich also dort binnen weniger Jahre verneunfacht.

Nun war in diesem Zeitraum keineswegs das spanische Bruttosozialprodukt an die Spitze der Europäischen Union katapultiert, und die meisten Spanier hatten wie auch die meisten ihrer EU-Nachbarn noch nie eine einzige dieser lilafarbenen 500-Euro-Banknoten in Händen gehalten. Die explosionsartige Vermehrung dieser Banknote auf spanischem Boden hatte einen anderen Grund: Das internationale organisierte Verbrechen, vor allem die russische Mafia, hatte Spanien als idealen Stützpunkt in Westeuropa für sich entdeckt. Bevorzugte Mafia-Reviere waren das einstige Fischerdorf Marbella an der Costa del Sol sowie der Südwesten der Balearen-Insel Mallorca.

Bargeld als Zahlungsmittel war bei bestimmten Geschäften risikoärmer und deshalb beliebt; besonders die Fünfhunderter, um Volumen und Gewicht in Grenzen zu halten. Die lilafarbenen Banknoten verwandelten sich in den Händen kommunaler Amtsträger blitzschnell in Baugenehmigungen für Ferienhäuser mit unverbaubarem Meerblick oder Konzessionen für Nobeldiscos und Nachtclubs in bester Lage.

Von alledem wusste Artur nichts. Es hätte ihn auch nicht weiter interessiert. Ihn interessierte nur, dass die MS Beluga an einem Pier in Puerto Portals vertäut lag. Und dass ihr Eigner ein begeisterter Taucher und Harpunier war. Das genügte ihm als Information, die sein weiteres Handeln bestimmte.

Die MS Beluga lag gleich neben dem Hafenturm, unweit des von Michelin gesegneten Tristán, und fiel nicht weiter auf, weil kaum eine der Yachten, die dicht gedrängt an den acht Piers von Puerto Portals lagen, unter 30 Meter maß. Artur hielt großen Abstand, um der Crew an Bord mit seiner Neugierde nicht aufzufallen, und spazierte am späten Abend erstmals über die Promenade, entlang der von Cafés, Bars, Restaurants und Boutiquen gesäumten Wasserlinie, im steten Strom der Reichen und Schönen. Artur studierte die Menschen, die ihre sorgsam einstudierten Rollen spielten, die Männer wie die Frauen. Er besah sich die Auslagen in den Schaufenstern und Vitrinen, studierte eine Herrenarmbanduhr, die auf einem Samtkissen ruhte, Corum Admirals Cup hieß, 27 000 Euro kostete und versprach, bis zu einer Tiefe von 50 Metern wasserdicht zu sein.

Als er sich ein erstes Bild von dieser neuen, fremden Welt gemacht hatte, schlenderte er zurück zur Calle de Japo, einer Gasse in der vierten Reihe, wo er ein winziges Zimmer über einer Metzgerei gemietet hatte, mit Blick auf den trostlosen Hinterhof und auf die mageren, verwilderten Katzen, die sich um die Küchenabfälle des angrenzenden Restaurants balgten. Artur schloss das Fenster, zog die Schuhe aus, legte sich aufs Bett, verschränkte die Arme hinter dem Kopf und hielt Zwiesprache mit seinem polnisch-katholischen Herrgott, der ihm schon seit dem Besuch der Kathedrale von Palma zürnte.

Am nächsten Morgen nahm er sein bestes Hemd und das Zeugnis der Tauchschule aus seiner Reisetasche und suchte die Calle de Vella auf. Dort hatte ein Wassertaxi-Unternehmen seinen Sitz, das einzige am Ort, das auch Tauchflaschen befüllte. Die nächste anständige Tauchbasis, ein Fünf-Sterne-Dive-Center mit 24-stündiger Druckkammer-Bereitschaft und allem Schnick und Schnack, lag gut zwanzig Kilometer Luftlinie entfernt. Das bedeutete ein lästiges Kurven durch die Berge bis nach Port d'Andratx. Artur hatte sich informiert. Und er wusste auch, dass er einen anderen, einen neuen Plan brauchte, wenn er die jetzt anstehende erste Hürde nicht schaffte.

Allerdings hatte Artur keinen anderen Plan.

Denn die Finca im Landesinneren unweit von Artá glich einem Hochsicherheitstrakt. Das Schiff war die Chance. Das Schiff, der Tauchsport und die Jagdleidenschaft. Rechnen Jäger mit der Möglichkeit, plötzlich selbst Gejagter zu sein?

Noch war Hochsaison, und Don Miguel, Unternehmer und zugleich der einzige Mitarbeiter seines Unternehmens, hing hoffnungslos mit der Büroarbeit hinterher, seit seine Frau krank geworden war. Don Miguel machte Artur ein unverschämtes Angebot: zwölf Stunden pro Tag, von acht bis acht, Siebentagewoche, 24 Stunden Kündigungsfrist, fünf Euro pro Stunde.

Artur sagte: »Okay.«

Warten. Und arbeiten. Artur schuftete von morgens bis abends. Das machte das Warten auf die Chance leichter. Artur reparierte Motoren, ölte Getriebe, räumte die Werkstatt auf, die zuvor offenbar noch nie aufgeräumt worden war, und fuhr etwa jeden dritten Tag, immer wenn Don Miguel nicht konnte oder nicht wollte, Tauchtouristen hinaus aufs Meer. Abends fiel er todmüde auf seine Matratze. Er gewöhnte sich sogar an das Geschrei der Katzen im Hinterhof.

Wenn Don Miguel außer Haus war, schlich sich Artur in dessen Büro, studierte Seekarten und surfte im Internet, um sich mit der Insel vertraut zu machen. Nicht mit Flora und Fauna, nicht mit Sitten und Gebräuchen der Einheimischen. All das Zeug, das gewöhnlich in den virtuellen Reiseführern stand, interessierte ihn nicht. Vielmehr las er alles, was er über Wirtschaft und Politik Mallorcas in deutscher Sprache finden konnte.

So las er im Internet, dass Europol vor wenigen Jahren insgesamt 600 wahllos herausgegriffene Exemplare der Fünfhunderter aus der gesamten EU in Labors hatte analysieren lassen. Ergebnis: Die Scheine aus Spanien waren durchschnittlich mit 335 Mikrogramm Kokain kontaminiert. Bei den italienischen Scheinen wurden im Schnitt 71 Mikrogramm gemessen; die Scheine aus Deutschland brachten es gerade mal auf 6,6 Mikrogramm.

Artur war nicht geübt im Recherchieren. Er hätte viel darum gegeben, wenn er Kristina hätte um Hilfe bitten können. Aber Kristina war in Peking, und in diese Sache wollte er ohnehin niemanden mit hineinziehen. Niemand sollte mehr zu Schaden kommen. Diese Sache würde er alleine durchziehen. Bis Mitte Oktober gab er sich Zeit. Er hatte keine große Eile. Vielleicht würde er im kommenden Frühjahr einen zweiten Anlauf unternehmen. Vielleicht würde ihm über den Winter eine bessere Idee kommen. Vielleicht.

Am späten Morgen des 18. September flog mit hässlichem Geschepper die Bürotür auf, und Don Miguel stapfte in die Werkstatt. An seiner Unterlippe klebte eine längst erloschene filterlose Kippe, die bei jedem Wort ebenso zitterte wie der fette Bauch unter dem Feinrippunterhemd.

»Die MS Beluga. Um halb drei. Pünktlich.«

»Wo liegt die denn?«

»Direkt am Hafenturm. Nicht zu übersehen. Zwei Kunden. Señor Kecman und ein Geschäftsfreund. Señor Kecman mag keine Aluflaschen. Da ist er altmodisch. Auch kein Nitrox, sondern normale Pressluft. Also nimm eine Stahlflasche für ihn. Zwölf Liter. Sein Geschäftsfreund will unbedingt eine Aluflasche. Taucher sind eigen. Den Rest an Ausrüstung haben die selbst dabei. Alles vom Feinsten, du wirst schon sehen.«

»Wohin?«

»Das Wrack der MS Goggi.«

»Okay.«

»Nimm das neue Boot.«

»Okay.«

Das neue Boot war ein sechs Meter langes Zodiac-Schlauchboot mit einem ganz heißen 200-PS-Außenborder. Wenn Don Miguel ausdrücklich auf dem neuen Boot bestand, dann musste Señor Kecman ein sehr guter Kunde sein.

Don Miguel druckste herum.

»Ja? Was noch?«

»Im Wrack steht ein Zackenbarsch, sagt Señor Kecman. Ein richtiges Prachtexemplar, gut anderthalb Meter.«

»Schön.«

»Das Harpunieren ist inzwischen gesetzlich verboten. Nur bei den Freitauchern wird es noch geduldet. Brille und Schnorchel und Flossen und Blei, aber keine Atemluft.«

»Aha. Warum?«

»Diese Tierschützer. Damit der Fisch eine Chance hat. So ein ausgemachter Blödsinn. Eine Chance. Hat das Schwein im Stall vielleicht eine Chance? Oder das Huhn im Hof? Gute Freitaucher bleiben acht Minuten unten. Aber das reicht nie und nimmer, um einen Zackenbarsch in einem Wrack aufzustöbern.«

»Schon gut. Ich habe verstanden.«

»Señor Kecman ist ein sehr guter Kunde. Wenn du also ein Problem damit hast, dann fahre ich ihn lieber selbst und du bewachst solange das Telefon…«

»Überhaupt kein Problem, Don Miguel.«

»Gut. Sehr gut. Ich müsste nämlich mal dringend zu meiner Frau ins Krankenhaus. Sei nur ja pünktlich.«

Don Miguel verschwand im Büro.

Artur setzte sich vor der Werkstatt auf ein leeres Benzinfass, drehte sein Gesicht in die Sonne, genoss die verschwenderische Wärme und rauchte eine Zigarette.

Er hatte noch nie einen Menschen getötet. Und er war sich nicht sicher, ob ihm dies heute gelingen würde.

Artur nahm eine der Aluflaschen aus dem Regal und befüllte sie mit gewöhnlicher Pressluft, die so wie die natürliche Atemluft nur zu knapp 21 Prozent aus Sauerstoff bestand. Anschließend nahm er eine der neueren Stahlflaschen. Er befüllte sie zunächst zu 60 Prozent mit reinem Sauerstoff und ließ dann so lange gewöhnliche Pressluft nachströmen, bis der erforderliche Überdruck von exakt 205 bar erreicht war.

Anschließend schnitt er sich von der Seiltrommel ein vier Meter langes Stück Festmacherleine aus Polyester ab. Er hatte keine Ahnung, wie man ein Auge spleißte, also benutzte er zwei Seilklemmen aus Metall, um schließlich an dem einen Ende den Karabinerhaken und an dem anderen Ende den 60 Kilogramm schweren, hoffnungslos verrosteten Anker zu befestigen, den er an seinem zweiten Arbeitstag im hintersten Winkel der Werkstatt gefunden hatte – mitten in einem Schrottberg, den Don Miguel euphemistisch als Ersatzteillager bezeichnete.

Anschließend schaffte Artur alles aufs Boot, platzierte den Anker im Bug und deckte ihn mit einer dicken Ölplane ab. Der Rest war Routine: Benzintank nachfüllen, Ölstand kontrollieren, die Koordinaten aus der Seekarte in den GPS-Empfänger übertragen.

Die MS Goggi III war im Winter 1992 aus ungeklärten Gründen vor der Südwestküste Mallorcas gesunken. Seither lag sie in 36 Metern Tiefe auf Grund. 36 Meter unter dem Boot, das nun mit abgestelltem Motor auf der schwach wogenden, in der Sonne glitzernden Wasseroberfläche tanzte.

Die Neopren-Anzüge hatten die beiden Kunden schon getragen, als sie vom Pier neben der MS Beluga ins Boot gesprungen waren. Der Rest der Ausrüstung war in wetterfesten Sporttaschen verstaut.

Kecman hatte die ganze Fahrt über geschwiegen und nur einmal auf Spanisch gefragt: »Sie sind kein Spanier, oder?«

»Nein«, hatte Artur auf Spanisch geantwortet. »Deutscher.« Was nicht einmal gelogen war. Schließlich besaß er die deutsche Staatsangehörigkeit, auch wenn ihn alle Welt in Köln den Polen nannte. Daraufhin hatte Kecmans Buddy ihm die Hand geschüttelt und auf Deutsch gesagt:

»Ich bin Jens. Aus Hamburg.«

Artur schätzte ihn auf Mitte dreißig. Kecman hatte sich Artur nicht vorgestellt und seither auch kein Wort mehr gesprochen. Jedenfalls nicht mit Artur. Gelegentlich sprach er mit Jens. Nicht viel. Aus den Wortfetzen reimte sich Artur zusammen, dass Jens von Beruf Immobilienmakler war.

36 Meter über dem Wrack packten sie schweigend den Inhalt der Sporttaschen aus. Füßlinge, Flossen, Handschuhe, Masken, Bleigewichte, Messer, Lampen. Sie kontrollierten die Harpunen, zurrten ihre Tarier-Jackets fest, halfen sich gegenseitig beim Anlegen der Flaschen und Lungenautomaten, checkten Tiefenmesser, Finimeter und Uhren. Jens stieg aus und hinterließ ein paar Luftblasen, exakt über dem Bug der gesunkenen MS Goggi. Artur wusste, was er zu tun hatte. Er sah auf die Uhr, warf den Motor an, ließ ihn niedertourig laufen und steuerte gemächlich das Heck des Wracks an. Kecman und sein Buddy hatten vor, den Zackenbarsch in die Zange zu nehmen.

Artur schaltete den Motor aus. Kecman machte sich fertig. Artur griff unter die Öldecke. Kecman war beschäftigt, kontrollierte ein letztes Mal die Harpune. Plötzlich hielt er inne.

»Kennen wir uns?«

Zum Kennenlernen hatte es eine einzige Gelegenheit gegeben. In der Tiefgarage. Aber da knieten bereits die SOK-Leute auf Arturs Rücken und pressten sein Gesicht auf den Beton.

»Klar kennen wir uns, Kecman.«

Artur klickte den Karabinerhaken in das Gestänge der Stahlflasche. Kecman wirbelte herum, erstaunlich gewandt trotz der Flossen an den Füßen, und hob die Harpune. Artur duckte sich unter dem Arm hinweg und rammte Kecman beide Fäuste gegen die Brust. Kecman stolperte rückwärts, über den Gummiwulst des Schlauchboots, und stürzte ins Meer. Artur schlug die Öldecke beiseite und wuchtete den Anker über Bord.

»Für Zoran. Für Marie. Für Irina. Für…«

Artur musste sich setzen.

Sein Herz schlug bis zum Hals. Er sah auf die Uhr. Er suchte nach seinen Zigaretten und steckte sie wieder weg. Er sah sich um. Er war allein. Allein mit dem Boot und dem Meer.

Der 60 Kilogramm schwere Anker würde Kecman rasend schnell nach unten ziehen. Viel zu schnell. Lebensgefährlich schnell. Kecman war ein erfahrener Taucher. Instructor-Zertifikat, mehr als 1600 Tauchgänge. Er würde augenblicklich begreifen, was ihm alles drohte. Zum Beispiel eine Stickstoff-Narkose: Störung der Beurteilungsfähigkeit, Verlust der Selbstkontrolle, Euphorie, Hysterie, Halluzinationen, Schläfrigkeit, Bewusstlosigkeit. Der Anker war ein Fahrstuhl in den Tod.

Es war nicht gerade einfach, hinter dem eigenen Rücken zu arbeiten und dort einen Karabinerhaken zu lösen, wenn Panik und zittrige Finger die Feinmotorik einschränkten. Aber Kecman würde es schaffen, da war sich Artur ganz sicher, der abgebrühte Hund würde es schaffen, noch bevor er den Grund in 36 Metern Tiefe erreichen würde. Vielleicht in 25 Metern, vielleicht auch erst in 30 Metern Tiefe. Der Anker würde alleine in Richtung Grund sinken, für immer und ewig in den Eingeweiden des morschen Wracks verschwinden, samt Leine und Karabinerhaken.

Aber die Panik und der Stress hatten bis dahin längst zu einer erheblich verstärkten Atemtätigkeit geführt, ein Reflex, der nicht über das Gehirn zu steuern war. Und Kecman würde in diesem Moment, kaum dass er den Karabinerhaken und den Anker losgeworden war, schlagfertig begreifen, dass eine drohende Stickstoff-Narkose nicht sein größtes Problem war. Im Gegenteil. Vielleicht würde er in diesem Augenblick bereits ahnen, dass seine Lunge nicht gewöhnliche Atemluft mit 21 Prozent Sauerstoff-Anteil aus der Flasche saugte, sondern mit jedem Atemzug 60 Prozent Sauerstoff in die Blutbahn pumpte. Denn als erfahrener Taucher würde er sofort begreifen, woher die plötzlichen Krämpfe in seinem Körper rührten: Sauerstoff reagierte unter großem Druck toxisch. Bei 60 Prozent waren 14 Meter Tiefe das medizinisch tolerierbare Maximum. Das Lebenselixier des Menschen verwandelte sich in noch größerer Tiefe, in dieser extrem hohen Konzentration, in pures Nervengift.

Kecman würde all das wissen – aber nichts mehr dagegen unternehmen können. Seine Lippen würden zu zittern und zucken beginnen, sein Gaumen würde unweigerlich verkrampfen, er würde zwangsläufig das Mundstück verlieren, sein ganzer Körper würde von schweren epileptischen Anfällen geschüttelt, seine Lungen würden sich allmählich mit Salzwasser füllen, die starke Unterströmung in der Bucht würde ihn forttragen, unauffindbar, hinaus in die Unendlichkeit, für immer und ewig.

So könnte es sein.

So oder auch ganz anders.

Vielleicht hatte sich Artur gründlich verrechnet.

Er war kein Taucher.

Er war kein Mediziner und auch kein Biochemiker. Und er wäre nicht der Erste, der Kecman unterschätzte und diesen Fehler mit dem Leben bezahlte. Vor seinem geistigen Auge sah er Kecman plötzlich auftauchen, die Harpune im Anschlag, sah den Speer mit den messerscharfen Widerhaken auf sich zurasen.

Artur sprang mit einem Satz auf, griff nach dem hölzernen Paddel, umfasste mit beiden Händen den Schaft, ganz fest, so fest, dass seine Fingerknöchel weiß wurden, drehte sich langsam im Kreis und hielt die Augen offen. Während er die glitzernde Wasseroberfläche absuchte, dachte er mit aller Macht an die leeren Augen der Frauen in der Dellbrücker Fabrik und verweigerte seinem Herrgott standhaft den Zugangscode zu seiner Seele.

Das Meer machte ihm Angst.

So friedlich und so bedrohlich.

Jedes Plätschern, jedes Glucksen an der Gummihaut des Bootes jagte einen neuen Adrenalinstoß durch seinen Körper.

Artur sah auf die Uhr an seinem Handgelenk, wieder und wieder.

Nach 24 Minuten ließ er das Paddel sinken.

Er setzte sich auf die Mittelbank, hielt gleich viel Abstand nach links und nach rechts, lehnte das Paddel gegen seinen Oberschenkel und steckte sich eine Zigarette an.

Nach 27 Minuten tauchte Jens auf.

»Wo ist Milos?«

»Keine Ahnung«, sagte Artur und wusste, es war vorbei.